인어가 잠든 집

人魚の眠る家

NINGYO NO NEMURU IE by HIGASHINO Keigo

Copyright ⓒ 2015 HIGASHINO Keigo

All rights reserved.

Originally published in Japan by GENTOSHA INC., Tokyo.

Korean translation rights arranged with GENTOSHA INC., Japan

through THE SAKAI AGENCY and EntersKorea Co., Ltd..

인어가 잠든 집

초판 1쇄 펴낸 날 2019년 2월 28일 **13쇄** 펴낸 날 2024년 4월 22일

지은이 히가시노 게이고 **옮긴이** 김난주 **펴낸이** 박설림 **펴낸곳** 도서출판 재인 **디자인** 오필민디자인
등록 2003. 7. 2. 제300-2003-119 **주소** 서울시 강남구 언주로 30길 13 대림아크로텔 1812호
전화 02-571-6858 **팩스** 02-571-6857

ISBN 978-89-90982-77-3 03830 Copyright ⓒ 재인, 2021 Printed in Korea.

책값은 뒤표지에 표시되어 있습니다. 잘못된 책은 바꿔 드립니다.

인어가 잠든 집

히가시노 게이고

재인

프롤로그

그 집은 오가는 차들로 복잡한 폭이 넓은 도로에서 옆으로 빠져 안으로 쭉 들어간 곳에 있었다. 주위에 큰 집이 많았지만 그 집은 유난히 크고 화려했다. 학교에서 돌아오는 길에 그 집 대문 앞을 지날 때마다 소고는 '저택'이란 이런 집을 말하는 거겠지, 하고 생각했다. 어떤 사람들이 살고 있을까, 그런 상상을 한 적도 있다. 굉장한 부자일 거야. 정원에 수영장도 있겠지. 소처럼 커다란 개가 집을 지키고 있을까.

대문에는 예쁜 무늬가 뚫려 있었다. 그 대문을 볼 때마다 소고는 틈새로 집 안을 들여다보고 싶었지만, 이런 '저택'에는 분명 무서운 문지기가 있을 거라는 생각에 꾹 참았다.

그런데 뜻하지 않게 절호의 기회가 찾아왔다.

바람이 몹시 불던 날이었다. 앞에서 불어오는 바람을 맞으며 평소처럼 걷고 있는데, 머리에 쓰고 있던 야구 모자가 뒤로 휙 날아갔다. 얼른 뒤돌아보니 모자가 담장을 넘어가고 있었다.

바로 그 저택의 담장이었다.

어쩌지. 소고는 생각했다. 인터폰을 눌러서 이 집 사람에게 주워 달라고 할까.

그런 생각을 하며 다가가 보니 평소에는 굳게 닫혀 있던 대문이 어쩐 일인지 살짝 열려 있었다. 마치 '어서 들어와' 하고 말하는 듯했다. 무서운 문지기는 보이지 않았다.

소고는 조심조심 문을 밀어 보았다. 들키면 모자가 날아가서 찾으러 왔다고 말하면 되겠지 생각하면서.

대문 안으로 발을 들여놓은 다음 저택을 바라보았다. 외국 드라마에나 나올 법한 2층 건물이었다. 수영장은 없지만 마당이 무척 넓었다.

발밑에 평평한 돌을 깔아 만든 길이 있고 그 길 끝에 현관이 있었다. 거기서 시선을 옆으로 조금 돌렸을 때 모자가 보였다. 저택 벽 앞에 떨어져 있었던 것이다. 그 벽에는 창문이 있었다.

누가 있지는 않을까 하고 창문에 신경을 쓰면서 모자를 향해 다가갔다. 창문은 커튼이 열려 있어 안이 훤히 들여다보였다. 창가에 빨간 장미가 꽂혀 있었다.

허리를 굽혀 모자를 주우면서 다시 한 번 창문을 힐끔 쳐다보았다. 몸을 쭉 뻗으면 안이 들여다보일 만한 높이였다. 창문 아래 서서 창틀을 붙잡고 발뒤꿈치를 천천히 들었다.

천장에 매달린 등이 보였다. 그리고 벽에 걸린 시계가 보였다. 조금 더 아래쪽을 보려고 목을 쭉 빼니 사람 모습이 눈에 들어왔다. 깜짝 놀라 급히 목을 움츠렸다.

다시 한 번 보고 싶은 마음이 든 것은 방금 본 사람이 어린 소녀였고 게다가 잠든 것처럼 보였기 때문이다.

다시 목을 쭉 빼고 보니, 역시 그랬다. 빨간 스웨터를 입은 소녀가 휠체어에 앉아 자고 있었다.

나이는 소고와 비슷해 보였다. 하얀 두 뺨에 분홍색 입술, 긴 속눈썹. 가슴이 희미하게 오르내렸다. 숨소리가 들려올 것만 같았다.

왜 휠체어에서 자고 있지. 혹시 걷지 못하는 걸까.

소고는 창문에서 떨어져 대문 쪽으로 걸음을 옮겼다. 길로 나선 후 대문을 원래대로 해 놓고 가던 길을 갔다.

그날 이래 그 여자아이가 머리에서 떠나지 않았다. 문득 정신을 차려 보면 그 아이 생각을 하고 있었다. 그 하얀 피부를, 꽃잎 같은 입술을, 긴 속눈썹이 드리워진 눈가를. 그런 일은 태어나서 처음이었다.

저택 앞을 지날 때마다 다시 한 번 만나고 싶다고 생각했다. 그때도 사실 만난 건 아니었다. 그저 창문으로 살짝 들여다봤을 뿐.

모자를 핑계로 다시 들어가 볼까도 생각했다. 하지만 바람이 세차게 불지 않으면 거짓말이 들통나고 말 것이다.

그런데 어느 날 좋은 생각이 떠올랐다. 꼭 모자여야 하는 건 아니잖아. 소고는 종이비행기를 접었다. 그런 다음 저택 앞에 서서 주위에 사람이 있는지 확인한 후 담장 안으로 종이비행기를 날렸다.

그리고 인터폰을 눌렀다. 종이비행기를 주우러 들어가겠다고 하면 들여보내 주겠지.

그런데 아무리 기다려도 반응이 없었다. 어떻게 할까 고민하다가 대문을 살짝 밀어 보았다. 그러자 뜻밖에도 문이 또스르륵 열렸다.

대문 안을 살펴보니 인기척은 느껴지지 않았다. 소고가 날린 종이비행기는 현관으로 이어지는 진입로 중간쯤에 떨어져 있었다. 종이비행기를 주워 들고 천천히 저택 쪽으로, 그러니까 그 창문 쪽으로 다가갔다. 오늘은 레이스 커튼이 닫혀 있어서 멀리서는 아무것도 들여다보이지 않았다.

창문 아래 서서 지난번처럼 몸을 쭉 뻗었다. 그리고 유리창에 얼굴을 가까이 대자 레이스 커튼 너머로 희미하게 실내가 보였다.

소고는 실망했다. 오늘은 그 소녀가 보이지 않았다.

포기하고 창문에서 물러나 대문을 향해 걸음을 옮기는데 갑자기 대문이 열렸다. 그리고 휠체어를 밀면서 한 여자가 들어왔다. 소고를 발견한 여자가 놀란 표정으로 걸음을 멈췄다. 너 누구니? 왜 여기 있지? 눈에 책망의 빛이 담겨 있었다.

소고는 얼른 여자에게 뛰어가 종이비행기를 보여 주었다.

"이게 담장 안으로 날아들어서요. 인터폰을 눌렀지만……."

수상하다는 듯이 소고를 바라보던 여자가 그 말을 듣고 안심한 듯이 고개를 끄덕였다.

"아아, 그랬구나."

여자는 소고 엄마와 나이가 비슷해 보였다. 몸이 야위긴 했지만 얼굴은 예뻤다. 비슷하게 생긴 여배우가 떠올랐다.

소고는 휠체어로 눈길을 주었다. 그 소녀가 앉아 있었다. 오늘은 파란 옷을 입었다. 전에 봤을 때도 그랬는데 오늘도 자는 듯했다.

"왜 그러니?"

여자가 물었다.

"아, 아무것도 아니에요."

일단 그렇게 대답했지만 뭔가 더 말해야 할 것 같았다.

"잘 자네요."

그러자 여자가 후후, 하고 웃었다.

"그렇지?"

여자는 소녀의 무릎에 덮인 담요를 매만졌다.

"다리가 불편해서 걷지 못하나요?"

소고의 질문에 여자의 표정이 약간 무서워졌다가 이내 웃는 얼굴로 되돌아왔다.

"세상에는 말이지, 여러 종류의 사람이 있단다. 다리가 불편하지는 않지만 자유롭게 걸을 수 없는 아이도 있고 말이야. 언젠가 너도 알게 될 거야."

여자의 말을 소고는 이해할 수 없었다. 다리가 불편하지 않은데 휠체어를 타야 하는 일도 있을까.

그런 생각을 하며 소고는 새삼스레 소녀를 바라보았다.

"언제 일어나요?"

엄마로 보이는 여자는 여전히 미소를 머금은 채 고개를 갸웃했다.

"음……, 아마 오늘은 일어나지 않을 거야."

"오늘은……요?"

"그래, 오늘은."

그리고 여자는 다시 천천히 휠체어를 밀기 시작했다.

"잘 가렴."

안녕히 계세요, 하고 소고도 인사했다.

그 저택에 들어간 것은 그때가 마지막이었다. 그러나 소고는 잠만 자는 소녀의 얼굴을 잊을 수 없었다.

저택 근처를 지나갈 때마다, 아니 뭘 하다가도 불쑥 소녀의 모습이 뇌리에 떠올랐다.

다리가 불편하지는 않지만, 이라고 엄마인 듯한 여자는 말했다. 그런데도 걸을 수 없다는 건 도대체 무슨 뜻일까.

언제부터인가 그 소녀를 생각할 때마다 소고의 머릿속에는 인어 이미지가 떠올랐다. 인어는 걷지 못한다. 그래서 그 저택에서 소중히 보호받고 있는 것이다. 물론 정말로 그 소녀가 인어일지 모른다고 생각했던 건 아니다.

하지만 그런 생각을 할 여유가 있었던 때는 그 무렵뿐이었다. 얼마 지나지 않아 소고는 '인어'를 떠올릴 수 없는 처지가 되었다.

소고가 다시 인어를 떠올린 것은 시간이 한참 흐른 후의 일이다.

1
장

오늘 밤만은 잊고 싶어

1

가오루코의 와인 잔이 비자 검정 옷을 입은 소믈리에가 다가왔다. 그가 가오루코와 그녀 맞은편에 앉은 에노키다 히로키를 번갈아 보며 "다음은 뭐로 하시겠습니까?"라고 물었다.

"이 다음이 전복인가요?"

에노키다가 소믈리에에게 물었다.

"그렇습니다."

그렇다면, 하고 에노키다가 가오루코를 보았다.

"전복에 어울리는 화이트 와인으로 할까요?"

"네, 좋아요."

에노키다는 웃음 띤 얼굴로 고개를 끄덕이고 "그렇게 하죠."라고 소믈리에에게 말했다.

"알겠습니다. 그럼 이 와인이 어떨까 싶은데요."

소믈리에가 에노키다에게 와인 리스트를 보이며 손가락으로 한곳을 가리켰다.

"음, 그럼 그걸로 하죠."

소믈리에가 공손하게 머리를 숙이고 사라지자 에노키다는 "잘 모르면 전문가에게 맡기는 게 제일이에요. 괜히 아는 척

하면서 와인을 골랐다가 입에 안 맞으면 남에게 화풀이를 할
수도 없는 일이니까요."라고 말했다.

가오루코는 고개를 살짝 옆으로 기울이며 앞에 앉은 남자의
하얗고 단정한 얼굴을 물끄러미 바라보았다.

"선생님도 남에게 화풀이를 할 때가 있나요?"

에노키다가 피식 웃었다.

"그야 당연히 있죠."

"어머, 의외네요."

"정확히 말하자면 화풀이를 하고 싶어질 때가 있다고 해야겠
지요. 실제로는 그러지 않는 게 좋다고 생각합니다. 하지만 남
에게 화풀이를 할 수 없으니 애초에 그런 선택지를 두지 않는
사람이 있는데, 그러는 건 정신 건강에 좋지 않아요. 사람에게
는 반드시 도망갈 구석이 필요합니다. 언제 어느 때라도요."

에노키다의 낮지만 울림이 있는 목소리가 가오루코의 귀에
기분 좋게 와닿았다. 그리고 가슴속에도.

에노키다가 하고 싶은 말이 무엇인지는 가오루코도 잘 알
수 있었다. 그래서 굳이 다른 말을 덧붙이지 않고 입술에 적
당한 미소를 머금은 채 고개만 살살 끄덕였다. 그녀의 그런
반응에 그도 만족해하는 눈치였다.

소믈리에가 추천해 준 와인은 전복 요리에 아주 잘 어울렸
으므로 에노키다가 화풀이를 할 일은 없을 것 같았다. 그는

주 요리에 어울리는 레드 와인도 한 병 주문했다. 다만 이번 와인은 그의 선택이었다. 어쩌다 아는 이름의 와인이 있었기 때문이라고 했다.

"자신이 있을 때는 적극적으로 움직인다, 진취적으로 살기 위한 철칙이죠."

에노키다가 장난스럽게 웃으면서 말했다. 입술 사이로 보이는 이가 새하얬다.

주 요리인 스테이크를 먹고 나자 디저트가 나왔다. 가오루코는 접시에 담긴 과일과 초콜릿을 입에 넣으며 에노키다의 얘기를 들었다. 디저트의 역사에 관한 그의 얘기는 흥미로웠다. 그는 언변이 뛰어났다.

"너무 맛있어서 과식했어요. 내일은 스포츠 센터에 가서 죽기 살기로 수영을 해야겠어요."

가오루코가 배를 문지르며 말했다.

"섭취하고 연소한다……, 아주 이상적이군요. 안색도 1년 전과는 전혀 달라요."

커피 잔을 손에 든 채 에노키다가 말했다.

다 선생님 덕분이에요, 라는 말이 떠올랐지만 가오루코는 그 말을 입 밖에 내지 않았다. 모처럼의 대화가 진부해질 것 같아서였다.

레스토랑을 나온 다음에는 늘 가는 바로 가서 카운터 구석

자리에 나란히 앉았다. 가오루코는 싱가포르슬링을, 에노키 다는 진토닉을 주문했다.

"오늘 밤에는 아이들이 어디 있나요. 전처럼 친정인가요?"

잔을 기울이며 에노키다가 귓가에 속삭였다.

그 숨결을 간지럽게 느끼면서 가오루코는 천천히 고개를 끄덕였다.

"학창 시절 친구들을 만난다고 했어요."

"아하, 그렇군요. 이건 어디까지나 참고로 묻는 건데, 그 친 구들이란 여자만 해당됩니까?"

"네, 그렇긴 한데……."

가오루코는 그를 힐끔 보았다.

"남자가 섞여 있는 걸로 설정을 변경해도 괜찮지 않을까 싶어 요. 엄마에게는 어느 쪽인지 분명히 밝히지 않았으니까요."

"그게 좋겠군요. 그럼 제 죄책감도 훨씬 줄어들 테니까요. 물론 저는 가오루코 씨의 학창 시절 친구도 아니고 그 무엇도 아니지만요."

그러고서 에노키다는 진토닉을 꿀꺽 삼켰다.

"그럼 오늘 밤 아이들은 친정에서……?"

"네. 벌써 자고 있을 거예요."

잘 알겠다는 듯이 에노키다가 고개를 끄덕였다.

의미 없는 대화가 아니었다. 아니, 오히려 그는 명확한 의도를 갖고 질문했다. 가오루코도 질문의 의도를 알고 대답했다. 두 사람 다 어린애가 아니다.

"슬슬 나갈까요?"

에노키다가 손목시계를 보며 물었다.

가오루코도 시간을 확인했다. 밤 11시가 조금 지나 있었다. 네, 하고 대답했다.

계산을 마치고 바에서 나오면서 에노키다가 또 시계를 봤다.

"이제 어떻게 할까요? 저는 술이 조금 부족한 듯한데요."

"어디 근사한 술집이라도 있나요? 아지트 같은 곳이라든지."

가오루코의 물음에 에노키다는 겸연쩍은 듯이 머리를 긁적였다.

"정말 죄송하지만 오늘은 그런 걸 생각해 두지 못했어요. 다만, 흔치 않은 와인이 한 병 생겨서 차갑게 해 두긴 했죠. 그걸 함께하면 어떨까 생각하던 참입니다."

차갑게 해 둔 장소는 아마도 그의 집일 것이다. 오늘 밤 대화에서 가오루코는 에노키다가 둘의 관계를 한 단계 진전시키려 한다는 것을 느꼈다. 가오루코는 아직 그의 집에 가 본 적이 없었다. 육체관계도 맺지 않았다.

한순간 망설이다가 답을 내놓았다. 죄송해요, 라고 그녀는 말했다.

"내일 아침 일찍 아이들을 데리러 가야 해요. 그 와인은 선생님 혼자 드셔야겠네요."

그러자 에노키다는 낙담한 기색을 보이기는커녕 웃는 얼굴로 손을 살랑살랑 흔들었다.

"혼자서 다 못 마십니다. 다음 기회를 위해 남겨 두죠. 와인에 어울리는 오르되브르를 찾아 놓겠습니다."

"기대되는데요. 저도 뭔가 찾아볼게요."

거리로 나오자 에노키다가 손을 들어 택시를 잡았다. 가오루코 혼자 뒤 좌석에 올라탔다. '남자가 하리마 씨 부인을 택시로 바래다줬다'는 소문이 나는 것을 원치 않았다.

안녕히 주무세요, 라고 가오루코는 택시 밖에 서 있는 에노키다를 향해 입 모양으로 말했다. 그는 고개를 끄덕이고 손을 살짝 흔들었다.

택시가 움직이자 가오루코의 입에서 한숨이 흘러나왔다. 역시 긴장하고 있었던 것이다.

잠시 후 스마트폰으로 문자가 들어왔다. 에노키다였다.

'와인 잔도 새것으로 준비해 두겠습니다. 오늘 밤도 즐거웠습니다. 잘 자요.'

아마도 오늘 밤 가오루코가 자기 집에 올 것을 가정하고 이런저런 준비를 했으리라.

가도 괜찮기는 했을 것이다.

그러나 뭔가가 가오루코를 주저하게 만들었다. 그 정체는 그녀 자신도 알 수 없었다.

오른손으로 왼손 약지를 만져 본다. 그 손가락에 반지가 끼워져 있다. 결혼한 후로 그것을 빼고 밖에 나가 본 적이 한 번도 없다. 정식으로 이혼할 때까지는 빼지 않겠다고 결심했기 때문이다.

2

피험자 번호 7번 여성은 서류상 올해로 서른이었다. 노란 원피스를 입었는데 치맛자락 아래로 보이는 발목이 가늘었다. 원피스에 어울리지 않는 하얀 운동화는 연구반에서 준비해 준 것이었다. 그녀가 신고 온 펌프스도 굽이 낮아 안전에는 문제가 없어 보였지만, 실험에 참여할 때는 운동화를 신는 것이 규칙이다.

7번 여성이 연구원의 안내에 따라 출발 지점으로 이동했다. 흰 지팡이는 손에 쥐여 있지 않았다. 이동하는 동안 불필요한 정보를 파악하지 못하도록 하려는 것이다. 시각 장애인에게 흰 지팡이는 눈 대신이다. 그녀의 마음속에 불안이 가득할 터였다.

하리마 가즈마사는 실험장을 둘러보았다. 넓이 20제곱미터의 공간에 종이 상자와 스티로폼 원기둥 같은 것들이 배치되어 있다. 그 간격이 불규칙하고, 개중에는 아주 좁은 곳도 있었다.

여성이 출발 지점에 도착했다. 그곳에서 그녀에게 두 가지 물품이 건네진다. 하나는 생김새가 선글라스와 비슷하지만 기능은 전혀 다르다. 렌즈 부분에 소형 카메라가 부착되어 있다. 연구원들은 이것을 고글이라 부른다. 또 하나는 헬멧이다. 얼핏 보기에는 특별할 것이 없어 보이지만 사실은 안쪽에 전극이 설치되어 있다. 그 물품들을 받아 든 여성의 얼굴에 당혹감은 보이지 않는다. 이미 몇 번이나 실험에 참가한 경험이 있어서일 것이다. 이제부터 어떤 일이 벌어질지 그녀는 잘 알고 있다.

여성은 익숙한 손놀림으로 헬멧을 쓰고 고글을 꼈다.

"준비되셨습니까?"

연구원이 7번 여성에게 물었다.

네, 하고 그녀가 조그만 소리로 대답한다.

"그럼 시작하겠습니다. 준비, 시작."

그 소리와 함께 연구원이 여성 곁에서 떨어졌다.

7번 여성은 고글을 낀 얼굴을 좌우로 움직여 보고 나서 조심스레 발을 내디뎠다.

가즈마사가 앞에 있는 파일을 펼쳤다.

여성은 도내 의료 기관에 근무하는데, 평일 오전 8시 대에 전철로 출근한다고 한다. 시력은 거의 없지만 길거리를 다니는 데는 별로 문제가 없는 듯했다.

이윽고 첫 번째 장애물이 나타났다. 종이 상자에 진로가 가로막혀 있다. 여성이 그 바로 앞에서 걸음을 멈췄다.

사실 이 정도만 해도 대단한 성과였다.

앞이 보이지 않는데, 전방에 장애물이 있다는 사실을 흰 지팡이로 더듬지 않고 알아차린 것이다. 그 비밀은 고글에 부착된 카메라와 전극이 설치된 헬멧에 있었다. 카메라가 포착한 영상을 컴퓨터가 특수한 전기 신호로 처리해, 전극을 통해 여성의 뇌를 자극한 것이다. 물론 그것이 그녀가 영상을 그대로 인식했다는 뜻은 아니다. 자욱한 안개 속에서 평소에는 감지하지 못했던 뭔가가 떠오르는 듯한 감각이라고 한다. 하지만 그것만으로도 시각 장애인에게는 대단한 정보다.

여성이 다시 걷기 시작했다. 그녀는 신중한 걸음걸이로 종이 상자 오른쪽을 통과했다. 연구원 하나가 주먹을 불끈 쥐며 환호한다. 기뻐하기에는 아직 이르다고 여긴 가즈마사가 그를 힐끔 바라봤지만 정작 장본인은 그의 시선을 알아차리지 못한 듯했다.

시간은 다소 걸렸지만 여성은 종이 상자와 전신주 모양의 원기둥들을 하나하나 피하면서 구불구불한 길을 계속 걸어갔다. 그러나 도착 지점을 얼마 남겨 놓지 않고 그녀는 결국 걸음을 멈췄다. 그녀 앞에 축구공 세 개가 사선으로 놓여 있었다. 간격은 그다지 좁지 않았다.

한동안 멈춰 서 있던 그녀가 마침내 고개를 저었다.

"모르겠어요."

후우, 하고 누군가 한숨을 쉬는 소리가 들렸다.

연구원이 그녀에게 다가가 고글과 헬멧을 벗긴 다음 흰 지팡이를 건넸다.

"어떻습니까?"

가즈마사와 함께 실험을 지켜보던 남자가 가즈마사 쪽으로 고개를 돌렸다. 그의 얼굴에는 자신감과 불안감이 한데 섞여 있었다. 그는 이 연구의 책임자다.

"마지막 지점을 통과하지는 못했지만, 지난번 실험보다는 결과가 현격히 좋아졌다고 보는데요."

"뭐, 그런대로. 훈련 기간이 어느 정도지?"

"하루에 한 시간씩 석 달 동안 훈련했습니다. 장애물이 있는 보행 훈련은 오늘이 네 번째입니다."

연구 책임자가 손가락 네 개를 세워 보였다.

"앞이 거의 보이지 않는 여성이 흰 지팡이 없이 저만큼 걸어 간 것만도 훌륭한 건 사실이야. 하지만 그녀는 말하자면 우등생 아닌가. 문제는 평소에 바깥출입을 하지 않는 장애인에게

이 장치가 얼마나 쓸모가 있느냐 하는 점이야."

"맞는 말씀입니다만, 다음 주에 있을 후생 노동성 설명회를 대비해서는 이 정도로도 충분하지 않을까 싶은데요."

"이봐, 고작 공무원들이나 만족시키려고 이런 일을 하는 건 아니잖아. 목표를 좀 더 높게 잡으란 말이야. 분명히 말해 두는데, 이런 상태로 실용화는 어림도 없어."

"아, 네. 물론 그건 저도 잘 압니다."

"오늘은 일단 합격점을 주겠지만, 문제점을 정리해서 내게 보고서를 올리라고 팀장에게 전하게."

알겠습니다, 하고 연구 책임자가 대답하기도 전에 가즈마사는 휙 돌아섰다. 그리고 손에 들고 있던 파일을 옆에 있는 철제 의자에 놓고 출구로 향했다.

실험장을 나온 가즈마사는 사장실이 있는 사무 본관으로 들어섰다. 혼자 승강기를 타고 올라가는데 도중에 남자 사원 하나가 올라탔다. 그가 가즈마사를 보고 흠칫하더니 이내 꾸벅 고개를 숙인다.

"자네가 호시노 군이지?"

"네, BMI 팀 제3분과의 호시노 유야입니다."

"며칠 전에 자네가 하는 발표를 들었어. 상당히 독특한 연구더군."

"감사합니다."

"인간의 육체를 파고드는 점이 흥미로웠어. 브레인 머신 인터페이스(BMI)는 뇌나 경추가 손상되어 몸을 가누지 못하는 환자가 뇌에서 보내는 신호로 로봇 팔 등의 보조 장치를 움직일 수 있도록 하는 것이 일반적이지. 그런데 자네는 달랐어. 뇌에서 보낸 신호를 기계를 통해 경추로 전달해 환자 본인의 손발을 움직일 수 있도록 한다는 발상이더군. 어떻게 그런 생각을 하게 되었지?"

호시노가 부동자세인 채로 가슴을 쫙 폈다.

"이유는 단순합니다. 누구든 로봇 따위를 이용하지 않고 자신의 손으로 밥을 먹고 자기 발로 걷고 싶어 할 거라고 생각했습니다."

가즈마사가 고개를 끄덕였다.

"그야 물론이지. 그렇게 생각하게 된 계기라도 있나?"

"네. 실은 할아버지가 뇌졸중으로 우반신 불수가 되는 바람에 상당히 고생하시는 걸 봤습니다. 재활 훈련도 열심히 했지만 결국 전처럼 움직이지 못한 채 돌아가셨습니다."

"그랬군. 발상은 훌륭하지만 연구하기가 만만치 않을 텐데?"

가즈마사의 말에 젊은 연구원이 진지한 표정으로 고개를 끄덕였다.

"맞습니다. 근육의 신경 신호 체계는 로봇보다 몇백 배 복잡하거든요."

"그럴 거야. 하지만 뜻을 꺾으면 안 되네. 남과 다른 생각을 하는 사람, 난 싫지 않아."

격려해 주셔서 감사합니다, 라며 호시노가 고개를 숙였다.

호시노는 중간에 승강기에서 내리고 가즈마사는 사장실이 있는 맨 꼭대기 층까지 올라갔다.

그가 자리에 앉자마자 스마트폰에 메시지가 들어왔다. 어쩐지 예감이 좋지 않았다. 아니나 다를까, 가오루코가 보낸 것이다. 제목은 '면접 관련'. 안 그래도 우울했던 기분이 더 어두워졌다.

'지난번에도 얘기했지만 다음 주 토요일이 면접 예행연습이야. 아이들은 엄마가 봐 주기로 했어. 시간은 오후 1시, 장소는 전에 말했던 대로. 절대 늦지 말 것.'

한숨을 내쉬고 스마트폰을 책상에 내던졌다. 입안이 씁쓸했다.

의자를 빙그르 돌려 창을 바라보고 앉았다. 눈앞에 펼쳐진 도쿄만에서는 화물선들이 천천히 움직이고 있다.

주식회사 하리마 테크는 할아버지가 처음 일으켰을 때는 사무기기를 만드는 회사였다. 당시 이름은 하리마 기기. 회사를 물려받은 아버지 다쓰로가 컴퓨터 업계로 진출했다. 컴퓨터가 일반 가정에 보급되기 시작할 무렵이어서 그 전략은 제대로 맞아떨어졌다. 회사 규모는 중견급이었지만 업계 내에서의 존재감은 점점 커져 갔다.

그러나 순풍에 돛 단 듯이 성장하던 하리마 테크는 스마트 폰 시대에 접어들자 강력한 역풍에 직면했다. 다수의 일본 기업이 그렇듯이, 한발 늦게 뛰어든 탓에 외국 기업에 대항하기가 힘겨웠던 것이다. 다쓰로는 채산성이 떨어지는 부문을 포기하는 등의 구조 조정으로 간신히 위기를 넘겼다.

5년 전 사장으로 취임한 가즈마사는 회사가 큰 전환기를 맞았다고 느꼈다. 이대로는 생존 경쟁에서 이기기 힘들며, 살아남으려면 다른 기업과의 차별화가 필요하다는 것이 그의 냉정한 분석이었다.

그가 긴급 처방의 하나로 기대를 걸었던 분야는 자신이 기술부장이던 시절부터 주력해 온 브레인 머신 인터페이스, 약칭 BMI 부문이었다. 뇌와 기계를 신호로 연결해 인간의 생활을 혁신적으로 개선하려는 시도가 미래에는 반드시 주력 상품이 될 거라고 그는 확신했다.

BMI는 기본적으로 누구든 대상이 될 수 있지만, 그 효과를 이해하기 쉽게 표현하는 데는 장애인을 지원하는 시스템만큼 좋은 것이 없다고 생각해 지금은 그 분야에 온 힘을 쏟고 있다. 조금 전에 실험이 있었던 인공 눈에 관한 연구도 그 일환이다. 여러 기업과 대학이 그와 비슷한 연구에 나섰지만, 하리마 테크는 그들보다 한발 앞서 나간 덕분에 후생 노동성으로부터 보조금을 얻어 내는 데도 성공했다. 모든 것이 순조롭다고 해도 과언이 아니었다.

즉, 기업인으로서 하리마 가즈마사는 승승장구하고 있었다.

그러나 가정의 일원으로서는 어떨지.

그는 스마트폰을 손에 들고 다음 주 스케줄을 체크했다. 토요일 오후 1시에 '면접 놀이'라고 적혀 있는 것을 보고 그는 쓴웃음을 지었다. 자신이 생각하기에도 어른스럽지 못한 표현이었다. 하지만 면접 예행연습이라니. 가오루코도 하고 싶지 않을 터였다. 하물며 가즈마사와 사이좋은 부부 행세를 한다는 건 생각만 해도 끔찍하겠지.

가즈마사는 가오루코와 8년 전에 결혼했다. 그녀를 동시통역사로 고용한 일을 계기로 서로 알게 된 지 2년 만이었다. 결혼하면서 가즈마사는 오랫동안 살던 아파트를 정리하고 히로오에 단독 주택을 지었다. 정원에 나무를 많이 심은 유럽풍 저택이었다.

결혼하고 1년째 되던 해에 첫아이가 태어났다. 여자아이로, 이름을 미즈호라고 지었다. 미즈호는 건강하게 자랐다. 수영과 피아노와 공주를 좋아했다. 이번 여름에도 열심히 수영장에 다닐 것이다.

둘째 아이는 미즈호와 두 살 터울로 태어났다. 이번에는 사내 아이였다. 생존 능력이 강한 사람으로 자라나기를 바라는 마음에 이름을 이쿠토(生人)라고 지었다. 피부가 고운 데다 동그란 눈이 예뻐서 두 살이 될 무렵까지는 남자아이 옷을 입혀도 여자아이로 착각하는 사람이 많았다.

그러나 아이들의 최근 모습은 잘 알지 못한다. 좀처럼 못 만나기 때문이다. 부부는 1년 전 별거를 결정했고, 집에서 나온 가즈마사는 지금 아오야마에 있는 아파트에서 혼자 살고 있다.

이유는 지극히 단순했다. 가오루코가 둘째 아이를 임신했을 때 가즈마사가 바람을 피운 것이다. 처음 피운 바람은 아니지만, 들킨 건 처음이었다. 한 상대와 관계를 질질 끄는 일이 좀처럼 없었는데, 그때만은 어찌 된 일인지 오래 끌고 말았다. 상대 여자가 특별했던 것은 아니다. 굳이 이유를 대자면 일이 바빠서 관계를 정리할 틈이 없었다고 할까.

머리 나쁜 여자는 되도록이면 피해 왔는데 안타깝게도 그녀는 생각보다 똑똑하지 않았다. 하리마 테크 사장과 교제한다고 주변에 떠벌릴 만큼. '너한테만 하는 얘기'가 너한테서 끝나지 않는 세상이다. SNS를 통해 소문이 퍼져 나갔고, 끝내는 가오루코의 감시망에 걸려들었다.

물론 가즈마사는 순순히 인정하지 않았다. 그러나 가오루코가 입수한 정보에는 상당히 구체적인 내용이 들어 있었다. 가령 애인과 둘이서 온천에 갔던 날짜라든가. 가즈마사는 그날 골프 여행을 갔다고 둘러댔지만 가오루코가 이미 그 말이 거짓이라는 사실을 확인한 뒤였다.

당신 뒤를 속속들이 캐고 싶지 않아, 라고 가오루코는 말했다. 의심하면서 살기는 싫으니 정직하게 말해 달라고.

아내가 영리한 여자라는 걸 가즈마사는 누구보다 잘 알고 있었다. 부정해 봐야 그녀는 납득하지 않을 것이며, 설사 표면상으로 아무렇지 않은 척한다 해도 의심의 불씨는 꺼지지 않으리라고 생각했다.

무엇보다 성질이 급한 가즈마사는 이런 일로 시간을 낭비하는 것도 기분을 거스르는 것도 인생에는 불필요한 일이라고 여겨졌다. 가오루코가 하도 집요하게 추궁하니 될 대로 되라는 심정이었던 것도 부정할 수 없다.

결국 가즈마사는 애인의 존재를 인정했다. 초라한 변명을 늘어놓고 싶지 않았던 그는 '불장난이었을 뿐이다'라든가 '잠깐 혹했을 뿐이다'라는 말을 하지 않았다.

가오루코는 흐트러진 모습을 보이지 않았다. 무표정한 얼굴로 잠시 입을 다물고 있더니 가즈마사의 눈을 똑바로 보며 말했다.

"오래전부터 당신에게 불만이 많았어. 가장 큰 불만은 아이들을 교육하는 데 전혀 협조하지 않는다는 점이야. 그건 어쩔 수 없다고 포기했어. 바빠서 그럴 짬이 없다는 것도 알고, 최선을 다해 일에 몰두하는 모습을 보여 주는 것도 아이들에게 나쁘지 않다고 생각했으니까. 하지만 가족을 배신한 아빠에게 잘 다녀오시라는 말을 하도록 놔둘 수는 없어."

그럼 어떻게 했으면 좋겠냐는 물음에 그녀는 잘 모르겠다고 대답했다.

"아이들에게 볼썽사나운 모습을 보이고 싶지 않아. 지금은 그 생각뿐이야. 이쿠토는 어떨지 몰라도 미즈호는 웬만큼 알 만한 나이잖아. 우리가 서먹서먹하게 굴면 분명히 눈치를 챌 거야. 상처도 입을 테고."

가즈마사는 고개를 끄덕였다. 아내 말은 충분히 설득력이 있었다.

"당분간 떨어져서 지낼까?"

그의 제안에 "일단 그러는 게 좋겠어."라고 가오루코는 대답했다.

3

가오루코가 '교실'이라고 한 장소는 메구로역 바로 옆에 있었다. 가즈마사는 그곳에 처음 가는 길이지만, 공식 사이트에 나와 있는 지도를 확인해 두었으므로 건물을 찾기는 어렵지 않았다. 흰색 건물을 올려다보면서 그는 돌아가고 싶은 마음을 떨치려고 자신의 가슴을 툭툭 두드렸다. 그리고 승강기를 향해 성큼성큼 걸어갔다. '교실'은 4층이다.

승강기 안에서 시간을 확인했다. 오후 1시까지는 아직 몇 분 여유가 있었다. 후, 한숨을 내쉬었다. 그가 긴장하는 이유는 면접 예행연습을 앞두고 있어서가 아니었다. 오랜만에 만나는 아내를 어떻게 대하면 좋을지 결정하지 못했기 때문임을 그 자신도 잘 알았다.

승강기가 4층에서 멈췄다. 승강기에서 내리자마자 바로 옆에 대기실로 보이는 공간이 있었다. 안내 창구에 있던 여사무원 하나가 "안녕하세요."라고 방긋거리며 인사했다. 가즈마사도 고개를 숙여 답례했다. 그리고 실내를 둘러보았다. 줄줄이 놓인 소파에 남녀 몇 명이 앉아 있었다. 그중에 가오루코도 있었다. 짙은 감색 원피스를 입은 그녀는 가즈마사가 온 것을 이미 알았는지 감정을 읽을 수 없는 얼굴로 그를 쳐다봤다.

가즈마사가 그녀에게 다가가 옆에 앉으며 "곧바로 시작하는 거야?"라고 조그만 소리로 물었다.

"순서대로 이름을 부르나 봐."

억양 없는 목소리로 가오루코가 대답했다. 그리고 "전화벨 울리지 않도록 해 놔."라고 덧붙였다.

가즈마사는 안주머니에서 스마트폰을 꺼내 버튼을 조작한 후 도로 집어넣었다.

"미즈호와 이쿠토는 네리마에 있어?"

네리마에는 가오루코의 친정이 있다.

"엄마가 수영장에 데려간댔어. 미하루네랑 만나기로 했나 봐."

"그렇군."

미하루는 가오루코의 두 살 아래 여동생이다. 미즈호와 같은 나이의 딸이 있다.

있잖아, 하면서 가오루코가 가즈마사를 향해 고개를 돌렸다.

"본면접 때는 수염을 깎고 와."

"아, 알았어."

가즈마사는 턱을 쓰다듬었다. 일부러 살짝 기른 수염이다.

"예습은 해 왔어?"

"하기는 했는데……."

면접에 나올 만한 질문들을 사전에 가오루코에게 메일로 받았다. 지원 동기 같은 것들이었다. 일단 대답을 준비하기는 했지만 별로 자신은 없었다.

가즈마사는 벽에 붙은 게시판으로 눈을 돌렸다. 거기에 유명 사립 초등학교의 입시 일정표가 붙어 있었다. 특별 강좌 안내 같은 것도 있다.

가즈마사는 입시에 별 관심이 없었다. 명문으로 불리는 초등학교에 들어간다고 해서 아이가 반드시 훌륭한 인간으로 자라는 것은 아니라고 생각한다. 그러나 가오루코의 생각은 달랐다. 명문 학교에 보내고 싶은 게 아니라 아이를 좋은 학교에 보내고 싶다는 것이다. 좋은 학교의 판단 기준이 뭐냐고 묻자 "아이들 교육에 관심도 없는 사람한테 설명해 봐야 알아듣기나 하겠어?"라고 되받아쳤다.

물론 가즈마사의 외도가 발각되기 전에 나눈 대화다. 지금은 가오루코의 교육 방침에 이러쿵저러쿵할 마음이 없다.

별거한 지 반년쯤 지났을 때 두 사람은 앞으로의 일에 대해 대화를 나눴다. 가즈마사는 문제의 애인과 이미 헤어졌지만, 원래대로 돌아가기는 어려울 거라고 막연하게 느끼고 있었다. 가오루코가 진심으로 용서해 줄 것 같지도 않았고, 앞으로 내내 죄책감을 느끼면서 살아갈 만큼 자신이 그렇게 인내심이 강한 사람이 아니라는 사실도 충분히 알고 있었다.

가오루코도 비슷한 생각인 듯했다.

"나는 잘 잊어버리지 못하는 성격이라 무슨 일이 생길 때마다 당신의 배신을 떠올릴 거야. 겉으로 드러내지는 않아도 마음속으로는 당신을 원망할지도 몰라. 그런 식으로 살다가는 아주 해괴망측한 사람이 될 것 같아."

이혼할 수밖에 없다는 결론에 이르기까지는 시간이 많이 필요하지 않았다.

아이는 둘 다 가오루코가 맡기로 했다. 가즈마사는 애초에 위자료와 양육비를 충분히 지불할 각오가 되어 있었으므로 옥신각신할 일은 없었다.

다만 히로오의 집을 어떻게 할 것이냐 하는 문제에 대해서는 둘 다 약간 망설였다.

"나랑 아이들만 살기에는 너무 넓지 않을까? 관리하기도 힘들고 말이야."

"그럼 팔아야겠군. 나도 그렇게 큰 집에서 혼자 살고 싶지는 않아."

"하지만 쉽게 팔릴까?"

"아직 그렇게 낡지 않았으니 금방 팔릴 거야."

집을 지은 지 8년, 가즈마사 가족이 산 기간은 7년이었다.

집 말고도 문제가 하나 더 있었다. 이혼 서류를 언제 제출하느냐 하는 것이었다. 미즈호의 입시가 마무리될 때까지는 서류상으로 이혼하고 싶지 않다는 것이 가오루코의 생각이었다.

하리마 씨, 하고 부르는 소리에 퍼뜩 정신을 차렸다. 마흔 살 정도로 보이는 자그마한 여자가 다가오고 있었다. 가오루코가 자리에서 일어나는 것을 보고 가즈마사도 따라 일어섰다.

"저쪽 방으로 들어가세요."

여자가 구석에 있는 문을 가리켰다.

"노크를 하면 들어오라고 할 거예요. 그럼 아버님부터 들어가세요."

알겠다고 대답하고 나서 가즈마사는 옷매무새를 가다듬었다.

문 앞으로 다가가 노크를 하려는 순간이었다.

하리마 씨, 하고 누군가 불렀다. 돌아보니 안내 창구에 있던 여사무원이 일어서며 긴장한 표정으로 가즈마사를 바라봤다. 그녀의 손에 수화기가 들려 있었다.

"댁에서 온 전화예요. 긴급한 용건이라는데요."

가오루코가 가즈마사의 얼굴을 힐끗 보더니 안내 창구로 뛰어가 수화기를 건네받았다. 그리고 몇 마디 주고받은 후 그녀의 얼굴에서 핏기가 싹 가셨다.

"어디예요, 병원이? ……잠깐만요."

가오루코는 창구에 비치된 뭔지 모를 팸플릿을 움켜쥐듯 집어 와 옆에 놓여 있던 볼펜으로 그 여백에 뭔가를 적어 넣었다. 가즈마사가 옆에서 들여다보니 병원 이름인 듯했다.

"알았어요. 병원 위치는 내가 알아볼게. ……응, 아무튼 곧장 갈게요."

가오루코가 수화기를 사무원에게 돌려주면서 가즈마사를 바라봤다.

"미즈호가 수영장에서 물에 빠졌대."

"물에 빠졌다고, 어쩌다가?"

"몰라. 일단 이 병원이 어디 있는지 알아봐."

팸플릿을 가즈마사에게 넘겨준 후 가오루코는 면접실 문을 열고 안으로 들어갔다.

뭐가 어떻게 되었는지 몰라 어리둥절한 채 가즈마사는 스마트폰을 꺼내 검색을 시작했다. 검색이 미처 끝나기도 전에 가오루코가 면접실에서 나왔다.

"알아냈어?"

"조금만 기다려."

"빨리 찾아봐."

그리고 가오루코는 승강기를 향해 뛰었다. 가즈마사도 검색을 계속하며 그녀를 뒤따랐다.

건물을 나설 무렵 가즈마사는 병원 위치를 알아냈다. 두 사람은 택시를 잡아타고 기사에게 행선지를 알렸다.

"아까 그 전화는 누구한테서 온 거야?"

"아버지."

퉁명스럽게 대답한 뒤 가오루코는 핸드백에서 스마트폰을 꺼냈다.

"왜? 수영장에는 장모님이 데려가신다고 했잖아?"

"그건 맞는데, 연락이 안 되니까."

"연락이 안 되다니, 그게 대체 무슨 소리야?"

"가만 좀 있어 봐."

가오루코가 성가시다는 듯이 손을 휘젓더니 스마트폰을 귀에 댔다. 곧바로 연결이 된 듯했다.

"미하루니? ……그래. 어떤 상태니? ……응, 응, ……뭐라고?"

가오루코의 얼굴이 일그러졌다.

"그래서, 의사는 뭐래? ……그래, ……응, 알았어. ……지금 가는 중이야. ……응, 그 사람도 같이 있어. 조금 이따 보자."

전화를 끊은 가오루코가 어두운 표정으로 스마트폰을 핸드백에 집어넣었다.

"뭐래?"

가즈마사의 물음에 가오루코는 한숨을 깊이 쉬고 나서 대답했다.

"집중 치료실로 옮겨졌대."

"집중 치료실에? 그 정도로 상태가 심각하대?"

"자세히는 모르겠지만 의식이 돌아오지 않았나 봐. 일시적으로 심장이 멈췄대."

"심장이 멈추다니, 그게 무슨 말이야?"

"나도 자세한 건 모른다고 했잖아!"

악을 쓰듯 말하고 나서 가오루코는 목이 메는 모양이었다. 눈에서 눈물이 흘러내렸다.

미안해, 라고 가즈마사가 중얼거렸다. 상황을 알 수 없어 답답한 심정을 그녀에게 쏟아 놓다니. 그는 자기혐오를 느끼며, 역시 자신은 아빠로서도 남편으로서도 실격이라고 생각했다.

병원에 도착하자 두 사람은 앞을 다투듯 뛰어 들어갔다. 그리고 안내 창구로 향하다가 언니, 하고 부르는 소리에 걸음을 멈췄다.

눈 주위가 벌게진 미하루가 망연자실한 얼굴로 다가왔다.

"어디야?"

가오루코가 물었다. 미하루가 이쪽, 하면서 안쪽을 가리켰다.

승강기를 타고 2층에서 내렸다. 미하루 말이, 여전히 집중 치료실에서 치료를 받고 있는데 정확히 어떤 상황인지 아직 설명이 없었다고 한다.

그들이 들어간 곳은 가족 대기실이라는 팻말이 붙어 있는 방이었다. 테이블과 의자가 여러 개 놓여 있고 그 안쪽에 다다미가 깔린 공간이 있었다. 한쪽 구석에는 단정하게 개킨 이불도 쌓여 있었다.

가오루코의 어머니 치즈코가 등을 웅크린 채 의자에 앉아 있었다. 그 옆에 갓 다섯 살이 된 이쿠토와 조카 와카바도 있었다.

가오루코 부부를 본 치즈코가 자리에서 일어섰다. 그녀의 손에 손수건이 쥐어 있었다.

"가오루코, 미안하다. 여보게, 정말 면목이 없네. 내가 옆에
붙어 있었는데도 이런 일이 생기다니……. 정말이지 내가 대
신 죽었으면 좋겠어."

치즈코는 얼굴을 찡그리며 울었다.

"무슨 일이 있었던 거야? 대체 어떻게 된 일이야?"

가오루코가 어머니의 어깨를 잡아 의자에 앉히고 자신도 앉
았다.

치즈코는 마치 떼를 쓰는 아이처럼 머리를 흔들었다.

"그게 말이다, 나도 어떻게 된 일인지 알 수가 없구나. 어떤
남자가 느닷없이, 여자애가 물에 빠졌다고 소란을 피우잖니.
그때 미즈호가 없어진 걸 알고……."

"그게 아니지, 엄마."

미하루가 옆에서 끼어들었다.

"미즈호가 안 보이길래 와카바한테 물었더니 갑자기 없어졌
다고 했잖아. 그래서 부랴부랴 찾아 나섰는데 어떤 사람이 알
려 준 거지."

아아, 그래, 라고 하면서 치즈코가 얼굴 앞에서 두 손을 모
았다.

"맞아, 그랬지. ……머릿속이 뒤죽박죽이구나."

너무 놀라 기억이 엉킨 듯했다.

그다음은 미하루가 설명했다. 미즈호는 정확히 말해 물에

빠진 게 아니라 배수구 철망에 낀 손가락이 빠지지 않아 수영장 바닥에서 몸을 움직일 수 없었으며, 가까스로 손가락을 빼내고 물 밖으로 꺼냈을 때는 이미 심장이 멈춰 있었다고 한다. 즉시 구급차를 불러 이 병원으로 이송한 후 집중 치료실로 옮겨졌는데, 그 후의 상황이라고는 심장이 다시 움직이기 시작했다는 것밖에 모른다고 했다. 의사는 심장이 다시 움직인다고 해서 곧 소생을 의미하는 것은 아니라고 했다는 것이다.

구급차를 기다리는 동안 미하루가 몇 번이나 가오루코에게 전화를 했지만 연결되지 않았다. 면접 예행연습을 앞두고 가오루코가 스마트폰 전원을 꺼 놓았기 때문이다. 치즈코는 가오루코의 일정을 대강은 알고 있었지만 그 장소 등은 자세히 몰랐고, 미하루가 아버지에게 전화하자 아버지는 미즈호가 다니는 교실이 어딘지 안다면서 당신이 가오루코에게 연락할 테니 미즈호를 잘 돌보라고 했다.

"잘 돌보라고는 했지만 우리가 할 수 있는 일이 있어야지."

미하루는 그렇게 말하고 고개를 숙였다.

자초지종을 들은 가즈마사는 마음이 착잡했다. 가오루코와 전화가 연결되지 않으면 그다음은 가즈마사에게 전화하는 것이 상식이다. 그러지 않은 것은 그의 전화도 꺼져 있을 거라고 짐작해서가 아니라 미하루가 이미 가즈마사를 형부로 여기지 않는다는 뜻이었다.

물론 미하루를 탓할 일은 아니다. 가오루코가 별거의 이유를 동생에게는 털어놓았을 것이다. 어쩌다 마주쳤을 때 미하루가 보였던 그 서먹서먹한 태도로 짐작할 수 있었다.

가즈마사는 시계를 보았다. 오후 2시가 되어 가고 있었다. 사고가 일어난 시각은 가오루코가 스마트폰 전원을 꺼 놓았던 오후 1시 조금 전이다. 그렇다면 집중 치료가 시작된 지 약한 시간이 지났다는 얘기인데, 미즈호의 그 작은 몸에 어떤 변화가 일어나고 있을까.

누나에게 무슨 일이 생겼는지 알 리 없는 이쿠토가 지루하다며 칭얼대기 시작하자 치즈코가 집에 데려가기로 했다. 와카바는 사촌에게 닥친 비극을 아는 것 같았지만, 가오루코는 그렇더라도 마냥 기다리게 할 수는 없다고 했다.

"언제까지 기다려야 하는지 모르잖아. 미하루 너도 와카바를 데리고 돌아가."

하지만, 이라고 말하고서 미하루는 입을 다물었다. 망설이는 눈치였다.

"무슨 일이 있으면 즉시 연락할게."

그 말에 미하루는 고개를 끄덕였다. 그리고 애잔한 눈빛으로 가오루코를 보며 "기도할게."라고 말했다.

그래, 하고 가오루코가 고개를 끄덕였다.

치즈코와 미하루가 돌아가자 공기가 한층 무겁게 느껴졌다.

병원 내에 공기 조절 장치가 가동되고 있음에도 가즈마사는 숨 쉬기가 힘들어 넥타이를 풀고 겉옷까지 벗었다.

둘은 하염없이 기다릴 수밖에 없었다. 그러는 동안 가즈마사의 스마트폰에서 몇 번인가 착신음이 울렸다. 보나 마나 업무상 전화일 것이다. 토요일이지만 이메일도 쉴 새 없이 들어왔다. 급기야 그는 스마트폰 전원을 꺼 버렸다. 오늘은 일할 상황이 아니다.

가족 대기실 문을 열고 나서자 바로 옆에 집중 치료실 입구가 보였다. 가즈마사는 몇 번이나 그쪽을 살펴봤지만 이렇다 할 변화는 없었다. 그 안에서 무슨 일이 벌어지는지 알 길이 전혀 없었다.

갈증이 나서 마실 것을 사러 갔다. 자동판매기에서 페트병 녹차를 뽑으면서 창밖에 눈길을 주었을 때에야 어느덧 어두워진 것을 알았다.

저녁 8시가 조금 지났을 무렵 간호사가 찾아왔다.

"하리마 씨이신가요?"

"네."

가즈마사와 가오루코가 동시에 일어섰다.

"의사 선생님이 설명을 드리겠답니다. 절 따라오세요."

네, 라고 대답하고 나서 가즈마사는 서른이 조금 넘어 보이는 간호사의 동그란 얼굴을 바라보았다. 그녀의 표정으로 짐작이나마 해 보려 했지만 간호사는 표정을 드러내지 않았다.

간호사가 안내한 곳은 집중 치료실 옆방이었다. 의사인 듯한 남자가 컴퓨터가 놓인 책상에 앉아서 서류에 뭔가를 적어 넣고 있었다. 가즈마사와 가오루코가 들어가자 남자가 고개를 들고 자신의 맞은편 의자에 앉으라고 권했다.

의사는 이름이 신도이며 뇌 신경외과 전문의라고 했다. 나이는 사십 대 중반쯤일까. 훤한 이마가 지적인 인상을 풍기는 사람이다.

"일단 현재 상황을 말씀드리겠습니다."

신도가 가즈마사와 가오루코를 번갈아 보면서 말을 시작했다.

"하지만 그러기 전에 따님을 먼저 만나고 싶으시다면 바로 안내하겠습니다. 다만 상황이 상황인지라 아무래도 사전 정보가 있는 편이 현실을 받아들이기 쉬울 것 같아 일단 이쪽으로 모셨습니다."

말투는 담담했지만 신중하게 말을 고르는 모양새가 상황이 예사롭지 않다는 느낌을 주었다.

가즈마사는 가오루코와 얼굴을 한 번 마주 본 후 의사에게 고개를 돌렸다.

"상황이 심각한가요?"

목소리가 살짝 떨렸다.

신도는 고개를 끄덕이고 나서 "의식이 아직 돌아오지 않았습니다."라고 대답했다.

"이미 들으셨는지 모르겠습니다만, 이 병원으로 이송된 직후에 심장이 다시 움직이기 시작했습니다. 그러나 그사이에 온몸에 혈액이 거의 공급되지 않은 것으로 보입니다. 다른 기관들은 혈액이 공급되지 않아도 손상이 없을 수 있지만 뇌는 그렇지 않습니다. 더 구체적인 사항은 앞으로 하나하나 판명되겠지만, 안타깝게도 따님은 뇌에 상당히 손상을 입었을 가능성이 큽니다."

의사의 말에 가즈마사는 시야가 기우뚱하는 느낌을 받았다. 현실감이 없었다. 하지만 동시에 뇌의 한구석에서는 어떻게든 살려 내겠다는 오기가 발동했다. 뇌 손상이라고? 까짓것, 하리마 테크의 BMI 기술이 있지 않은가. 약간의 후유증이야 어떻게든 극복할 수 있다. 절망에 빠져 있을 가오루코에게 나중에 그렇게 말해 기운을 북돋우리라고 생각했다.

그런데 가오루코가 울먹이는 소리로 "의식이 돌아오지 않을 수도 있다는 말인가요?"라고 물었을 때 신도가 내놓은 대답은 그런 가즈마사의 오기를 송두리째 무너뜨렸다.

잠시 뜸을 들이던 신도가 입을 열었다.

"그럴지도 모릅니다."

네에? 하고 가오루코가 비명 같은 소리를 내며 두 손으로 얼굴을 가렸다. 가즈마사는 온몸이 바들바들 떨려 오는 것을 느꼈다.

"치료할 방법이 없다는 말입니까? 이미 손을 쓸 수 없게 됐다는 말이냐고요?"

간신히 물었다.

신도가 안경 속의 눈을 깜박거렸다.

"물론 지금도 전력을 다해 치료하고 있습니다만, 따님의 뇌가 기능하고 있다는 신호는 아직 확인되지 않았습니다. 뇌파도 반응이 없고요."

"뇌파가……, 그럼 뇌사라는 겁니까?"

"규정상 지금 단계에서는 뇌사라는 말을 사용할 수 없습니다. 그리고 뇌파가 나타내는 것은 주로 대뇌의 전기적 활동입니다. 따님의 경우 적어도 대뇌가 기능하지 않는 것만은 확실합니다."

"그럼 대뇌 이외의 부분은 기능할 가능성이 있다는 뜻입니까?"

"그럴 경우에는 천연성 의식 장애, 그러니까 이른바 식물인간 상태라고 하겠죠. 하지만,"

신도가 혀로 입술을 축였다.

"그럴 가능성도 지극히 낮다고 할 수 있습니다. 식물인간 상태의 환자는 뇌파에 파형이 나타납니다. 물론 정상인의 뇌파와는 다르지만요. 그러나 따님은 MRI 검사 결과로 봐도 뇌가 기능한다고 보기 어렵습니다."

가즈마사는 손으로 가슴을 눌렀다. 숨이 쉬어지지 않았다. 아니, 가슴 속이 마치 쥐어짜는 것처럼 아파서 앉아 있기조차 힘들었다. 뭔가 질문을 해야 한다고 생각했지만 머릿속에 아무것도 떠오르지 않았다. 뇌가 사고하기를 거부하고 있었다.

옆에서는 가오루코가 두 손으로 얼굴을 가린 채 경련하듯 몸을 떨었다.

가즈마사는 심호흡을 하고 나서 다시 물었다.

"지금 알 수 있는 정보는 그게 전부입니까?"

"그렇습니다."

신도가 대답했다.

가즈마사가 가오루코의 등에 손을 얹었다.

"미즈호를 보러 가지."

얼굴을 감싼 그녀의 손가락 사이로 울음소리가 새어 나왔다.

신도의 안내에 따라 두 사람은 집중 치료실로 들어섰다. 침대를 가운데 두고 양쪽으로 의사 둘이 서서 심각한 표정으로 계기판을 들여다보다가 기기를 조절하다가 하고 있었다. 신도가 한쪽 의사에게 무슨 말인가 속삭이자 그가 진지한 표정으로 뭐라고 대답했다. 무슨 내용인지는 들리지 않았다.

가오루코와 함께 침대로 다가간 가즈마사는 새삼 암담한 기분에 휩싸였다.

틀림없는 자신의 딸이 거기서 잠자고 있었다. 하얀 피부, 동그란 얼굴, 분홍색 입술.

그러나 도저히 '편안하게'라는 말은 덧붙일 수 없었다. 갖가지 튜브가 아이의 몸에 연결되어 있었고, 특히 인공호흡기 튜브가 목에 꽂혀 있는 모습은 바라보기에도 너무 가슴이 아파서 그럴 수만 있다면 자신이 대신하고 싶은 마음이었다.

신도가 다가와 "자발 호흡은 없습니다."라고 마치 가즈마사의 속마음을 들여다보기라도 한 것처럼 말했다.

"저희들이 할 수 있는 방법은 모두 동원했습니다. 그 결과가 지금 이 상태라는 점을 이해해 주셨으면 합니다."

가오루코가 침대로 더 다가가려다 걸음을 멈추고 신도를 돌아보며 물었다.

"얼굴을 만져 봐도 될까요?"

"네, 물론입니다."

가오루코는 침대 바로 옆에 서서 조심스럽게 딸 미즈호의 하얀 얼굴에 손을 얹었다.

"따뜻해. 보드랍고 따뜻해."

가즈마사는 가오루코 옆에 서서 딸을 내려다보았다.

"많이 컸군."

그 자리에 전혀 어울리지 않는 말이 그의 입에서 나왔다. 잠든 미즈호의 얼굴을 이렇게 찬찬히 바라보기도 오랜만이었다.

그렇지? 하고 가오루코가 중얼거렸다.

"그래서 금년에는 수영복도 새로 샀어."

가즈마사는 어금니를 꽉 물었다. 그제야 가슴속에서 무언가가 치밀어 올랐다. 그러나 울어서는 안 된다고 생각했다. 설사 울어야 할 때가 온다 해도 지금은 아니다. 그건 좀 더 나중에, 라고 자신에게 속삭였다.

그때 뭔지 모를 모니터 하나가 시야에 들어왔다. 그게 뭘 하는 기계인지는 가즈마사도 알 수 없었다. 전원이 꺼져 있는지 화면이 시커멨다.

그 화면에 가즈마사와 가오루코의 모습이 비쳤다. 검은색 양복 차림의 남편과 짙은 감색 원피스 차림의 아내가 마치 상복을 입은 모습처럼 보였다.

4

할 말이 있다는 신도를 따라 가즈마사와 가오루코는 아까 있던 방으로 돌아가 다시 그와 마주 앉았다.

"보셨듯이 지극히 어려운 상황입니다. 물론 치료는 계속하겠습니다만, 회복을 바라서가 아니라 연명 조치에 불과하다는 사실을 말씀드려야 할 것 같습니다."

가오루코가 손으로 입을 막는 모습이 곁눈으로 보였다. 다음 순간 그녀의 입에서 오열이 새어 나왔다.

"결국은 죽을 거라는 말씀입니까?"

가즈마사의 물음에 신도는 네, 하며 고개를 끄덕였다.

"그때가 언제냐는 질문에는 답해 드릴 수 없습니다. 그건 저도 모르니까요. 저런 상태에 접어들 경우 통상적으로는 며칠 안에 심정지가 옵니다. 그러나 아이들의 경우는 좀 달라서, 몇 달 이상 생존한 사례도 있습니다. 단, 회복된 경우는 없습니다. 그 점만은 단언합니다. 다시 한 번 말씀드리지만, 연명 조치일 뿐입니다."

의사의 한 마디 한 마디가 가슴속에 차곡차곡 돌처럼 쌓였다. 충분히 알아들었으니 그만하라고 소리치고 싶은 심정이었다.

"제 말을 이해하셨습니까?"

집요하게 묻는 상대에게 가즈마사가 네, 하고 퉁명스럽게 대답했다.

그럼, 하고 신도가 등을 쭉 펴며 자세를 고쳐 앉았다.

"지금부터는 의사로서가 아니라 이 병원의 장기 이식 코디네이터로서 말씀드리겠습니다."

"뭐라고요?"

가즈마사가 미간을 찡그렸다. 전혀 예상치 못한 말이었기 때문이다. 옆에 있던 가오루코도 동작을 멈췄다. 그녀도 같은 생각일 것이다. 이 의사가 대체 무슨 말을 하는 걸까.

"당황하시는 것도 무리가 아닙니다. 그러나 따님 같은 상태에 빠진 경우 이 말씀을 드릴 수밖에 없습니다. 어느 의미에서는 따님과 하리마 씨 부부의 권리이기도 하니까요."

"권리……."

그 말이 가즈마사의 귀에 몹시 기묘하게 울렸다. 이런 상황에서 들어야 할 말은 아닌 것 같았다.

"물어보나 마나라고는 생각합니다만, 따님에게 장기 기증 의사를 표시한 카드가 있습니까? 또는 따님과 장기 이식이나 장기 기증에 관해 이야기를 나눈 적이 있습니까?"

가즈마사는 진지하게 묻는 신도의 얼굴을 바라보며 고개를 저었다.

"그런 게 있을 리 있겠습니까? 그런 얘기는 나눠 본 적도 없습니다. 딸애는 이제 겨우 일곱 살입니다."

"그렇겠죠."

신도가 고개를 끄덕였다.

"그럼 두 분께 묻겠습니다. 만일 따님이 뇌사 판정을 받을 경우 장기를 기증할 의향이 있습니까?"

가즈마사가 앉은 채 몸을 살짝 뒤로 젖혔다. 대답할 말이 쉽게 떠오르지 않았다. 미즈호의 장기를 누군가에게 기증한다고? 오늘까지 단 한 번도 생각해 본 적이 없는 일이다.

가오루코가 불쑥 고개를 들었다.

"미즈호의 장기를 이식할 수 있게 해 달라는 말인가요?"

"아닙니다. 그런 말이 아닙니다."

신도가 당황해서 손을 가로저었다.

"두 분의 의사를 확인하고 싶을 뿐입니다. 이건 뇌사가 의심될 경우에 밟는 절차입니다. 거절하셔도 상관없어요. 다시 말씀드리지만, 저는 이 병원의 코디네이터일 뿐 이식 수술에는 일절 관여하지 않습니다. 가령 장기 기증을 승낙하신다 해도 그 이후의 절차는 외부 코디네이터가 담당하게 됩니다. 제 역할은 두 분의 의사를 확인하는 것뿐이고요. 결코 장기 기증을 부탁드릴 입장이 아닙니다."

가오루코가 당황스러운 눈빛으로 가즈마사를 봤다. 그녀 역시 예상치 못한 전개를 사고가 미처 따라잡지 못하는 것이다.

"거절하면 어떻게 됩니까?"

"아무 일도 없습니다."

신도가 차분한 말투로 대답했다.

"현재 상태가 계속될 뿐이죠. 언젠가는 마지막이 올 것이고, 그때를 기다려야 할 겁니다."

"승낙하면요?"

그럴 경우에는, 하고 신도가 숨을 깊이 들이쉬었다.

"뇌사 판정 절차를 밟습니다."

"뇌사……, 아, 그렇군요."

가즈마사는 그제야 사정이 이해되었다. 조금 전에 신도가 "규정상 지금 단계에서는 뇌사라는 말을 사용할 수 없습니다."라고 했던 말이 떠올랐다.

"무슨 뜻이야?"

가오루코가 물었다.

"뇌사 판정 절차라니, 그게 뭐지?"

"말 그대로야. 뇌사인지 아닌지 정식으로 판정하는 거야. 뇌사가 아닌데 장기를 적출하면 살인이잖아."

"아니, 잠깐. 무슨 말인지 이해를 못하겠어. 미즈호가 뇌사가 아닐지도 모른다는 뜻이야? 아까 선생님이 지금 상태로 몇 달 이상 생존한 사람도 있다고 했는데 그 말이 그런 뜻이었어?"

"그런 말은 아니야. 그렇죠?"

가즈마사가 신도에게 확인했다.

"네, 그런 뜻이 아닙니다."

신도가 천천히 턱을 당기고 얼굴을 가오루코에게 향했다.

"뇌사인 경우에도 몇 달 동안 생존할 가능성이 있다는 뜻이었습니다."

"네? 하지만 그러면······."

가오루코의 눈길이 이리저리 방황했다.

"앞으로 몇 달 동안 더 살지도 모르는데 죽여서 장기를 꺼낸다는 말인가요?"

"죽인다는 표현과는 좀 다르다고 생각합니다만······."

"뭐가 다르죠? 아직 더 살 수 있는 목숨을 끊는 게 죽이는 게 아니고 뭐예요?"

그렇게 묻는 것도 당연했다. 신도는 할 말을 잃은 듯한 표정을 지었다. 그리고 잠시 후 그가 다시 입을 열었다.

"뇌사가 확인되면 그 사람은 죽은 걸로 간주되니 살인이라고 할 수는 없습니다. 그럴 경우에는 심장이 아직 움직인다 해도 사체로 취급합니다. 정식으로 뇌사 판정이 내려지는 시각을 사망 시각으로 보고요."

가오루코가 납득할 수 없다는 듯이 고개를 저었다.

"뇌사인지 아닌지 어떻게 알죠? 그리고 지금 당장 판정하지 않는 이유는 뭐고요?"

그러니까, 하고 가즈마사가 입을 열었다.

"장기 기증을 승낙하지 않는 경우에는 뇌사 판정도 내려지지 않는다는 뜻이야. 그게 규정이란 말이지."

"아니, 왜?"

"법이 그렇게 되어 있으니까."

"무슨 그런 법이 다 있어?"

"이해하기 매우 힘든 법이긴 합니다."

신도가 말했다.

"세계적으로도 아주 특이한 법이죠. 다른 여러 나라에서는 뇌사를 죽음으로 인정하고 있습니다. 따라서 뇌사라고 확인되는 단계에서 치료를 모두 중단합니다. 설사 심장이 움직인대도 말이죠. 그리고 장기 기증 의사를 밝힐 경우에만 연명 조치를 합니다. 그런데 일본은 아직 거기까지 국민의 이해를 구하지 못한 터라 장기 기증을 승낙하지 않는 경우에는 심장이 정지되어야 사망한 것으로 간주합니다. 극단적으로 표현하자면 두 가지 죽음 중 하나를 선택할 수 있다는 말이죠. 제가 처음에 권리라는 말을 사용했는데, 그 말은 따님을 어떤 형태로 보낼지, 그러니까 심장사와 뇌사 중 선택할 권리가 있다는 의미입니다."

의사의 설명에 그제야 상황이 이해되는지 가오루코의 어깨에서 힘이 쭉 빠져나가는 것이 느껴졌다. 그녀가 가즈마사를 보았다.

"당신은 어떻게 생각해?"

"뭘 말이야?"

"뇌사에 대해서. 뇌사했다는 건 이미 죽었다는 뜻인가? 당신 회사에서 뇌와 기계를 연결하는 연구를 하고 있으니까 이런 것도 잘 알지 않아?"

"우리 회사에서는 뇌가 살아 있다는 전제하에 연구하는 거야. 뇌사한 경우는 생각해 본 적이 없어."

그렇게 대답하는 순간 뭔가가 가즈마사의 머릿속을 퍼뜩 스쳤다. 그러나 그 뭔가는 확실한 형태를 이루기 전에 사라지고 말았다.

"가족이 장기 기증을 승낙하는 이유는 신체의 일부나마 이 세상에 계속 살아 있기를 바라는 마음이 간절해서인 것 같습니다. 물론 다른 사람의 목숨을 구하고 싶다는 이유도 없잖아 있겠지만요."

그러나, 하고 신도가 말을 이었다.

"승낙하지 않는다고 해서 비난받을 일은 없습니다. 다시 말씀드리지만 장기 기증은 권리입니다. 따라서 서둘러 결론을 내릴 필요는 없습니다."

신도가 새삼스럽게 가오루코와 가즈마사에게 눈길을 주었다.

"신중히 생각하셔도 괜찮습니다. 두 분 외에 따로 의논해야 할 사람도 있으실 테고요."

"시간이 어느 정도 있습니까?"

가즈마사의 질문에 신도가 "글쎄요, 그건……." 하고 고개를 갸우뚱했다.

"뭐라고 단언하기 힘듭니다. 아까도 말씀드렸다시피 뇌사에서 심정지에 이르는 기간은 길어야 며칠입니다. 그러나 일단 심장이 정지되면 대부분의 장기는 이식에 사용할 수 없습니다."

그러니 뇌사를 선택하려면 결론을 빨리 내리는 편이 좋다는 의미인 듯했다.

가즈마사가 가오루코를 봤다.

"집에 돌아가서 하룻밤 차분히 생각해 봐야 하지 않겠어?"

가오루코가 눈을 깜박였다.

"미즈호를 두고 가자는 거야?"

"곁에 있고 싶은 심정은 알아. 그건 나도 마찬가지야. 하지만 그러면 냉정한 판단을 내리기 힘들 것 같아."

가즈마사가 이번에는 신도를 보며 물었다.

"내일까지 대답해 드리면 어떻겠습니까?"

"그래도 될 겁니다."

신도가 대답했다.

"제 경험으로 볼 때 앞으로 이삼 일은 버틸 것 같습니다. 물론 확실한 건 아니니 약간의 각오는 필요하겠지만요. 조금이라도 변화가 있으면 곧바로 연락을 드릴 테니 휴대 전화는 반드시 켜 두세요."

가즈마사는 고개를 끄덕이고 나서 "그렇게 하면 어떻겠어?"라고 가오루코에게 물었다.

그녀는 어두운 표정으로 눈가를 몇 번 누른 다음 천천히 고개를 끄덕였다.

"돌아가기 전에 미즈호를 다시 한 번 보고 싶어."

"그래, 그럼. ……그래도 되겠죠, 선생님?"

"물론입니다."

신도가 대답했다.

히로오의 집에 돌아왔을 때는 밤 10시가 넘어 있었다. 대문을 지나 현관으로 걸어가면서 가즈마사는 심경이 복잡했다. 이 집에 발을 들인 지 1년 만이다. 설마 이런 식으로 돌아오게 될 줄은 꿈에도 몰랐다.

현관문을 열자 센서가 작동해 자동으로 현관 조명이 켜졌다. 구두를 벗던 가오루코가 갑자기 동작을 멈추고 비스듬히 아래쪽을 내려다보았다. 그 시선을 따라가 보니 조그만 샌들이 놓여 있었다. 빨강 리본이 달린 분홍색 샌들이다.

가오루코, 하고 가즈마사가 그녀를 불렀다.

그 순간 그녀의 얼굴이 일그러지는가 싶더니 구두를 벗어던지고 바로 옆에 있는 계단을 뛰어 올라갔다.

가즈마사도 구두를 벗었다. 그리고 천천히 계단을 올라가던 그는 가오루코가 울부짖는 소리에 걸음을 멈췄다.

비명에 가까운 그녀의 절규는 마치 어두운 절망의 늪에서

터져 나오는 것처럼 집 안에 메아리쳤다. 그 압도적인 슬픔의
파도는 가즈마사가 걸음을 더 내딛는 것을 허락하지 않았다.

5

거실 장식장에 부나하번 위스키 병이 있었다. 1년 전에 마
시고 남은 그대로다. 부엌에 들어가 위스키 잔을 꺼낸 다음
냉동고에 있던 얼음을 담았다. 거실 소파에 앉아 잔에 위스키
를 따르자 빠직, 빠직, 얼음 갈라지는 소리가 났다. 잔을 몇 번
휘휘 돌린 다음 한 모금 머금으니 독특한 향이 목에서 코로
번졌다.

가오루코의 울음소리가 더는 들리지 않았다. 슬픔이 가셨을
리는 없으니 기진했는지도 모른다. 침대에 엎드려 흐느끼는
모습이 눈앞에 떠올랐다.

잔을 테이블에 내려놓고 가즈마사는 실내를 둘러봤다. 가구
배치는 1년 전과 변함이 없었다. 그런데도 거실 분위기는 완
전히 달랐다. 장식장 위에 놓여 있던 그림 접시가 사라지고 대
신 장난감 기차가 조르륵 놓여 있다. 거실 한쪽 구석에는 유명
한 만화 캐릭터가 인쇄된 킥보드와 아이들이 타고 놀 수 있는
모형 자동차가 있었다. 그뿐이 아니다. 인형, 블록, 공……,

건강한 일곱 살짜리 여자아이와 다섯 살짜리 사내아이가 이 집에 살고 있다는 걸 나타내는 물건들이 여기저기 흩어져 있었다.

가오루코가 아이들을 위해 이렇게 꾸몄군, 하고 생각했다. 그녀는 이곳에서 많은 시간을 보낼 것이다. 아이들이 아빠 없는 상실감을 느끼지 않도록 온 힘을 다하고 있을 것이 분명했다.

딸가닥, 소리가 나서 돌아보니 거실 입구에 가오루코가 서 있었다. 티셔츠와 긴치마 차림인 그녀의 흐트러진 머리와 울어서 퉁퉁 부은 눈이 안쓰러웠다. 그 짧은 시간에 조금 야윈 것처럼 보이기까지 했다.

"나도 좀 마실까."

가오루코가 테이블에 놓인 위스키 병에 눈길을 주며 힘없는 목소리로 말했다.

"그래, 조금 마시는 것도 괜찮을 거야."

부엌으로 간 그녀는 잠시 후 유리잔과 페트병 생수, 아이스 버킷을 쟁반에 받쳐 들고 돌아왔다.

가즈마사와 테이블을 끼고 직각으로 앉은 그녀는 말없이 잔에 위스키를 따르고 얼음을 넣었다. 그 손놀림이 익숙지 않았다. 가오루코는 원래 술을 잘 마시지 않는다.

잔에 입을 살짝 대고 나서 그녀가 휴우, 한숨을 내쉬었다.

"기분이 이상해. 딸은 저 지경인데, 엄마 아빠라는 사람은 술이나 마시다니 말이야. 그것도 이혼을 앞두고 별거하는 마당에……."

그 자학적인 말에 대꾸할 말이 없어 가즈마사는 잠자코 위스키를 한 모금 마셨다.

한동안 침묵이 이어졌다. 그 침묵을 깬 사람은 가오루코였다. 그녀가 "믿기지 않아."라고 중얼거렸다.

"미즈호가 이 세상에서 없어지다니……. 그런 일은 생각해 본 적도 없어."

나도 마찬가지야, 라고 말하려다가 가즈마사는 그 말을 안으로 삼켰다. 지난 1년 동안 미즈호 일에 자신이 얼마나 신경을 썼던가 생각하니 그런 말을 입에 담을 자격이 없다고 느껴졌기 때문이다.

술잔을 손에 꼭 쥔 채 가오루코가 또 흐느끼기 시작했다. 뺨을 타고 흐른 눈물이 바닥에 뚝뚝 떨어졌다. 그녀는 옆에 있던 화장지 상자를 끌어당겨 얼굴을 닦고 바닥의 눈물도 닦았다.

있잖아, 하고 그녀가 다시 입을 열었다.

"어떻게 하지?"

"장기 기증 말이야?"

"응. 그 얘기를 하려고 집에 돌아온 거잖아."

"그렇지."

가즈마사는 유리잔 속을 들여다봤다.

가오루코가 후우, 하고 숨을 길게 토해 냈다.

"장기를 누군가의 몸에 이식하면 미즈호의 일부가 이 세상에 남아 있는 걸까?"

"그건 생각하기에 달렸지. 심장이나 신장이 남아 있다고 해서 거기에 그 아이의 영혼이 깃들어 있다고 할 수는 없지 않겠어? 그보다는 이식용 장기를 기다리는 사람들에게 도움이 되어 줌으로써 그 아이의 죽음을 헛되지 않게 한다고 생각할 수 있느냐가 관건이라고 봐."

가오루코가 손바닥으로 이마를 짚었다.

"솔직히 말해서, 누군지 알지도 못하는 사람의 목숨이 어떻게 되든 난 관심 없어. 너무 이기적인 생각인지는 모르지만."

"그건 나도 마찬가지야. 이런 마당에 어떻게 남을 생각할 수 있겠어. 게다가 어디 사는 누구에게 이식되었는지도 가르쳐 주지 않을 텐데."

"그래?"

가오루코가 의외라는 듯이 눈을 동그랗게 떴다.

"그럴 거야. 그러니까 설령 장기 기증에 동의하더라도 그 행로는 알 수 없어. 이식 수술이 성공했는지 어떤지 정도야 가르쳐 줄지도 모르지만."

흠, 하고 가오루코가 다시 생각에 잠겼다. 침묵의 시간이 또 흘렀다.

가즈마사가 두 잔째 위스키를 다 마셨을 때 그녀가 하지만, 하고 중얼거렸다.

"어딘가에 있을지도 모른다, 라고 생각할 수는 있지 않을까?"

"그게 무슨 뜻이지?"

"그 아이 심장이나 신장을 지니고 살아가는 사람이 이 세상 어딘가에 있고, 그래서 오늘도 건강하게 살아갈 것이다, 라고 생각할 수 있지 않을까 싶어서……. 어떻게 생각해?"

"글쎄, 어쩌면 그럴지도 모르지. 아니, 그렇다기보다는,"

가즈마사가 고개를 갸우뚱했다.

"만약 미즈호의 장기를 기증하게 된다면 그렇게라도 생각해야 견딜 수 있지 않겠어?"

그러네, 라고 중얼거리면서 가오루코는 아이스 버킷에서 얼음을 집어 텀블러에 채우다가 고개를 흔들었다.

"안 되겠어. 미즈호가 죽는다는 것도 믿기 힘든데 이런 생각까지 해야 하다니, 너무 잔인해."

가즈마사도 동감이었다. 뭔가 불합리하다고 생각했다. 왜 하필 우리가 이런 시련을 겪어야 하는가.

신도가 했던 말이 불쑥 떠올랐다. 두 분 외에 따로 의논해야 할 사람도 있으실 테고요…….

"다른 사람들과 의논해 볼까?"

가즈마사가 물었다.

"다른 사람들 누구?"

"당신 친정 쪽이랑 우리 아버지랑."

아아, 하며 가오루코가 지친 얼굴로 고개를 끄덕였다.

"그래야겠네."

"이 시간에 모이라고 할 수는 없으니 따로따로 전화해서 의견을 물어볼까?"

"그러는 게 좋을 것 같기는 한데……."

가오루코가 퀭한 눈으로 가즈마사를 봤다.

"뭐라고 말을 꺼내지?"

그건, 하고서 가즈마사는 혀로 입술을 축였다.

"사실대로 전할 수밖에 없겠지. 당신 부모님은 사고를 이미 알고 계시니까 우선 상황이 아주 좋지 않다는 말씀을 드리고 장기 기증에 관해 의견을 여쭤보면 될 거야."

"뇌사를 설명하는 것도 그렇고……, 내가 제대로 설명을 할 수 있을지 모르겠어."

"힘들 것 같으면 당신 대신 내가 설명할게."

"아니야, 어떻게든 해 봐야지. 당신, 유선 전화 사용할 거야?"

"아니, 나는 스마트폰으로 걸 테니 당신이 유선 전화로 해."

그래, 라고 하면서 가오루코가 소파에서 일어났다.

"난 그럼 침실에서 걸게."

"알았어."

무거운 걸음으로 문을 향해 걸어가던 가오루코가 거실을 나서기 전에 뒤돌아보며 물었다.

"당신, 우리 엄마랑 미하루를 원망해? 왜 미즈호를 좀 더 잘 돌보지 못했냐고 말이야."

수영장에서 생긴 일을 말하는 듯했다. 가즈마사는 고개를 가로저었다.

"그분들은 내가 잘 알아. 뭐든 설렁설렁 하는 분들이 아니잖아. 어쩔 수 없는 상황이었을 거야."

"정말 그렇게 생각해? 솔직하게 말해서 나는 그 두 사람에게 화풀이라도 하고 싶은 심정인데."

그녀의 말에 동의해야 하나 말아야 하나 잠시 망설이던 가즈마사는 "그 자리에 당신이나 내가 있었어도 결과는 마찬가지였을 거야."라고 대답했다.

가오루코가 천천히 눈을 깜박거리다가 고마워, 라고 말하고 거실을 나갔다.

가즈마사는 벗어서 옆에 두었던 윗도리를 끌어당겨 안주머니에서 스마트폰을 꺼냈다. 전원을 켜 보니 문자가 몇 건 들어와 있었다. 하지만 급한 용건은 없는 듯했다.

그는 연락처 목록에서 다쓰로의 전화번호를 검색했다. 그리고 전화를 걸기 전에 뭐라고 말을 꺼내야 할지 생각했다. 가오루코 부모님과 달리 가즈마사의 아버지는 아직 손녀의 신변에 일어난 일을 모른다. 아까 병원에서 대기실에 있을 때도 다쓰로에게 알릴까 말까 몇 번이나 망설였지만, 좀 더 상황을 지켜보다가 알리는 편이 낫겠다 싶어 결국 연락하지 않았다.

가즈마사의 어머니는 10년 전에 식도암으로 돌아가셨다. 그녀는 하나밖에 없는 아들이 늦도록 결혼을 하지 않아 손주 얼굴을 보지 못한 것을 마지막까지 아쉬워했다. 하지만 이런 일이 닥치고 보니 어머니에게는 차라리 그 편이 나았겠다 싶기도 하다. 신경이 예민했던 어머니는 눈에 넣어도 아프지 않을 손녀의 갑작스러운 죽음을 쉬이 받아들이지 못했을 것이다. 몸져눕거나, 어쩌면 정신이 반쯤 나가서 치즈코와 미하루를 원망했을지도 모른다.

머릿속으로 할 말을 정리하면서 가즈마사는 스마트폰의 버튼을 눌렀다. 11시가 지난 시각이었다. 다쓰로는 나이가 일흔다섯임에도 늦도록 안 자는 편이라 아마 이 시각에도 깨어 있을 것이다. 가즈마사가 결혼해서 독립하자 그때까지 살던 집을 처분하고 지금은 초고층 맨션에서 혼자 살고 있었다. 가사 서비스를 이용하니 생활에 불편은 없을 터였다.

벨이 몇 번 울린 후 전화가 연결되었다. 네, 하는 아버지의 나지막한 목소리가 들렸다.

"저예요, 가즈마사. 지금 통화 괜찮으세요?"

"그래, 무슨 일이냐."

가즈마사는 침을 꿀꺽 삼키고 나서 입을 열었다.

"오늘, 미즈호가 수영장에서 사고를 당했어요. 물에 빠져서 구급차에 실려 병원으로 옮겨졌는데요."

단숨에 거기까지 말했다.

다쓰로가 숨을 삼키는 듯했다.

"응, 그래서?"

아버지의 목소리에서 여유로운 느낌이 사라졌다.

"의식이 돌아오지 않아요. 살아날 가망이 없다고 합니다."

으윽, 하는 신음 같은 소리가 들렸다. 숨을 고르고 있어서인지 다쓰로는 말이 없었다.

가즈마사가 아버지, 하고 그를 불렀다.

숨을 크게 몰아쉬는 소리가 들리고 나서 "지금 어떤 상태냐?" 하고 다쓰로가 떨리는 목소리로 물었다.

가즈마사는 미즈호가 일단은 집중 치료실에서 치료를 받고 있지만 그것은 연명 조치일 뿐 회복 가능성이 없으며 아마도 뇌사 상태일 것이라고 대답했다.

"이게 무슨……."

다쓰로가 쥐어짜는 듯한 소리를 냈다.

"우리 미즈호가……. 이게 대체 무슨 날벼락이냐. 어쩌다가 이런 일이……."

목소리에 슬픔과 분노가 뒤섞여 있었다.

"수영장 배수구 철망에 손가락이 끼어 빠지지 않았던 모양이에요. 원인은 이제부터 조사해야겠죠. 하지만 지금은 그런 걸 따질 때가 아닙니다. 다음 일을 생각해야 해요. 그래서 아버지께 전화를 드린 겁니다."

"다음 일이라니, 그게 뭔데?"

"장기 기증요."

"뭐야?"

상황을 알지 못하는 다쓰로에게 가즈마사는 장기 기증과 뇌사 판정 등에 대해 설명했다. 하지만 말이 채 끝나기도 전에 다쓰로가 "아니, 잠깐." 하고 가즈마사의 말을 가로막았다.

"너, 지금 대체 무슨 소리를 하는 거냐? 미즈호가 사느냐 죽느냐 하는 마당에……."

아버지의 말에 가즈마사는 아아, 역시, 하고 생각했다. 이것이 보통 사람의 감각이다. 사랑하는 사람의 죽음을 받아들이지도 못하는 상태에서 장기 기증을 논하는 것 자체가 어불성설이었다.

"그렇지 않아요, 아버지. 사느냐 죽느냐 하는 단계는 이미 지났어요. 미즈호가 죽었다고 보시면 됩니다."

"죽었다니, 그건 의사가 판정한 다음에 할 소리지."

"물론 그렇습니다만, 뇌사 상태인 건 분명해요."

가즈마사는 일본의 법률부터 설명할 수밖에 없었다. 그러면서 가오루코도 자기와 똑같은 고초를 겪고 있을 거라고 생각했다. 이해했다고 여기는 자신조차 제대로 설명하기 힘들었다.

그러나 끈질기게 설명하는 동안 다쓰로도 점차 상황을 이해하는 것 같았다.

"그러니까 심장은 움직여도 미즈호는 죽었다. 이미 이 세상 사람이 아니다. 그런 뜻이로구나."

마치 자기 자신에게 들려주듯이 다쓰로는 말했다.

그렇습니다, 하고 가즈마사가 대답했다.

"아아, 이게 대체 무슨 일이냐. 앞날이 창창한 어린아이한테 왜 그런 일이⋯⋯. 할 수만 있다면 내가 대신 죽었으면 좋겠구나. 내 목숨이라도 괜찮다면 말이야."

그 말은 진심일 것이다. 미즈호가 태어난 지 얼마 안 되었을 때, 첫 손주를 품에 안은 다쓰로는 이 아이를 위해서라면 언제든지 죽을 수 있다고 입버릇처럼 말하곤 했다.

"아버지는 어떻게 생각하세요?"

"장기 기증⋯⋯ 말이냐?"

"네. 아버지 의견을 듣고 싶어요."

전화기 저편에서 다쓰로가 신음했다.

"어려운 문제구나. 이미 죽은 것이나 진배없다면 장기라도 기증해서 다른 사람을 돕는 것도 나쁘지 않겠지. 하지만 역시 마지막까지 지켜보는 편이 나을 것 같기도 하구나."

"그러게 말입니다. 머릿속으로는 장기 기증을 승낙하는 것이 이성적인 판단이라는 사실을 알겠는데 심정적으로는 아직 단념하기가 어려워요."

"나 자신의 장기라면야 시원스럽게 대답할 수 있겠지. 사양하지 말고 사용하라고 말이다. 물론 나 같은 노인네 장기 따위야 아무도 원하지 않을 테지만……."

"아버지 자신의 장기라면…… 말인가요."

만약 미즈호의 마음을 알 수 있다면, 하는 생각이 퍼뜩 들었다. 물론 불가능한 일이다.

가즈마사, 하고 다쓰로가 불렀다.

"판단은 너희에게 맡기마. 어떤 판단을 내리든 두말하지 않겠다. 이 문제에 답할 수 있는 사람은 부모뿐이라고 생각하니 말이다. 그래도 되겠니?"

가즈마사는 심호흡을 하고 나서 "알겠습니다."라고 대답했다. 아버지라면 이렇게 대답하지 않을까 하고 전화를 걸기 전부터 막연하게나마 예상한 대로였다.

"미즈호를 보고 싶구나. 내일 병원에 가면 만날 수 있는 거냐?"

"네, 내일은 괜찮을 겁니다."

"그럼 내일 면회를 가마. 아니지, 이제 면회라는 말은 안 어울릴 수도 있겠구나. 아무튼 내일 가마. 병원이 어디냐?"

가즈마사가 병원 이름과 위치를 알려 주자 다쓰로는 "내일 일정이 정해지면 알려 다오. 그리고 며늘아기를 잘 보살피려무나."라고 말하고 전화를 끊었다. 그는 아들 내외가 이혼 직전인 것을 모른다. 가즈마사가 세 들어 사는 아파트도 세컨드 하우스인 줄로만 알고 있다.

스마트폰을 내려놓은 후 위스키 잔을 손에 들었다. 한 모금 마셔 보니 많이 옅어져 있었다. 병을 끌어당겨 위스키를 채웠다.

다쓰로와 주고받은 대화를 되새겨 보았다. 나 자신의 장기라면, 이라는 말이 마음에 걸렸다.

다시 스마트폰을 집어 들고 키워드 몇 개를 인터넷 창에 입력해 봤다. 뇌사, 장기 제공 등의 단어였다.

금세 다양한 자료가 나왔다. 그중 내용이 있어 보이는 것을 골라 죽 훑어보았다. 그러다가 자신들이 왜 이렇게 고심해야 하는지 그 이유를 알게 되었다.

장기 이식법이 개정되었기 때문이었다. 과거에는 환자 자신이 장기 기증 의사를 밝힌 경우에 한해 뇌사를 죽음으로 인정했다. 그러다가 본인이 의사를 밝힐 수 없는 경우 가족의 승낙이 있으면 되는 것으로 법이 개정된 것이다. 그에 따라 미즈호처럼 장기 이식과 관련한 지식이 없고 생각조차 해 본 적 없는 어린아이에게도 법 적용이 가능해졌다.

뇌사에 대해서는 아직도 논란이 분분하지만, 본인이 장기 기증 의사를 밝힌 경우에는 본인의 뜻을 존중하면 되므로 가족으로서는 판단이 수월하다. 하지만 그렇지 않은 경우에 가족에게 판단을 강요하는 일이 과연 옳을까.

생각할수록 어떻게 해야 할지 혼란스럽기만 했다. 가즈마사는 스마트폰을 내던지고 일어서서 거실을 나섰다.

복도를 지나 계단 앞에 멈춰 서서 귀를 기울여 보았다. 2층에서는 우는 소리도 말소리도 들리지 않았다.

망설이다가 계단을 올라갔다. 그리고 복도 맨 끝에 있는 침실로 다가가 문을 두드렸다. 그러나 아무런 반응이 없었다.

혹시 자살을……, 하는 불길한 생각이 머리를 스쳐 문을 벌컥 여니 방 안이 캄캄했다. 가즈마사는 벽에 붙은 스위치를 눌렀다.

그런데 가오루코가 보이지 않았다. 킹사이즈 침대에 베개가 세 개 나란히 놓여 있는 모습을 본 그는 '평소에 여기서 셋이 같이 잔 모양이군.' 하는 엉뚱한 생각을 했다.

여기 없다면 어디 있을까 잠시 생각하다가 다시 복도로 나섰다. 옆으로 나란히 있는 문 두 개 중 하나를 여니 불이 켜져 있었다.

네 평 정도의 양실 한가운데에 가오루코가 문을 등진 채 주저앉아 있었다. 그녀 품에는 커다란 곰 인형이 안겨 있었다. 미즈호의 세 살 생일에 가오루코 부모님이 선물한 인형이다.

요즘, 하고 가오루코가 억양 없는 목소리로 말했다.

"이 방에서 혼자 노는 일이 많았어. 엄마는 들어오지 마, 그러면서 말이야."

"그렇군."

가즈마사는 실내를 둘러봤다. 가구는 하나도 없고 벽 앞에 종이 상자가 두 개 놓여 있었다. 얼핏 보니 그 안에 인형과 장난감, 악기, 블록 등이 들어 있었다. 종이 상자 옆에는 그림책도 몇 권 있었다.

"미즈호가 학교에 들어가면 이 방을 공부방으로 쓰려고 했어."

가즈마사는 고개를 끄덕이고 창가로 다가갔다. 그곳에서는 정원이 내려다보인다. 집을 지을 때 그는 이 창문에서 아이가 손을 흔드는 모습을 마당에 서서 올려다보는 장면을 상상했다.

"부모님께 전화 드렸어?"

응, 하고 가오루코가 대답했다.

"두 분 다 우셨어. 아무리 기다려도 연락이 없으니까 아무래도 힘든가 보다는 얘기를 나눴던가 봐. 엄마가 미안하다, 미안하다, 몇 번이나 사과했어. 죽어서라도 용서를 빌고 싶다면서 말이야."

장모의 심정을 생각하자 가즈마사는 한층 더 가슴이 아팠다.

"그래……. 장기 기증에 관해서는 뭐라고 하셨어?"

가오루코는 곰 인형에 파묻었던 얼굴을 들었다.

"우리에게 맡기시겠대. 당신들은 판단할 수 없다면서."

가즈마사가 벽에 몸을 기대더니 그대로 흘러내리듯이 앉아 책상다리를 했다.

"그쪽도 마찬가지군."

"그럼 아버님도?"

"응. 이 문제에 관여할 수 있는 사람은 부모뿐이라면서."

"역시 그런 건가."

가오루코는 품에 안고 있던 곰 인형을 종이 상자에 기대어 놓았다.

"그 아이가 꿈에 나와 주면 좋을 텐데."

"꿈에?"

"응. 꿈에 나와서 어떻게 하고 싶은지 말해 주면 좋겠어. 이 대로 조용히 숨을 거두게 해 달라든지, 자신의 몸 일부만이라도 이 세상에 남아 있게 해 달라든지. 그 말대로 하면 후회도 남지 않을 텐데."

그러고 나서 가오루코는 고개를 절레절레 흔들었다.

"하지만 그러긴 힘들겠지. 오늘 밤은 잠이 올 것 같지 않아."

"나도 아버지와 얘기를 나누다가 비슷한 생각을 했어. 미즈호의 마음을 알 수 있다면 하고 말이야. 그래서 생각해 봤는데, 만일 그 아이가 어른이 되어 이런 문제에 맞닥뜨리게 된다면 어떤 결론을 내릴까?"

가오루코가 곰 인형을 물끄러미 바라보았다.

"미즈호가 어른이 되었다면…… 말이야?"

"그래. 당신은 어떨 것 같아?"

가즈마사는 가오루코가 모르겠다고 대답할 것이라고 예상했다. 그런데 그녀는 고개를 살며시 기울이고는 한동안 말이 없었다.

이윽고 "전에 공원에서," 하고 그녀가 입을 열었다.

"클로버를 찾은 적이 있어. 네잎 클로버 말이야. 미즈호가 발견했어. 엄마, 이것만 잎이 네 개 달려 있어, 그러더라. 그래서 내가, 와아 대단하네, 네잎 클로버를 찾으면 행복해진대. 그러니까 집에 가져가자, 그랬어. 그랬더니 그 아이가 뭐랬는지 알아?"

그러면서 가오루코가 가즈마사를 바라봤다.

모르겠는걸, 하고 가즈마사가 고개를 저었다.

"미즈호는 행복하니까 괜찮아. 이건 다른 사람을 위해서 여기 그냥 둘래, 그러더라고. 만난 적도 없는 누군가가 행복해지라고 말이야."

가슴 속에서 뭔가가 치밀어 올랐다. 그것은 단박에 눈물샘에 도달해 가즈마사의 시야를 흐려 놓았다.

"다정한 아이였군."

목이 메었다.

"그래, 아주 다정한 아이였어."

"당신 덕분이야."

가즈마사는 손가락 끝으로 눈물을 훔쳤다.

"고마워."

6

가오루코와 함께 미즈호의 사진을 보면서 밤을 지새운 가즈마사는 일단 아오야마의 아파트로 돌아갔다. 옷도 갈아입고 싶었고, 회사 일을 비롯해 이런저런 작업을 하려면 아무래도 집에 있는 컴퓨터를 이용하는 게 편했기 때문이다.

한숨도 못 잤지만 졸리지 않았다. 그래도 머리는 묵직하고, 키보드를 두드리는 손가락의 움직임도 둔했다.

한 차례 작업을 끝내고 시계를 보니 오전 9시가 가까웠다. 가오루코와는 오전 10시에 병원에서 만나기로 되어 있었다. 다쓰로에게도 그 시간에 오라고 메시지를 보냈다. 가오루코 부모님도 미즈호를 보고 싶어 했다고 한다.

스마트폰을 집어 들고 간자키 마키코에게 전화를 걸었다. 일요일 오전 중에 전화를 한 기억은 거의 없다. 제대로 연결이나 될지도 의문이었다.

그러나 벨 소리가 금세 끊기고 "네, 안녕하세요, 간자키입니다." 하는 쾌활한 목소리가 들려왔다.

"그래. 쉬는 날인데 미안해."

"아닙니다. 그런데 무슨 일 있으세요?"

비서다운 말투로 그녀가 묻는다.

"음, 실은……."

다쓰로에게 말을 꺼낼 때와는 종류가 다른 긴장감을 느꼈다. 약해진 마음을 부하 직원에게 들키고 싶지 않은, 경영자로서의 오기인지도 몰랐다.

"딸이 사고를 당했어. 지금 위독한 상태야."

"네, 미즈호가요?"

간자키 마키코가 놀라서 소리쳤다.

그녀도 미즈호를 만난 적이 있었다. 어느 파티에서였다.

"수영장에서 물에 빠졌어. 병원에서 치료하고 있지만 의식이 돌아오질 않아. 의사 말로는 가망이 없다더군."

담담하게 말하려고 애썼다.

어쩌다 그런, 이라고 말하고 나서 간자키 마키코는 입을 다

물었다. 아무리 유능한 비서라도 이런 상황에서는 할 말이 금방 떠오르지 않을 것이다.

"그래서 말인데, 내일 이후 일정을 조정해야겠어. 취소할 일과 변경해야 할 일을 간자키 씨 판단으로 처리해 줬으면 해."

침묵하던 그녀가 이윽고 알겠습니다, 라고 대답했다.

"내일은 사내 회의뿐이니 별문제가 없을 거예요. 사장님의 지시나 판단이 필요한 일이 생길 경우, 뒤로 미룰 수 있는 일은 최대한 미뤄 보겠습니다. 긴급을 요하는 일만은 연락을 드려도 될까요?"

명료하게 말하고는 있지만 목소리가 떨렸다. 동요하는 가운데서도 애용하는 태블릿 PC를 조작하고 있을 간자키 마키코의 모습이 눈에 선했다.

"그렇게 해. 휴대 전화 전원을 *끄지* 않을 생각이지만 그래야 할 경우에는 사전에 연락하지."

"알겠습니다. 문제는 모레 이후의 일정인데, 기본적으로는 취소하는 방향으로 움직여 보겠습니다만, 수요일에 신제품 발표회가 있는데, 그건 어떻게 할까요?"

그랬다. 장기간 심혈을 기울인 상품의 출시를 앞두고 있었다. 성공할 자신도 있었다. 이번 출시를 계기로 하리마 테크는 한층 더 비약할 거라고 경제지와의 인터뷰에서 기세등등하게 말했던 것이 바로 얼마 전이다.

결국 자신은 일밖에 모르는 인간인가 하고 가즈마사는 생각했다. 사업에 몰두하는 편이 성격에 맞으니, 행복하고 평화로운 가정을 일구려던 생각 자체가 잘못이었는지도 모른다.

사장님, 하고 간자키 마키코가 그를 불렀다.

"아아, 미안해. 잠시 딴생각을 했어. 그 발표회는 내가 잠깐이라도 참석하는 방향으로 추진해 줘."

"알겠습니다. 그럼 참석하실 경우와 참석하시지 못할 경우의 두 가지 계획을 세워 두겠습니다. 참석하시지 못할 경우에는 부사장님께 대리 참석을 부탁드려도 될까요?"

"그래, 그게 좋겠지. 아, 그리고……."

가즈마사는 스마트폰을 쥔 손에 힘을 주었다.

"당분간은 자세한 사정을 공개하고 싶지 않으니 혹시라도 누가 물으면…… 그래, 집에 뭔가 불상사가 있는 모양이다, 그 정도로만 대답해 줬으면 좋겠어."

"알겠습니다."

"그럼 잘 부탁해. 그리고 미안해, 일요일인데."

"아닙니다. 신경 쓰지 마세요. 그보다, 저……."

간자키 마키코가 숨을 고르는 기색이 느껴졌다.

"정말로, 정말로 힘든가요? 기적이 일어날 가망 같은 건 없는 거예요, 만에 하나라도요?"

가즈마사는 어금니를 꽉 물었다. 자칫 입을 열었다가는 울음이 새어 나올 것 같았다.

"뇌파가, 없어."

간자키 마키코는 대답이 없었다. 대꾸할 말이 없을 것이다.

"그게 무슨 뜻인지는 간자키 씨도 BMI에 관해 웬만큼 지식이 있으니까 알테지?"

"……네."

"그럼 뒷일을 부탁해."

"알겠습니다, 사장님. 아무쪼록 건강에 유의하세요. 사모님도요."

"고마워."

전화를 끊었을 때 커튼 사이로 들이비치는 강한 햇살에 그는 눈을 찡그렸다.

기적이라.

가오루코와 얘기하는 중에도 그 말이 몇 번이나 나왔던가. 기적이 일어난다면 어떤 희생을 치르더라도 상관없다, 자신이 어떻게 되어도 괜찮다, 라고. 하지만 그 말을 입에 담을 때마다 허망함이 더해졌던 것도 사실이다. 일어나지 않기 때문에 기적이라고 하는 것이다.

샤워를 하고 나갈 채비를 했다. 배는 고프지 않았지만, 냉장고에 든 젤리 모양의 영양 보조 식품을 입에 흘려 넣고 집을 나섰다. 긴 하루가 될 것 같아서였다.

병원에 도착해 보니 가오루코는 이미 와 있었다. 그녀의 부모님과 이쿠토, 그리고 미하루와 와카바의 모습도 보였다. 치즈코와 미하루는 울어서 눈이 퉁퉁 부어 있었다. 장인 시게히코가 두 손을 무릎에 대고 가즈마사를 향해 고개를 깊이 숙였다.

"미안하네. 뭐라고 용서를 빌어야 할지……. 이 사람의 잘못이 곧 내 잘못이야. 뭐라고 질책하든 달게 받겠네."

시게히코는 신음하듯이 목소리를 쥐어짰다.

"무슨 말씀이세요. 장모님께 아무 잘못이 없다는 건 제가 잘 압니다."

하지만, 하고 시게히코는 얼굴을 찡그리며 고통스러운 듯이 몇 번이나 고개를 저었다.

가즈마사는 치즈코와 미하루를 향해 섰다.

"사고 원인은 조사를 더 해 봐야겠지만, 행여라도 자책하지 마십시오."

치즈코의 꼭 감은 눈에서 눈물이 흘러내렸다. 미하루는 두 손으로 얼굴을 가렸다.

잠시 후 다쓰로도 도착했다. 갈색 양복 차림에 넥타이까지 맨 모습이었다. 그는 가오루코에게 인사를 건넨 후 시게히코 등과 함께 손녀를 잃은 슬픔을 토로했다.

이윽고 간호사가 나타나 가오루코와 가즈마사를 불렀다. 신도가 짬이 났다는 것이다.

두 사람이 어제 신도를 만났던 방으로 가니 그가 기다리고 있었다.

"현재 상황을 설명드리겠습니다."

부부가 자리에 앉자 신도가 말을 꺼냈다.

"우선 이 모니터를 보시죠."

그가 컴퓨터 모니터를 가리켰다.

거기에 비친 이미지는 미즈호의 머리 부분을 찍은 것인 듯했다. 전체적으로 푸르스름한 가운데 군데군데 아주 조금씩 노란색과 주홍색이 섞여 있었다.

"뇌의 활동을 보여 주는 사진입니다. 파란 곳은 활동하지 않는 곳, 노랗거나 약간 붉은색을 띤 곳은 미미하나마 활동하는 부분이라고 할 수 있습니다. 하지만 파란색이 이렇게 광범위하게 퍼져 있다는 것은 뇌가 이미 기능을 잃었을 가능성이 높다는 의미라고 보면 됩니다."

가즈마사는 말없이 고개를 끄덕였다. 가오루코도 새삼스럽게 비탄에 잠기거나 하지는 않았다. 기적은 없다고 자신들 스스로에게 몇 번이나 다짐하고 왔기 때문이다.

"의견은 나눠 보셨습니까?"

신도가 물었다.

네, 라고 가즈마사가 대답했다.

"다만 말씀을 드리기 전에 몇 가지 확인하고 싶은 게 있습니다."

"뭡니까?"

"우선 뇌사 판정 검사 말인데요. 뇌사하지 않았을 경우에는 검사에 고통이 따릅니까?"

신도가 무슨 말인지 알겠다는 듯이 고개를 깊이 끄덕였다. 흔히 마주하는 질문인 모양이었다.

"대뇌 활동이 없으니 의식도 없고 고통도 느끼지 않습니다. 그러나 뇌의 다른 부분이 반응할 수는 있습니다. 그럴 때는 즉시 검사를 중단합니다. 뇌사가 아니라고 보고 다시 치료를 시작하는 거죠."

"하지만 뇌사 판정 검사 가운데는 환자에게 부담을 줄 수 있는 항목도 있다고 인터넷에서 읽었는데요."

"무호흡 테스트 말씀이군요. 맞습니다. 일정 시간 동안 인공호흡기를 떼고 자발 호흡이 있는지 없는지 확인합니다. 자발 호흡이 없으면 산소가 공급되지 않으니 검사하는 동안 신체에 부담을 주게 되지요. 따라서 그 테스트는 맨 나중에 합니다."

"그 테스트 때문에 상태가 악화되는 일은……."

"그럴 가능성도 있습니다. 만일 악영향을 미칠 우려가 있을 경우에는 검사를 중단하고 그 자리에서 뇌사로 판정합니다. 그 일련의 테스트를 두 번 시행해서 두 번째로 뇌사가 확인되는 때를 사망 시각으로 간주합니다."

신도의 설명은 이성적이고 알아듣기 쉬웠다. 충분히 납득한 가즈마사가 그렇군요, 하고 중얼거렸다.

"뇌사 판정은 환자를 위한 테스트가 아닙니다. 어디까지나 장기 이식의 수순 중 하나라는 점을 이해하셔야 합니다. 생리적으로 받아들이기 어렵다며 거부하는 분도 많습니다."

그렇겠지, 하고 가즈마사는 생각했다. 어젯밤 가오루코와 얘기를 나누면서 인터넷으로 뇌사 판정 방법 등을 여러모로 살펴보았다. 검사 하나하나의 내용은 자세히 알 수 없었지만, 인공호흡기를 떼는 테스트에는 둘 다 거부감을 느꼈다. 말 그대로 '숨통을 끊는' 행위로 여겨졌기 때문이다.

테스트는 환자를 위한 것이 아니라는 말을 듣고서야 검사의 의미가 이해되었다.

"그 밖에 궁금하신 점은요?"

신도가 물었다.

가즈마사는 가오루코와 얼굴을 마주 본 다음 다시 의사를 바라봤다.

"만약 장기 기증에 동의할 경우, 누구에게 이식됩니까?"

그 질문에 신도가 등을 쭉 폈다.

"저로서는 그 질문에 답해 드릴 수 없습니다. 일반적인 지식으로서, 전국에 투석을 받는 환자가 30만 명 정도 있고, 그중

다수가 신장 이식을 희망하며, 심장 이식을 기다리는 어린이 환자가 상시로 수십 명씩 있다는 것 정도는 말씀드릴 수 있지만, 따님의 장기가 어떻게 될지는 알 수 없습니다. 만약 더 자세한 내용을 알고 싶으시면 장기 이식 코디네이터에게 연락해 드리겠습니다. 물론 코디네이터에게 설명을 들은 후에도 거부는 가능합니다. 어떻게 할까요?"

가즈마사는 가오루코에게 고개를 돌리고 그녀가 희미하게 끄덕이는 것을 확인한 후 "부탁드립니다."라고 신도에게 말했다.

"알겠습니다. 그럼 여기서 잠시 기다리세요."

신도가 방을 나갔다.

둘만 남자 가오루코는 가방에서 손수건을 꺼내 눈가를 누르며 "그건 안 물어봐도 괜찮을까?"라고 중얼거리듯이 말했다.

"뭘 말이야?"

"어젯밤에 얘기했잖아. 수술할 때…… 장기를 적출하는 수술을 할 때 미즈호가 아프지는 않을지."

아아, 하고 가즈마사가 고개를 끄덕였다.

"방금 의사가 하는 얘기 들었잖아. 대뇌가 기능하지 않으니 아픔도 못 느낀댔어."

"하지만 외국에서는 마취하는 경우도 있다고 인터넷에 나와 있었잖아. 장기를 적출하려고 메스를 대는 순간 환자의 혈압이 올라가거나 환자가 몸부림을 치기도 해서 그런 경우는 마취를 한다고 말이야."

"그게 과연 사실일까? 인터넷에 떠도는 얘기를 전부 믿을 수는 없어."

"만약 사실이라면 어떡해? 아파하면 가엾잖아."

"가엾다니……."

뇌사했다면 통증 따위는 걱정할 필요가 없다. 그렇게 생각하면서도 그 말을 입 밖에 내지는 않았다. 가오루코도 자신이 엉뚱한 소리를 하고 있음을 알 터였다.

"코디네이터에게 물어보면 되지 않겠어?"

그러는데 문이 열리고 신도가 돌아왔다.

"이식 코디네이터에게 연락했습니다. 한 시간 정도 있으면 도착할 겁니다."

가즈마사는 손목시계를 보았다. 정확하게 오전 11시였다.

"저희 부모님들이 와 계십니다. 마지막으로 미즈호를 만나 보고 싶어 하시는데요."

"물론 그러시겠죠."

그렇게 말하고 나서 신도는 잠시 망설이는 표정을 보이더니 마음을 정한 듯 가즈마사를 봤다.

"한 가지 여쭤보고 싶은 게 있습니다."

"뭡니까?"

"이식을 검토해도 좋다고 생각하시게 된 이유 말입니다. 물론 대답하고 싶지 않으시다면 더는 묻지 않겠습니다."

가즈마사가 고개를 끄덕이고는 "말씀드려도 괜찮을까?"라고 가오루코에게 물었다.

그녀가 응, 하고 눈을 깜박거렸다.

"미즈호 본인은 어떻게 하길 바랄까, 그런 생각을 해 봤습니다. 그때 아내가 일화 하나를 들려주더군요."

가즈마사는 신도에게 네잎 클로버 얘기를 했다.

"그 얘기를 듣고, 만약 미즈호의 의사를 확인할 수 있다면 자신의 몸 일부나마 어디선가 고통을 겪고 있을 누군가를 돕고 싶다고 하지 않을까 하는 생각이 들었습니다."

신도가 숨을 크게 들이쉬었다가 후, 하고 토해 냈다. 그는 가즈마사와 가오루코를 잠시 바라보다가 고개를 숙였다.

"마음 깊이 새기겠습니다."

그 모습을 본 가즈마사는 비록 결과는 절망적이지만 담당 의사가 이 사람이어서 다행이라고 생각했다.

가족 대기실로 돌아간 두 사람은 그곳에서 기다리던 가족과 함께 미즈호를 보러 가기로 했다.

미즈호는 집중 치료실 침대에서 어제처럼 수많은 튜브에 연결된 채 잠들어 있었다. 그 평화로운 얼굴을 보고 있자니 이 아이의 영혼이 이미 이 세상에 없다는 것이 도무지 믿기지 않았다.

치즈코와 미하루가 흐느끼기 시작했다. 시게히코와 다쓰로는 눈물을 보이지 않았지만 침통한 표정으로 입술을 굳게 다물고 있었다. 와카바는 제 엄마에게 꼭 달라붙어 있고, 영문을 모르는 눈치인 이쿠토는 그저 멀거니 어른들을 바라봤다.

모두가 차례차례 미즈호의 몸을 만져 보았다. 그건 일종의 작별 의식이었다. 먼저 시게히코와 치즈코가, 다음으로 다쓰로가, 이어서 미하루와 와카바가 미즈호의 손과 얼굴을 쓰다듬으며 말을 건넸다. 집중 치료실 안에 울음소리가 넘쳐흘렀다.

마지막은 가즈마사와 가오루코, 그리고 이쿠토였다. 세 사람은 침대 가장자리에 나란히 섰다.

눈을 꼭 감은 미즈호의 얼굴을 보는 동안 가즈마사의 뇌리에 몇 가지 추억이 스쳤다. 지난 1년간은 거의 만나지 못했지만, 그의 마음속 앨범에는 무수한 장면이 차곡차곡 쌓여 있다는 사실을 새삼스레 깨달았다. 가정을 돌보지 않은 자신조차 그럴진대 하물며 매일매일 함께 지내며 부대낀 가오루코의 심정이 어떨지 상상만 해도 눈앞이 아찔했다.

가오루코가 미즈호의 뺨에 입술을 갖다 댔다. 그리고 안녕, 이라고 조그만 목소리로 말했다.

"천국에서 행복하렴……."

그녀는 목이 메어 말끝을 흐렸다.

가즈마사는 미즈호의 왼손을 쥐어 자신의 손바닥에 올려놓았다. 조그맣고 가볍고 보드라운 손이다. 그리고 따뜻했다. 지금도 힘차게 피가 돌고 있음을 느끼게 해 주는 감촉이었다.

가오루코가 그 위에 손바닥을 겹쳤다. 딸의 손을 아빠와 엄마가 가운데 끼고 있는 모양새였다.

이쿠토는 고개를 쭉 빼고 누나의 옆얼굴을 들여다봤다. 그 아이의 눈에는 그저 잠든 것으로밖에 보이지 않을 것이다.

"누나."

이쿠토가 조그만 목소리로 미즈호를 불렀다.

그때였다. 가즈마사의 손바닥 위에 놓인 미즈호의 손이 움찔한 것처럼 느껴졌다. 그러나 한순간의 감각이라 움직였다고 확신할 정도는 아니었다. 게다가 그의 손바닥 위에는 미즈호의 손뿐만 아니라 가오루코의 손도 놓여 있었다. 가오루코의 움직임이 전해진 건지도 몰랐다.

가즈마사는 고개를 돌려 가오루코를 봤다. 그녀도 놀란 표정으로 그를 바라보고 있었다.

지금 움직인 게 뭐지? 그렇게 묻고 있는 것처럼 보였다. 미즈호의 손이 움직인 것처럼 느꼈는데 당신이 손을 움직인 거야? 미즈호의 손이 움직일 리 없잖아. 그렇지?

착각이야. 가즈마사가 스스로에게 말했다. 이쿠토가 갑작스레 부르는 소리에 감각이 혼란을 일으킨 것이다. 어쩌면 나

자신이 무의식적으로 손을 움직였을지도 모른다.

미즈호는 죽었다. 시신이 움직일 리 없다.

가즈마사는 이쿠토를 불렀다.

"누나 손, 잡아 줘."

어린 아들이 가까이 다가왔다. 그 오른손을 잡아 미즈호의 손을 쥐어 줬다.

"안녕, 이라고 해야지."

"……안녕."

가즈마사는 가오루코에게 눈길을 주었다. 그녀는 여전히 가즈마사를 바라보고 있었다. 뭔가 묻고 싶어 하는 눈빛이었다.

그때 문이 열리고 신도가 들어왔다.

"이식 코디네이터가 도착했습니다."

신도를 뒤따라 온후하게 생긴 남자가 들어왔다. 머리는 희끗희끗하지만 그리 나이가 들어 보이지는 않았다.

그가 가즈마사 부부 쪽으로 걸어오더니 품에서 명함을 꺼냈다.

"이와무라입니다. 정말 상심이 크시겠습니다. 장기 기증을 검토해도 좋다고 하셨다는 말을 듣고 이렇게 찾아왔습니다. 궁금한 점이 있으시면 무엇이든 물어보세요."

그가 내민 명함을 받으려고 가즈마사가 손을 내밀었다. 그때 가오루코가 손을 뻗어 가즈마사의 손목을 잡았다.

가즈마사가 의아해하며 아내의 얼굴을 보는 순간 움찔하고 말았다. 그녀의 부릅뜬 눈에 핏발이 서 있었다. 울어서 충혈된 것이 아니었다.

"우리 딸은,"

가오루코가 말했다.

"살아 있어요. 죽지 않았습니다."

"여보……."

그녀가 가즈마사를 향해 고개를 돌렸다.

"당신도 알잖아. 미즈호는 살아 있어. 살아 있는 게 틀림없어."

그녀의 눈빛이 자신의 생각에 동의해 달라는 바람으로 가득했다. 부부가 이토록 진지하게 마주 보는 것이 몇 년 만일까.

그 애타는 바람을 가즈마사는 외면할 수 없었다. 아내의 마음을 받아 줄 수 있는 사람은 자신뿐이지 않은가.

그가 이와무라를 보았다.

"죄송합니다만 돌아가 주세요. 장기 기증을 거부하겠습니다."

이와무라는 일순 당혹스러운 표정을 지었지만, 이내 충분히 이해한다는 듯이 고개를 끄덕이며 신도를 봤다. 신도도 고개를 끄덕였다.

이와무라는 그대로 아무 말 없이 집중 치료실을 나갔다. 그 뒷모습을 눈으로 좇던 신도가 가즈마사 부부에게 말했다.

"치료를 계속하겠습니다."

잘 부탁합니다, 하고 가즈마사는 고개를 숙였다.

"누나, 누나."

이쿠토가 다시 미즈호를 불렀다.

미즈호가 대답한다면 그야말로 기적이겠지만 그런 일은 일어나지 않았다.

7

유치원에 도착하니 마침 문이 열리는 참이었다. 이미 학부모 여럿이 아이들을 데리러 와 있었다. 친하게 지내는 엄마들이 보여 인사를 나눴다. 다들 미즈호에게 생긴 비극을 알고 있었다. 말을 조심스럽게 하는 기색이 역력했다. 가오루코 앞에서는 딸이니 여자아이니 누나니 하는 말을 금지어라고 여기는 듯했다.

가오루코는 그럴 필요 없다고 생각했지만 굳이 그 말을 하지는 않았다. 오히려 분위기가 어색해질 것 같았다.

여자 원장이 문 앞에 서서 집으로 돌아가는 아이들을 배웅하고 있었다. 가오루코는 원장에게 고개 숙여 인사한 뒤 유치원 건물로 눈길을 주었다. 교실에서 나온 아이들이 앞다투어 신발을 갈아 신고 있었다.

잠시 후 이쿠토의 모습이 보였다. 신발을 갈아 신기 전에 가오루코 쪽으로 얼굴을 돌리더니 그녀를 보았는지 싱긋 웃었다. 그리고 시간을 좀 들여 신발을 바꿔 신은 후 냅다 뛰어왔다.

"누나한테 갈 거야?"

"응."

이쿠토 손을 잡고 원장에게 인사한 후 유치원을 뒤로했다.

일단 집으로 가서 이것저것 준비를 한 다음 차고에 세워 둔 SUV를 타고 병원으로 출발했다. 이쿠토는 뒤 좌석 어린이용 카시트에 앉혔다.

잠시 달리다 보니 에어컨 온도 설정이 너무 낮다는 생각이 들었다. 어느 사이 햇볕도 약해지고 공기에서도 가을 냄새가 묻어났다. 조금 있으면 이쿠토에게 긴팔을 입혀야 할지도 모른다.

오후 2시 조금 전에 병원에 도착했다. 주차장에 차를 세운 뒤 이쿠토의 손을 잡고 정면 현관으로 들어섰다.

로비를 지나 승강기를 타고 3층으로 올라갔다. 간호사실에 들러 간호사들에게 인사한 뒤 복도를 걸었다. 맨 끝에서 두 번째 1인실이 미즈호의 병실이다.

문을 열자 침대에서 편히 잠들어 있는 미즈호의 모습이 눈에 들어왔다. 갖가지 튜브에 연결되어 있는 모습이 언제 봐도 안쓰럽다. 그러나 그 표정이 너무도 평온해 고통스럽게 보이지 않는 건 다행이었다.

"안녕?"

가오루코가 미즈호에게 말을 건넸다. 그리고 손가락으로 미즈호의 빰을 꼭 누르며 "이제 그만 깨어나 주지 않을래?" 하고 중얼거렸다. 늘 하는 인사다.

이쿠토가 머리맡으로 다가가 "누나!" 하고 불렀다.

"안녕, 누나?"

처음에는 누나가 왜 계속 잠만 자냐고 묻더니 요즘은 자기 나름대로 뭔가를 눈치챘는지 그런 말을 하지 않는다. 다행이다 싶은 한편으로 착잡한 생각도 든다.

가오루코는 들고 온 짐에서 종이로 싼 꾸러미를 꺼냈다. 안에는 새 잠옷이 들어 있다. 미즈호가 좋아했던 만화 영화 캐릭터가 프린트되어 있는 잠옷이다.

"귀찮게 해서 미안해. 옷 갈아입자."

그러고서 미즈호가 입고 있던 잠옷을 벗기기 시작했다. 처음에는 튜브들 때문에 애를 먹었지만 지금은 익숙하다.

기저귀를 살펴보니 배뇨와 배변을 해 놓은 상태였다. 변이 약간 무르지만 색은 나쁘지 않다.

하반신을 깨끗이 닦고 나서 기저귀를 새로 채운 다음 새 잠옷을 입혔다. 미즈호는 원래 인상이 얌전한 편이지만 잠옷의 만화 영화 캐릭터 때문인지 활달한 여자아이가 놀다 지쳐 잠든 모습처럼 보였다.

이불을 고쳐 덮어 주고 있는데 무토라는 간호사가 들어왔다. 가래를 빼낼 시간인 듯했다.

"어머나, 미즈호가 귀여운 잠옷으로 갈아입었네."

무토 간호사가 먼저 미즈호에게 말을 건넸다. 그러고 나서 미소를 지으며 가오루코에게 "잘 어울리네요."라고 말했다.

"가끔은 분위기를 바꿔 주고 싶어서요."

그러고서 기저귀를 갈아 주었다는 말을 덧붙였다.

"요즘 계속 상태가 좋은 것 같아요."

작업을 하던 무토가 말했다.

"맥박도 안정적이고, 혈중 산소 포화도도 양호하거든요."

"제 생각에도 그래요. 안색도 좋잖아요."

혈중 산소 포화도란 혈액 내에서 산소와 헤모글로빈이 정상적으로 결합하는지 여부를 나타내는 수치로, 펄스 옥시미터라는 기구를 이용하면 혈액을 채취하지 않고도 그 수치를 측정할 수 있다.

가오루코는 가래를 빼내는 간호사의 손놀림을 눈여겨보았다. 기저귀 교환과 마찬가지로 언젠가는 자신이 해야 할 일이라고 생각하기 때문이다. 그 외에도 영양제 주입이나 자세 바꿔 주기 등 배워 둬야 할 일이 한두 가지가 아니었다.

비극이 발생한 날로부터 한 달 남짓 시간이 지났다. 몇 번인가 위험한 고비가 있었지만, 그럴 때마다 미즈호는 회복됐고, 지금은 아주 안정적인 상태로 접어들었다. 그리고 며칠 전, 집중 치료실에서 이 개인 병실로 옮겨졌다.

가오루코의 다음 목표는 미즈호를 집으로 데려가는 것이었다. 단순히 며칠 외박하는 것에 그치지 않고 계속 집에서 간병할 수 있기를 희망한다. 그런 만큼 간호사들과 똑같이 일할 수 있어야 했다.

작업을 마친 무토가 병실을 나갔다. 가오루코는 침대 옆에 의자를 가져다 놓고 앉으며 미즈호의 얼굴을 들여다봤다.

"이쿠토, 오늘은 유치원에서 뭘 했어?"

바닥에 엎드려서 장난감 자동차를 갖고 노는 이쿠토에게 가오루코가 물었다.

"음…… 정글했어."

"아아, 정글짐에서 놀았구나. 어땠어?"

"있잖아 나, 맨 꼭대기까지 올라갔다!"

이쿠토가 양손을 높이 쳐들었다.

"그래? 잘했네. 대단하다, 우리 이쿠토. 미즈호, 들었니? 이쿠토가 정글짐 맨 꼭대기까지 올라갔대."

이쿠토와 얘기를 나누는 틈틈이 미즈호에게 말을 건네는 것이 가오루코가 이 병실에서 지내는 방식이다. 잠든 딸의 얼굴을 말없이 바라보는 것만으로도 결코 지루하지 않지만, 어린 이쿠토를 소홀히 할 수는 없었다.

그날 장기 기증을 거부했던 일을 가오루코는 후회하지 않는다. 아니, 후회하기는커녕 한 달 넘게 지났는데 여전히 미즈호를 볼 수 있다는 사실에 그 같은 결단을 내린 자신을 칭찬해 주고 싶을 정도다.

의사 신도는 가오루코가 마음이 바뀐 이유를 묻지 않았다. 뇌 신경외과 전문의인 그는 미즈호의 연명 조치에 거의 관여하지 않는다. 그러다 마침 얼굴을 마주할 기회가 있어 가오루코 쪽에서 먼저 설명했다. 가즈마사와 함께 미즈호의 손을 잡았을 때 그 아이 손이 움직인 것처럼 느꼈다고 했다. 그리고 그것이 이쿠토가 잠든 누나에게 말을 건넨 타이밍과 일치했다는 말도 덧붙였다.

동생의 목소리에 미즈호가 반응했다, 가오루코는 그렇게 생각한다. 의학적으로는 있을 수 없는 일일지 모르지만, 그렇게밖에 여겨지지 않으니 어쩔 도리가 없다.

그 얘기를 듣고 신도는 "그런 일이 있었군요."라고 차분한 음성으로 대답했다. 놀라는 것처럼 보이지는 않았다.

부모의 단순한 착각일까요, 라고 묻자 신도는 고개를 저었다.

"인간의 몸에 대해서는 아직 알려지지 않은 부분이 많습니다. 뇌가 기능하지 않아도 척수 반사 등에 의해 몸이 움직이는 일도 있고요. 혹시 나사로 징후라는 말을 아십니까?"

가오루코는 들어 본 적이 없다고 대답했다.

"인공호흡기를 떼는 일이 뇌사 판정의 마지막 테스트라는 말씀은 이미 드렸을 겁니다. 그 테스트를 받던 환자의 팔이 움직였다는 사례가 세계 곳곳에서 보고되었어요. 자세한 원인은 밝혀지지 않았습니다. 나사로는 신약 성서에 등장하는 인물로, 병사한 그를 예수가 살려 냈다고 기록되어 있습니다."

놀라운 얘기였다. 그 환자들은 정말 뇌사했던 것일까. 그렇게 묻자 신도는 최종적으로는 전원이 뇌사로 판정받았다고 대답했다.

"나사로 징후를 목격하게 되면 가족으로서는 도저히 죽었다고 생각하기 힘듭니다. 그래서 마지막 테스트는 가족에게 보이지 말아야 한다는 의사나 학자들도 있습니다."

인체에는 아직도 수수께끼가 많으며 미즈호의 손이 움직였다고 해서 이상할 것은 조금도 없다고 신도는 말했다.

"특히 어린아이의 경우에는 어른이 상상도 할 수 없는 현상을 보이기도 합니다."

다만, 하고 신도는 덧붙였다.

"동생의 목소리에 반응했다고는 생각되지 않습니다. 따님의 뇌 기능이 정지되었다는 저의 견해에는 변함이 없습니다."

단순한 우연이다, 의사는 그렇게 말하고 싶은 듯했다.

가오루코는 반박하지 않았다. 알아주지 않아도 상관없다고 생각했다.

조사해 보니 장기 뇌사라고 불리는 상태가 몇 년이나 계속된 어린이가 일본에만도 여러 명 있었다. 그리고 그들의 부모 대부분이 아이와 자신 사이에 모종의 정신적인 교류가 있다고 여기는 듯했다. 그것도 일방통행이 아니라 지극히 미약하나마 아이 쪽에서도 자신에게 신호를 보내고 있다고 믿는다는 것이다.

그 얘기를 신도에게 하자 그는 자신도 알고 있다고 대답했다.

"그런 사례들을 뭉뚱그려 기분 탓이라는 한마디로 매도할 생각은 없습니다. 왜냐하면 증상이 개인에 따라 다르니까요. 애당초 장기 뇌사라는 말 자체가 아주 모호합니다. 장기 기증에 동의하지 않았으니 뇌사 판정도 받지 않았을 테니까요. 미즈호 양의 경우처럼 다양한 데이터를 근거로 아마도 뇌사했을 거라고 판단될 뿐이죠. 개중에는 특수한 케이스도 있을 수 있습니다."

그러나 당신 딸은 그런 경우에 해당하지 않는다, 라고 신도의 냉정한 눈이 말하고 있었다.

"미즈호와 같은 상태에서 조금이라도 호전된 사례가 전 세계적으로 단 한 건도 없나요?"

가오루코가 물었다.

"아쉽게도 저는 들어 본 적이 없습니다."

무겁게 말한 신도가 가오루코의 눈을 바라보았다.

"그러나 단정은 금물입니다. 뇌 신경외과 의사로서 손쓸 방법은 없지만, 검사는 계속할 생각입니다. 분명히 해 두고 싶은 것은, 따님의 뇌 기능이 정지되었고 개선의 가능성이 없다는 판단이 잘못되지 않았음을 증명하려는 것이 아니라는 점입니다. 오히려 그 반대입니다. 판단이 틀렸음을 보여 주는 뭔가가 나타나기를 기도하는 심정입니다. 저 역시 기적이 일어나기를 바랍니다."

가오루코는 말없이 고개를 끄덕였다. 얼마 전 가즈마사가 "신도 선생이 담당 의사여서 다행이야."라고 했던 말이 떠올랐다. 가오루코도 같은 생각이었다.

오후 6시가 되어 갈 무렵 미하루가 와카바를 데리고 병원을 찾았다. 매일은 아니지만 그들도 면회를 자주 온다. 병실에 들어오면 와카바는 미즈호의 얼굴을 들여다보고 "안녕?" 하며 머리를 쓰다듬는다.

미즈호의 상태가 안정적이라고 말하자 미하루도 안도하는 표정을 지었다.

"집에는 언제쯤 데려갈 수 있을까?"

동생의 물음에 가오루코는 고개를 갸웃했다.

"상태를 조금 더 지켜봐야 한대. 나 같은 초보가 간병하기에

벅찬 상태면 곤란하니까."

"그렇구나……."

"게다가 기관 절개 수술을 해야 하나 봐."

그러면서 가오루코는 자신의 목을 만졌다.

"기관 절개 수술?"

"응. 인공호흡기 튜브를 기관에 직접 연결하는 수술이야. 지금은 튜브가 입에 끼워져 있잖아. 그런데 잘못해서 튜브가 빠지더라도 의사가 아니면 원래대로 해 놓기가 어렵대. 기술적으로도 어렵지만 애당초 자격이 없는 사람은 손댈 수 없나봐. 그래서 아예 기관을 절개해서 그곳에 직접 튜브를 연결한다는 거야. 그러면 미즈호의 입도 편하고."

"그래?"

미하루는 침대에 있는 미즈호를 보았다.

"흠, 정말 그렇게 하는 게 좋은가? 목을 가르는 거잖아. 왠지 가여운 마음이 들어."

그건 그렇지, 하고 가오루코는 중얼거렸다.

장기 뇌사 환자의 사진을 보면 예외 없이 기관에 인공호흡기 튜브가 꽂혀 있다. 집에서 간병할 일을 생각하면 당연하다싶다가도, 그것이 왠지 포기를 각오하는 중대한 한 걸음처럼 여겨져 피할 수 있다면 피하고 싶었다.

이쿠토는 와카바와 놀이에 빠져 있었다. 모형 자동차와 인형을 갖고 놀면서 아이들끼리만 통하는 얘기를 나누고 깔깔 거리며 웃고 있다. 그 모습을 보자니 건강하던 때의 미즈호를 떠올리지 않을 수 없었다. 가슴속이 뜨거워졌지만, 눈물을 쏟는 것만은 간신히 참았다.

"언니, 시간은 괜찮아?"

미하루가 물었다.

가오루코는 스마트폰으로 시간을 확인했다. 오후 6시 10분이다.

"아, 이제 가 봐야겠네. 미안해, 미하루."

"아니야, 미안하기는. 오랜만에 느긋하게 보내다 와. 이쿠토, 엄마 다녀오세요, 해야지."

그러자 이쿠토가 의아하다는 듯한 표정을 지으며 가오루코를 올려다보았다.

"엄마, 어디 가?"

"응, 친구 좀 만나고 올게. 그동안 이쿠토는 와카바랑 미 이모네 가서 기다리고 있어."

미 이모는 미하루를 말한다. 미하루를 그런 식으로 부르기 시작한 사람은 미즈호였다.

이쿠토는 미하루를 잘 따랐다. 와카바와도 사이가 좋아서 마음 편히 맡길 수 있다. 미하루에게는 오늘 밤 학창 시절 친구들과 만난다고 미리 얘기해 두었다.

이런 경우 전에는 친정에 아이들을 맡겼다. 지금도 그럴 수 있다고 생각한다. 그러나 아버지 시게히코가 아직은 무리일 거라고 했다.

"네 엄마가 아무래도 자신 없어 하는구나. 잠시 눈을 뗀 사이에 이쿠토에게 무슨 일이 생길까 봐 화장실도 못 가고 아무 일도 못 할 것 같다는 거야. 아니, 그러기 전에 이쿠토를 맡을 생각만으로도 가슴이 쿵쿵거린단다."

그 얘기를 듣고는 도저히 맡길 수 없었다. 한편으로 치즈코가 여전히 자책하고 있다는 생각에 마음이 아팠다.

"그럼 잠깐 갔다 올게. 내일 보자, 미즈호."

가오루코는 미즈호에게 인사한 후 미하루에게 아이들을 잘 부탁한다고 말했다.

"그래, 다녀와."

이쿠토와 미하루, 와카바의 배웅을 받으며 가오루코는 병실을 나왔다. 그리고 차를 집에 가져다 놓은 후 옷을 갈아입고 화장을 고치고서 집을 나섰다.

택시를 잡아탄 그녀는 운전사에게 긴자로 가 달라고 말하고 나서 스마트폰을 꺼내 에노키다 히로키에게서 온 메시지를 확인했다. 만나기로 한 레스토랑 이름과 주소에 이어 '오랜만에 얼굴을 본다는 생각에 설레는 한편 조금 긴장되기도 합니다.'라는 내용이 적혀 있었다.

가오루코는 스마트폰을 가방에 도로 넣고서 한숨을 지었다.

학창 시절 친구들과 만난다는 말은 사실이 아니다. 그러니까 미하루에게는 거짓말을 한 것이다. 물론 눈치 빠른 미하루가 어렴풋이 눈치를 챘을지도 모른다. 그녀는 언니 부부의 결혼 생활이 파탄 직전이라는 사실을 알고 있었다. 가즈마사가 집을 나간 직후 가오루코는 전후 사정을 미하루에게 털어놓았다.

"별거할 게 아니라 차라리 이혼을 하지 그래? 위자료도 듬뿍 받고 말이야. 물론 아이들 양육비를 꼬박꼬박 보내겠다는 약속도 받아야지."

미하루는 언니의 태도가 답답하다는 듯 말했다.

가오루코 자신도 그럴 수밖에 없다고 생각했다. 그녀는 자신이 집념이 강한 성격이며 어두운 면이 있다는 사실을 예전부터 자각하고 있었다. 표면적으로는 마치 가즈마사를 용서한 것처럼 행동하겠지만 실상은 그의 배신을 잊지 못하고 영원히 아물지 않을 상처처럼 원망의 고름을 질질 흘릴 것이다. 그런 생각을 하면 끔찍하기까지 했다.

하지만 정작 이혼을 하자니 엄두가 나지 않았다.

위자료와 양육비를 아무리 많이 받는다 해도 여자 혼자서 두 아이를 키우는 일이 쉽지 않으리라는 것은 불 보듯 뻔했다. 또한 통역이라는 특기가 있기는 하지만 안정된 수입을 올릴 수 있다는 보장이 없었다.

아이들도 마음에 걸렸다. 그녀는 아빠의 부재에 대해 아이들에게 "아빠가 일이 너무 바빠서 집에 들어오기 힘드셔."라고 설명했다. 이따금 가즈마사를 만날 때면 사이좋은 부부인 양 연기하기도 했다. 그러나 그런 짓을 언제까지고 계속할 수는 없었다.

어째야 좋을지 몰라 속이 타들어 가는 나날이었다. 밤중에 느닷없이 눈물이 흐르기 시작해 멈추지 않은 적도 있었다.

그 무렵에 에노키다 히로키를 만났다. 그는 가오루코가 수면제 처방전을 받으러 찾아간 병원의 의사였다.

"수면제 처방을 내리는 건 어렵지 않지만, 근본적인 원인을 제거하는 것이 최선입니다. 불면의 원인이 뭔지 혹시 스스로 짐작되는 바가 있으세요?"

첫 진찰 때 에노키다는 부드러운 말투로 물었다.

가오루코는 가정 문제로 고민이 있다고만 밝혔다. 그러자 에노키다는 꼬치꼬치 캐묻는 대신 "스스로 해결할 수 있을 것 같습니까?"라고 물었다.

그녀는 모르겠다고 대답했다. 에노키다는 그저 고개를 끄덕일 뿐이었다.

처방에 따라 지은 약이 자신에게 맞지 않는 것 같아 다시 병원을 찾아가자 에노키다는 다른 약의 처방을 내리고 나서 이렇게 물었다.

"그 후로 가정 문제는 어떻게 되었나요? 조금이라도 좋은 방향으로 움직이고 있습니까?"

가오루코는 고개를 저을 수밖에 없었다. 의사 앞에서 허세를 부려 봐야 무슨 의미가 있을까 싶었다.

이번에도 에노키다는 더 깊이 파고들지 않았다. 그저 온화한 미소를 띤 채 "일단 푹 주무세요."라고 말했을 뿐이다.

알 수 없는 분위기와 매력을 지닌 사람이었다. 어떤 일에도 흔들리지 않고, 이쪽에서 아무리 난폭하게 부딪쳐 가도 부드럽게 받아 줄 것 같은 느낌이었다. 그래서 세 번째 만났을 때 가오루코는 자신이 남편과 별거 중이며 이혼을 고려하고 있다고 털어놓았다.

예상대로 에노키다는 표정의 변화를 거의 보이지 않았다. 힘드시겠군요, 라며 진지한 눈빛으로 바라보았을 뿐이다.

"죄송하지만, 어떻게 하는 게 당신에게 최선인지 저로서는 대답해 드릴 수 없습니다. 그걸 결정할 수 있는 사람은 본인뿐이에요. 다만, 고민을 계속하는 건 의미 있는 일이고, 고민의 형태가 반드시 달라질 거라는 점만은 말씀드릴 수 있습니다."

고민의 형태, 라는 말의 의미가 이해되지 않아 가오루코가 되묻자, "매일 똑같은 고민을 하는 것 같아도 그 본질은 미묘하게 달라진다는 뜻입니다. 회사에서 해고당한 남자를 예로 들어 볼까요. 그는 처음에는 왜 자신이 이런 일을 당해야 하는지 고민합니다. 그러나 시간이 지나면 다음 일자리를 찾는 일로 고민하지요. 아들의 성적이 나빠 그 진로를 고민하는 부모의 경우 그들의 고민은 아이가 불량 청소년이 되지나 않을까, 나쁜 이성에게 끌리지는 않을까 하는 것으로 점차 변해 갑니다."

모든 것을 시간이 해결해 준다는 뜻이냐고 가오루코가 물었다.

"그 말이 정답은 아니지만, 그렇게 해석할 수도 있겠죠."

에노키다는 신중하게 대답했다.

그를 만날 때마다 가오루코는 자신의 고민을 조금씩 털어놓았다. 그리고 그 내용은 에노키다가 말한 대로 형태가 조금씩 달라져 갔다. 남편의 외도 때문에 부부 사이가 나빠진 것은 어쩔 수 없는 일이라고 여기게 되었고, 아이들을 자연스러운 흐름에 맡기자고 마음먹게 되었다. 놀라운 점은 에노키다가 이렇다 할 조언을 하지 않았다는 사실이다. 그는 그저 그녀의 얘기를 들어 주었을 뿐이다.

결국 자신은 누군가에게 고민을 털어놓고 싶었던 것뿐일까 하고 가오루코는 생각했다. 아마 절반쯤은 사실일 터였다. 하지만 나머지 절반은 사실이 아니라는 생각이 들었다. 상대가 에노키다가 아니었다면 이렇게 되지는 않았을 것이다.

별거한 지 반년이 지났을 때 가오루코는 가즈마사를 만나

앞으로의 일을 의논했다. 그녀는 이미 마음을 굳힌 상태였다. 미즈호의 입시가 일단락되면 정식으로 이혼하기로. 가즈마사도 이의가 없는 듯했다. "어쩔 수 없지."라고 체념한 표정으로 말했다.

모든 것이 결정되자 마음이 후련했다. 그리고 신기하게도 수면제 없이 잠들 수 있게 되었다. 에노키다에게 그 사실을 말하자 그는 "거참, 잘됐군요." 하고 눈을 반짝이며 기뻐했다.

"마음의 병을 극복하셨군요. 축하합니다. 축하주라도 한잔 해야겠는걸요."

그러면서 함께 식사를 하자고 제안했다.

"미리 말해 두지만, 여성 환자를 상대로 늘 이러는 건 아닙니다. 당신이 처음이에요."

그가 먼저 다가선 일은 정말로 처음일지도 모른다고 가오루코는 생각했다.

"하지만 여성 환자에게 유혹을 받은 적은 있지 않나요?"

그러고서 가오루코는 에노키다를 슬쩍 노려봤다. 단정한 외모에 포용력이 느껴지는 분위기, 그리고 무엇보다 상대방의 얘기를 잘 들어 주는 남자는 여자에게 더없이 매력적이다.

아카사카에 있는 이탤리언 레스토랑에서 먹은 점심이 그들의 첫 번째 식사였다. 병원 밖에서 보니 에노키다의 기품 있는 분위기가 한층 돋보였다. 거기에 평소보다 스스럼없는 말투가 친근감을 느끼게 했다.

"우리, 다음에는 저녁 먹어요."

레스토랑에서 나올 때 에노키다가 말했다.

가오루코는 웃으며 "그래요."라고 대답했다.

그 약속은 머지않아 지켜졌다. 그리고 그 이후 한 달에 한두 번꼴로 함께 식사를 했다. 마지막으로 만난 것은 지난달이다. 미즈호가 사고를 당하기 얼마 전이었는데 그날 에노키다는 처음으로 자기 집에 가자고 했다.

그때 그의 집에 따라갔다면 지금쯤 어떻게 되었을까. 가오루코는 차창 너머 긴자의 밤거리를 바라보며 생각했다.

그와 만나기로 약속한 게 요리 전문점은 건물 4층에 있었다. 가오루코는 승강기 안에서 심호흡을 한 번 했다. 그리고 오른손으로 뺨을 톡톡 두드리며 표정이 굳어 있지 않은지 확인했다.

승강기 문이 곧 가게 입구인 구조였다. 기모노를 입은 여자 종업원이 서 있다가 웃는 얼굴로 인사했다.

"어서 오십시오."

"에노키다 씨 이름으로 예약이 되어 있을 텐데요."

가오루코가 말했다.

"네, 기다리고 있었습니다."

종업원이 고개를 숙였다.

"일행 분은 이미 와 계십니다."

종업원을 따라 예약된 방으로 가자 양복 차림의 에노키다가 녹차를 마시며 기다리고 있었다. 그는 찻잔을 내려놓고 가오루코에게 상쾌한 미소를 지어 보였다.

"미안해요. 오래 기다렸어요?"

"아니요. 나도 방금 왔어요."

종업원은 일단 물러갔다가 가오루코가 자리에 앉자 다시 와서 물수건을 건네며 뭘 마시겠느냐고 물었다.

"어떻게 할까요?"

에노키다가 가오루코를 보며 물었다.

"저는 아무거나 괜찮아요."

"그럼 오랜만의 재회를 축하하는 뜻에서 샴페인 한잔하면 어떨까요?"

그래요, 하고 가오루코는 미소를 지으며 고개를 까닥했다.

종업원이 사라진 후 에노키다는 새삼 가오루코의 얼굴을 들여다보았다.

"잘 지냈어요?"

"네, 뭐, 그럭저럭요."

"그 후로 따님은 좀 어떤가요?"

"아, 그게……."

가오루코는 물수건으로 손을 닦았다.

"상당히 좋아졌어요. 심려를 끼쳐서 죄송해요."

"아니, 사과하실 필요는 없습니다. 좋아졌다니 다행이에요. 오늘 밤은 외출을 해도 괜찮은가요?"

"네. 동생에게 아이들을 봐 달라고 부탁했어요."

"네, 그렇다면 안심입니다."

미심쩍어하는 눈치는 아니었다.

가오루코는 그에게 미즈호의 사고를 알리지 않았다. 숨겼다기보다는 사정을 설명할 경황이 없었다. 사고 며칠 후 그에게서 메시지가 왔을 때는 딸의 몸 상태가 안 좋아서 당분간 만나기 힘들 거라고만 했다. 그러자 에노키다는 '그런 일이라면 연락을 삼가겠습니다. 간병에 전념하세요. 가오루코 씨도 건강에 주의하시고요. 이 메시지에 답장은 하지 않으셔도 괜찮습니다.'라는 답신이 왔다.

그러고 나서 가오루코가 메시지를 보낸 것이 사흘 전이다.

'그간 연락을 못 드려 죄송합니다. 오랜만에 선생님께 얘기를 듣고 싶어서 메시지를 보냅니다. 별일 없으셨어요?'

에노키다에게서 곧 응답이 왔고, 오늘 밤 만나서 저녁을 먹기로 한 것이다.

샴페인이 나왔다. 음식을 주문한 후 에노키다와 잔을 들고 건배했다. 자잘한 거품이 무수히 떠오르는 액체를 마시는데, 미즈호가 사고를 당한 날 이후로 알코올을 입에 대기는 처음

이라는 생각이 들었다. 장기를 기증하는 문제로 가즈마사와
얘기를 나누었던 밤이 마지막이었다.

"감기에라도 걸렸던 건가요?"

에노키다가 불쑥 물었다.

"네?"

"따님 말입니다. 몸 상태가 안 좋다고만 들어서요."

"아아……, 네. 그런 거죠, 뭐. 기운을 못 차리더군요. 하지
만 이젠 괜찮아요."

얘기하면서 가오루코는 가슴속이 먹먹해지는 것을 느꼈다.
그것은 슬픔이기도 하고 허망함이기도 했다. 그 불쾌감에 얼
굴이 찡그러지는 것을 애써 참으며 가오루코는 입가에 미소
를 머금었다.

"그랬군요. 여름 감기는 덧나면 골치 아프죠."

그리고 에노키다는 몸을 앞으로 기울여 가오루코의 얼굴을
빤히 들여다보았다.

"가오루코 씨는 어떻습니까?"

"저……요?"

"건강 말입니다. 아까 여기 들어오실 때 보니 조금 야윈 것
같던데, 아닌가요?"

가오루코는 등을 곧게 펴며 "글쎄요." 하고 고개를 갸웃했다.

"몸무게를 재어 보지 않아서 잘 모르겠어요. 그래도 그 말씀

을 들으니 안심이네요. 스포츠센터에 간 지가 오래돼서 뚱뚱
해지지 않았을까 걱정했거든요."

"몸을 상한 건 아닌가요?"

"네, 몸은 괜찮아요."

"그렇다면 다행입니다."

에노키다가 고개를 끄덕였다.

음식이 나오기 시작했다. 먼저 게 알과 내장으로 만든 전채
요리가 나왔다. 메뉴를 보니 그다음으로 털게찜, 대게 샤브샤
브로 이어지는 듯했다.

늘 그렇듯이 에노키다는 오늘도 풍부한 화제를 구사하면서
가오루코에게서 얘기를 끌어내려 했다. 그 내용은 다양했지
만, 소재는 역시 가정이나 육아에 관한 것이 많았다. 잘 크고
있는 두 아이의 엄마를 전제로 대답하려니 걸핏하면 거짓말
을 해야 해서 마음이 무거웠다.

그래서 이번에는 가오루코 쪽에서 집안일과는 무관한 화제
를 던져 보았다.

"최근에 영화 보신 적 있으세요? 추천하시는 영화 중에
DVD로 나온 것이 있으면 가르쳐 주세요."

"영화요? 글쎄요, 가족이 다 함께 볼 수 있는 영화가 좋을까
요?"

"아니요, 혼자 볼 거예요."

그렇다면, 하고 에노키다는 영화 제목 몇 개를 열거한 후 각 영화의 좋은 점을 설명했다. 흥미롭긴 하지만 이 음식점을 나설 무렵에는 절반도 기억나지 않을 것 같았다.

차례로 요리가 나왔다. 에노키다가 주문한 차가운 정종을 함께 홀짝홀짝 마시면서 젓가락질을 했다. 음식이 하나같이 맛있었지만, 그녀는 그 맛을 음미할 여유가 없었다. 그저 기계적으로 배 속으로 내려 보내고 있을 뿐이다. 중간에 이미 배 속이 그득해져 맨 마지막에 나온 스시는 거의 남기고 말았다.

"다 드셨으면 디저트를 준비하겠습니다."

종업원의 말에 가오루코는 내심 진저리를 쳤다. 아직도 나올 게 남았다니.

"평소보다 적게 드시네요."

"그런가요…… 웬일인지 갑자기 배가 부르네요."

"혹시 입에 안 맞는 거 아닌가요?"

"아니에요."

가오루코가 손을 내저었다.

"맛있었어요, 굉장히."

에노키다는 희미하게 고개를 끄덕이고 나서 금방 나온 녹차 잔을 손에 들었다. 하지만 잔을 입으로 가져가지는 않았다.

"이 방에서 가오루코 씨를 기다리는 동안 이런저런 생각을 해 보았습니다."

에노키다가 찻잔을 바라보며 말을 꺼냈다.

"가오루코 씨가 보낸 메시지에 어떤 의미가 담겨 있을까 하고요. 물론 단순히 만나고 싶다는 게 전부라면 문제가 없겠지만 아무래도 그렇지 않을 것 같다는 생각이 들더군요. 실은 제가 오늘 밤 가오루코 씨에게 제안하고 싶은 일이 있었어요. 그래서 몇 번이나 말을 꺼내려 했지만 좀처럼 그럴 기회가 없었습니다. 아니, 가오루코 씨가 기회를 주지 않았다고 표현하는 게 옳을지 모르겠군요."

가오루코는 무릎 위에 놓은 두 손에 힘을 주었다.

"뭔데요, 제안이라는 게?"

그건, 하고서 에노키다는 혀로 입술을 축인 후 가오루코를 똑바로 보았다.

"자녀 분을 만나게 해 주실 수 있을까요? 미즈호 양과 이쿠토 군을 만나고 싶습니다."

에노키다의 진지한 표정에 가오루코는 압도되었다. 그 눈길을 피하지 않을 수 없었다.

하지만, 하고 그가 말을 이었다.

"방금도 말했듯이 가오루코 씨는 그럴 기회를 주지 않았어요. 처음에는 제 착각인가 했습니다만, 그렇지 않다는 걸 도중에 깨달았습니다. 가오루코 씨는 아이들을 화제로 삼는 걸 철저히 회피했어요. 안 그렇습니까?"

말투는 부드러웠지만 에노키다의 말은 날카로운 칼날처럼 가오루코의 가슴을 파고들었다. 충격이 너무 커서 아무 말도 할 수 없었다.

하리마 씨, 라고 에노키다가 정색하고 그녀를 불렀다. 그녀가 대답하지 않자 이번에는 가오루코 씨, 하고 이름을 불렀다. 그녀는 움찔하며 자신도 모르게 얼굴을 들었다.

"오늘이 아니라도 괜찮습니다. 만일 뭔가 털어놓고 싶은 일이 있으시면 언제라도 연락하세요. 저라도 괜찮다면 얘기를 들어 드리겠습니다. 그래 봐야 저는 여전히 아무것도 해 드릴 수 없지만요."

일단 가오루코의 가슴을 파고든 에노키다의 목소리는 점점 부풀어 올랐다. 그 소리에 온기가 담겨 있어 더욱더 괴로웠다.

슬픔이 파도처럼 밀려들었다. 더는 저항하기 힘들었다. 간신히 지탱해 온 마음속 방파제가 끝내 무너져 내렸다. 그녀는 에노키다를 바라보며 눈물을 흘렸다. 뺨을 타고 흘러내린 눈물이 바닥에 뚝뚝 떨어졌다.

에노키다가 눈을 화들짝 떴다. 그러나 가오루코는 그가 얼마나 놀랐는지 가늠하기는커녕 자신의 뺨에 흐르는 눈물을 닦을 겨를조차 없었다.

"디저트는 괜찮습니다."

에노키다가 침착한 목소리로 종업원에게 말했다.

"계산서를 부탁합니다. 되도록 빨리요."

"아, 네……."

종업원이 봐서는 안 될 것을 봤다는 듯이 허둥지둥 장지문을 닫았다.

"이대로 집으로 돌아가시겠습니까, 아니면 어딘가 다른 곳으로 자리를 옮길까요? 차분하게 얘기를 나눌 만한 가게라면 몇 군데 생각나는 곳이 있습니다만."

가오루코는 그제야 겨우 움직일 수 있었다. 그녀는 숨을 고른 후 가방에서 손수건을 꺼내 눈가를 닦았다.

"아니요. 다른 가게에는 가고 싶지 않아요."

"그래요. 그럼 택시를 불러오겠습니다. 히로오로 가실 거죠?"

아니요, 하고 가오루코는 고개를 저었다.

"괜찮으시다면 선생님 댁으로……. 만약 괜찮으시다면요."

"우리 집으로요?"

"네. 무리한 부탁을 드려서 죄송해요. 거절하셔도 괜찮습니다."

가오루코가 고개를 숙인 채 말했다.

에노키다는 잠시 생각을 정리하는 듯했다. 그리고 "알겠습니다."라고 대답했다.

"그렇게 하시죠. 다행이랄까 의도적이랄까, 집은 깨끗이 정돈되어 있습니다."

애써 던진 농담이라는 건 알지만 가오루코는 웃을 여유가 없었다.

에노키다가 사는 아파트는 히가시니혼바시에 있었다. 혼자 살기에는 너무 넓어 보였다. 거실과 식당을 겸한 공간만 해도 열 평이 넘는 것 같았다. 그리고 그의 말대로 잘 정돈되어 있었다. 거실 테이블에 잡지가 무심한 듯 놓여 있는 모습이 포인트로 보일 정도였다.

에노키다는 가오루코에게 소파에 앉으라고 권했다.

"마실 것은 뭘로 드릴까요? 술이라면 다양하게 있습니다만, 우선 물을 좀 마시는 게 좋지 않을까 싶은데요."

그럼 물을 한잔 부탁한다고 가오루코는 말했다.

그녀가 물을 마시는 동안 에노키다는 아무 말을 하지 않았을뿐더러 눈을 마주치지도 않았다. 자신이 아무것도 털어놓지 않은 채 이 방을 나간다 해도 그는 절대 뭐라고 하지 않을 거라고 가오루코는 생각했다.

"제 얘기를 들어 주시겠어요?"

잔을 내려놓고 가오루코가 말했다.

네, 하고 에노키다는 진지한 표정으로 그녀를 바라보았다.

무슨 말을 하면 좋을까. 어떻게 설명해야 할까. 갖가지 생각이 그녀의 머릿속에서 교차했다. 결국 가오루코의 입에서 나온 말은 이랬다.

"제 딸은······ 미즈호는, 어쩌면 죽었을지도 몰라요."

에노키다의 눈꺼풀이 파르르 떨렸다. 그로서는 드물게 보이는 동요였다.

"어쩌면, 이라는 말은······?"

"물에 빠졌어요. 수영장에서요. 일시적으로 심장이 멈췄고요. 그 후에 심장은 다시 움직였지만 의식이 돌아오지 않았어요. 아마도 뇌사 상태일 거라고 의사에게 들었습니다."

그녀는 그 악몽 같았던 시간을 천천히 얘기했다. 갑자기 찾아온 비극, 부부가 장기 기증 여부를 놓고 밤새워 의논했던 일, 다음 날 장기 기증을 승낙할 작정으로 병원에 갔던 일, 맨 마지막 순간에 결정을 뒤집었고 지금은 의식이 없는 딸을 간병하고 있다는 사실······. 스스로 생각하기에도 놀라우리만치 정연하게 설명할 수 있었다.

에노키다는 슬픈 눈으로 몇 번이나 고개를 저으며 "믿기지 않는군요."라고 중얼거렸다.

"따님에게 일어난 불행도 그렇지만, 무엇보다 당신의 강인함이 믿기지 않아요. 그토록 엄청난 일을 가슴에 숨기고 오늘 밤 저와 식사를 하신 건가요? 왜 그런······."

가오루코가 가방에서 손수건을 꺼내 눈가를 훔쳤다.

"마지막이라고 생각했어요."

"마지막이라니요?"

"선생님을 만나는 일 말이에요. 그래서 오늘 밤만은 괴로운 현실을 잊고 싶었어요. 모든 것이 예전 그대로라고, 아무것도 변한 것이 없다고 여기고 선생님과 함께 있는 시간을 즐기자, 그렇게 연기하자고 마음먹었어요."

하지만 그럴 수 없었어요, 라고 그녀는 덧붙였다.

에노키다가 미간에 주름을 세우고 가오루코의 눈을 들여다보았다.

"왜 저와 그만 만나시려는 거죠?"

"그러니까 그건…… 남편과 헤어지지 않기로 했거든요."

가오루코는 손수건을 꽉 움켜쥐었다.

"미즈호에게 제가 해 줄 수 있는 거라면 무엇이든 해 주고 싶어요. 누가 뭐라 해도 제 마음속에서 그 아이는 살아 있으니까요. 그 아이의 죽음을 받아들일 수 있을 때까지, 그런 날이 올지는 모르겠지만, 그때까지 간병을 계속할 거예요. 그러자면 돈이 많이 들 텐데 저는 미즈호를 돌봐야 하니까 나가서 일을 할 수 없어요. 물론 남편은 이혼하더라도 도움을 주겠지만 그건 불안하고요. 그래서 이혼 얘기는 없던 걸로 하기로 했어요. 남편도 동의했고요."

에노키다가 팔짱을 끼었다.

"이혼하지 않는 이상 밖에서 다른 남자를 만나서는 안 된다는 말씀인가요?"

"그것도 그렇지만, 제 마음이 지고 말 것 같아서 두려워요."

"지다니, 무슨 뜻이죠?"

"선생님을 만나다 보면 남편과 헤어지고 싶을 거예요. 이혼하고 싶어지겠죠. 하지만 미즈호를 생각하면 그럴 수 없어요. 그랬다가 만에 하나 생각이 이상한 방향으로 흐를까 봐 겁이 나요."

"그 말은 즉……."

에노키다는 가오루코의 생각을 읽은 듯했지만 입 밖으로 내지는 않았다.

네, 하고 그녀가 말했다.

"차라리 미즈호가 빨리 숨을 거두었으면 좋겠다고 바라게 될까 봐서요."

에노키다는 고개를 저었다.

"가오루코 씨는 그러지 않을 겁니다."

"물론 그러면 좋겠지만……."

"부추길 마음은 없습니다. 당신이 그렇게 결정했다면 그래야 한다고 생각합니다. 다만 의사로서, 당신의 마음이 어떨지 걱정스럽군요. 만약 고민스러운 일이 생기면 언제든 찾아오세요. 밖에서 만나기 꺼려진다면 병원에서는 괜찮겠죠?"

에노키다의 말은 가오루코의 마음에 부드럽게 와닿았다. 이 사람에게는 자신도 모르는 새 스스로를 맡기고 싶어진다. 그렇기 때문에 더욱이 그를 계속 만나는 것은 위험하다.

그녀는 깊이 한숨을 쉰 후 새삼스레 실내를 둘러보았다.

"집이 멋지네요."

에노키다는 당혹스러운 표정으로 고맙습니다, 라고 대답했다. 그녀가 왜 갑자기 그런 칭찬을 하는지 어리둥절한 듯했다.

"실은 저, 오늘도 선생님이 집에 가자고 하시면 못 이기는 척 그럴까 했어요. 괴로운 일은 다 잊고 마치 아무 일도 없었던 것처럼 그저 한 여자로 돌아가고 싶었어요."

그리고 가오루코는 에노키다에게 미소를 지어 보였다.

"딸이 그 지경이 되었는데 말이에요. 정말 나쁜 엄마죠? 나쁘고 어리석은 여자예요."

냉철한 의사는 어깨를 으쓱했다.

"다 털어놓으셔서 다행입니다. 당신과 더할 수 없이 행복한 시간을 보낸 후 사실을 알았다면 저는 자기혐오에 빠져 한동안 헤어 나오지 못했을 겁니다."

"죄송해요."

"마음이 진정되면 말씀하세요. 택시를 잡을 수 있는 곳까지 바래다드리겠습니다."

고마워요, 하고 가오루코는 잔에 남은 물을 마셨다. 신기하게도 그 물이 오늘 밤 먹은 그 어떤 음식보다 맛있게 느껴졌다.

2
장

숨 쉬게 해 줘

1

자료를 들여다보던 가즈마사가 고개를 들었다.

이날 세 번째 발표는 하리마 테크 내에서 BRS라는 약칭으로 불리는 브레인 로봇 시스템에 관한 연구였다. 대형 액정 화면 앞에 서른 살 전후의 연구원이 서 있었다.

"BRS의 무선화와 관련해 양호한 연구 결과를 얻었다는 사실을 보고드립니다."

남자 연구원의 하얗고 섬세해 보이는 얼굴에 긴장감이 어렸다.

등 뒤의 거대한 화면에 남자 하나가 비쳤다. 나이는 오십 대쯤일까. 살이 약간 찐 남자는 병자로는 보이지 않았다. 머리에 헬멧을 쓴 채 의자에 앉아 있는데, 자세히 보니 몸이 벨트로 고정되어 있는 듯했다.

남자 앞에는 책상이 있고 그 위에 로봇 팔 두 개가 놓여 있었다. 둘 다 손가락이 다섯 개이며, 인간처럼 좌우 대칭이다. 두 개의 로봇 팔 사이에는 빨강 색종이가 놓여 있다.

시작, 하는 소리와 함께 화면을 향해 왼쪽에 있는 로봇 팔이 움직이기 시작했다. 남자 피험자로서는 오른팔이다. 로봇 팔은 책상에 놓여 있던 색종이를 요령 있게 집어 들었다.

회의실이 술렁거렸다.

다음으로 오른쪽 팔도 움직여 색종이 위에 손가락을 얹었다. 그리고 좌우 로봇 팔이 사람 팔이나 다름없이 색종이를 접어 나갔다. 속도는 빠르지 않지만 두 팔의 움직임에는 어색함이 없었다.

"이 남성은 교통사고로 인한 경추 손상으로 사지가 마비된 사람입니다. 본인 의지로 움직일 수 있는 곳은 목 윗부분뿐입니다. 그러나 뇌 자체에는 이상이 없습니다. 그래서 손을 움직이려 할 때 일어나는 뉴런의 활동에서 나오는 미약한 신호를 포착해 그 자극으로 로봇 팔을 움직이도록 만들었습니다. 전 세계적으로 비슷한 시도가 있었지만 대부분은 외과 수술로 뇌에 칩을 심는 방식이었고, 보시는 것처럼 외과 수술이 필요 없는 헤드셋 방식으로 이런 수준의 섬세한 움직임을 가능하게 한 사례는 없었습니다."

두 개의 로봇 팔이 마침내 보기 좋게 종이학을 완성했다. 남자 피험자는 카메라를 보면서 천천히 두 번 눈을 깜박였다. 표정에는 변화가 없었지만, 그가 성취감을 느끼고 있다는 사실을 충분히 알 수 있었다.

이번에는 화면이 복잡한 회로도와 일러스트를 조합한 이미지로 전환되었다. 연구원이 화면 위에서 포인터를 이동하면서, 이번 연구로 기존의 기술에서 어떤 점이 발전되었는지, 그리고 앞으로의 과제는 무엇인지 설명했다. 말투에 자신감이 가득했다.

연구원의 설명을 들으면서 가즈마사는 대단하다고 감탄했다. 매달 한 번씩 열리는 BMI 개발 회의에서는 매번 모종의 진전이 있었다. 하지만 진전이라고 해도 하리마 테크의 연구원이 우수해서라고 보기는 아직 일렀다. 그들은 늘 다른 연구기관의 동향을 살폈고, 때로는 기술을 모방해서 성과로 연결했다. 다시 말해 다들 한창 개발 경쟁에 있으므로 오늘 이 자리에서 소개된 신기술과 동등한 기술이 내일 다른 회사에서 개발된다 해도 이상할 것이 없었다.

BMI, 즉 브레인 머신 인터페이스……

뇌와 기계의 융합이라니, 얼마나 꿈 같은 얘기인가. 가령 신체에 중대한 손상을 입은 사람이라도 뇌 기능만 살아 있으면 인생을 포기하지 않고 삶의 기쁨을 누리며 살아갈 수 있다는 얘기다.

그렇다, 뇌 기능만 살아 있다면.

가즈마사는 부하 직원의 설명에 집중하자고 마음먹었지만, 병원 침대에 누워 있는 미즈호의 모습이 떠오르는 것을 어쩔 수 없었다. 일이 바빠 면회를 자주 가지는 못하지만 될 수 있으면 잠시라도 틈을 내어 가 보려고 노력하고 있다. 물론 면회를 간다고 해도 자신이 해 줄 것은 없고 그저 잠든 아이의 얼굴을 바라볼 뿐이었다.

그사이 간호사들이 수시로 들어와 이런저런 처치를 해 주는데, 그 절차가 복잡한 데다가 워낙 섬세한 작업이어서 자신으로서는 그 일에 엄두가 나지 않았다. 그런데 가오루코는 어떻게든 그 처치들을 배우려고 노력하는 것 같다. 재택 간호를 실현하려면 가족 중 누군가 돌볼 줄 아는 사람이 있어야 하기 때문이라고 한다. 그녀에게 그런 얘기를 들었을 때 가즈마사는 내심 당황스러웠다.

장기 기증을 거부한 후에도 가즈마사는 미즈호를 퇴원시키겠다는 생각을 한 번도 해 본 적이 없었다. 심장이 뛴다고는 하지만 단지 그뿐이고 딸의 죽음을 받아들이는 수밖에 없다고 여겼다. 머지않아 미즈호가 이 병원에서 숨을 거두게 되리라고 각오하고 있었다. 그 각오는 지금도 여전하다. 그리고 그 점은 가오루코도 마찬가지일 것이다.

그런데도 그녀는 포기하려 하지 않는다. 의학적 근거가 매우 희박함에도, 만에 하나 있을지 모르는 가능성에 희망을 걸고 싶어 한다. 또는 설령 그것이 아주 짧은 기간일지라도 그때가 오기 전까지는 딸을 살아 있는 존재로 여기고 싶어 한다. 그렇지 않다면 저런 상태의 딸을 집으로 데려가겠다는 생각을 할 리 없었다.

더없이 강한 여자다. 자신은 그 발끝에도 미치지 못할 것이라고 생각한다.

그 역시 이쿠토가 누나를 불렀을 때 미즈호의 손이 움직인 것처럼 느꼈던 것은 사실이다. 그러나 착각이었을 거라는 생각이 더 강했다. 점술 가운데 '고쿠리상(주술 행위의 하나로, 뭔가를 알아내려 할 때, 예상되는 답이 적힌 종이들을 테이블에 올려놓고 그 위에 동전을 놓은 다음 둘러앉은 참가자들이 동전에 손가락을 짚고 "고쿠리상, 어서 오세요."라고 외치면 영혼의 작용으로 진실이 적힌 종이 위에 얹힌 손가락이 움직인다는 것. 과학적으로는 참가자들의 자기 암시에 의해 스스로 의식하지 못하는 가운데 손가락이 움직이는 것이라고 해석한다.—옮긴이)'이라는 것이 있는데, 그와 유사한 현상이 일어났을 뿐이라고 여겼다. 가오루코는 자신이 움직이지 않았다고 하고 가즈마사 역시 움직였다는 자각이 없지만 실제로는 무의식중에 어느 한쪽이, 혹은 둘 다 움직이지 않았을까 하고 생각한다.

물론 그런 생각을 주장할 마음은 없었다. 미즈호가 죽지 않았다고 믿는 가오루코의 심정을 존중해 주고 싶고, 그 자신도 기적이 일어나기를 바라기 때문이다.

그럼에도 이렇게 BMI의 연구 성과를 들으면서 깊은 허탈감에 빠지는 이유는 이런 최신 기술로도 미즈호를 되살릴 수 없다는 생각 때문이다. 미즈호의 뇌에서는 아무런 신호도 포착하지 못할 것이다.

퍼뜩 정신을 차려 보니 부하 직원들의 시선이 모두 가즈마사를 향해 있었다. BRS 연구원의 보고가 끝난 모양이었다. 연구원이 불안한 표정으로 지시를 기다리며 서 있었다.

가즈마사는 가볍게 헛기침을 한 다음 한 손을 살짝 들며 "그래." 하고 말했다.

"아주 순조롭게 진행되고 있는 것 같군. 외과 수술 없이 이렇게까지 할 수 있는 건 정말 획기적인 일이라고 봐. 문제는, 자네도 말했듯이, 촉감을 얼마나 뇌에 피드백 할 수 있느냐 하는 거지. 장애가 있는 사람 중에는 건강하던 시절의 감각을 되살릴 수만 있다면 다소 위험 부담이 따르더라도 외과적 수술을 받겠다는 사람이 많으니까 말이야."

연구원은 긴장한 얼굴로 "노력하겠습니다."라고 대답했다.

"어쨌든 지금까지의 연구 성과는 만족스러워. 계속 열심히 해 보게."

"감사합니다."

"피험자에게는 이번 실험의 소감을 들어 봤나?"

"네. 그래서 실은 보여 드리고 싶은 게 있습니다."

연구원이 손에 쥐고 있던 리모컨을 조작하자 화면에 종이 한 장이 비쳤다. 그 종이에는 사인펜으로 '꿈만 같습니다. 손을 새로 선물 받은 기분입니다.'라는 글자가 또박또박 적혀 있었다.

"피험자가 로봇 팔을 사용해서 쓴 글입니다. 목소리가 나오지 않으니 글로 대신한 겁니다."

"그래? 대단하군."

가즈마사는 연구원에게 고개를 끄덕여 보였다.

"목소리마저 나오지 않는다니, 꽤 중상이었던 모양이지?"

"네. 혀만 살짝 움직일 뿐 성대는 쓰지 못합니다. 자발 호흡도 불가능하고요."

"흐음, 그렇군."

그때 가즈마사의 머릿속에 의문이 하나 스쳤다.

"아니야, 그럴 리 없는데."

"네? 무슨 말씀이신지……."

"자발 호흡이 불가능하다고 했잖아."

가즈마사는 화면을 가리켰다.

"아까 그 화면을 다시 보여 주게. 피험자 말이야. 정지 화면이라도 괜찮아."

"아…… 네."

연구원이 허둥지둥 리모컨을 조작했다.

이윽고 화면이 다시 나타났다. 남자 피험자가 앉아 있는 장면이다.

"보게, 자발 호흡을 하고 있잖아."

"아니요, 그렇지 않습니다."

"무슨 소리야, 인공호흡기가 없는데."

"아, 그 말씀이군요."

연구원이 그제야 알아들었다는 듯이 고개를 끄덕였다.

"맞습니다. 말씀하신 대로 인공호흡기를 사용하지 않습니다. 이 피험자의 경우 인공호흡기가 필요 없다고 합니다."

"인공호흡기가 필요 없다니, 그게 대체 무슨 말이지? 자발 호흡을 할 수 없는데 어째서 인공호흡기가 필요 없다는 거야?"

"특수한 수술을 받았답니다."

"무슨 수술?"

"그게, 그러니까……."

연구원의 얼굴에 당황한 기색이 어렸다.

그때 "저……," 하고 손을 드는 사람이 있었다. 호시노 유야라는 연구원이었다.

"제가 말씀드려도 될까요?"

"뭘 말인가?"

"그 수술에 대해서는 제가 설명할 수 있을 것 같습니다."

"어떻게? 자네는 다른 팀이 아닌가."

"그렇긴 합니다만, 이 피험자에 대해 알게 되었을 때 저 역시 사장님과 똑같은 의문이 생겨서 독자적으로 조사해 봤습니다."

가즈마사는 여전히 당황한 표정으로 서 있는 연구원을 한 번 보고 나서 호시노에게 시선을 돌리고, 설명해 보라는 뜻으로 턱을 끄덕했다.

호시노가 자리에서 일어나 가즈마사 쪽을 향해 선 후 양손을 몸 앞에서 포갰다.

"이 피험자는 몸에 아주 특수한 횡격막 페이스메이커를 심었습니다."

가즈마사가 미간을 찡그렸다.

"횡격막…… 뭐라고 했지?"

"횡격막 페이스메이커입니다. 한마디로 설명하자면, 횡격 신경에 전기 자극을 줘서 인공적으로 횡격막을 움직이는 장치입니다. 심장 페이스메이커와 같은 원리죠."

"그런 게 있어? 최신 기술인가?"

"기본적인 기술은 꽤 오래전에 고안되었습니다. 1970년대에도 이미 성공 사례가 있죠."

"그렇게 오래전에?"

가즈마사가 고개를 저었다.

"부끄럽게도 난 전혀 몰랐어."

"모르시는 게 당연합니다. 일본에서는 사용한 사례가 없거든요. 기구를 입수하기 어려운 데다 관리도 복잡하고, 무엇보다 비용이 아주 많이 듭니다. 게다가 자발 호흡이 어려운 환자는 대부분 누워 있기만 할 뿐 몸을 움직이지 못하니 기관을 절개해 인공호흡기를 장착하는 것으로도 아무 문제가 없으니까요. 안전성 면에서도 불확실한 페이스메이커가 보급되기는 어렵습니다."

"그런데도 저 남자는 그 기구를 몸에 이식하겠다고 결단했다는 말이군."

"거기에는 몇 가지 이유가 있었던 것 같습니다. 우선 남자의 증상이 페이스메이커를 장착하기에 적합했다는 것, 그리고 또 하나는 기술 혁신입니다. 기존의 페이스메이커가 지닌 문제점을 해결한 획기적인 제품이 개발됐거든요."

가즈마사가 몸을 앞으로 내밀었다.

"그게 어떤 제품이지? 기존 제품은 무슨 문제가 있었고?"

그러자 호시노는 다소 거북한 표정으로 이리저리 눈을 굴리다가 "그 부분을 설명하자면 꽤 길어질 텐데요."라며 양손을 마주 비볐다.

가즈마사가 문득 주위를 돌아보니 부하 직원들이 난감한 얼굴을 한 채 침묵하고 있었다. 그들의 눈에서 불안감이 엿보이는 이유는 사장이 회의와 전혀 관계없는 화제에 몰두하고 있기 때문일 터였다.

"아, 미안."

가즈마사가 말했다.

"엉뚱한 얘기에 끌어들여서 미안하네. 앉아도 좋아."

호시노가 안도한 표정으로 의자에 앉았다.

"저…… 호시노 군, 나중에 내 방으로 좀 와 주겠나?"

젊은 연구원은 신경이 쓰이는 듯 주위를 둘러보고 나서 "알 겠습니다."라고 대답했다.

노크 소리에 가즈마사가 "들어와요."라고 말했다.

실례합니다, 라는 소리에 이어 문이 열렸다. 파일을 옆구리 에 낀 호시노가 들어왔다.

"아까는 미안했어. 개인적으로 흥미로운 얘기라서 나도 모 르게 그만……."

가즈마사는 책상에서 일어서며 호시노에게 소파를 권했다.

"이리 앉게."

네, 하면서 호시노가 조심스러운 태도로 가죽 소파에 앉았다.

"아까 그 얘기를 더 듣고 싶어서 자네를 오라고 했네."

가즈마사가 호시노 맞은편에 앉으며 말했다.

"그, 뭐라고 했더라, 횡격막……."

"횡격막 페이스메이커 말씀이시죠? 그러실 것 같아서 자료 를 가져왔습니다."

호시노가 파일을 테이블에 내려놓았다. 가즈마사는 고개를 끄덕였다.

"자네는 왜 그 기술에 관심을 가지게 되었나?"

호시노가 등을 곧게 펴고 턱을 끌어당겼다.

"제가 지금 집중하고 있는 연구에 참고가 되지 않을까 해서 조사했습니다."

"자네가 하는 연구는 브레인 로봇 시스템과는 달리 뇌의 신호를 근육에 보내서 자신의 팔다리를 움직이도록 하는 것 아닌가?"

"맞습니다. 그런데 뇌의 명령이 전달되지 않아 움직이지 않는 기관을 전기 신호로 움직이도록 하는 것과 횡격막 페이스메이커가 그 발상이 비슷하다는 생각에 관심을 갖게 되었습니다."

"그렇군. 하지만 팔다리의 근육과 횡격막은 그 움직임의 복잡함이 서로 비교도 안 될 텐데? 자네의 연구 내용이 훨씬 고난이도이니 참고할 것도 없을 듯한데 말이야."

그 말에 호시노는 고개를 끄덕이며 파일을 펼쳤다.

"기존의 페이스메이커라면 그렇겠죠. 전기 자극이 일방통행이라 단순히 횡격막을 일정한 리듬으로 움직이는 데 그쳤으니까요. 하지만 그 방식은 여러모로 문제가 있었습니다."

"맞아, 아까도 그 얘기가 잠깐 나왔어. 도대체 무슨 문제가 있다는 건가?"

"가장 큰 문제는 음식을 잘못 삼켜 이물질이 기도로 들어갈

우려가 있다는 점입니다. 설사 영양 보급을 다른 방법으로 한다 해도 이물질이 기도로 들어갈 가능성은 여전히 있습니다. 그리고 가래를 배출하는 문제도 있죠. 정상인의 경우 가래가 목에 걸리면 어떻게 하겠습니까? 사장님은 물론 아시겠죠."

"가래? 그야 물론……."

가즈마사는 헛기침을 두 번 했다.

"이렇게 하겠지."

"그렇습니다. 기침을 합니다. 기침에는 두 종류가 있죠. 방금 사장님이 하신 것처럼 자발적인 기침이 있고, 반사적으로 하는 기침이 있습니다. 기도에 이물질이 들어가면 점막 표면에 있는 센서가 반응하고, 그 정보가 뇌에 있는 기침 중추에 전달되어 횡격막 등의 호흡 근육에 지령을 내림으로써 기침을 하게 되는데 이것은 기관지나 폐 등의 호흡기를 지키려는 생체 방어 반응으로, 기침 반사라고 합니다. 기침은 또한 기도에 모인 가래를 배출하는 기능도 합니다. 그런데 기존의 횡격막 페이스메이커 기술로는 이런 기침의 기능을 재현하기 어려웠습니다. 형태상으로는 재현했을지 모르지만, 정상적인 호흡에서 기침으로 전환하는 작용이 원활하지 못하다는 문제점이 있었습니다. 건강한 사람이라도 사레가 들리면 컥컥거리면서 좀처럼 정상적인 호흡으로 돌아오지 못하는 것을 떠올리시면 이해가 빠를 것 같습니다."

호시노의 설명은 논리 정연하고 말투가 매끄러워서 이해하기 쉬웠다. 파일에 든 서류를 들여다보며 설명해서 그렇기도 하겠지만 그보다 호시노 자신이 내용을 정확하게 파악했기 때문일 것이다.

"최신식 횡격막 페이스메이커에서는 그런 문제점이 해결되었다는 말인가?"

"완벽하지는 않지만 상당 부분 해결된 것 같습니다."

"어떤 방법으로?"

"단적으로 말씀드리자면 페이스메이커에 신호를 보내는 제어 장치에 뇌와 같은 기능을 갖추도록 한 겁니다. 다시 말해 일방적으로 신호를 보내는 것에서 그치지 않고, 점막 표면의 수용체에서 나오는 신호를 감지해 그에 따라 신호의 종류를 바꾸는 겁니다. 예컨대 이물질이 들어왔다는 신호가 감지되면 기침을 하도록 횡격막에 신호를 보내는 거죠. 문제가 해결되면 정상적인 호흡으로 돌아가도록 명령하는 식입니다."

"그렇군. 듣고 보니 가능할 것 같긴 해. 여태 그렇게 하지 않았다는 게 이상할 정도야."

그러나 호시노는 굳은 표정으로 고개를 저었다.

"실현하기가 쉽지 않았던 것 같습니다. 개발자들은 우선 건강한 사람이 기침을 했다가 원래의 호흡 상태로 돌아갈 때 뇌속에서 어떤 신호가 오가는지를 관찰해 뉴런 네트워크 모델을 구축했습니다. 그리고 그 모델을 기반으로 다채널적인 신호를 내보낼 수 있는 제어 장치를 개발했다고 하더군요. 편의상 횡격막 페이스메이커라고 하지만, 실제로는 횡격막 외에 복근 등에도 전기 자극을 준답니다. 저도 모든 내용을 정확하게 파악하지는 못했지만 개발자들이 얼마나 고생했을지 상상이 갑니다."

애기가 급격히 어려워졌다. 그러나 기존의 기술과는 비교가 안 될 정도로 복잡하고 고도의 기능을 갖춘 기술이라는 점은 가즈마사도 알 수 있었다.

"그런 기술이 자네 연구에 도움이 된단 말인가?"

"많이 참고하고 있습니다. 사장님도 말씀하셨다시피 제 연구 주제는 장애인들이 스스로 팔다리를 움직이도록 하는 것입니다. 그러나 현실적으로는 움직이게만 해서는 도움이 안 됩니다. 가령 뜨거운 물건을 만졌을 때는 얼른 팔을 끌어당긴다거나 하는 반사적인 행동도 할 수 있어야 합니다. 로봇 팔과 달라서 사람의 손은 화상을 입으니까요. 그런 문제들을 해결하는 데 참고가 됩니다."

젊은 연구원의 눈이 반짝거렸다. 역시 자신의 연구에 대해 말할 때는 마음이 뜨거워지는가 보다고 가즈마사는 생각했다.

"고맙네. 아주 쉽게 이해되는군. 그런데 그 최신식 횡격막 페이스메이커를 개발한 사람이 누구지?"

"게이메이 대학 의학부 호흡기 외과 연구 팀입니다. 논문 집필자를 직접 만나서 얘기를 들었습니다."

호시노는 아사기시라는 부교수가 논문 집필자이며 그는 BRS 피험자의 수술에도 참여한 인물이라고 했다.

"지금까지 몇 건이나 그런 수술을 했다고 하던가?"

"여섯 명이라고 들었습니다. 모두 다 경과가 순조롭답니다."

가즈마사는 팔짱을 끼고 잠시 생각에 잠겼다.

잠시 후 그가 다시 물었다.

"그 환자들은 모두 의식이 있었겠지?"

"의식…… 말입니까?"

호시노가 비스듬히 아래쪽으로 시선을 떨궜다.

"내 말은 의식 장애로 누워 있다든가 하는 환자는 없었냐는 뜻이야."

"그게, 저……"

호시노는 가즈마사와 시선을 마주치지 않은 채 빠르게 눈을 깜빡거리며 고개를 갸웃했다.

"확인해 보지는 않았습니다만, 아마 없을 겁니다. 의식이 없는 환자가 그토록 정밀한 페이스메이커를 사용하는 게 무슨 의미가 있겠습니까. 그 장치는 환자가 일상생활을 원활하게 할 수 있도록 개발된 거니까요."

"하지만 의식이 없는 사람에게 장착하는 것이 불가능하다는 말은 아니지?"

"그건······."

잠시 망설이는 듯하던 호시노가 마음을 정했다는 듯 가즈마사를 똑바로 바라보았다.

"네, 그렇습니다. 혼수상태에 있는 환자에게도 사용할 수 있지 않을까 싶습니다. 제가 들은 바로는 횡격막 페이스메이커를 작동하는 데 뇌에서 보내는 신호는 전혀 필요하지 않다고 하니까요."

그의 진지한 눈초리를 보며 가즈마사는 부하 직원이 자신을 배려하고 있다는 것을 깨달았다. 사장 딸이 사고를 당해 식물인간 또는 그보다 위중한 상태일 수 있다는 소문을 대부분의 사원이 들었을 터였다. 호시노도 사장이 자신을 부른 이유를 짐작했기에 두툼한 파일을 들고 왔을 것이다.

"고마워. 얘기 잘 들었네."

아닙니다, 하고 호시노는 고개를 꾸벅했다.

가즈마사는 주머니에서 스마트폰을 꺼내 간자키 마키코에게 전화를 걸었다. 그녀는 금방 전화를 받았다.

"네, 간자키 마키코입니다."

"잠깐 들어오지."

잠시 후 노크 소리가 들리고 간자키 마키코가 문을 열고 들어왔다. 회색 투피스에 하얀 블라우스를 받쳐 입은 그녀는 까만 머리를 뒤로 묶은 모습이었다.

"연락할 데가 있어."

가즈마사가 말했다.

"게이메이 대학 의학부 호흡기 외과야. 자세한 내용은 호시노 군에게 듣도록 해. 호시노 군, 도와줄 수 있지?"

물론입니다, 하고 호시노가 대답했다.

단, 하며 가즈마사가 간자키 마키코를 올려다보았다.

"이건 내 개인적인 문제야. 회사 업무에 지장을 주지 않도록 해."

"알겠습니다."

여비서가 공손하게 머리를 숙였다.

2

"너무 서두르지 않으셔도 되니까 천천히 하세요. 피부가 약해졌으니 마찰되지 않도록 조심하시고요."

간호사 무토의 지시에 따라 치즈코가 미즈호를 돌려 눕히고 있었다. 같은 자세로 오래 있으면 울혈이나 욕창이 생길 수 있으므로 자세를 바꿔 주는 것이다.

손녀의 몸을 떠받치고 있는 치즈코의 손놀림이 불안했다.

표정에도 여유가 없어 사소한 문제라도 일어나면 이내 패닉에 빠질 것처럼 보였다.

"엄마."

가오루코가 그녀를 불렀다.

"왼손 조심해."

"어, 뭐라고?"

치즈코가 자신의 왼손을 봤다.

"엄마 손이 아니라 미즈호 왼손 말이야. 튜브가 이어져 있다는 걸 잊으면 안 돼."

"아아⋯⋯."

치즈코가 어찌할 바를 모르고 또 움츠러들었다.

보고 있기가 괴로웠지만 가오루코는 큰 소리를 내지 않으려고 애썼다. 행여라도 여기서 언성을 높이면 치즈코는 앞으로 미즈호를 간병하는 일에 관여하지 않으려 할지도 모른다. 그래서는 곤란하다.

"괜찮아요. 침착하게, 그대로 천천히. 네, 좋아요. 잘하셨어요."

무토가 치즈코에게 친절하게 말했다. 이 베테랑 간호사는 어떤 경우에도 냉정을 잃지 않는다.

그럭저럭 치즈코가 미즈호를 무사히 돌려 눕혔다. 미즈호를 돌보는 일 중 가장 간단한 일에 이렇게 애를 먹는다면 다른 일은 어떨지 안 봐도 뻔하지만 가오루코는 인내심을 가지고 지켜보자고 마음을 다졌다.

사고가 일어난 지 두 달. 병원 측의 예상과 달리 미즈호의 심장은 여전히 뛰고 있다. 각종 수치도 안정적이고, 병원에서 긴급한 연락이 오는 일도 없었다.

앞으로 얼마나 버틸지는 의사들도 예상하지 못하는 듯하다. 뇌 신경외과 의사인 신도가 애초에 말했던 대로였다. 어린아이의 경우 무슨 일이 생길지 알 수 없다는 것이다.

그렇다면 가오루코로서 생각할 수 있는 일은 한 가지밖에 없었다. 미즈호가 더 산다는 전제하에 이런저런 준비를 하는 것이다.

미즈호의 기적적인 생명력에 기가 한풀 꺾인 주치의는 이런 상태가 계속된다면 재택 간병도 어렵지 않을 거라는 의견이었다. 다만 조건이 있었다. 간호사가 현재 하고 있는 작업을 최소한 두 명이 완벽하게 습득해야 한다는 것이다. 둘 중 한 사람은 반드시 미즈호 곁을 지켜야 하고, 만일 이상이 생길 경우 다른 한 사람이 곧바로 대응해야 하기 때문이다.

문제는 가오루코 외에 누가 그 일을 하느냐는 것이었다. 가정이 있는 미하루에게는 부탁할 수 없었다. 가즈마사는 논외다.

고민 끝에 가오루코는 치즈코에게 부탁하기로 했다.

원칙대로라면 맨 먼저 치즈코를 고려했을 것이다. 가오루코가 미즈호를 낳았을 때도 손녀를 돌보느라 히로오의 집에서 한 달이나 살았던 엄마다.

그러나 치즈코의 정신이 불안한 상태라 부탁을 망설일 수밖에 없었다.

연명 치료를 계속하기로 결정한 후에도 치즈코는 좀처럼 미즈호에게 면회를 오지 않았다. 시게히코의 말에 따르면 자신은 그럴 자격이 없다는 것이다. 그렇지 않으니 얼굴이라도 보러 오라고 가오루코가 몇 번이나 간곡히 부탁해서야 치즈코는 겨우 병원을 찾았다. 미즈호가 입원한 지 이주일도 더 지난 후였다.

잠들어 있는 손녀를 본 치즈코는 또다시 통곡했다. 그때 왜 빨리 알아차리지 못했을까, 제대로 지켜봤다면 이렇게 되지는 않았을 텐데, 그럴 수만 있다면 자신이 대신하고 싶다, 목숨을 내놓아서 해결할 수 있는 일이라면 당장이라도 그렇게 하고 싶다, 자기 같은 사람이 살아서 뭐 하겠느냐, 끝도 없이 후회의 말을 늘어놓았다. 그리고 미안하다, 저세상에서 할미를 원망해라, 할미 같은 건 빨리 죽으라고 저주하렴, 하고 자신의 죄를 빌었다. 그날 병실에 있는 내내 치즈코는 눈물을 멈추지 않았다.

그 후로는 며칠에 한 번씩 면회를 왔지만 치즈코는 미즈호 몸에 손도 대려고 하지 않았다. 아니, 가까이 가는 것조차 꺼리는 듯했다.

이유를 물어보니 겁이 난다고 했다. 미즈호의 몸에 갖가지 기계가 연결되어 있는 것을 보면 자신은 상상도 못할 만큼 엄청난 과학 기술 덕분에 이 어린 생명이 유지되는 모양인데 함부로 건드렸다가 사고라도 나면 큰일이라는 것이었다.

게다가 치즈코는 이쿠토조차 돌보려 하지 않았다. 아마도 그녀는 자기 자신을 믿지 못하게 된 모양이었다. 괜찮으니 미즈호를 만져 보라고 억지로 권하면 손을 바들바들 떨기까지 했다.

그런 상태이다 보니 치즈코에게 재택 간병을 도와 달라고 부탁할 수가 없었다. 하지만 아무리 궁리해 봐도 달리 마땅한 사람이 없자 가오루코는 시게히코에게 의견을 물었다. 시게히코는 망설일 일이 뭐가 있느냐고 대답했다.

"엄마에게 맡기거라. 서로를 위해서도 그러는 편이 좋아. 다른 사람에게 돌보게 하면 네 엄마는 더욱더 자책할 게다. 자기는 누구에게도 도움이 안 된다면서 말이야. 가오루코, 부탁이니 엄마에게 맡겨 다오."

듣고 보니 맞는 말이라는 생각이 들었다. 사실 미즈호를 세상에서 가장 믿고 맡길 수 있는 사람은 엄마였다.

그러나 치즈코가 허락할지는 알 수 없었다. 아니, 허락하지 않을 거라고 생각했다. 미즈호 몸에 손을 대는 것조차 꺼리는 마당이 아닌가.

그런데 치즈코의 반응은 예상과 달랐다. 재택 간병을 고려하고 있다고 말하자 약간 놀라는 듯하더니 이내 진지한 표정으로 가오루코의 설명을 들었고, 도와 달라고 부탁하자 당황하는 기색도 없이 허공의 한 점을 물끄러미 바라보며 생각에 잠겼다.

긴 침묵 끝에 치즈코가 한 말은 "나라도 괜찮다면."이었다.

"미즈호를 저 모양으로 만들었으니 나는 벌을 받아 마땅해. 죽어서라도 갚고 싶다고 수없이 생각했지만 나 같은 게 죽는다고 뭐가 달라질까 싶고, 그렇다고 살아 있자니 괴롭기만 할 뿐이고, 도무지 어떻게 해야 좋을지 모르겠더구나. 그러니 남은 인생을 전부 미즈호에게 바칠 수 있다면 나야 더 바랄 게 없지. 나라도 괜찮다면 뭐든지 시키렴. 무슨 일이든 마다하지 않으마."

엄마의 말에 가오루코는 가슴이 미어지는 것 같았다. 그리고 한편으로는 다른 사람에게 부탁하지 않아 다행이라고 생각했다. 만약 그랬다면 치즈코는 자신의 존재 의의를 잃었을 것이다.

그렇게 해서 미즈호의 간병 파트너가 결정되었다. 그러나 그다음 일들이 순풍에 돛 단 듯이 진행된 것은 아니다. 치즈코는 매일 병원에 와서 간병하는 방법을 배웠지만, 익숙해지려면 시간이 꽤나 걸릴 듯했다. 미즈호의 몸에 손을 댈 수 있게 된 것도 최근의 일이다.

"저체온도 위험하지만 저혈압도 조심해야 해요. 이런 환자의 경우 아주 사소한 일로 혈압이 뚝 떨어질 수 있거든요. 그걸 늦게 알아차려서 중태에 빠진 경우도 적지 않아요."

무토가 각종 기기의 사용법을 일러 주고 있었다. 간간이 메모하면서 설명을 듣는 치즈코 얼굴에는 비장감마저 감돌았다.

뒤에서 문이 열리는 기척이 느껴져 돌아보니 양복 차림의 가즈마사가 얼굴을 들이밀고 있었다.

"아…… 나, 들어가도 괜찮아?"

그가 치즈코를 흘끔 보고 나서 가오루코에게 물었다.

"응, 들어와."

가즈마사를 본 치즈코가 고개를 까딱했다.

"자네 왔나."

"엄마가 간병하는 방법을 배우는 중이야."

"그렇군. 애 많이 쓰십니다."

가즈마사의 말에 치즈코는 "애는 무슨……." 하며 고개를 살래살래 저었다.

"오늘은 이 정도로 하죠."

무토가 침대에서 물러났다.

"무슨 일이 있으면 부르세요."

병실에서 나가는 베테랑 간호사에게 모두가 "고마워요." 하고 인사했다.

가즈마사가 침대로 다가왔다. 그는 선 채로 가만히 딸을 내려다보았다.

"별 이상 없지?"

"응. 요즘 계속 안정적이야."

가즈마사는 미즈호의 얼굴에서 눈을 떼지 않은 채 고개를 끄덕거렸다.

남편의 옆얼굴을 바라보던 가오루코는 문득 그의 내면이 궁금해졌다. 이 사람은 뇌사했을 가능성이 높다고 선고받은 딸을 계속 살려 두는 것에 대해 어떻게 생각할까. 말은 안 하지만 바보 같은 짓이라고 생각하지 않을까. 속으로는 어리석은 행위라며 질색하는 것 아닐까. 최첨단 과학 기술을 다루는 사업을 하는 가즈마사가 혼의 존재 따위를 믿을 리 없었다.

가즈마사가 가오루코 쪽으로 고개를 돌렸다.

"잠깐 얘기 좀 할 수 있을까? 아까 전화로도 말했지만, 의논하고 싶은 일이 있어."

"여기서는 할 수 없는 얘기야?"

"가능하면 둘이서만 얘기하고 싶은데."

그러면서 가즈마사는 미즈호에게 힐끗 시선을 주었다.

"미즈호에게는 나중에 들려주지, 뭐."

그로서는 한껏 재치 있게 표현한다고 한 말인지도 몰랐다.

알았어, 하고 가오루코는 치즈코를 보았다.

"엄마, 미즈호 좀 부탁할게."

치즈코가 약간 긴장한 얼굴로 고개를 끄덕였다.

"그래. 다녀와."

병실을 나온 가즈마사는 "장모님, 괜찮으실까?"라고 물었다. 치즈코에게 재택 간병을 도와달라고 부탁한 일을 말하는 것일 터였다.

"괜찮지 않으면 내가 곤란하지."

복도 끝 쪽에 시선을 두고 걸으면서 가오루코가 대답했다.

"불안하면 언제든지 말해. 도우미를 찾아볼 테니까."

"알았어, 고마워."

가오루코가 재택 간병을 하겠다고 하자 가즈마사는 누군가를 고용해야겠다고 생각한 듯하다. 그녀 혼자서는 무리라고 그도 판단했을 것이다. 그러나 그녀는 거절했다. 앞으로도 가즈마사에게 금전적으로 의지할 일이 많을 것이다. 자신의 힘으로 해결할 수 있는 일은 가능한 한 그러고 싶었다. 게다가 낯선 사람이 하루 종일 집에 와 있으면 불편할 것이다.

병원 1층에 있는 카페에 들어간 두 사람은 창가 자리에 마주 앉았다. 음료를 주문하고 나서 가오루코는 이렇게 부부가 마주 보는 것이 얼마 만일까 생각해 봤다. 이혼을 결정한 그날 이후 처음일지도 몰랐다. 지지난달에 이혼을 백지화하기로 결정했지만 그때는 전화로만 얘기를 주고받았다.

가즈마사 역시 어색한 기색이었다. 그는 잔에 담긴 물을 한 모금 마시고 나서 "실은 말이야," 하고 말을 꺼냈다. 그 내용은 가오루코가 전혀 예상치 못한 것이었다.

"스스로 숨을 쉴 수 있다니, 그게 무슨 말이야?"

"컴퓨터로 신호를 보내 횡격막과 복근을 움직이게 하는 거야. 기도에 먼지 같은 게 들어가면 기침을 시키고, 가래도 잘 안 고이게 될 거야."

"그게 가능하단 말이야?"

"정확히 진찰을 받아 볼 필요는 있지만, 이론상으로는 가능한가 봐. 인공 지능 호흡 조절 시스템, 약칭으로 AIBS라고 하는 건데, 게이메이 대학 의학부와 공학부가 공동으로 개발한 기술이야. 며칠 전에 개발자 한 사람을 만나서 얘기를 자세히 들었어. 수술을 해야 하지만 몸속 몇 군데에 전극을 심는 게 전부야. 그 전극이 몸 밖에 있는 조절기와 전선으로 연결되는데, 조절기는 그다지 크지 않아. 인공호흡기보다 다루기도 훨씬 쉽고."

어떨까? 하고 가즈마사가 물었다.

눈을 깜박거리던 가오루코가 테이블에 시선을 주었다. 언제 가져왔는지 홍차가 놓여 있었다. 잔을 끌어당겨 한 모금 마셨다.

"기관 절개는?"

"필요 없어. 인공호흡기를 달지 않으니 당연하지."

"그래? 호흡기를 달지 않아도 된단 말이지……."

도무지 와닿지 않는 얘기였다. 사고를 당한 후로 두 달 동안 미즈호는 그 장치 덕분에 목숨을 이어 왔다. 그리고 앞으로도 없어서는 안 되는 장치인 줄 알았다.

"하지만 그토록 편리하다면 왜 아무도 사용하지 않지?"

"두 가지 이유가 있어. 하나는 필요가 없으니까. 자발 호흡을 못하는 환자 대부분이 누워만 있기 때문에 인공호흡기로도 충분한 거지. 그리고 또 하나는 비용 문제. 장비는 고가인데 보험이 안 되거든."

"고가라니, 얼마나 하는데?"

가즈마사가 고개를 저었다.

"그건 당신이 신경 쓸 필요 없어."

말투로 보아 상당한 금액이라는 걸 알 수 있었다. 1, 2백만 엔으로 해결될 일이 아닌 듯했다.

"이유가 뭐야?"

"이유라니, 무슨 이유?"

"왜 그런 기계를 생각했냐고? 미즈호는 누워만 있으니까 인공호흡기로도 충분하잖아."

가즈마사가 어깨를 으쓱했다.

"게이메이 대학 사람도 그렇게 말하더군. 생각해 본 적 없는 경우라고. 의식이 없는 환자에게 적용한들 무슨 의미가 있는지 모르겠다면서."

"그래서 뭐라고 대답했어?"

가즈마사가 잠시 뜸을 들이다가 입을 열었다.

"딸을 숨 쉬게 해 주고 싶을 뿐이다, 그랬어."

"숨 쉬게……."

"나는 늘 내가 미즈호에게 뭘 해 줄 수 있을까, 하고 생각해. 시간이 자유롭다면 간병을 도울 수 있겠지만 현실적으로 불가능하잖아. 그러던 차에 AIBS를 알게 된 거야. 설명을 듣고 생각했어. 미즈호를 숨 쉬게 해 주고 싶다고. 물론 그 아이가 자발적으로 숨을 쉬는 건 아니고 컴퓨터가 그러도록 만드는 거지만, 그 아이의 육신을 사용해서 숨을 쉰다면 인공호흡기로 숨을 쉬는 것과는 다를 것 같았어."

얘기하는 동안 가즈마사는 계속 고개를 절레절레 흔들었다. 자신이 미즈호에게 해 줄 것이 없다는 사실을 답답해하는 마음이 그의 눈에 깃들어 있었다. 최신 과학 기술을 이용해 형태만 그럴싸하게 숨을 쉬게 한들 자기만족에 지나지 않는다는 것을 그 자신이 누구보다 잘 알 것이다.

조금 전 남편을 미심쩍어했던 가오루코는 마음속으로 그에게 사과했다. 가즈마사 역시 미즈호를 살려 두는 일에 주저함이 없는 것이다.

"위험성은?"

"수술을 해야 하니까 전혀 없다고는 할 수 없지. 호흡 기관이 제어 신호에 제대로 반응하지 않는다고 판단되면 그 즉시 중단할 거야. 그럴 경우 기관을 절개해서 곧바로 인공호흡기를 장착할 수 있어."

흐음, 하고 가오루코는 숨을 내쉬었다.

"생각을 좀 해 봐도 될까? 이 병원 의사들과도 의논해 보고 싶어."

"물론 그래야지. 더 자세한 얘기를 듣고 싶으면 다음번에 같이 게이메이 대학에 가도 좋아."

"응, 그래야 할지도 모르겠네."

그런 터무니없는 수술을 받게 할 수는 없다며 단박에 가오루코에게 거절당할지 모른다고 생각했던 가즈마사는 안도하는 표정으로 커피 잔을 들었다.

그가 손목시계를 보려고 양복 소매를 살짝 들어 올리는데 와이셔츠 소매가 거뭇거뭇했다. 며칠 계속 입었는지도 모른다. 전부터 그런 데는 무심한 사람이었다.

있잖아, 하고 가오루코가 말을 꺼냈다.

"누군가 있지?"

"있다니, 그게 무슨 말이야?"

"여자 말이야. 이혼할 예정이었으니까 당신한테 애인이 있다고 해서 이상한 일은 아니잖아. 하지만 만일 그렇다면 내게 말해 줬으면 좋겠어."

가즈마사가 얼굴을 찡그렸다.

"없어."

"정말? 숨길 필요 없어. 나는 괜찮으니까. 이혼을 백지화하자고 한 장본인도 나고, 그 이유도 미즈호 때문이었잖아."

"알아."

"미즈호를 돌보려면 비용이 많이 드는데 나는 나가서 돈을 벌 수 없으니까 당신에게 의지하기로 한 거야. 지난봄에는 먼저 이혼하자고 해 놓고 말이지. 너무 이기적이지?"

"그렇게 생각하지 않아."

"아니야, 이기적인 게 맞아. 그러니까 당신을 구속할 마음은 없어. 지금은 없더라도 만일 좋아하는 사람이 생기면 내게 말해 줘. 방해하지 않도록 배려할 테니까."

그러자 가즈마사가 등을 쭉 펴고 가오루코를 똑바로 바라보았다. 하지만 막상 뭐라고 말해야 좋을지 모르겠다는 듯이 입술을 꽉 깨물었다.

미안해, 라고 중얼거리며 가오루코가 고개를 숙였다.

"참 짜증 나는 여자지?"

눈물이 뚝, 무릎에 떨어졌다. 왜 눈물이 흐르는지 그녀 자신
도 알 수 없었다.

3

12월이 시작되고 얼마 안 있어 게이메이 대학 부속 병원에
서 AIBS를 미즈호의 몸에 이식하는 수술을 했다. 가즈마사와
가오루코, 치즈코는 대기실에서 수술이 끝나기를 기다렸다.
그들은 수술이 세 시간 정도 걸릴 거라는 사전 설명을 들었다.

기다리는 내내 장모 치즈코는 얼굴 앞에 두 손을 모은 채 눈
을 꼭 감고 있었다. 수술이 성공하기를 빌고 있을 터였다.

하지만, 무엇이 성공일까.

물론 AIBS가 무사히 기능해 준다면 성공이라고 할 수 있을
것이다. 하지만 그렇지 않더라도 기관을 절개해서 인공호흡
기를 장착하면 그만이다. 최근 미즈호의 상태가 안정적이어
서 수술을 견딜 수 있을 거라고 판단하고 결정한 수술이니 큰
사고가 없는 한 미즈호는 살아서 수술실을 나올 것이다.

살아서······.

수술을 검토하고 있다고 얘기하자 주치의를 비롯한 모두가 똑같은 의문을 나타냈다. 뭘 위해서 그런 수술을 하느냐는 것이었다.

인공호흡기로도 충분한데.

본인이 자발적으로 호흡하게 될 가능성이 전혀 없는데.

앞으로 며칠이나 살지 모르는데.

그럴 때마다 가즈마사는 대답했다.

"부모의 자기만족입니다."

그러면 상대는 대개 아무 말도 하지 않았다. 미즈호를 그 상태로 살려 두는 것 자체가 부모의 자기만족이라고 생각할 것이다.

그러나 집도를 담당하는 게이메이 대학 연구 팀의 대응은 사뭇 달랐다. 그들이 이 수술로 미즈호의 인생에 커다란 변화가 있으리라고 생각하는 것 같지는 않았다. 다만 자신들의 연구에 크게 도움이 되리라고 기대하는 눈치였다. 협의 단계에서부터 미즈호를 환자가 아니라 실험 대상으로 본다는 느낌이 들었다. 그것도 실패가 허용되는 실험이다. 가즈마사와 가오루코는 수술로 인해 미즈호 몸에 무슨 일이 일어나더라도 연구 팀에 책임을 묻지 않는다는 서약서에 사인했다.

하리마 씨, 하고 부르는 소리에 얼굴을 들었다. 푸른 수술복을 입은 아사기시가 서 있었다. 그는 연구 팀의 실질적인 리

더로, 키는 작아도 체격이 다부졌다.

가즈마사가 의자에서 벌떡 일어났다.

"끝났습니까?"

아사기시가 고개를 끄덕이며 가오루코와 치즈코를 힐끗 보고 나서 다시 가즈마사에게 시선을 돌렸다.

"수술은 끝났고, 지금은 경과를 지켜보는 중입니다."

"상태가 어떤가요?"

"기기는 작동합니다."

"기기, 라면……."

"당연히 AIBS죠."

가즈마사는 스읍, 하고 숨을 들이쉬고 나서 가오루코를 돌아보고 다시 의사를 봤다.

"성공이군요."

"현시점에서는 이상이 없습니다. 가서 보시겠습니까?"

"볼 수 있습니까?"

"물론입니다. 이쪽으로 오시죠."

가즈마사는 빠른 걸음으로 걷는 아사기시를 따라 복도를 걸었다. 가오루코와 치즈코도 그 뒤를 따랐다. 두 사람은 손을 꼭 잡고 있었다.

안내된 처치실에 들어서자 침대에 누워 있는 미즈호의 모습이 보였다. 그 옆에 의사 둘이 서서 복잡한 계측기를 들여다보고 있었다.

"여보, 미즈호 입에……."

가오루코가 중얼거렸다.

응, 하고 가즈마사가 대답했다. 그녀가 하고 싶은 말을 짐작하고도 남았다.

사고 이래 내내 미즈호 입에 삽입되어 있던 튜브가 사라진 것이다. 튜브를 고정하려고 붙였던 반창고 때문에 피부가 부르터 있긴 했지만, 아무것도 붙어 있지 않은 미즈호의 입 모양을 보기는 오랜만이었다. 코에 끼워져 있던 영양 보급용 튜브까지 제거되어 미즈호의 잠든 얼굴은 건강하던 시절의 모습 그대로였다.

자세히 보니 조그만 가슴이 희미하게 오르내리고 있었다. 미즈호가 숨을 쉬는 것이다.

계측기를 들여다보던 의사들이 뭐라고 소곤거린 직후 아사기시가 가즈마사에게 다가왔다.

"근육의 움직임이 아주 좋아요. 지금으로서는 아무 문제가 없습니다. 다만 한동안 자력으로 숨을 쉬지 않아서 근력이 저하된 상태입니다. 숨을 들이쉬는 힘이 약하다는 뜻이죠. 근력이 생길 때까지 보조적으로 페이스마스크를 통한 산소 요법을 시행하겠습니다."

"갑갑하지 않을까요?"

가오루코의 질문에 아사기시는 의아하다는 듯이 가오루코를 바라보았다.

"뭐가 말인가요?"

"그러니까……."

"그 점은 걱정하지 않아도 괜찮지 않겠어?"

가즈마사가 아내의 옆얼굴을 보며 말했다. 그러고는 아사기시 쪽을 보며 "이제 뭘 하게 되나요?"라고 물었다.

"우선은 경과를 지켜봐야겠죠. 수술한 부위가 회복되고 호흡이 안정되면 원래 있던 병원으로 돌아가도 문제가 없을 겁니다. 보통은 일주일 정도 걸리지만 그보다 조금 더 걸릴 수도 있습니다."

"알겠습니다. 잘 부탁드립니다."

가즈마사가 고개를 숙였다.

아사기시가 나가자 세 사람은 침대로 다가갔다.

가오루코가 미즈호의 입가에 얼굴을 가까이 가져갔다.

"숨소리가 들……."

그녀는 울먹이느라 말을 맺지 못했다. 그런 그녀를 보면서 가즈마사는 수술하기를 잘했다고 생각했다. 집도의조차 이 환자는 의식이 없으니 갑갑함을 느낄 리 없다고 단정하는데 아내는 딸에게서 지극히 미미한 생명의 기척을 느낀 것만으로 이렇게 감격하고 있다. 그것으로 충분하지 않은가.

가오루코는 미즈호 곁에 붙어 떠나려 하지 않았다. 잠든 딸의 숨소리를 끝없이 듣고 싶은 것이다. 산소 요법용 마스크를 손에 든 젊은 의사가 난처한 표정으로 서성거렸다.

"가오루코."

가즈마사가 그녀를 불렀다.

"이제 그만 갑시다. 치료에 방해되잖아."

그제야 옆에 있는 의사를 보고는 그녀가 "죄송해요."라고 사과했다.

처치실을 나와 복도를 걷던 가오루코가 "크림을 사 와야겠어."라고 말했다.

"무슨 크림?"

"미즈호 입가 봤지? 반창고를 붙였던 자리가 부르터서 안쓰러워."

"아, 그래."

"참, 그리고."

가오루코가 걸음을 멈추더니 가슴 앞에 양손을 모았다.

"라운드 넥 셔츠도 사야지."

"그건 왜?"

"으응, 지금까지는 호흡기를 떼지 못하니 앞이 트인 옷만 입었거든. 그런데 앞으로는 스웨터나 티셔츠, 트레이너도 입을 수 있잖아."

가오루코가 눈을 반짝였다.

가즈마사는 고개를 끄덕거렸다.

"그래, 이것저것 입혀 봐. 그 아이는 뭐든지 잘 어울리니까."

"맞아, 뭐든지 잘 어울려. 내일 당장 백화점에 다녀와야겠어."

갖가지 옷을 갈아입히는 상상을 하는지 가오루코의 시선이
허공을 헤맸다. 그러다 문득 뭔가를 떠올린 듯한 표정으로 "여
보." 하고 부르더니 간절한 눈빛으로 가즈마사를 바라보았다.

"고마워. 정말 고마워."

가즈마사가 고개를 가로저었다.

"그런 말은 하지 않아도 돼. 당신이 좋아해서 다행이야."

그의 목소리가 살짝 잠겨 있었다.

4

쇼핑을 마치고 이쿠토와 함께 집으로 돌아가는데 하얀 눈송
이가 팔락팔락 흩날리기 시작했다.

"와, 눈이다. 이쿠토, 눈이 오네."

가오루코가 하늘을 올려다보며 말했다.

"눈이다, 눈이야!"

모자 달린 감색 다운재킷을 입은 이쿠토가 짧은 팔을 한껏

위로 뻗으며 떨어지는 눈송이를 잡으려고 했다.

계절이 한겨울로 접어들었다. 새해 들어 도쿄에 내리는 두 번째 눈이다. 그러나 첫눈은 살짝 휘날리다가 말았다. 이번에는 어떨까. 겨울을 제대로 느낄 만큼 와 주면 좋겠지만, 그렇다고 잔뜩 쌓여서 교통이 마비되기라도 하면 큰일이다.

집에 도착하자 이쿠토는 신발을 벗고 곧장 욕실로 갔다. 밖에 나갔다 들어오면 반드시 양치질을 하고 손을 씻으라고 배웠기 때문이다.

가오루코는 쇼핑백을 손에 든 채 현관에서 제일 가까운 방문을 열었다. 그곳은 가즈마사가 서재로 사용할 요량으로 만든 방인데, 그가 집을 나간 이래 내내 방치되어 있었다.

그러나 지금은 그 방이 중요한 역할을 한다.

창가에 놓인 침대를 보고서 가오루코는 의아한 듯 미간에 주름을 세웠다. 거기에 누워 있어야 할 미즈호의 모습이 보이지 않았기 때문이다. 미즈호를 돌보고 있어야 할 치즈코도 보이지 않는다.

쇼핑백을 바닥에 내려놓고 방을 나섰다. 복도를 총총히 걸어 맨 끝에 있는 거실 문을 열었다. 조금 전에 들렀던 방에 비해 공기가 서늘하다.

정원에 면한 유리문 앞에 회색 카디건을 걸친 채 서 있는 치즈코의 뒷모습이 보였다. 그 옆에는 분홍색 커버를 씌운 침대식 휠체어가 있었다.

"아, 왔니."

치즈코가 돌아보며 알은체를 했다.

"엄마, 뭐 하고 있어?"

"뭐 하기는…… 눈이 와서 미즈호에게 보여 주려는 거지."

가오루코가 후다닥 휠체어 앞으로 뛰어갔다. 등 받침이 세워져 있지만 빨간 스웨터 차림의 미즈호는 여전히 눈을 감고 있다. 가오루코는 미즈호 목덜미에 손을 댔다.

"차갑잖아. 담요는?"

"담요? 아, 그게……."

"됐어. 내가 가져올 테니까 엄마는 난방이나 틀어 놔."

빠르게 말을 내뱉고 나서 가오루코는 복도로 나갔다.

잠시 후 담요를 들고 돌아온 그녀는 그걸로 미즈호의 몸을 감싼 후 서둘러 체온계를 미즈호 겨드랑이에 끼었다.

"왜 엄마 마음대로 움직여?"

가오루코가 엄마를 노려봤다.

"여기서는 눈이 잘 보이니까……."

"이 방에 데려올 때는 먼저 실내 온도를 충분히 높이라고 했잖아. 잊었어?"

"미안하다. 서두르지 않으면 눈이 그칠 것 같아서 그랬어."

"그럼 옷이라도 두껍게 입히고, 들어오자마자 난방을 틀어야지. 감기라도 걸리면 어쩔 거야. 미즈호는 보통 아이들이랑 달라서 쉽게 낫지 않는단 말이야."

"나도 알아. 미안하다."

"정말 아는 거야? 요전번에도 내가 목욕하는 동안……."

가오루코가 며칠 전 엄마가 저지른 사소한 실수를 되짚으려 했을 때였다.

미즈호의 오른손이 움찔움찔 움직였다.

그것은 마치 "엄마, 할머니 그만 혼내."라고 호소라도 하는 것처럼 보였다.

치즈코도 그 모습을 본 듯했다. 그녀와 가오루코가 서로 얼굴을 마주 봤다.

풋, 하고 가오루코가 웃음을 터뜨렸다.

"미즈호를 봐서 이번 한 번만 봐주는 거야. 조심해."

그래, 하고 고개를 끄덕이면서 치즈코는 휠체어 안을 들여다보았다.

"고맙다, 미즈호."

가오루코가 미즈호의 겨드랑이에서 체온계를 꺼냈다. 35도를 약간 웃돈다. 최근에는 체온이 좀 낮지만 별문제는 없는 듯했다.

어느 사이 이쿠토가 거실에 들어와 유리문 앞에 서서 정원을 바라보고 있었다. 메마른 갈색 나뭇가지가 눈으로 덮여 가고 있다.

"누나, 눈이야."

그러고서 이쿠토는 휠체어에 있는 누나를 돌아보았다.

가오루코도 미즈호를 바라보았다. 얼굴이 조금 화사해진 것처럼 보이지만 아마 착각일 것이다.

조금 있으면 재택 간병을 시작한 지 한 달이 된다. 처음에는 혼자 하기 버거워 온종일 치즈코와 둘이 매달렸다. 병원에서 훈련을 제대로 쌓은 줄 알았는데 막상 시작하고 보니 예기치 못한 일이 자주 일어났다. 가래가 갑자기 많아진 것도 그중 하나다. 공기가 깨끗하지 않아서 그런가 싶어 즉시 고성능 공기 청정기를 설치했더니 금세 좋아졌다. 영양 보급용 튜브를 삽입하는 일도 수월치 않았다. 미즈호의 자세가 병원에 있을 때와 미묘하게 다른 탓이라는 걸 진료하러 방문한 의사의 지적으로 알았다.

수시로 울리는 각종 계기의 알람음도 성가셨다. 그리고 가오루코도 치즈코도 제대로 잠을 자지 못해 늘 머리가 띵했다. 그래서 이런 생활을 과연 계속할 수 있을지 불안해지곤 했다.

그런 불안은 지금도 마찬가지다. 실수를 저질러 미즈호의 생명을 위협하지 않을지 늘 조마조마하다.

그러나 미즈호와 함께할 수 있다는 기쁨이 순간순간 꺾이려는 그녀의 의지를 강하게 지탱해 주고 있다. 자신들이 정신을 바짝 차리지 않으면 이 아이가 살아갈 수 없다고 생각하면 마음 약한 소리는 할 수 없었다.

다행히 지난 한 달 동안 지내면서 간병에 상당히 능숙해졌다. 치즈코도 혼자서 집을 지킬 수 있을 만큼 믿음직해졌다. 오늘처럼 맘대로 휠체어를 이동한 것도 여유가 생겼다는 표시일 것이다.

거기에 힘을 북돋울 만한 큰 변화가 있었다. 미즈호의 몸이 때때로 움직이게 된 것이다. 입원 중에도 그런 적이 있었지만 재택 간병을 시작한 이래 더 뚜렷해진 듯했다. 치즈코도 그렇게 느꼈다고 한다.

가오루코는 그 움직임이 의미 없는 동작이라고 여겨지지 않았다. 방금처럼 대화에 끼어들고 싶어 한다거나, 기쁨이나 분노의 감정을 표시하려고 한다고 느껴질 때가 많았다. 기분 탓이라고 스스로를 다독이곤 하지만 도저히 그렇게 볼 수 없을 때도 있다. 부르면 반응하는 것처럼 여겨지기 때문이다.

하지만 뇌 신경외과의 신도는 대수롭지 않다는 듯이 반응했다. 재택 간병으로 미즈호를 접하는 시간이 늘어나서 그런 현상을 목격하는 빈도가 높아졌을 뿐이라는 것이었다.

그렇다. 의사는 '현상'이라는 단어를 사용했다. 척수 반사라고 부르는 단순한 현상이라면서 조금도 신기할 것이 없다고 했다.

"퇴원하기 전에 CT 검사를 해 보았지만 안타깝게도 기능이 회복되었다고 인정할 수는 없었습니다. 미즈호 양의 상태는 처음 그대로입니다."

그리고 만일 반사 운동이 늘었다면 그건 AIBS의 영향일 것이라고 신도는 말했다.

"호흡 기관을 움직이기 위해 신경 회로에 보낸 전기 신호가 척수에 자극을 주어 손발의 반사로 이어졌을 가능성이 큽니다."

부르는 소리에 반응한 것도 단순한 우연이라고 단언했다.

가오루코는 신도라는 의사가 싫지 않았다. 절대 경솔한 말을 입에 담지 않고 객관적 사실만 보려고 하는 자세가 의사로서 상당히 바람직하다고 여겼다. 그러나 이때만큼은 그의 말이 매정하게 들렸다. 꿈조차 꿀 수 없도록 모든 걸 부정당한 기분이었다.

잠만 자는 아이를 바라보며, 자신은 절대 포기하지 않을 거라고 가오루코는 새삼 다짐했다. 세상 사람 모두가 이 아이가 눈을 뜨는 일은 없을 거라고 해도 자신만은 언젠가 그날이 올 거라고 믿고 기다리겠다고.

담요 속으로 손을 밀어 넣어 미즈호의 팔을 가볍게 잡았다. 마시멜로처럼 부드러웠다. 그리고 눕기 전보다 가늘었다. 움직이지 않으니 당연한 일이다. 근육이 점점 사라져 간다.

벽에 걸린 시계를 올려다보았다. 오후 5시가 조금 지나 있었다. 서둘러 저녁 준비를 해야겠다고 생각했다. 8시까지는 식사를 끝내고 설거지도 마쳐야 한다. 오늘 밤에는 중요한 '손님'이 온다.

9시가 되어 갈 무렵 현관에서 인기척이 들렸다. 가오루코가 치즈코와 함께 미즈호 방에서 식사를 마친 참이었다.

잠시 후 노크 소리가 들리고 문이 열리더니 코트를 걸친 가즈마사가 들어왔다. 그가 안녕하세요, 하고 치즈코를 향해 인사했다.

"아, 그래요."

치즈코가 대답했다. 어서 오라는 말은 하지 않는다.

가즈마사는 지금도 여전히 아오야마의 아파트에서 혼자 생활하고 있다. 치즈코는 최근에야 딸 부부가 별거 중이라는 사실을 알았지만 이유를 캐묻지 않았다. 아마 미하루에게 대강의 사정을 들었을 것이다.

"바쁜데 온 거 아닌가?"

가오루코가 괜찮다고 대답했다.

그는 코트를 벗고 딸의 휠체어로 다가갔다. 방금 식사를 끝낸 참이라 미즈호의 상체가 약간 일으켜져 있다. 먹은 것이 역류하지 않도록 하려는 것이다.

"별일 없었어?"

가즈마사가 딸의 얼굴에서 눈을 떼지 않은 채 묻는다.

"없었어. 아주 좋아."

"그래."

가즈마사는 미즈호의 손을 살며시 잡고 감촉을 확인하려는 듯이 손가락을 움직여 본 후 문 쪽을 돌아보았다.

거기에 남자가 서 있었다. 역시 코트 차림에 커다란 가방을 들고 있었다. 나이는 서른쯤 됐을까. 약간 마른 체형에 얼굴에서 귀티가 났다. 청년이 가오루코와 치즈코에게 꾸벅 인사했다.

"전화로 얘기한 호시노 군이야. 들어오라고 해도 되지?"

가오루코는 고개를 끄덕였다.

"물론이지."

이봐, 들어와, 하고 가즈마사가 호시노에게 말했다. 실례합니다, 하고 청년이 방으로 들어와서 미즈호 앞에 섰다. 얼굴이 긴장으로 살짝 굳어져 있었다.

호시노는 잠시 미즈호를 들여다본 후 가오루코에게 미소를 지어 보였다.

"예쁘네요."

그의 얼굴을 본 순간, 이 사람이라면 맡길 수 있겠다고 가오루코는 생각했다. 그의 미소가 작위적으로 보이지 않고 마음

깊은 곳에서 우러나는 것처럼 느껴졌던 것이다. 그런 만큼 고맙다는 말도 자연스럽게 나왔다.

"이쿠토는?"

가즈마사가 물었다.

"조금 전에 잠들었어."

"호시노 군이 준비를 많이 해 왔어. 얘기를 들어 줄 수 있겠어?"

"응. 엄마, 미즈호 좀 부탁해."

"그래. 걱정 말고 가서 잘 들어."

치즈코가 대답했다. 그녀도 가즈마사가 호시노를 데리고 온 이유를 알고 있었다.

세 사람은 거실로 자리를 옮겼다. 마실 것을 내오겠다고 하자 호시노는 괜찮다며 사양했다.

"설명에 집중하고 싶습니다."

착실한 사람인가 보다고 가오루코는 짐작했다. 틀림없이 일도 잘할 거라고 여겨졌다.

호시노가 가방에서 노트북을 꺼내 테이블에 올려놓았다. 그리고 키보드를 두드리자 모니터에 동영상 정지 화면이 나타났다.

침팬지 한 마리가 머리에 헤드기어 같은 것을 쓰고 있었다. 그 헤드기어에서 나온 전기 코드가 침팬지의 등에 연결되어 있는 것 같았다. 침팬지 앞에는 레버가 달린 상자가 있고, 침팬지의 오른손이 레버를 쥔 채 고정되어 있었다.

"이 침팬지는 척수가 손상되어 자력으로는 손발을 움직일 수 없습니다. 그러나 교육한 결과 레버를 많이 움직이면 먹이를 얻을 수 있다는 사실을 압니다."

호시노가 동영상의 플레이 버튼을 눌렀다.

침팬지가 상자를 바라보며 눈을 깜박이고 고개를 갸웃거렸다. 그러나 레버를 잡은 손은 움직이지 않았다.

"보시다시피 손은 움직이지 않습니다. 그런데,"

호시노가 말한 직후 실험자인 듯한 사람의 손이 화면에 비쳤다. 손에는 조그만 장치가 들려 있었는데 그가 손가락으로 장치에 붙어 있는 스위치를 눌렀다.

가오루코 입에서 "아!" 하는 소리가 흘러나왔다. 침팬지의 오른손이 움직이기 시작한 것이다. 침팬지가 레버를 앞뒤로 몇 번 움직였다.

실험자가 스위치를 끄자 침팬지의 손이 움직임을 멈췄다. 다시 스위치를 켜자 침팬지의 손도 움직였다.

호시노가 동영상을 정지시켰다.

"이 침팬지의 머리에는 대뇌 피질에서 보내는 전기 신호를 수신할 수 있는 전극이 심겨 있습니다. 그 신호를 특수한 전자 회로를 통해 척수의 손상 부위 너머로 전달하기 때문에 침팬지는 정상적으로 손을 움직일 수 있는 것입니다."

"요컨대 뇌에서 보내는 명령을 직접 근육에 전달한다는 뜻이야."

옆에서 가즈마사가 설명을 덧붙였다.

가오루코는 두 남자의 얼굴을 번갈아 보고 나서 숨을 크게 내쉬었다.

"대단하네요."

"물론 실용화하려면 아직 멀었습니다. 마비된 손발을 제대로 사용하려면 그저 움직이기만 하는 것이 아니라 감촉이나 온도 같은 것들도 느낄 수 있어야 하니까요."

"그렇군요. 대단해요. 하지만……."

가오루코가 화면으로 눈길을 돌렸다.

"이 침팬지는 뇌에 이상이 없겠죠?"

그렇다면 참고할 일이 뭐가 있겠느냐고 가오루코는 묻고 싶었다.

그런 그녀의 의도를 헤아린 듯 호시노가 고개를 끄덕이고 나서 다시 노트북 키보드를 두드렸다. 화면에 좀 전과는 다른 동영상이 나타났다. 이번에는 침팬지가 아니라 사람이다. 낙하산 멜빵 같은 것을 몸에 맨 채 공중에 매달려 있었다.

"이 남자는 건강한 사람입니다. 팔다리도 자유자재로 움직일 수 있죠."

호시노가 설명을 시작했다.

"팔에서 나와 있는 전선이 보이시죠? 팔을 움직일 때 뇌에서 어떤 명령을 내리는지 조사하려는 목적으로 근육에 흐르는 전류를 관찰하는 겁니다. 그래서 그 전류를 특수 처리한 신호를 허리에 부착한 자기 자극 장치에 보내도록 되어 있습니다."

호시노의 말대로 남자의 팔에서 뻗어 나온 전선이 모니터가 있는 기계에 연결되어 있고 그 기계에서 나온 또 하나의 전선이 남자의 허리 부근에 연결되어 있었다.

"잘 보세요."

호시노가 다시 동영상 플레이 버튼을 눌렀다.

뭔가 신호라도 받은 것처럼 남자가 움직이기 시작했다. 그가 공중에 매달린 상태에서 팔을 앞뒤로 흔들자 기계에 붙어 있는 모니터에 물결무늬처럼 생긴 것이 나타났다.

"모니터에 보이는 파형은 팔의 근전도입니다. 남자에게는 하반신의 힘을 빼라고 말해 두었습니다. 그래서 보시는 것처럼 다리는 움직이지 않고 늘어져 있습니다. 그런데 전기 신호를 허리의 자기 자극 장치로 보내면 어떻게 될까요."

실험자의 손이 스위치 하나를 누르자 놀라운 일이 벌어졌다. 남자의 다리가 팔과 똑같은 리듬으로 앞뒤로 움직이기 시작한 것이다. 스위치를 끄자 움직임도 멈췄다. 다시 스위치를 누르자 또 움직였다. 조금 전의 침팬지와 마찬가지였다.

호시노가 동영상을 정지시켰다.

"보행은 고도로 자동화된 운동으로, 그 제어를 대부분 척수가 관장하는 것으로 알려져 있습니다. 걸을 때 일일이 오른발을 내민 다음 왼발을 내민다, 그런 식으로 생각하지 않는다는 뜻입니다. 간단히 말하자면 뇌는 "걸어." 하고 단순한 신호를 보낼 뿐입니다. 이 실험은 팔을 흔들라는 신호를 가공해서 걸으라는 신호로 만들어 낼 수도 있음을 보여 주기 위한 것입니다. 척수 손상 등으로 걷지 못하게 된 사람을 대상으로 한 연구죠."

"이 연구에는 두 가지 포인트가 있어."

가즈마사가 호시노의 말을 이었다.

"하나는 피험자의 뇌에서 나온 신호를 척수로 보낸 게 아니라는 점이야. 피험자 본인은 다리를 움직일 마음이 전혀 없었는데 다리가 제멋대로 움직인 거야. 또 하나는 침습 행위가 없었어. 즉 피험자의 몸에 칼을 전혀 대지 않았다는 거지. 자기 자극 장치는 단순한 코일로, 그걸 허리 뒤에 부착한 것뿐이야."

"그럼 수술할 필요가 없겠네요?"

가오루코가 호시노에게 물었다.

그렇습니다, 하고 젊은 기술자가 대답했다.

"척수를 따라 여러 개의 코일을 부착해서 그 각각에 신호를 보내면 전신의 다양한 근육을 움직이는 것도 가능하다고 봅니다."

"그래요? 그런데 저, 제가 가장 알고 싶은 점은……"

가오루코가 혀로 입술을 축이고 나서 말을 이었다.

"우리 딸의 몸도 움직이게 할 수 있을까요?"

호시노의 표정에 살짝 긴장감이 어렸다. 그가 가즈마사를 돌아봤다. 대답해도 좋을지 어떨지 묻는 듯했다. 상사가 고개를 끄덕하자 그는 다시 가오루코에게 고개를 돌렸다.

"가능할 겁니다. 척수는 손상을 입지 않았다고 하니 움직이는 게 당연합니다."

그의 말이 마치 복음처럼 가오루코의 귓속에 울렸다. 그녀는 눈을 감고 심호흡을 했다.

"설명은 여기까지야. 기술적으로는 문제될 것이 없어. 남은 일은 저 장치를 쓰느냐 마느냐 하는 것뿐이야. 그건 당신이 결정해."

"내 마음은 정해졌어. 하고 싶어. 해 주고 싶어. 호시노 씨, 부탁드려도 될까요?"

"저는 지시만 하시면……. 네, 알겠습니다."

가오루코가 남편을 똑바로 바라봤다.

"또 돈이 많이 들겠지?"

"그렇지 않아."

가즈마사가 고개를 저었다.

"그럼 호시노 군, 내일 당장 작업에 들어갈 수 있겠나? 필요한 게 있으면 뭐든지 말하게."

"알겠습니다."

호시노가 노트북을 닫아 가방에 넣었다.

가오루코는 두 사람을 현관까지 배웅했다. 호시노는 사장이 집에서 나가는 모습을 보고도 별다르게 생각하지 않는 듯했다. 뭔가 복잡한 사정이 있나 보다고 짐작하는 것이리라.

"그럼 또 연락할게."

코트를 걸쳐 입은 가즈마사가 가오루코를 돌아보며 말했다.

"그래요. 아, 여보."

가오루코가 남편을 올려다보았다.

"힘든 일만 부탁해서 미안해."

"새삼스럽게 무슨 소리야."

가즈마사가 미간을 찌푸렸다.

"나 갈게. 잘 자."

"응. 당신도."

이만 가 보겠다며 호시노가 고개를 숙이자 가오루코는 고맙습니다, 하고 답례했다.

두 사람을 배웅한 후 그녀는 미즈호 방으로 갔다. 미즈호는 이미 침대로 옮겨져 있었다.

어떻게 되었느냐고 묻는 치즈코에게 가오루코는 세 사람이 나눈 얘기를 들려주었다. 고개를 끄덕이며 얘기를 듣던 치즈코는 "참 잘됐구나, 미즈호." 하며 손녀를 보았다.

가오루코는 침대 옆에 놓인 의자에 걸터앉았다. 쌔근쌔근 숨소리가 들렸다.

2주일 전 미즈호를 검진하러 병원을 찾았을 때 의사와 나눴던 대화가 떠올랐다.

신도는 뇌 기능이 회복된 게 아니라고 말했지만, 요즘 들어 미즈호의 상태가 좋아진 건 사실이었다. 혈색도 전보다 확실히 밝고, 혈압이나 체온, SpO_2(혈중 산소 포화도) 수치 같은 객관적인 데이터 역시 그런 사실을 뒷받침했다. 주치의에게 말하니 그는 AIBS의 효과가 아닐까 싶다고 했다. 컴퓨터로 제어된다고는 하지만 미즈호 자신의 호흡 기관을 사용하고 있으니 당연히 에너지를 소비할 것이고, 그러면 이전보다 대사량이 증가할 가능성이 있다는 것이다.

"건강한 사람의 경우, 운동을 하면 혈압이나 체온이 올라가잖습니까. 그와 마찬가지입니다."

다만, 하고 주치의는 덧붙였다.

"일반적으로 뇌사 상태에서는 그런 일이 생기지 않습니다. 체온 조절이나 혈압 유지도 뇌의 역할이니까요. 미즈호 양의 경우, 뇌에 그런 기능이 일부 남아 있는지도 모르겠습니다."

가오루코는 의사가 별 뜻 없이 한 말을 물고 늘어졌다.

"그게 무슨 말씀인가요? 신도 선생님은 뇌 기능이 모두 정지되었다고 하시던데요. 뇌사 상태일 거라고요. 그런데 일부가 남아 있다는 건 무슨 뜻이죠?"

주치의가 당황한 듯이 두 손을 내저었다.

"아니요. 신도 선생이 말한 기능 정지란 뇌사 판정 때 확인해야 할 기능이 모두 정지되었다는 뜻입니다."

주치의의 설명은 이랬다.

뇌에는 시상 하부나 뇌하수체 전엽 같은 부분이 있어서 외부의 다양한 변화에 신체가 대응할 수 있도록 호르몬을 분비하거나 체온과 혈압을 조절한다. 그걸 신체의 통합성이라고 부른다.

뇌사를 판정할 때는 의식과 두개 내 신경 기능, 자발 호흡의 유무 등은 확인하지만 통합성이 유실되었는지 여부는 확인하지 않는다.

"입원 직후에는 미즈호 양의 몸에 투여해야 하는 호르몬 양이 많았지만, 차츰 그 양을 줄였습니다. 지금은 거의 필요하지 않고요. 저는 뇌의 그 부분이 기능하고 있다고 봅니다. 어린아이의 경우 가끔 있는 일입니다."

그러므로 근육을 아주 조금 움직인 것만으로도 몸 상태가 좋아질 수 있다는 얘기였다.

그 얘기를 듣는 순간 가오루코의 가슴속에서 무언가가 꿈틀거렸다. 그게 무엇인지 그때는 그녀 자신도 알 수 없었다.

그 해답을 찾은 것은 미즈호를 돌보고 있을 때였다. 몸을 닦아 주는데 미즈호의 발이 살짝 움직였다. 신도는 그것이 단순한 반사일 거라고 말했지만 가오루코 눈에는 그렇게 보이지 않았다.

"어머, 간지럽니? 더 움직여도 되는데."

미즈호에게 그렇게 말하는데 불현듯 머리를 스치는 것이 있었다.

'근육을 아주 조금 움직인 것만으로도 몸 상태가 좋아질 수 있다……'

그렇다면 근육을 좀 더 움직이면 좋지 않을까. 보통 사람이나 미즈호처럼 누워만 있는 사람이나 적당한 운동이 건강에 좋기는 마찬가지일 것이다.

처음에 가오루코는 그런 생각을 머리에서 떨쳐 내려고 했다. 미즈호에게 운동을 시키다니 어림없는 일이다. 엉뚱한 망상에 사로잡혀서는 안 된다고 스스로를 달랬다.

그러나 아무리 떨치려 해도 그 생각이 머리에서 떠나지 않았다. 아니 오히려 날로 커져 갔다. 때로는 인터넷에서 '누워 있는 환자', '운동' 등의 단어를 검색하기도 했다. 물론 그녀가 만족할 만한 정보는 없었다.

의논할 상대는 한 사람뿐이었다. 터무니없는 생각이라고 면박당할 것을 각오하고 가즈마사에게 얘기를 꺼냈다.

그는 아내의 얘기에 진지하게 귀를 기울여 주었다. 그리고 뜻밖의 얘기를 했다.

"병원에서 신도 선생이 미즈호가 뇌사했을 가능성이 높다고 했을 때 당신이 내게 했던 말 기억나? '당신 회사에서 뇌와 기계를 연결하는 연구를 하고 있으니까 이런 것도 잘 알지 않아?' 그랬어. 그때 나는 '우리 회사에서는 뇌가 살아 있다는 전제하에 연구하는 거야. 뇌사한 경우는 생각해 본 적이 없어.'라고 대답했고. 하지만 실은 그 순간 내 머릿속에 뭔가가 스쳤어. 당시에는 그게 뭔지 나도 구체적으로는 몰랐지. 그런데 지금 당신 얘기를 듣고서야 알았어. 안타깝게도 미즈호는 뇌에 중대한 장애가 생겼어. 그래서 기능을 상당 부분 잃었지. 그렇다면 그 기능을 보완하면 되지 않을까? 뇌에서 운동하라는 명령이 나오지 않는다면 다른 방법으로 내보내면 되잖아."

그게 가능하냐고 묻자 가즈마사는 확실하진 않지만 가능성이 있다고 대답했다.

"의논할 만한 기술자가 있어. 그 사람과 얘기해 볼게."

그리고 오늘 아침 가즈마사에게서 그 기술자를 집에 데려오겠다는 연락이 온 것이다.

가오루코는 호시노의 얼굴을 떠올렸다. 성실해 보여서 안심이었다. 어찌 됐든 앞으로 오랜 기간 미즈호의 몸을 맡을 사람이다. 인체 실험이라도 할 기세였다면 거절할 작정이었다.

가오루코는 딸의 조그만 팔뚝을 손으로 쥐어 보았다.

지금은 가녀리지만, 운동을 해서 조금이라도 근육이 붙는다면 하루하루가 훨씬 즐거울 것이다.

그리고 무엇보다.

기적이 일어나 미즈호가 눈을 뜨는 날, 자신의 힘으로 보란 듯이 일어나 걸을 수 있다면 본인이 누구보다 기뻐할 것이다.

그날이 올 때까지 엄마가 힘낼게.

딸의 자는 얼굴을 바라보며 가오루코는 중얼거렸다.

5

가방을 챙기고 있는데 책상 위에 놓아둔 스마트폰에서 착신음이 울렸다. 화면의 표시를 보니 마오였다. 호시노 유야는 선 채로 전화를 받았다.

"네."

"여보세요. 유야 씨? 나 마오인데, 지금 통화 괜찮아?"

"응. 어쩐 일이야?"

물으면서 그는 손목시계를 보았다. 오후 3시 반이 조금 지나 있었다.

"이번 일요일에 약속 있어?"

"일요일에?"

호시노는 한 손으로 가방을 들고 다른 손으로 스마트폰을 귀에 댄 채 사무실을 나섰다.

"왜, 무슨 일 있어?"

"응, 실은 미키네서 바비큐 파티를 한대. 오라고 하는데, 갈 수 있어?"

"바비큐라, 흠……."

"왜, 가기 힘들어?"

기분이 나빴는지 마오의 목소리가 조금 날카로워졌다.

"응, 일해야 할 것 같아."

"또? 지난주에도 그랬잖아. 우리, 못 만난 지 삼주일이나 됐어."

"그건 나도 아는데, 일이 바빠서 어쩔 수 없어."

"사장이 직접 부탁했다는 그 일 말이지. 대체 무슨 일인데 그래? 다른 사람이 대신할 수 없는 일이야?"

"마오는 얘기해도 몰라. 나 아니면 안 되는 일이니까 사장이 굳이 내게 부탁한 거야."

전화기 저편에서 후, 한숨을 내쉬는 소리가 들렸다.

"알았어. 그럼 할 수 없지, 뭐. 바비큐 파티는 나 혼자 갈게.

자긴 건강이나 신경 써. 쉬는 날까지 그렇게 일을 해서야 몸이 어디 견디겠어?"

"알았어. 고마워. 마오야말로 바비큐 파티 한다고 술 너무 많이 마시지 말고."

"내가 그럴 리 있겠어? 그럼 또 연락하자."

목소리로 봐서는 마오의 기분이 좀 풀린 듯했다.

전화기를 주머니에 집어넣고 승강기를 기다리고 있는데 누군가 옆에서 "출장 가나?" 하고 물었다. 돌아보니 BMI 팀 제1분과 소속 선배였다. 호시노보다 1년 먼저 입사한 그는 시각장애인용 인공 시각 인식 시스템 개발에 참여하고 있다. 특수한 고글과 헬멧을 장착하면 앞이 보이지 않는 사람도 장애물이 있는 미로를 걸어갈 수 있다고 하니 놀라운 일이다.

선배가 호시노더러 출장 가냐고 물은 이유는 그가 사내에서 반드시 부착하도록 되어 있는 이름표를 달지 않은 데다 퇴근 시간도 아닌데 가방을 들었기 때문일 것이다.

"수당 없는 출장이에요. 밖에서 일하는 것은 마찬가지지만요."

호시노의 대답에 선배는 어리둥절한 표정을 짓더니 이내 알만하다는 듯이 고개를 끄덕였다.

"사장님 댁에 가는군. 나도 얘기는 들었어. 뇌사한 따님의 몸을 ANC로 움직이려고 한다지? 사모님 발상인 것 같은데,

용케 사장님이 받아들인 모양이야."

ANC는 호시노가 하고 있는 연구의 약칭이다. 정식 명칭은 '인공 신경 접속 기술'이다.

"사장님이 웬만하면 사모님의 말을 들어주려고 하시는 것 같아요."

그래도 그렇지, 하고 선배가 말하는데 승강기 문이 열렸다. 호시노는 승강기에 누군가 타고 있기를 바랐지만 승강기는 비어 있었다. 승강기를 타자 선배가 얘기를 계속했다.

"뇌사 상태라면서? 의식도 없이 죽을 날만 기다리는 아이의 팔다리를 움직이게 한들 무슨 의미가 있겠어. 비용도 만만치 않을 텐데."

"비용은 사장님이 개인적으로 부담하고 계십니다."

"그야 나도 알지. 하지만 호시노 씨 인건비는? 사장이라도 회사 기술자를 개인적으로 부리면 안 되지."

"물론 제가 사장님 댁을 드나들긴 하지만, 사장님이 저를 개인적으로 부린다고 보지는 않아요. 오히려 제게 귀중한 연구 기회를 제공했다고 생각하죠. 뇌가 운동 명령을 내리지 않는 환자의 척수에 자극을 주면 어떤 반응이 나타나는지 실험할 수 있는 기회는 두 번 다시 없을 테니까요."

선배가 어깨를 으쓱하더니 고개를 비틀었다.

"나는 못할 것 같아."

"뭘요?"

"그런 일에 동조하는 거 말이야. 나도 장애가 있는 사람을 돕고 싶은 마음에 이 일을 하고 또 보람과 자부심을 느끼지만, 상대가 뇌사 환자라면 어떨지 모르겠어. 의식도 없고 회복할 가망도 전혀 없는 환자의 팔다리를 컴퓨터와 전기 신호로 움직이면 뭐 하겠어. 나는 프랑켄슈타인을 만들고 있다는 생각밖에 안 들 것 같아."

호시노가 선배의 얼굴을 외면한 채 대답했다.

"프랑켄슈타인은 의식이 있다는 설정일 텐데요."

"그럼 프랑켄슈타인조차 못 되는 거지. 의식이 없는 사람의 몸을 이용해서 자기만족을 얻으려는 것뿐이야. 주모자는 사장 부인이고. 내 말을 들어서 나쁠 게 없어. 한시라도 빨리 손을 떼는 편이 좋아. 별로 어려운 일도 아니잖아. 그럴싸한 실험을 몇 개 하고 나서 '역시 무리입니다. 따님의 팔다리는 움직일 수 없습니다.' 그러면 될 거 아니야."

호시노는 도중에 누군가 승강기에 올라타면 좋겠다고 생각했지만 승강기는 한 번도 서지 않고 곧바로 1층까지 내려갔다. 그러는 동안 두 사람 사이에 어색한 침묵이 흘렀다.

"설명하기는 힘들지만,"

승강기에서 내리고 나서 호시노가 선배에게 말했다.

"우리가 뇌가 내보내는 신호에 관여하는 연구를 하고는 있지만 마음이 어디에 있는지는 알 수 없습니다. 전 세계 학자 누구도 몰라요. 그렇다면 그 부분은 건드리지 말고 요구에 부응하는 일만 생각하면 되지 않을까요?"

선배가 호시노의 얼굴을 멀뚱멀뚱 바라보았다.

"쿨하네."

"그런가요."

"법률적으로는 아직 애매하지만, 사실상 뇌사한 사람을 죽었다고 인정하는 게 현실이야. 요컨대 호시노 씨는 사체를 대하고 있단 말이야. 사체를 이용한 실험 따위 나 같으면 못할 것 같아. 생각만 해도 끔찍해서 소름이 돋을 지경이야."

분노로 얼굴이 일그러지려는 것을 간신히 참으면서 호시노는 미소를 지었다.

"사장님 따님은 뇌사 판정을 받지 않았습니다."

"그럼 식물인간 상태란 말인가?"

"모르겠습니다. 제가 그걸 판단할 입장이 아니라서요."

선배는 어이없다는 표정으로 고개를 절레절레 흔들었다.

"뭐, 좋아. 그렇게까지 생각한다면 하고 싶은 대로 해야겠지. 하지만 이 말만은 새겨들어. 뇌사한 사람의 팔다리를 움직이는 연구 따위는 아무리 해 봐야 누구에게도 도움이 되지 않아."

"기억해 두겠습니다."

"그래. 그럼 잘해 봐."

선배는 한 손을 들어 보이고 건물 현관과 반대 방향으로 걸어갔다.

그의 뒷모습을 노려보면서 호시노는 마음속으로 중얼거렸다.

누구에게도 도움이 되지 않는다고? 당치 않은 소리. 이미 도움이 되고 있는걸.

히로오의 하리마 저택에 도착했을 때는 오후 4시가 조금 넘어 있었다. 대문에 달린 인터폰을 누르자 스피커에서 네, 하는 가오루코 부인의 목소리가 들렸다.

"호시노입니다."

아, 네, 하는 대답과 함께 철컹, 대문이 열렸다.

정원을 곁눈으로 보면서 걸어가는데 현관문이 열리더니 부인의 모습이 나타났다. 하얀 피부에 갸름한 턱선. 외까풀의 옆으로 길쭉한 눈이 기모노에 잘 어울리겠다 싶었다. 나이가 서른여섯이라고 하니 호시노보다 네 살 위인데, 싱그러움이 남아 있는 피부를 보면 도저히 그 나이로 보이지 않는다.

호시노는 "안녕하세요."라며 고개를 숙였다.

"수고가 많으시네요. 잘 부탁드립니다."

부인의 공손한 말투에 호시노는 기뻤다. 자신을 남편의 부하 직원이 아니라 딸의 은인으로 여기는 것처럼 느껴졌기 때문이다.

방에 들어서니 미즈호가 휠체어에 앉아 있었다. 체크무늬 원피스에 타이츠 차림이다.

"오늘은 할머니가 안 계신가요?"

"네. 이쿠토를 데리고 외가에 가셨어요. 밤이나 되어야 돌아오실 거예요."

"그렇군요."

즉 오늘은 부인과 단둘이라는 얘기였다. 즐겁겠다고 생각하다가 곧 미즈호의 존재를 깨닫고 '맞아, 셋이지.'라고 호시노는 자신의 생각을 얼른 수정했다.

"코일은 이미 달아 놓았어요."

부인이 말했다.

"그랬군요. 미즈호, 안녕? 잠깐 볼까."

호시노는 미즈호의 상체를 약간 일으킨 뒤 등에 손을 대 봤다.

"음, 위치는 문제가 없는 것 같군요."

"꽤 잘 맞는 것 같아요. 이 정도면 미즈호도 아프지 않겠죠?"

"그랬으면 좋겠어요."

코일이란 척수에 신호를 보내는 자기 자극 장치를 말한다. 미즈호의 등뼈 형태에 맞춰 제작한 케이스 안에 여러 개의 코일이 들어 있다. 그런데 케이스가 좀처럼 등뼈에 잘 맞지 않아 몇 번이나 수정을 거듭했다.

휠체어 옆에 놓인 작업대에는 두 대의 기기가 놓여 있다. 한

대는 신호 제어기로 자기 자극 장치와 연결되어 있는데, 각각의 코일에서 어떤 신호를 내보낼지를 제어하는 이른바 사령탑이다. 아직 완성된 것은 아니고 호시노가 방문할 때마다 조금씩 바뀌 나가고 있다. 다른 한 대는 근육의 움직임에 따라 발생하는 전류의 변화를 기록하는 근전도 모니터다.

"그럼 오늘도 다리 운동부터 하겠습니다. 전극을 붙여 주세요."

네, 하고 부인이 딸의 타이즈를 벗긴 후 호시노가 내민 코드에 달린 전극을 반창고로 미즈호의 다리에 붙였다. 손놀림이 제법 능숙했다.

"그럼 시작하겠습니다."

호시노가 신호 제어기의 키보드를 조작했다. 운동의 폭과 속도, 횟수 등을 조정한 후 실행 키를 눌렀다.

미즈호의 오른쪽 무릎이 살짝 올라갔다가 바로 내려왔다. 이어 왼쪽 무릎이 똑같이 움직였다. 그런 움직임을 세 번 반복한 후 동작이 멎었다. 그러니까 미즈호는 휠체어에 앉은 상태로 제자리걸음을 세 번 한 셈이다.

근전도 모니터를 살펴보니 좌우 근육의 움직임이 균등하고 과부하도 없다.

"좋은데요. 아주 좋습니다."

호시노의 말에 부인이 가슴 앞에서 두 손을 마주 잡고 미즈호를 봤다.

"들었니? 아주 좋대. 잘됐지?"

엄마의 말에 안타깝게도 딸은 아무 반응이 없었다. 이럴 때 제어기를 조작해서 미즈호가 고개를 끄덕이도록 할 수 있다면 얼마나 좋을까 하고 호시노는 상상해 본다. 아직 그 단계에까지는 이르지 못했다. 지금은 모든 것을 하나하나 더듬어 가는 상태다.

"이제 다리를 조금 벌린 상태에서 같은 운동을 하겠습니다."

네, 하고 대답한 부인이 미즈호의 양쪽 무릎을 잡고 좌우로 벌리려 했다. 잠깐만요, 하고 호시노가 외치는 것과 동시에 모니터에서 경고음이 울렸다.

"어머……"

부인이 다급히 미즈호의 다리를 원래 위치로 돌려놓았다.

호시노가 모니터를 조작해서 경고음을 껐다.

"지난번에도 말씀드렸지만, 미즈호 양이 움직이지 않는다고 해서 신호가 근육에 전달되지 않는 것은 아닙니다. 같은 자세를 계속하고 있다는 신호가 나오는 경우도 있고요. 그런 상태에서 강제로 움직이면 컴퓨터가 신호와 신체의 위치가 다르다고 판단해서 방금처럼 경고음이 울립니다."

"네, 그렇게 말씀하셨죠. 죄송해요. 그만 깜박하고……"

"제게 사과하실 필요는 없습니다. 다만, 지금 같은 경우라면 문제가 안 되어도 앞으로 점차 근육이 발달하면 근육에 통증을 유발할 우려가 있으니 주의하셔야 합니다."

"알겠어요. 죄송합니다."

"사과하실 필요는 없다니까요."

호시노가 웃으면서 말하자 부인도 표정을 누그러뜨렸다.

그러고서 약 한 시간 동안 미즈호의 팔다리 근육을 움직이는 일이 계속되었다. 비록 단순한 동작이지만, 날로 움직임이 매끄러워지는 것을 느낄 수 있었다. 관절이 부드러워지는 것이다.

잠시 휴식을 취하는 동안 부인이 홍차를 끓여 왔다.

"전에 제가 마사지하는 분 얘기를 한 적이 있는데, 기억하세요?"

부인의 표정이 밝은 것으로 보아 나쁜 얘기는 아니겠다고 호시노는 짐작했다.

"누워 있는 동안 미즈호의 근육이 얼마나 쇠약해졌는지 그분에게 확인하셨다는 얘기 말이죠? 네, 기억합니다."

"그분이 어제 다시 미즈호의 몸을 봤어요. 그런데 미미하긴 하지만 근육에 탄력이 생겼다고 하더군요. 뒤틀려 있던 관절도 원래대로 돌아오고 있고요."

"정말입니까? 그거 참, 잘됐군요."

"달력을 보니 겨우 한 달밖에 안 되었는데 말이에요. 역시 어린아이 몸은 회복력이 대단한가 봐요."

부인이 딸 쪽으로 고개를 돌리고 흐뭇하게 미소 지었다.

"앞으로 근육이 더 자랄 겁니다. 다른 부분도요."

"그렇게 될 날이 몹시 기다려져요. 이게 다 호시노 씨 덕분이에요. 감사합니다."

부인이 정색하고 바라보자 호시노는 가슴이 두근거렸다.

"아닙니다. 별말씀을……."

호시노는 홍차 잔으로 손을 뻗어 자신의 작은 동요를 숨겼다.

벌써 한 달이란 말이지.

시간 참 빠르다고 생각했다.

사장이 긴히 할 얘기가 있다며 불렀을 때가 두 달 전이다. 얘기를 듣고 내심 놀랐다. 의식 없이 누워 있는 딸의 근육을 움직여 볼 수 있겠냐는 것이었다.

물론 뜬금없는 얘기는 아니었다. 하리마가 인공 지능 호흡 조절 시스템을 도입해 딸이 자력으로 숨을 쉴 수 있게 되었다는 얘기는 이미 들어서 알고 있었다. 그 기술의 존재를 하리마에게 가르쳐 준 사람이 바로 호시노였다. 또한 하리마는 호시노가 ANC, 즉 인공 신경 접속 기술을 연구하고 있다는 사실도 알고 있다. 그러니 딸의 근육을 움직여 보기로 마음먹었다면 맨 먼저 호시노의 이름을 떠올리는 게 당연하다.

놀라기는 했지만 터무니없는 일은 아니라고 생각했다. 아니, 오히려 해 보고 싶었다. 전 세계에서 누구도 해 본 적이 없는 연구다.

즉시 그 일에 착수했다. 우선은 아주 약한 신호를 미즈호의 척수 곳곳에 보내 몸이 어떻게 반응하는지 조사했다. 아울러 회사에서 자기 자극 장치와 신호 제어기, 근전도 모니터를 제작했다. 약 한 달 전에는 장치가 모두 완성되어 본격적인 근육 훈련을 시작했다. 그 후로 호시노는 이틀에 한 번씩 하리마가를 방문했다. 하루의 간격을 두는 이유는 근육이 회복될 시간이 필요하기 때문이다.

그런데 훈련을 시작하고 난 후 이 시도의 문제점을 알게 되었다. 신호 패턴이나 자극 부위가 조금만 달라져도 몸이 전혀 다른 움직임을 나타내는 것이다. 팔을 움직이려 했는데 등이 젖혀져 몸이 솟구친 적도 있다.

인간의 몸은 기계와 다르다는 사실을 실감하는 나날이었다. 제대로 조절할 수 있기까지 앞으로 몇 달, 혹은 몇 년이 걸릴지도 모른다고 호시노는 생각했다.

하지만 그래도 개의치 않을 만큼 가치 있는 연구였고, 매일매일 성취감이 느껴지기도 했다.

"아아, 맞다. 호시노 씨에게 보여 드릴 것이 있어요."

부인이 일어나 장롱으로 가더니 옷걸이에 걸려 있는 짙은 감색 옷을 꺼냈다.

아니, 하는 소리가 호시노 입에서 저도 모르게 흘러나왔다.

"그거, 혹시 교복인가요?"

부인이 미소를 머금으며 고개를 끄덕였다.

"다음 주 월요일이 입학식이에요. 초등학교요."

"그래요? 드디어 다음 주군요. 기대되는데요."

미즈호가 특수학교에 입학하게 되었다는 얘기는 들은 바 있었다. 통학하는 것은 아니고, 일주일에 몇 번 교사가 집을 방문하는 방식이라고 했다. 잠자는 아이에게 뭘 가르칠 수 있을까 의심스러웠지만 그런 말은 할 수 없었다.

"그래서 다음 월요일에는 훈련을 쉬었으면 해요. 미즈호가 외출에 익숙하지 않아서 피곤할 거예요."

교복을 장롱에 도로 집어넣으며 부인이 말했다.

"그렇겠네요. 알겠습니다."

"하지만 다음 훈련이 화요일이라면 간격이 좀 벌어지는데……"

부인이 근심스러운 표정을 지었다. 오늘이 목요일이고 하리마 테크는 토요일이 휴무이니, 훈련을 닷새나 쉬어야 하는 것이다.

"그럼 토요일에 올까요? 휴일이지만 저는 괜찮습니다."

"말씀은 고맙지만 토요일에는 미즈호를 병원에 데려가야

해요."

"그렇군요. 그럼 일요일은 어떠세요?"

"네? 하지만…… 지난주 일요일에도 오셨잖아요. 다른 스케줄은 없으세요? 데이트라든가……."

호시노가 빙그레 웃으며 고개를 저었다.

"괜찮습니다. 혹시 무슨 일이 생길지 몰라 비워 두었습니다."

부인은 다행이라는 듯이 두 손을 가슴 위에 포갰다.

"그렇군요. 감사합니다."

"아닙니다."

호시노는 찻잔을 입으로 가져갔다. 그는 홍차 향을 음미하면서, 뇌사한 사람의 팔다리를 움직이는 연구 따위는 아무리 해 봐야 누구에게도 도움이 되지 않는다고 말했던 선배에게 부인이 방금 한 말을 들려주고 싶다고 생각했다.

3
장

당신이 지키려는 세계는

1

그 가게는 쓰키시마에 있었다. 줄지어 늘어서 있는 몬자야키 가게 중 하나다. 마오가 창문 너머로 가게 안을 들여다보니 반소매 셔츠 차림의 호시노 유야가 창가 자리에 앉아 있었다. 그는 고개를 숙이고 뭔가를 하고 있었다. 아마 스마트폰을 만지고 있을 것이다.

시계를 보니 7시 조금 전이었다. 유야가 약속한 시간보다 먼저 와 있는 일은 드물지 않았다. 그러나 오늘은 그 당연한 광경이 왠지 마오의 눈에 의외로 비쳤다.

그녀가 문을 열고 가게 안으로 들어가자 그가 얼굴을 들고 고개를 끄덕했다.

"많이 기다렸어?"

테이블 건너편 자리에 앉으며 물었다.

"아니야, 조금 전에 왔어."

여자 종업원이 물수건을 가져다주며 뭘 마시겠냐고 묻기에 생맥주 두 잔과 삶은 콩을 주문했다.

"오늘도 엄청 덥더라."

마오의 말에 유야가 고개를 끄덕인다.

"30도에 가까웠다지 아마. 9월 중순인데 말이야."

"이렇게 더운데, 어디 시원한 곳으로 여행이라도 떠나고 싶지 않아?"

유야가 빙그레 웃는다.

"시간이 있으면 가고 싶지."

즉 지금은 그럴 시간이 없다는 뜻이다.

생맥주가 나오자 딱히 축하할 일도 없는데 건배를 했다. 그리고 돼지고기와 김치가 들어가는 몬자야키를 주문했다. 늘 그렇듯이 토핑은 베이비 스타 라면이다.

거의 한 달 만의 만남이었다. 둘이 서로 시간이 맞지 않아서, 라고는 하지만 사실 마오는 시간을 내려면 얼마든지 낼 수 있었다. 그런데도 조율이 되지 않은 것은 유야가 좀처럼 시간을 낼 수 없었기 때문이다.

"일이 여전히 바쁜가 보네."

마오의 말에 유야는 쓴웃음을 지으며 어깨를 으쓱했다.

"어쩌겠어. 세계적으로 전례가 없는 연구인걸. 아무리 해도 시간이 모자라."

"나도 그렇다는 걸 아니까 전화도 자주 안 하고 메시지도 안 보내는 거야."

"그렇게까지 신경 쓰지 않아도 돼. 볼일이 있으면 언제든지 연락해."

응, 하고 고개를 끄덕였지만 마오의 마음속에 있는 불만은 해소되지 않았다. 연인이란 특별히 볼일이 없어도 연락하고 싶은 사이가 아닌가.

몬자야키 재료가 나왔다. 굽는 것은 늘 유야 몫이다. 볼에 담긴 재료를 잘 섞어 철판에 붓고 커다란 스테인리스 주걱 두 개로 재빨리 다지듯 자른다. 아주 익숙한 손놀림이다. 처음 봤을 때는 깜짝 놀랐다.

학교 다닐 때 아르바이트를 한 적이 있거든. 그렇게 말하며 유야는 환하게 웃었다.

지금도 그때처럼 유야는 군더더기 없는 동작으로 멋들어지게 몬자야키를 만들어 간다. 그 얼굴을 보면서, 하지만 뭔가 다르다고 마오는 느꼈다. 지금 여기 있는 유야는 그때의 유야가 아니다.

"자, 다 됐어."

마무리로 베이비 스타 라면을 뿌리면서 유야가 말했다.

"역시, 유야 씨가 구운 몬자야키가 최고야."

"입에 발린 소리 하지 않아도 언제든지 구워 줄 테니까 걱정마."

둘은 몬자야키를 먹으면서 맥주를 마시고 이런저런 얘기를 나눴다. 물론 얘깃거리는 모두 마오가 꺼냈다. 일 얘기, 친구의 고민, 최근의 유행, 연예계 얘기……

그 어떤 화제에도 호시노 유야는 시답잖다는 표정을 보이지 않고 진지하게 대꾸했다. 실수담을 얘기하면 기대한 대로 웃어 준다.

그러나 그가 먼저 얘깃거리를 꺼내지는 않았다. 선에는 달랐다. 이런저런 얘기를 많이 해 주었고, 일에 관해 얘기할 때는 유난히 표정이 반짝거렸다. 너무 난해한 얘기라서 마오가 이해하지 못하고 멍하니 입을 벌리고 있어도 개의치 않았다. 연구하는 일이 어지간히도 좋은가 보다고 감탄한 적이 한두 번이 아니다.

처음 만났을 때도 그랬다.

유야와 마오 공통의 지인이 새로 문을 여는 레스토랑의 오프닝 모임에서 두 사람은 만났다. 우연히 같은 테이블에 앉게 된 것이다.

그는 섬세한 생김새에 분위기도 기품이 있었다. 적극적으로 대화에 끼어들지는 않았지만 따분하거나 어두운 인상은 아니었다. 얘기 듣기를 좋아하나 보네, 하고 생각했다.

대화의 흐름상 마오가 자신의 일에 대해 얘기할 기회가 있었다. 그녀가 자신은 동물 병원에서 조수로 일하고 있으며 때로 수술에 참여하기도 한다고 말했을 때 가장 관심을 보인 사람이 유야였다.

"척수에 손상을 입은 동물의 수술에도 참여한 적이 있나요?"

그것이 그가 마오에게 던진 첫 질문이다.

마오가 그렇다고 하자 유야는 앞으로 바짝 다가앉으며, 어떤 동물이었냐, 손상은 어느 정도였냐, 구체적으로 어떤 내용의 수술이었냐 등의 질문을 잇달아 던졌다. 마오가 당황한 것은 물론이고 주위에 있던 손님들도 황당해하는 눈치였다. 그제야 분위기를 눈치챈 유야는 계면쩍어하며 "죄송합니다."라고 사과한 뒤 덧붙였다.

"제가 척수가 손상된 사람들을 위해 보조 기구를 개발하는 일을 하거든요……."

그의 말을 들으면서 마오는 유야에게 호의를 품게 되었다.

그가 하는 일도 훌륭하지만, 지금 같은 상황에서도 자신의 일에 조금이라도 도움을 얻으려고 촉각을 곤두세우는 자세가 성실하게 느껴졌기 때문이다. 분명 그는 타인의 심적 고통도 잘 이해해 줄 것이라고 짐작했다.

마오는 교통사고를 당해 척수가 손상된 개를 수술할 때 참여한 적이 있으며, 뒷다리를 움직이지 못했던 개가 스케이트보드를 개조한 휠체어를 하반신에 장착한 덕에 이동할 수 있게 되었다고 얘기했다. 유야는 그녀의 얘기를 열심히 들으면서 중간 중간 메모를 하기도 했다. 다른 사람들이 이미 다른 화제에 빠져들었을 때도 마오는 개의치 않았다. 그와 얘기하는 게 즐거웠다.

다시 만나고 싶다는 유야의 제안에 그들은 연락처를 주고받았다.

"애인 있어요?"

마오 쪽에서 먼저 과감하게 물었다.

유야는 피식 웃으면서 고개를 저었다.

"없습니다. 가와시마 씨는요?"

"저도 지금은 프리예요."

"그렇군요. 잘됐습니다."

빙긋 웃는 그의 입술 사이로 하얀 치아가 보였다.

몇 번 데이트를 한 후 자연스럽게 관계를 맺었다. 둘 다 바쁜 까닭에 만나는 일은 한 달에 두세 번뿐이었다.

그렇게 꼭 2년이 흘렀다.

마오는 얼마 있으면 서른 살이다. 엄마는 틈만 나면 연락해서 누가 없느냐고 캐묻는다. 마오는 아무도 없다고 거짓말을 해 왔다. 유야 얘기를 꺼냈다가는 당장 만나게 해 달라느니 집에 데리고 오라느니 성화를 부릴 게 뻔했기 때문이다. 부모님 집이 있는 군마는 당일로도 다녀올 수 있는 거리였다.

부모님께 유야를 소개하고 싶은 마음이 없는 건 아니었다. 아니, 오히려 일이 그렇게 흘러가기를 기대하기도 했다. 그러나 먼저 말을 꺼낼 수는 없다고 생각했다. 유야는 지금까지 단 한 번도 결혼 얘기를 꺼낸 적이 없다. 사실 그녀 자신도 딱히 서둘러 결혼하고 싶은 마음은 없었다.

그런데 최근 들어 앞으로의 일이 불안해지기 시작했다. 나이 때문은 아니었다. 유야의 태도가 달라진 것 같아서다.

변화를 처음 감지한 건 반년쯤 전이었다. 3월로 기억한다. 메시지를 보내도 금방 답을 하지 않았다. 금방은커녕 아예 답을 하지 않는 경우도 있었다. 놀러 가자고 해도 갖은 이유를 대며 거절했다.

직접적인 원인은 안다. 업무가 바쁘기 때문이다. 사장이 직접 부탁한 데다 유야가 아니면 할 수 없는 일인 듯했다. 그가 사장의 기대에 부응하려고 노력한다는 건 마오도 안다. 그래서 처음에는 별로 신경을 쓰지 않았다. 너무 무리하다가 건강이나 해치지 않을지 걱정되었을 뿐이다.

하지만 어느 때부터인가 단순히 일이 바빠서가 아니라 마오에 대한 마음이 식은 것 아닐까 하는 의심이 들기 시작했다. 유야가 자기 얘기를 전혀 하게 않게 된 것이 그 근거의 하나다. 특히 전에는 일에 대해 물으면 얼마든지 대답해 줬는데 이제는 그러지 않았다.

"있잖아, 침팬지는 그 후에 어떻게 됐어?"

명란과 떡과 치즈가 들어 있는 몬자야키를 먹으면서 마오는 명랑한 말투로 유야에게 물었다.

"올리버 말이야?"

"그래그래, 올리버 군. 척수에 손상을 입어서 팔다리를 전혀 못 움직였는데 유야 씨가 만든 기계로 팔을 움직일 수 있게 되었다고 했잖아. 그러고 나서 진전이 있었어?"

올리버에 대해 처음 얘기를 들었을 때가 1년쯤 전이었다. 그때 유야는 눈을 반짝거리며 열변을 토했다.

그런데 오늘 유야에게서는 그때의 표정을 볼 수 없었다.

"그쪽은 후배에게 맡겨서 잘 몰라. 별 진전은 없는 것 같더라."

유야가 시큰둥한 표정으로 고개를 저었다.

"그래? 대단한 연구라고 생각했는데."

"고마워."

"얼마 전 우리 병원에 뇌경색으로 하반신을 제대로 쓸 수 없게 된 고양이가 왔어. 그런 고양이도 그 기계를 사용하면 움직일 수 있지 않을까 생각했거든."

"글쎄, 척수 손상과 뇌경색은 근본적으로 다른 거라서……."

"그래? 하긴 뇌에서 어떤 신호가 나오느냐가 중요하니까. 뇌경색 때문에 움직이지 못하는 건 신호 자체가 잘 안 나온다는 거잖아."

그러자 몬자야키로 손을 내밀려던 유야가 동작을 멈췄다.

"일 얘기는 하지 말자. 모처럼 하는 데이트인데."

"어머, 미안. 그래, 유야 씨는 좀 쉬어야 해. 하지만 전에는 일 얘기를 많이 했는데……."

턱을 살짝 끌어당기고 그를 보았다.

"전과는 상황이 달라."

"어떻게 다른데?"

"그건⋯⋯."

유야가 주걱을 접시에 내려놓고 등을 쭉 펴면서 마오를 똑바로 바라보았다.

"내가 전에 말하지 않았나? 지금 하는 일은 극비 사항이라고 말이야. 자세한 내용은 사장 외에는 아무도 몰라. 그러니까 마오가 이해해 줬으면 좋겠어."

"으응, 듣긴 했는데, 아주 조금은 괜찮은 줄 알았어."

"가족에게도 말하지 않기로 한 거야."

"그래, 알았어⋯⋯."

마오는 고개를 떨어뜨렸다. 너는 가족보다 먼 존재야, 라는 말을 들은 기분이었다.

마음이 가라앉았지만 내색하지 않으려고 더 명랑한 척했다. 계속 화제를 바꾸어 가면서 열심히 대화를 이끌었다. 그러나 머리 한구석으로는 뭔가 이상하다는 느낌을 지울 수 없었다. 비밀 연구라서 얘기를 안 하는 것이 아니다. 물론 그것도 이유의 하나일 수는 있겠지만 그 외에 다른 무언가가 있는 것 같았다. 유야가 지키고 싶은 세계랄까. 그 세계에 타인이 들어오는 것을 거부하는 느낌이랄까.

9시가 조금 넘어 가게를 나왔다. 마오는 두 시간 동안 거의 혼자서 지껄인 기분이었다. 꽤 여러 가지를 먹은 것 같은데 뭘 먹었는지 기억이 잘 나지 않았다.

"아, 배불러."

걸으면서 마오가 말했다.

"그래, 나도 이렇게 많이 먹은 건 오랜만이야."

"이제 뭐 하지? 몬나카에 가 볼까? 늘 가던 술집에 자리가 있으려나."

몬젠나카초에 자주 가는 술집이 있었다.

그런데 유야가 걸음을 멈추고 손목시계를 들여다보더니 얼굴을 찡그리며 고개를 저었다.

"아니, 오늘은 그만하자. 내일까지 해야 할 일이 있어."

마오는 걸음을 멈추며 눈을 크게 떴다.

"아니, 또 일이야?"

"응…… 미안해."

"대체……."

무슨 일이냐고 물으려다 말을 삼켰다.

"모처럼 만났는데."

그러자 유야가 어깨에 가방을 멘 채로 양 손바닥을 마주 댔다.

"정말 미안해. 내가 언젠가는 갚을게. 대신 오늘은 집까지 바래다줄게."

"괜찮아. 택시 타면 금방인걸, 뭐. 별로 늦은 시간도 아니고."

"그럼 택시 잡는 데까지 같이 가자."

다시 걷기 시작하자마자 앞에서 빈 택시가 왔다. 이럴 때는 꼭 빈 차가 금방 오더라니까. 마오는 약이 올랐다. 아직도 하고 싶은 얘기가 많고 많은데.

유야가 손을 들어 택시를 세웠다.

"마오, 어서 타."

"아니야, 유야 씨가 먼저 타. 난 반대 방향이니까 저쪽 모퉁이에서 잡을게."

두 사람이 서 있는 길은 일방통행이었다.

유야는 사양하지 않았다. 그는 그럼, 하고 고개를 끄덕했다.

"알았어. 또 연락할게. 잘 자."

"그래, 잘 자."

유야가 탄 택시가 사라지는 모습을 지켜본 후 마오는 다시 걸음을 옮겼다. 가슴이 답답했다.

그런데 다음 모퉁이에 도착하기 전에 또 빈 택시 한 대가 앞에서 다가왔다. 그러자 불현듯 머리에 떠오르는 생각이 있었다. 마오는 뒤를 돌아보았다. 유야가 탄 택시가 신호를 기다리며 서 있었다. 그 순간 마음을 정했다. 그녀는 빈 택시를 향해 손을 들었다. 그리고 올라타자마자 앞쪽을 가리키며 "저

택시를 뒤따라가 주세요."라고 말했다.

"뒤따라가라고요, 행선지가 어디인데요?"

머리가 새하얀 택시 기사가 의아한 듯이 물었다.

"모르겠어요. 그러니까 미행해 달라는 거죠."

허, 하고 기사가 못마땅한 듯한 소리를 냈다.

"그런 일은 사양하고 싶은데요."

"부탁 좀 드릴게요. 아아, 서두르지 않으면 놓치겠어요."

유야가 탄 택시가 달리기 시작했다.

이거야, 원, 하면서도 택시 기사는 엑셀을 밟았다.

"저쪽에서 눈치채면 곤란한 거죠? 이거 쉽지 않겠는걸. 혹시 놓치게 되어도 어쩔 수 없어요."

"괜찮아요. 죄송합니다, 무리한 부탁을 드려서."

"손님, 혹시 경찰이에요? 저쪽에 위험한 인물이 타고 있는 거 아니에요? 미행당하는 걸 눈치채고 난동을 부리면 곤란하단 말입니다."

"걱정 마세요. 보통 사람이에요. 제 남자 친구인걸요."

"남자 친구요, 남자 친구를 미행해요? 오호라……."

기사는 알겠다는 듯이 고개를 끄덕거렸다.

"혹시, 바람을 피우지나 않는지 의심하는 건가요? 다른 여자를 만나러 가나 해서요?"

"네, 뭐……, 그렇다고 할 수 있죠."

"그래요? 그럼 나쁜 사람 맞네. 한번 힘을 내 봅시다."

택시 기사가 갑자기 의욕을 냈다. 호기심이 발동한 모양이었다.

바람을 피운다고 의심한다, 그런 건가……. 하긴 마오의 지금 심정에는 그 말이 가장 가까울지도 모른다.

도대체 이렇게 이른 시간에 돌아가야 하는 이유가 무엇일까. 전에도 바쁠 때는 있었지만, 자는 시간을 줄이면 된다면서 밤늦도록 함께 있곤 했다.

그래서 생각하게 된 것이다. 지금 꼭 가야 할 곳이 있는 것 아닐까 하고. 그곳에 유야의 마음을 변하게 만든, 그리고 그가 지키고 싶어 하는 세계가 있지는 않을까.

도쿄 타워가 다가왔다. 타워를 보고서 마오는 자신의 직감이 맞았다고 확신했다. 유야의 집과는 방향이 달랐다.

"대체 어딜 가는 걸까요. 이 길로 가면 에비스나 메구로인데……."

기사가 중얼거렸다.

택시 기사는 운전이 능수능란했다. 다른 차를 적당히 사이에 끼고 유야가 탄 택시를 뒤쫓았다. 도로가 그다지 혼잡하지 않은 것도 다행이었다.

"손님, 저 남자 분이 바람피우는 현장을 잡으면 어떻게 하실 작정인가요?"

택시 기사가 흥미진진하다는 듯이 물었다.

"들이닥치실 건가요?"

"……모르겠어요."

"어떻게 하든 손님 자유지만, 우선은 흥분을 가라앉히는 게 좋아요. 괜히 아수라장을 만들면 양쪽 모두 상처를 입거든요."

고맙습니다, 대답하면서도 왜 자신이 고맙다고 하는지 마오는 의아했다.

아닌 게 아니라 막상 목적지에 도착하면 어떻게 할지 아직 생각한 바가 없었다.

갑자기 심장이 쿵쿵 뛰기 시작했다. 손바닥에서 땀이 배어 나왔다. 내가 대체 무슨 짓을 하고 있는 걸까. 그의 비밀을 알아내서 어쩌겠다는 건가.

"아이고, 거의 다 온 모양이네요."

기사가 차의 속도를 늦췄다.

바깥은 주택가였다. 도로가 그리 넓지 않았다. 운전사가 속도를 늦춘 것은 지나치게 다가가면 좋지 않다고 생각했기 때문일 것이다. 주소 표지판에 히로오라는 글자가 보였다.

"역시 그러네. 서려는 모양이에요."

앞차가 깜빡이를 켰다.

"일단 그대로 지나가겠습니다. 여기서 차를 세우면 의심받을 테니까요."

네, 하며 마오는 좌석에 깊숙이 몸을 숨겼다. 유야에게 들켰다가는 큰일이다.

택시가 조금 더 가서 멈춰 섰다. 마오는 뒤를 돌아보았다. 택시에서 내린 유야가 어느 집 앞에 서 있었다. 이쪽을 눈치채지는 못한 듯했다.

잠시 후 그가 그 집 안으로 들어갔다.

"저 집인가 보군요."

택시 기사가 말했다.

"한눈에 보기에도 상당히 멋진 저택인데요. 과연 저런 곳에 손님 남자 친구가 바람을 피울 만한 상대가 있을까요?"

글쎄요, 하고 고개를 갸웃하면서 마오는 지갑을 꺼냈다. 미터기를 보고 천 엔짜리 몇 장을 내밀었다.

"그럼 잘해 보세요. 다시 말하지만, 침착하게요."

거스름돈을 내주면서 택시 기사가 말했다. 사람이 좋아 보이는 할아버지였다.

차에서 내린 마오는 살금살금 저택으로 다가갔다. 그러면서, 만약 유야가 나오면 어떻게 해야 할까 생각했다. 왜 이런 곳에 있느냐고 물으면 대답할 말이 없다.

마침내 저택 앞에 도착했다. 택시 기사가 말한 것처럼 굉장히 멋진 집이었다. 문양이 새겨진 철제 대문 너머로 현관까지 이어진 진입로가 보였다.

문패로 눈을 돌린 마오는 숨을 삼켰다. 하리마, 라고 쓰여 있기 때문이었다. 그것이 하리마 테크 사장 이름이라는 것은 마오도 알고 있었다. 그렇다면 유야가 이 집에 온 이유는 역시 일 때문이었을까. 사장이 직접 부탁한 일이라는 것이 사장 집에서 하는 일이었나. 아니면 오늘 밤에는 특별히 의논할 일이 있어서 사장을 만나러 온 것일까.

진입로에 맞닿은 서양식 집은 깨끗하게 손질된 나무에 둘러싸여 왠지 모를 환상적인 분위기를 자아냈다. 창문에 불이 거의 켜져 있지 않아서 그렇다는 걸 마오는 잠시 후에 깨달았다. 가족 모두가 잠들었다고 보기에는 이른 시각이었다. 게다가 유야라는 손님도 있지 않은가. 이 집 사람들은 대체 뭘 하고 있을까.

그때 현관에서 가까운 쪽 1층 창문에서 희미하게 빛이 새어 나오는 것이 보였다.

마오는 그 창문을 응시했다. 저 너머에 유야가 지키려는 세계가 있구나, 하고 생각했다.

2

현관에서 신발을 벗기 전에 호시노는 다시 부인에게 고개를 숙였다.

"늦어서 죄송합니다."

그러자 부인이 무안한 듯 웃으며 손을 내저었다.

"저희는 상관없어요. 호시노 씨야말로 괜찮으세요? 회사에서 회식이 있다고 했잖아요. 훈련은 내일로 미뤄도 되는데요."

"아닙니다. 오늘 쉬면 공백이 사흘이나 생기는걸요. 그보다, 혹시 술 냄새가 나나요? 많이 마시지 않으려고 주의는 했습니다만……"

"괜찮아요. 물 좀 가져다드릴까요?"

"아니요, 됐습니다."

그럼 실례하겠습니다, 하고 호시노는 구두를 벗고 부인이 가지런히 놓아 준 슬리퍼를 신었다.

"할머니는요?"

부인이 미소를 지으며 계단 위를 가리켰다.

"이쿠토를 재우고 잠이 드셨나 봐요. 오늘 유치원에서 소풍을 갔는데 따라갔다 와서 피곤하셨던 모양이에요."

"그렇군요. 할머니도 힘드시겠어요."

"네. 아마 미즈호를 돌보는 편이 차라리 덜 힘들 거예요."

부인이 콧등에 주름을 잡았다. 그리고 평소처럼 현관 바로 옆에 있는 방문을 열어 주었다.

"들어오세요."

가볍게 고개를 숙인 후 호시노는 방으로 들어갔다. 방 안에서 아로마 오일 향이 아련하게 풍겼다. 이번 여름부터다. 부인은 그 덕분에 잠이 잘 온다고 했다. 이 방은 부인의 침실이기도 하다.

미즈호는 침대에 누워 있었다. 흰 체육복에 감색 스웨터를 걸치고 하얀 양말을 신었다. 훈련을 할 때는 아무래도 그에 맞는 복장을 갖춰야 하지 않겠느냐고 부인이 말했던 때가 지난 5월쯤이었던가. 미즈호가 초등학교에 입학한 영향일 거라고 호시노는 멋대로 상상했다.

"이제는 이런 차림을 해도 체온이 그다지 내려가지 않아요. 의사 선생님들도 놀라셨어요."

부인이 기쁜 듯이 말하는 것도 당연했다. 뇌사로 뇌간의 기능이 정지되면 일어나기 힘든 일이기 때문이다. 의사들도 확실하게 말하지는 않아도 미즈호의 뇌간 일부가 기능하고 있다는 사실을 내심 인정하는 것 아닐까.

호시노는 작업대 앞에 앉아 기기들의 전원을 켰다. 그리고 들고 온 가방에서 노트북을 꺼내 제어기에 연결한 후 프로그램 몇 가지를 교체했다. 이 프로그램들을 작성하는 데 시간이 걸려 오후에 이곳에 오지 못한 것이다. 겨우 완성했을 때는 마오와 약속한 시간이 되어 가고 있었다.

일련의 작업을 끝내고 부인을 돌아보았다.

"코일은 장착하셨죠?"

"네, 붙여 놓았어요."

호시노가 고개를 끄덕이고 미즈호의 몸을 훑어보았다.

이 소녀가 1년 전에 뇌사 상태일 거라는 선고를 받은 바로 그 소녀란 말인가. 혈색도 좋고, 호흡은 규칙적이고 힘차기까지 하며, 피부에 탄력이 있다. 팔다리에 적당한 근육이 붙어 있다는 것은 옷 위로도 알 수 있다. 금방이라도 눈을 뜨고 하품을 하면서 크게 기지개를 켤 것만 같은데.

들은 바로는 약물도 거의 투여하지 않는다고 했다. 그런데도 지난 반년 동안 큰 변화가 없었다니 놀라울 따름이다.

아이의 팔 몇 군데에 코드가 달린 전극을 부착했다.

"그럼 팔 운동부터 시작하겠습니다. 먼저 자유 운동입니다."

호시노가 제어기 키보드를 두드렸다.

두 사람이 지켜보는 가운데 미즈호의 팔꿈치가 천천히 구부러졌다. 주먹이 가슴 바로 옆까지 오자 다음에는 팔을 앞으로 쭉 뻗는다. 공중을 향해 주먹을 내지르는 듯한 동작이다. 팔이 완전히 펴지자 팔꿈치가 도로 접히면서 팔이 원래 위치로 돌아간다. 그것을 다섯 번 반복했다.

호시노는 고개를 끄덕거리면서 부인을 보았다.

"완벽하군요."

"움직임이 깔끔해졌어요."

"몰라볼 정도입니다. 그럼 이번에는 무게를 줘 보죠. 도움을 부탁드려도 될까요?"

네, 하고 부인이 미즈호 옆에 섰다.

"준비됐어요."

그럼 시작합니다, 하고 호시노가 다시 키보드를 두드렸다. 미즈호의 팔이 움직이기 시작했다. 먼저 팔꿈치를 구부리고 이어서 아까처럼 주먹을 몸 앞으로 뻗으려 한다.

바로 그 순간 부인이 미즈호의 양쪽 주먹에 손을 마주 댔다. 미즈호가 팔을 뻗으려는 동작을 방해하는 것이다. 호시노는 근전도 모니터를 살폈다. 미즈호의 상완 삼두근에 부하가 크게 걸렸다는 것을 알 수 있었다.

같은 운동을 여덟 번 반복하고 나서 멈췄다. 미즈호는 피곤해도 호소하지 못한다. 근전도 모니터로 관찰하지 않으면 과부하가 걸려 근육이 상할 우려가 있다.

"잠깐 쉬게 하죠. 보통 사람이 팔 굽혀 펴기를 하는 정도의 운동이니까요."

"그럼 그동안 차를 끓여 올게요."

그러고서 문으로 향하던 부인이 문득 걸음을 멈추고 말없이 자기 손을 내려다보았다.

"왜 그러시죠?"

고개를 들자 부인의 눈 주위가 벌게져 있었다.

"힘이 아주 강했어요. 살짝 대기만 해도 그냥 밀쳐내고 올라가요. 미즈호에게 이런 날이 올 줄은……."

목이 멘 그녀는 말끝을 맺지 못했다. 숨을 고르려는 듯 그녀의 가슴이 몇 번 오르내렸다.

"아 참, 차를 끓인다고 해 놓고 그만. 죄송해요."

부인이 방을 나갔다.

호시노는 다시 미즈호에게 시선을 돌렸다. 아까보다 얼굴이 조금 더 발그레해 보였다. 운동을 해서 혈액 순환이 좋아졌을 것이다. 뇌의 기능이 정지되었다면 있을 수 없는 일이다.

역시 조금이나마 뇌가 회복된 것일까. 아니면 원래 이 정도 기능은 남아 있었는데 이제야 깨어난 것일까. 어쩌면 다른 가능성도 생각해 볼 수 있었다. ANC로 자극받은 척수가 활성화한 것이다. 신체의 통합성에 대해서는 아직 불명확한 것이 많다. 척수가 정상이면 통합성도 남아 있을 것이라는 가설도 있다.

그러나 유야에게 그런 건 별로 중요하지 않았다. 중요한 점은 자신의 기술로 비록 외견상일지라도 미즈호의 몸이 건강해지고 있으며 그 사실을 부인이 눈물을 흘릴 정도로 기뻐한다는 것이었다.

요즘은 이 방에서 보내는 시간이 호시노의 생활에서 거의 중심이었다. 사장은 이 일을 정식 업무로 인정해 주었다. 호시노 역시 척수에 자기 자극을 보내는 것만으로 육체를 움직이는 실험에 한없이 매력을 느끼는 것이 사실이었다.

그러나 시간이 허락하는 한 이 방에 있고 싶은 이유는 그것만이 아니었다.

미즈호가 새로운 움직임을 보이거나 지금까지 움직이지 않았던 부분이 움직이게 될 때마다 부인은 기쁨의 눈물을 흘리며 호시노에게 감사의 말을 했다. 그럴 때 그녀의 말투가 어찌나 극진한지 마치 호시노를 딸의 구세주로 여기는 느낌이었다.

그런 그녀의 마음에 답하려고 호시노는 다음 과제에 착수하곤 했다. 그는 부인이 더욱더 감격하며 기쁨의 눈물을 흘리기를 바랐다. 그녀가 기뻐하는 모습이야말로 그의 활력의 원천이었다.

물론 그것이 일종의 연애 감정이라는 사실은 호시노도 알고 있었다. 솔직히 말하자면 처음 이 집을 방문했을 때부터 그녀에게 마음이 끌렸다. 처음에는 그저 막연했던 감정이 이 집을 계속 드나들면서 차츰 확실한 형태를 띠어 갔다.

그 감정을 드러낼 수 없다는 건 안다. 상대는 남편이 있는 사람이다. 게다가 남편은 호시노의 상사이자 지금의 상황을 제공한 인물이다. 배신하면 모든 것을 잃게 된다. 아무리 부부가 별거 상태지만 그렇다고 용납될 일은 아니다.

하지만 호시노는 지금 이대로도 충분히 만족스러웠다. 부인과의 관계가 발전되리라는 꿈은 꾸지 않는다. 그녀와 함께 미즈호를 돌보고 기쁨을 나눌 수 있으면 그걸로 족했다.

그런 생각에 빠져 있는데 스마트폰에서 메시지 수신음이 울렸다. 확인해 보니 예상대로 마오가 보낸 것이었다. 망설이다가 내용을 읽었다.

'열심히 일하고 있어? 바쁜데 만나 줘서 고마워. 너무 무리하지 말고. 그럼 잘 자.'

호시노는 잠시 생각하다가 답장을 보냈다.

'걱정해 줘서 고마워. 잘 자.'

스마트폰의 전원을 끄고 한숨을 내쉬었다.

가와시마 마오와 교제한 지도 어느덧 2년이 되었다. 지금까지 사귄 여자 가운데서는 마음이 제일 잘 맞는다고 할 수 있었다. 성격도 좋고, 머리도 나쁘지 않다. 동물 병원 조수로 일하면서 생긴 에피소드를 듣는 것도 즐거웠다.

그렇다, 그녀에게는 아무 잘못이 없다. 그녀는 좋은 여성이고 그녀와 결혼하는 남자는 틀림없이 행복할 것이다.

바로 얼마 전까지만 해도 그 남자가 자신일 거라고 호시노는 생각했다. 입사 후 줄곧 일을 최우선으로 해 왔지만 가정을 꾸리지 않아도 된다는 생각은 하지 않았다. 언젠가 때가 오면 결혼해서 아이도 갖게 될 거라고 상상했다. 그리고 그

상대로 마오가 알맞지 않을까 싶었다.

마오에게 그 같은 생각을 말하지 않은 이유는 계기가 없었기 때문이다. 호시노 쪽에서는 서둘러 결혼할 이유가 없었고, 마오도 초조해하는 기색이 없었다. 언젠가 어느 쪽에든 필요성이 생기면 그때 가서 말을 꺼내면 된다고 여겼다.

그런데 사태가 예상치 못한 방향으로 흘렀다. 하리마 부인과 그 딸 미즈호를 만난 이후, 그동안 호시노가 어렴풋이 그렸던 미래의 청사진이 완전히 백지로 돌아간 것이다.

지금도 마오가 싫지는 않다. 그녀의 매력을 얼마든지 꼽을수 있다. 그러나 그녀와 함께 가정을 꾸리는 자신의 모습을이제는 상상할 수 없었다.

왜냐하면 지금의 호시노가 가장 우선시해야 할 일은 이 방에서의 시간이기 때문이다. 결혼해서 가정을 꾸리면 불가능한 일이다.

그리고 무엇보다, 이제 그가 이 세상에서 제일 사랑하는 여성은 마오가 아니다.

미안하다는 마음은 있다. 너무 제멋대로라는 것도 안다. 그러나 스스로에게 거짓말을 할 수는 없다.

그러니까 사실은 하루라도 빨리 마오에게 헤어지자는 얘기를 꺼냈어야 했다. 오늘 밤에도 몇 번이나 말하려고 마음먹었다. 그러나 결국 말하지 못했다. 용기가 나지 않기도 했지만,

이유를 물으면 제대로 설명할 자신이 없었다. 미즈호에 대해서도, 부인에 대해서도 얘기하고 싶지 않았다. 왜 그런지는 자신도 잘 알 수 없었다.

좋아하는 여자가 생겼다고 하면 그만일지도 모른다. 하지만 어떤 여자냐고 캐물으면 말문이 막히고 말 것이다. 호시노는 거짓말에 서투르다.

요즘 들어서는 마오가 먼저 헤어지자고 말해 주지 않을까 기대하기도 했다. 영리한 여자니까 호시노의 태도가 변했다는 것을 눈치챘을 것이다.

문을 노크하는 소리가 들렸다.

"문 좀 열어 주시겠어요?"

호시노가 일어나 문을 열었다. 부인이 양손으로 쟁반을 받쳐 들고 들어왔다. 찻잔 두 개와 쿠키가 담긴 접시가 쟁반에 놓여 있었다.

"아니, 쿠키를 또 구우셨어요?"

호시노가 묻자 부인은 미소를 지으며 고개를 끄덕였다.

"지난번에 호시노 씨가 맛있다고 했잖아요. 그래서 어제 어머니가 미즈호를 봐 주시는 사이에 구웠어요."

"그렇군요. 잘 먹겠습니다."

호시노가 쿠키를 와삭 깨물었다. 적당히 단 맛과 레몬 향이 입안에 사르르 퍼졌다.

"어때요?"

"맛있습니다. 몇 개라도 먹겠어요."

"다행이에요. 아직 많이 남아 있으니까 사양하지 말고 드세요. 호시노 씨 드시라고 구운 거니까요."

그리고 부인이 찻잔을 입으로 가져갔다.

"감사합니다."

호시노는 홍차를 마시면서 슬쩍 부인의 옆얼굴을 보았다. 그녀의 눈은 미즈호를 향해 있었다.

이 여자에게 마음을 고백하는 일은 없으리라. 그러나 어쩌면 그 마음이 일방통행은 아니지 않을까 하고 호시노는 요즘 들어 생각한다. 굳이 말하지 않아도 우리 두 사람 마음은 단단한 끈으로 엮여 있지 않을까.

3

아파트 지하 주차장에 차를 세우고 뒤 좌석 슬라이드 도어를 열었다. 소형 왜건인 그 차는 마오가 근무하는 동물 병원 소유지만, 운전하는 사람이 거의 그녀밖에 없는 까닭에 열쇠 하나가 늘 그녀 가방에 들어 있다.

뒤 좌석에서 꺼낸 분홍색 케이지 안에는 흰 페르시아친칠라가 웅크리고 있다. 이름은 톰. 열세 살짜리 수놈이다. 목에 엘리자베스 칼라를 두른 이유는 며칠 전 항문선 제거 수술을 받았기 때문이다. 아직 예후를 관찰할 필요가 있는데, 친칠라 주인이 그저께 동물 병원에 연락해 자신이 이틀 정도 집을 비워야 하는데 친칠라를 혼자 둘 수 없으니 병원에서 맡아 줄 수 있겠느냐고 물었다. 대개 그런 의뢰는 거절하지만, 친칠라 주인이 원장의 오랜 지인이라 '이번만 특별히'라는 단서를 달고 맡아 주기로 했다. 그런데 데려가기로 한 날인 오늘 다시 주인이 연락해 밤이나 되어야 데리러 올 수 있다는 것이었다. 그것도 정확히 몇 시가 될지는 모른다고 했다. 그래서 하는 수 없이 마오가 데려다주러 온 것이다.

아파트 1층 공동 현관의 오토 도어 록이 해제되자 마오는 케이지를 들고 친칠라의 주인 집으로 향했다. 집 앞에 서서 인터폰을 누르니 금세 잠금장치 풀리는 소리가 나고 그 집 안 주인이 문을 열었다. 그녀는 오십 대 중반의 기품 있어 보이는 여성이다.

"아아, 가와시마 씨. 고마워요. 그리고 미안해요, 무리한 부탁을 해서."

부인이 정말 미안하다는 듯이 눈썹을 여덟팔자로 늘어뜨렸다.

"괜찮습니다. 톰은 아주 잘 지냈어요."

마오가 케이지를 내밀었다.

"그래요? 다행이네요. 톰, 얌전히 있었어? 미안해, 엄마랑 아빠랑 둘 다 집을 비워서."

부인이 케이지를 받아 들고 안에 있는 친칠라에게 말을 건넸다.

"체중을 재 봤더니 수술 직후보다 약간 줄었더군요. 하지만 정상 범위니까 걱정하지 않으셔도 될 거예요. 스트레스만 받지 않도록 해 주세요."

"알겠습니다. 아 참, 얼마죠?"

"아니요, 돈은 됐습니다."

"아이, 그러면 너무 미안하죠."

"신경 쓰지 마세요. 그럼 톰, 잘 보살펴 주세요."

주차장으로 돌아와 왜건에 올라탄 후 차에 시동을 걸고 아파트를 빠져나온 그녀는 그러나 얼마 안 가서 브레이크를 밟고 내비게이션을 봤다.

니시아자부. 히로오가 바로 근처였다. 히로오에는 그 집이 있다.

유야와 몬자야키를 먹은 날이 지지난 주 목요일이다. 그러니까 벌써 2주일 가까이 지났다. 그날은 엄청 더웠는데, 이제는 완연한 가을이었다. 그간 문자 메시지는 주고받았지만 만난 일은 없고, 메시지도 내용이 거의 없는 것이나 다름없었다. 인쇄된 연하장마냥 공허해서 다시 읽어 볼 마음조차 생기지 않았다.

퍼뜩 정신을 차려 보니 어느새 다시 차를 몰고 있었다. 그러나 병원으로 가는 길이 아니라 히로오로 향하고 있었다. 머릿속은 텅 비었는데 손발이 멋대로 움직이는 듯한 느낌이었다.

마침내 목적지가 가까워졌다. 그리고 마오의 등을 떠밀듯, 안성맞춤인 장소에 유료 주차장이 있었다.

망설이면서도 브레이크에 발을 올려놓았다. 기어를 바꾸고 핸들을 꺾어 주차장으로 들어갔다.

차의 시동을 끄기 전에 내비게이션으로 위치를 확인했다. 그 집이 어디 있는지는 대충 알고 있었다. 현재 위치에서 그곳으로 가는 길을 머릿속에 넣은 후 시동을 껐다. 차에서 내려 문을 잠그고 걸음을 옮겼다.

뭘 하겠다는 거지. 그 집에 가서 뭘 어쩌려고.

어쩌면 오늘도 유야는 그 집에 있을지 모른다. 그게 그의 일이라면 이상할 것이 없다. 그 사실을 확인하고 싶은 건가. 확인한들 무슨 의미가 있을까. 아니, 애초에 무슨 수로 그걸 확인할까.

스스로의 질문에 아무 대답을 못하는데도 발은 멈추지 않았다. 기억에 있는 모퉁이를 돌아 계속 걸었다.

낮이라서 인상은 자못 달랐지만 그날 밤에 택시로 지났던 길이 틀림없었다. 마오의 걸음이 조금씩 느려졌다. 가슴속에 께름칙한 느낌이 있는 것이다.

그리고.

그 집의 왼편이 보였다. 나무에 둘러싸인 서양풍 저택이다. 마오의 기억 속에서는 벽 색깔이 검정에 가까웠는데 실제로는 밝은 갈색이었다. 지붕은 붉은색이다.

베이지색 담을 따라 걷다가 문 앞에서 걸음을 멈췄다. 색감이 기억과 달라 어쩌면 다른 집일지 모른다고 생각했지만 그렇지 않았다. 대문에 새겨진 무늬가 그날 밤에 본 것과 똑같았다. 게다가 '하리마'라는 문패가 걸려 있다.

대문 안쪽을 넘겨다보았다. 긴 진입로 끝에 현관문이 보인다. 그날 밤 빛이 새어 나오던 창문에는 커튼이 닫혀 있었다.

오늘도 유야가 이 집에 있을까. 이 집에 와서 뭘 지키려는 것일까.

문기둥에 인터폰이 달려 있었다. 벨을 눌러 볼까. 누구세요, 라고 물으면 뭐라고 대답하지. 호시노 유야와 사귀는 사람인데 그는 오늘도 여기 있나요, 그렇게?

고개를 저었다. 그럴 수는 없다. 그건 스토커나 하는 짓이다. 유야가 알게 되면 불쾌하게 여길 것이 틀림없었다. 마오를 싫어하게 될지도 모른다.

돌아가자고 생각했다. 왜 여기까지 왔을까. 내가 어떻게 된 거 아닐까.

문 앞을 떠나려 했을 때였다.

"우리 집에 오신 건가요?"

등 뒤에서 말소리가 들리는 바람에 심장이 멎는가 싶게 놀랐다.

돌아보니 얼굴이 갸름한 여자가 수상하다는 표정으로 서 있었다. 회색 원피스에 얇은 분홍 카디건을 걸친 그녀는 기품 있고 차분한 분위기가 이 집에 어울렸다.

"아, 아니요. 딱히 볼일이 있는 건 아니고, 아는 사람에게 이 집 얘기를 들은 적이 있어서요."

말하는 순간 후회했다. 지나가다가 집이 너무 멋져서 잠깐 들여다보았다고 하면 그만인 것을. 그러나 이미 늦었다.

아니나 다를까, 여자가 물었다.

"아시는 분이 누군데요?"

둘러댈 말이 생각나지 않았다. 말도 안 되는 거짓말을 했다가는 사태가 악화될 뿐이다.

"저……, 호시노 유야라는 사람이에요."

기어 들어가는 소리로 간신히 대답했다.

그러자 살짝 찡그러져 있던 여자의 미간이 펴졌다. 그녀가 아아, 하고 고개를 끄덕였다.

"그랬군요. 그쪽도 하리마 테크에서 일하시나요?"

"아니, 그런 게 아니라……."

뭐라고 대답해야 좋을지 알 수 없었다. 눈동자가 갈피를 못 잡고 방황했다.

그러자 상대 여자가 뭔가 알아차린 듯한 표정을 지었다.

"혹시 호시노 씨의 애인인가요?"

정곡을 찔리자 마오는 몹시 당황스러웠다. 앞머리를 쓸어 올리고 나서 "뭐……, 비슷해요."라고 조그맣게 대답했다.

여자의 눈동자가 반짝 빛난 것처럼 느꼈다. 다음 순간 여자가 보인 미소는 거의 요염에 가까웠다.

"그래요? 호시노 씨가 그런 말을 한 번도 한 적이 없어서 애인이 없는 줄 알았어요. 하지만 그렇게 멋진 사람에게 애인이 없다는 게 더 이상하겠죠."

멋진 사람, 이라는 표현이 마음에 걸렸다. 무슨 의미일까.

"저, 그 사람이 여기 자주 오나요?"

"네. 이삼 일에 한 번요. 하지만 오늘은 오지 않을 거예요."

"그렇게 자주……."

"우리 집에서 뭘 하는지 호시노 씨가 자세히 말하지 않던가요?"

마오가 고개를 가로저었다.

"아무것도 가르쳐 주지 않았어요."

그래요, 하고 여자가 잠시 생각하는 표정을 짓더니 다시 웃어 보이며 말했다.

"괜찮으시다면 안에 들어가서 차라도 한잔하세요. 호시노
씨가 무슨 일을 하는지 알려 드리고 싶기도 하고요."

"그래도 되나요? 그 사람은 극비라고 하던데요."

"극비……. 물론 아무에게나 얘기할 수 있는 내용은 아니
에요. 하지만 호시노 씨 애인이라면 괜찮아요."

여자가 대문을 열고 들어오세요, 라고 말했다.

그럼 실례하겠습니다, 하고 마오는 대문 안으로 발을 들여
놓았다.

"아직 이름을 묻지 못했네요."

대문을 닫으며 여자가 말했다.

"아…… 가와시마 마오입니다."

"마오 씨……, 좋은 이름이네요. 한자로는 어떻게 써요?"

진실, 할 때의 진과 실마리 서 자를 쓴다고 대답했다. 여자
는 또다시 좋은 이름이라고 칭찬했다.

"저…… 하리마 사장님의 부인이신가요?"

마오도 용기를 내어 물었다.

네, 하고 여자가 고개를 끄덕였다. 그리고 가오루코라고 이
름을 가르쳐 주었다.

"사모님 이름도 좋은걸요."

고마워요, 하고서 사장 부인이 돌이 깔린 진입로로 걸음을

내디뎠다. 그 등을 향해서 저, 하고 마오가 그녀를 불렀다. 부인이 걸음을 멈추고 돌아보았다.

"그 사람에게 이 집 얘기를 들었다는 말은 거짓이에요. 사실은 그 사람이 뭘 하는지 궁금해서 뒤를 밟았어요. 그러니까 제가 여기 왔다는 사실을 그 사람이 몰랐으면 해요. 그런 성가신 일에 끼어들고 싶지 않으시다면 지금 말씀해 주세요. 그럼 저는 이대로 돌아갈게요. 다만 그 사람에게는 아무 말씀도 하지 않으셨으면 해요."

마오가 꼿꼿이 선 자세로 말했다.

부인이 놀랐는지 표정이 사라진 얼굴로 듣고 있다가 금세 빙그레 웃었다.

"알겠어요. 그럼 호시노 씨에게는 비밀로 할게요. 그리고 성가시다고 여기지 않아요. 있을 수 있는 일이죠."

그러고서 부인은 다시 현관으로 향했다.

현관문 앞에 이르자 부인은 문을 열고 마오에게 들어오라는 듯이 고개를 까딱했다. 실례하겠습니다, 하고 마오는 집 안으로 들어섰다.

현관이 아주 넓었다. 바로 옆에 계단이 있고, 1, 2층의 사이가 뚫려 있어 천장이 높았다. 아스라하게 풍기는 향기는 아로마 오일일까.

그런 생각을 하고 있는데 현관 바로 옆방 문이 열리더니 유치원생으로 보이는 남자아이가 나왔다. 커다랗고 동그란 눈이 인상적인 아이였다. 엄마가 돌아왔나 싶어 얼른 나왔을 텐데 낯선 여자가 서 있어서 놀란 모습이었다.

"엄마 왔어. 잘 놀고 있었니?"

엄마가 묻는데도 아이는 굳은 표정을 한 채 경계하는 듯한 눈초리로 마오를 봤다. 마오가 안녕, 하고 말을 건네도 대답하지 않았다.

이어서 또 한 사람이 방에서 나왔다. 이번에는 백발에 몸집이 자그마한 노부인이다. 그녀도 마오를 보자 당황스러운 표정을 지었다.

마오가 고개를 숙여 인사했다.

"손님이야."

부인이 말했다.

"나중에 설명할 테니까 엄마는 이쿠토 데리고 거실에 가 있어요."

"그래그래, 그렇게 하마."

노부인이 남자아이의 손을 잡았다.

"이쿠토, 할머니랑 거실에 가서 게임할까?"

"나 블록 할 거야."

"블록? 그래, 그러자꾸나."

노부인이 남자아이 손을 잡고 복도 저쪽으로 사라졌다.

"자, 들어와요."

부인의 말에 마오는 스니커즈를 벗고 마루로 올라섰다. 그러나 어느 쪽으로 가야 할지 몰라서 그대로 서 있자 부인이 조금 전 남자아이가 나온 문으로 다가갔다.

"호시노 씨는 늘 이 방에 있어요. 말하자면 여기가 그분의 일터인 셈이죠."

마오는 침을 삼켰다. 역시, 하고 생각했다. 그날 밤 불이 켜져 있던 창이 아마 이 방일 것이다. 그때 그는 여기 있었다.

마오 씨, 하고 부인이 마오를 바라보았다.

"이 방에 마오 씨에게 보여 주고 싶은 사람이 있어요. 만나 보겠어요?"

그 눈빛에 깃든 진지함에 마오는 움찔했다. 왠지 가슴이 두근거리면서 두려워졌다. 그러나 이제 와서 도망칠 수도 없는 일이었다.

네, 하고 고개를 끄덕했다.

"그럼 들어오세요."

부인이 문을 열었다.

마오는 조심스럽게 방으로 발을 들였다. 향기는 그 방에서 풍겨 나오는 듯했다.

서양식으로 꾸민 넓은 방이었다. 창가에 놓인 커다란 곰 인형이 맨 먼저 눈에 들어왔다. 그리고 그 앞에 있는 조그만 침대. 거기에는 꽃무늬 커버가 씌워져 있었다.

분홍색 의자가 눈에 들어온 것은 그다음이다. 결코 작은 물건이 아니고 오히려 의자치고는 굉장히 컸음에도 웬일인지 마오의 시야에는 금방 들어오지 않았다.

그 의자에 여자아이가 앉아 있었다. 초등학교 저학년쯤일까. 가지런히 자른 앞머리가 잘 어울리는 귀여운 아이였다. 눈을 감고 잠들어 있어서 긴 속눈썹이 도드라져 보였다.

"우리 딸이에요."

부인이 말했다.

"조금 더 가까이 오세요."

마오가 아이에게 천천히 다가갔다. 그러면서 깨달았다. 의자라고 생각했던 것은 침대식 특수 휠체어였다. 그리고 여자아이의 코에는 투명한 튜브가 끼워져 있다. 그것이 영양을 보급하는 튜브라는 것은 마오도 알고 있었다.

"제 딸은 물에 빠지는 사고를 당해 1년 넘게 잠들어 있어요. 눈을 뜨는 일은 없을 거라고 하더군요."

마오가 화들짝 놀라 부인을 바라보았다.

"그럼 혹시……"

마오는 나머지 말을 삼켰다.

네, 하고 부인이 입가에 미소를 지으며 고개를 끄덕였다.

"식물인간 상태라고 하면 알아듣기 쉬울지 모르겠네요. 하지만 의사는 그런 상태조차 아닐 거라고 해요."

마오의 머릿속에 뇌사라는 말이 떠올랐지만 그 말 역시 입 밖에 내지 않은 채 휠체어에 앉아 있는 소녀를 바라보았다.

"전혀 그렇게 보이지 않아요."

빈말이 아니었다. 안색도 피부색도 건강한 아이의 그것과 똑같았다. 체격도 그리 작아 보이지 않았다.

"여러 사람의 노력과 기적, 그리고 무엇보다 이 아이의 생명력 덕분에 이 상태가 유지되고 있어요. 그중에서도 호시노 씨 힘이 이 아이에게는 반드시 필요합니다."

"그 사람이 뭘 하는데요?"

마오의 물음에 부인은 잠시 망설이는 듯이 고개를 기울이더니 "그러네요." 하고 중얼거렸다.

"직접 보시는 편이 나을지 모르겠어요. 마오 씨, 미안하지만 밖에서 기다려 줄래요?"

"밖으로 나가라는 말씀인가요?"

"네, 잠깐이면 돼요."

영문을 알 수 없었지만 마오는 부인이 시키는 대로 방을 나갔다. 복도에 잠시 서 있자니 금세 "들어오세요." 하는 소리가 들렸다.

다시 방으로 들어갔다. 부인이 의자에 앉아 있었다. 그녀 앞에 있는 책상에는 뭔지 모를 복잡한 기기가 여러 대 놓여 있었다. 조금 전까지는 거기에 천이 덮여 있어 그런 것들이 있는지 몰랐던 것이다.

휠체어에 앉아 있는 소녀도 조금 전과 달라진 점이 있었다. 등 쪽에서 전기 코드 같은 것들이 뻗어 나와 책상 위 기기들과 이어져 있었다.

소녀는 여전히 눈을 감은 채 양팔을 팔걸이에 얹은 모습으로 마오 쪽을 향해 있었다.

"인사를 시킬게요."

부인이 기기를 만졌다.

다음 순간, 생각지도 못한 일이 벌어졌다. 팔걸이에 얹혀 있던 소녀의 오른손이 천천히 올라갔다가 다시 제자리로 돌아간 것이다. 마오는 비명이 터져 나오려는 것을 간신히 참았다.

"위험하니까 자기가 없을 때는 사용하지 말라고 호시노 씨가 주의를 줬지만 이 정도는 괜찮지 않을까 싶어요."

그러고서 부인은 마오를 올려다보았다.

"역시 무척 놀란 모양이네요."

마오는 자신의 가슴을 손으로 누르면서 숨을 골랐다.

"어떻게 된 일이죠?"

"보신 대로예요. 딸의 팔을 움직인 거죠. 호시노 씨가 개발한 최신 기술을 이용해서요. 호시노 씨 덕분에 딸이 여러 근육을 움직일 수 있게 되었어요. 덕분에 건강도 되찾았고요.

이제는 골밀도도 거의 정상이에요."

부인이 자랑스럽다는 듯이 말하고 나서 덧붙였다.

"호시노 씨는 저희 은인이에요. 딸에게는 구세주이자 제2의 아빠죠."

마오는 할 말이 떠오르지 않았다. 눈을 감은 채 앉아 있는 소녀를 망연히 바라볼 뿐이었다.

부인이 자리에서 일어났다.

"어머나, 미안해요. 차를 마시자고 해 놓고서 아무것도 안 내왔네요."

그녀가 방을 나갔다.

마오는 꼼짝도 할 수 없었다. 머릿속이 혼란스러웠다.

식물인간 상태, 아니 뇌사라고 했던가. 그런 사람이 움직이다니. 부인은 '움직일 수 있게' 했다고 표현했다. 그게 호시노의 일이라고 했다. 그러니까 그는 이삼 일마다 이 방에 찾아와 소녀의 육체를 움직인다.

구세주로서, 제2의 아빠로서.

도대체 어떤 장치일까. 그런 생각을 하며 소녀에게 한 걸음 다가갔을 때였다.

소녀의 오른손이 아까처럼 올라갔다가 제자리로 돌아갔다.

등골이 오싹했다. 악, 그녀는 소스라치게 놀라서 그대로 돌아서서 방을 나왔다.

현관으로 가서 스니커즈를 신은 그녀는 문을 열고 밖으로 뛰쳐나왔다.

대문을 향해 뛰면서 애인의 얼굴을 떠올렸다.

유야 씨, 저게 당신이 지키려는 세계야? 그 세계의 끝에 뭐가 있는데?

4

"에코 현상일 겁니다."

호시노의 말에 미즈호가 입고 있던 흰 트레이너를 체크무늬 잠옷으로 갈아입히던 가오루코가 동작을 멈추고 뒤돌아봤다.

"에코……라고요, 그런 현상이 있나요?"

"아직 확실하게 밝혀지지는 않았습니다만,"

호시노가 테이블에 놓인 찻잔을 집어 들며 말했다.

"ANC는 자기 자극으로 신경에 미량의 전류를 만들어 내어 근육을 움직이는 것이기 때문에 시행한 직후에는 운동 신경이 활성화합니다. 그런 상태에서는 아주 미미한 자극에도 반사를 일으켜 같은 운동을 반복할 가능성이 있죠. 그걸 에코 현상이라고 부릅니다."

"그러지 못하도록 할 수는 없나요?"

"프로그램을 수정하면 억제할 수 있을 겁니다. 그런데 에코 현상이 생기면 안 되는 이유라도 있나요?"

"아니요. 딱히 그런 건 아니에요. 그저 왜 그러는지 궁금해서요."

가오루코의 말에 호시노가 빙그레 미소를 지었다.

"제어기를 조작하지 않았는데 느닷없이 미즈호 양이 움직여서 놀라셨겠네요."

"네, 조금요. 순간적으로 미즈호가 스스로 움직였나 했어요. 하지만 그럴 리 없다고 이내 생각을 고쳐먹었어요."

가오루코는 미즈호를 침대에 눕히고 자세를 바로잡은 다음 테이블로 돌아왔다.

"그럴 가능성이 있다고 미리 말씀드렸으면 좋았을 걸 그랬군요. 어떻게 할까요? 프로그램을 수정하는 일은 별로 어렵지 않습니다만."

호시노의 말에 가오루코는 고개를 가로저었다.

"그러실 필요는 없어요. 앞으로는 마음대로 기계를 건드리지 않을게요."

"네, 그러시는 게 좋겠습니다."

호시노는 눈을 가늘게 뜨고 홍차를 마셨다.

가오루코도 찻잔을 집어 들었다. 그 로열 코펜하겐 찻잔은 가오루코와 가즈마사의 결혼을 축하하는 의미로 지인이 선물한 것이다. 전에는 장식장에 모셔 놓았던 것들을 지금은 전부 꺼내어 사용하고 있다.

그런데, 하며 호시노가 다시 입을 열었다.

"왜 그러셨습니까?"

"뭘 말이에요?"

"왜 제가 없을 때 기계를 조작하셨습니까? 미즈호 양을 훈련하는 일은 제가 있을 때 해야지 안 그러면 위험하다고 말씀 드렸을 텐데요."

죄송해요, 하고 가오루코가 고개를 숙였다.

"미즈호를 바라보다가 문득 움직여 보고 싶은 마음이 들었어요. 손을 조금씩 오르내리는 정도는 괜찮지 않을까 싶었죠. 다시는 하지 않을게요."

호시노가 고개를 끄덕였다.

"자료가 모두 갖춰지고 프로그램이 완성되면 사모님 혼자서도 조작할 수 있을 겁니다. 그때까지만 참으세요."

네, 하고 대답한 후 그녀는 침대에 누워 있는 미즈호에게 눈을 돌렸다.

이틀 전에 있었던 일이 떠올랐다. 가와시마 마오의 그 야무진 얼굴이 뇌리에 되살아났다.

그녀에게 줄 홍차를 끓여 가지고 돌아왔더니 방에 미즈호만 있었다. 현관에 나가 보니 마오의 스니커즈도 보이지 않았다. 말없이 갈 리 없다는 생각에 거기서 잠시 기다렸지만 그녀는 다시 나타나지 않았다.

영문을 알 수 없었다. 왜 아무 말도 없이 사라졌을까. 급한 볼일이 생겼으면 말이라도 하고 가면 좋지 않은가. 호시노가 사귀는 사람이라면 그 정도 상식은 있을 텐데.

의아해하며 방으로 돌아온 가오루코는 미즈호 몸에서 장치를 떼어 내려다가 다시 한 번 미즈호를 움직여 보고 싶은 마음이 들었다. 가와시마 마오에게 보여 준 동작들. 오른손을 올리고, 다시 내리고. 미즈호는 이번에도 무리 없이 해냈다.

"잘하네. 움직임이 아주 매끄러워졌어."

미즈호에게 말을 건네면서 장치의 전원을 끈 후 천으로 된 커버를 기기에 씌웠다. 먼지가 앉지 않도록 하려는 목적보다는 전자 기기의 삭막한 분위기를 가리려는 이유가 컸다.

그런데 미즈호의 몸에서 코일을 떼어 내려고 했을 때였다.

미즈호의 오른손이 슥, 올라갔다가 제자리로 돌아갔다. 가오루코는 숨을 헉 삼키고, 덮개를 씌운 기기로 눈을 돌렸다. 깜박 잊고 전원을 끄지 않았나 해서였다. 그러나 전원은 꺼져 있었다.

눈을 감고 있는 딸을 다시 보았다. 설마? 기적이 일어났을까 하는 생각이 언뜻 스쳤지만 이내 마음을 다잡았다. 안타깝지만 그런 기대는 하지 않는 편이 나았다. ANC를 사용하기 전에도 미즈호의 몸이 꿈틀 움직인 적이 있다. 그때 의사 신도는 냉정한 표정으로 그것을 '단순 반사 현상'이라고 표현했다.

그리고 오늘, 호시노의 설명으로 그녀는 완전히 납득했다. 에코 현상. 기억해 둘 필요가 있다. 다음에 또 비슷한 일이 일어났을 때 아무것도 모르는 사람들을 놀라게 해서는 안 된다.

그렇다, 아마도 가와시마 마오는 에코 현상을 봤을 것이다. 가오루코가 홍차를 끓이러 간 사이에 에코 현상으로 미즈호의 오른손이 움직이는 모습을 보고 기겁하여 도망쳤을 것이다.

무례한 여자다. 살아 있는 아이의 손이 조금 움직였기로 뭐가 그리 무서울까.

그러나 가오루코는 앞으로 사람들 앞에서 미즈호의 몸을 함부로 움직이지 않기로 마음먹었다. 며칠 전 가즈마사가 오랜만에 자기 아버지 다쓰로를 모셔 왔을 때 그가 보는 앞에서 미즈호의 양손을 들어 보였다. 그러자 시아버지는 깜짝 놀라 한동안 얼어붙은 것처럼 꼼짝도 하지 않더니 "이런 건 하나도 감탄스럽지 않구나."라고 가즈마사에게 말했다.

왜냐고 가즈마사가 묻자 다쓰로는 못마땅한 얼굴로 손녀를 바라보며 말했다.

"사람 몸을 전기 장치로 만들어 놓다니, 이건 신을 모독하는 행위야."

그 말이 가오루코 마음을 건드렸다. 그녀는 숨을 크게 들이

쉰 후 말했다.

"전기 장치가 어때서요? 누워만 있는 아이의 손발을 움직이거나 자세를 바꿔 주는 것은 간병 중에 당연히 해야 할 일이에요. 그걸 미즈호가 스스로 하도록 만들었을 뿐인데, 신을 모독하는 행위라니요. 애당초 이 기술은 하리마 테크, 그러니까 과거의 아버님 회사에서 개발했어요. 그런데 어떻게 그런 식으로 말씀하실 수 있나요?"

가오루코의 서슬이 시퍼런 기세에 눌린 다쓰로는 "그래, 모독이라는 말은 지나쳤다. 너무 엄청난 일이라서 말이야."라고 변명했다. 가즈마사도 자신이 아버지에게 미리 설명드리지 못한 것이 불찰이라며 사과했다.

가오루코와 가즈마사의 자세한 얘기를 듣고 난 다쓰로는 ANC로 훈련하는 것이 미즈호의 건강에 도움이 된다는 사실을 이해한 듯했다. 그래서 돌아갈 무렵에는 손녀를 다정한 눈길로 바라보며 "미즈호, 힘내서 훈련하거라."라는 말까지 건넸다.

그러나 모두가 다쓰로처럼 생각이 유연한 것은 아니다. 아니, 어쩌면 다쓰로도 아들과 며느리 앞이라 받아들이는 척만 했을지 모른다. 가족도 아닌 가와시마 마오가 끔찍하고 두렵게 느낀 것도 무리가 아니다.

차를 다 마신 호시노가 잔을 접시에 내려놓은 후 손목시계를 보며 말했다.

"그럼 오늘은 이만……."

가오루코가 벽시계를 보니 저녁 7시가 조금 지나 있었다. 호시노가 온 지 약 두 시간이었다.

"별일 없으면 함께 저녁을 들고 가세요. 특별한 요리는 없지만요."

식사를 권한 것은 처음이다. 호시노는 허를 찔린 표정으로 눈을 껌벅거렸다.

"아니, 그건…… 너무 폐가 될 것 같습니다."

그러나 손을 내젓는 그의 얼굴에 기쁨이 번지는 것을 가오루코는 놓치지 않았다.

"사양하실 필요 없어요. 아니, 혹시 다른 스케줄이 있으신가요? 데이트라든가……."

아뇨, 아뇨, 하고 호시노는 고개를 저었다.

"그런 거 없습니다."

"정말요? 휴일도 반납하고 저희 집에 오신 거잖아요. 데이트할 시간이 없으실까 봐 걱정이에요."

"데이트라니, 그럴……."

호시노의 시선이 갈피를 못 잡고 방황했다. 잠시 후 그는 가오루코를 흘끗 보며 "그럴 상대도 없습니다."라고 대답했다.

"네? 설마요."

"정말입니다."

그는 정색을 하고 고개를 끄덕한 후 "없습니다."라고 스스로에게 다짐하듯 말했다.

"그럼 다행이고요. 소중한 애인과 함께할 시간을 빼앗으면 제가 죄송하잖아요."

"그런 걱정은 하실 필요 없습니다."

호시노가 눈을 내리깔고 중얼거렸다.

"그럼 오늘은 저녁 드시고 가세요. 어머니께 준비해 달라고 부탁할게요."

가오루코가 자리에서 일어섰다.

"아니, 저, 그게."

호시노도 따라 일어섰다.

"감사하지만, 실은 회사에 들어가 봐야 합니다. 작업을 미처 끝내지 못하고 왔거든요."

그 말에 가오루코가 미간을 찡그리며 고개를 살살 저었다.

"저런. 죄송해요. 미즈호 때문에⋯⋯."

"천만에요. 이것도 제 일인걸요. 걱정하지 않으셔도 됩니다."

고마워요, 라고 말한 후 가오루코는 장롱을 열고 옷걸이에 걸어 둔 호시노의 웃옷을 꺼냈다. 그리고 그가 입기 편하도록 옷을 펼친 후 "자, 입으세요."라고 말했다.

"아, 이거, 감사합니다."

호시노가 송구스럽다는 듯이 등을 돌리고 서서 소매에 팔을 꿰었다.

　가오루코는 평소처럼 그를 현관까지 배웅했다. 구둣주걱을 사용해 구두를 신은 호시노는 오른손에 가방을 들고 정중하게 고개를 숙였다.

　"그럼 이만 가 보겠습니다. 모레 또 오겠습니다."

　"수고 많으셨어요. 조심해서 돌아가세요."

　"네. 감사합니다."

　돌아서서 현관문 손잡이를 돌리려던 그가 어쩐 일인지 다시 돌아섰다.

　"왜요?"

　가오루코가 물었다.

　"아니, 저……."

　호시노는 혀로 입술을 축였다.

　"다음에는 꼭 저녁을 함께하고 싶습니다. 너무 염치없는 말인지 모르겠지만요."

　가오루코가 눈을 동그랗게 뜨고 숨을 훅 들이쉬었다.

　"혹시 드시고 싶은 거라도 있으세요? 뭘 좋아하시는지 몰라서요."

　"먹고 싶은 거라니, 그렇게까지는……."

　호시노의 얼굴이 살짝 붉어졌다.

"뭐든 괜찮습니다. 가리는 것 없이 잘 먹습니다."

"그럼 뭔가 특별한 메뉴를 생각해 봐야겠네요. 아아, 괜히 이런 소리를 해서 너무 기대하시면 큰일인데……."

"아닙니다. 정말 뭐든지 괜찮으니 신경 쓰지 마세요. 그럼 가 보겠습니다."

호시노가 다시 한 번 고개를 숙인 후 문을 열고 나갔다.

현관문을 잠근 가오루코는 미즈호 방으로 돌아와 딸의 잠든 얼굴을 한 번 바라본 뒤 창밖으로 시선을 돌렸다. 양복 차림의 호시노가 대문으로 걸어가고 있었다.

저 젊은 연구원을.

놓아줄 수는 없다고 생각했다. 그가 미즈호에게 해 줄 일이 아직도 많기 때문이다. 그렇다면 그의 생활에서 이 일보다 우선하는 일이 없어야 한다.

가와시마 마오는 어떻게 나올까. 미행한 사실을 감춰야 하니 이곳에 왔었다는 얘기는 호시노에게 하지 않을 것이다. 그러나 그녀는 알고 말았다. 자신의 애인이 이 집에서 무슨 일을 하는지. 이곳이 자신이 발을 들여놓아서는 안 되는 세계라는 것도 절감했을 터이다.

호시노는 애인 같은 건 없다고 말했다. 머지않아 그 말이 사실이 되기를 바라면서 가오루코는 조금 미안함을 느꼈다.

4
장

책을 읽어 주러 오는 사람

1

벨이 울렸을 때 가오루코는 미즈호의 긴 머리를 포니테일로 묶고 있었다. 그녀는 딸의 그런 헤어스타일을 좋아했다. 제일 잘 어울린다고 생각한다. 하지만 침대에서 위를 보고 눕기 불편할 것 같아 평소에는 해 주기 어렵다. 그래서 오늘처럼 상반신을 일으킨 상태로 누군가를 만날 일이 있을 때는 조금 수고스럽더라도 머리를 예쁘게 묶어 준다.

문 옆에 붙어 있는 인터폰 수화기를 들고 "네." 하고 대답했다.

"안녕하세요. 신쇼입니다."

늘 그렇듯 억양 없는 목소리다.

어서 오세요, 하고 가오루코는 스위치를 눌러 잠금장치를 해제했다. 그리고 돌아서서 미즈호를 바라보았다. 체크무늬 반소매 셔츠에 미니스커트. 눈은 감고 있지만, 등을 반듯하게 펴고 목도 제대로 가누었다. 휠체어에 달린 보조 장치 덕분이다. 물론 미즈호의 근육과 뼈가 건강하기에 가능한 일이기도 했다.

가오루코는 현관으로 가서 샌들을 신고 현관문을 열었다.

신쇼 후사코가 서 있었다. 흰 블라우스와 짙은 감색 치마에

큼직한 검정 숄더백을 메고 까만 머리를 뒤로 바짝 당겨 묶었다.

그녀가 가오루코를 보고 고개를 숙였다.

"기다리고 있었어요. 늘 감사드려요."

가오루코의 말에 신쇼 후사코는 "아닙니다."라고만 대답했다. 입의 움직임이 거의 없었다. 안경 속의 눈이 움직이지 않는다.

"미즈호는 상태가 어떤가요?"

"덕분에 별문제 없어요. 지난주랑 마찬가지예요. 아니, 컨디션이 조금 더 좋아졌는지도 모르겠네요."

"잘됐군요. 안심입니다."

그제야 겨우 입가에 미소가 희미하게 어리더니 이내 표정 없는 얼굴로 되돌아갔다. 화장이 짙지도 않은데 마흔이라는 나이에 비해 주름이 적어 보이는 이유는 얼굴에 감정을 별로 드러내지 않기 때문일지도 모른다.

들어오세요, 라고 가오루코가 말하자 신쇼 후사코는 실례하겠습니다, 하고 집 안으로 들어섰다.

미즈호가 어디 있는지 아는 신쇼 후사코는 곧장 현관 바로 옆방으로 다가가 문을 노크했다. 물론 대답은 없다. 그럴 줄 알면서 노크하는 것이다. 늘 그랬다.

"미즈호, 들어갈게."

그녀가 방문을 열고 안으로 들어가자 가오루코도 뒤따라 들어간다.

휠체어에 앉아 있는 미즈호에게 신쇼 후사코는 "안녕." 하고 인사했다.

"어머니 말씀대로네. 아주 건강해 보여."

억양 없이 말한 후 가까이 있는 의자를 끌어당겨 앉았다.

"오늘은 미즈호가 좋아할 만한 책을 가져왔어. 마법과 동물이 나오는 이야기야."

그녀는 숄더백을 어깨에서 내리고 그 속에서 그림책을 꺼낸 후 책 표지를 미즈호 쪽으로 향하도록 놓았다.

"미즈호는 눈을 감고 있어서 보이지 않을지 모르지만, 책 표지에 보라색 꽃과 밤색 아기 여우가 그려져 있어. 꽃 이름은 바람꽃. 마법을 부리는 신기한 꽃이란다. 이 책은 바람꽃과 아기 여우 이야기야."

신쇼 후사코가 책장을 넘겼다.

"어느 곳에 배고픈 아기 여우가 있었어요. 며칠이나 밥을 먹지 못해 어질어질, 걷기도 힘들었어요. 그런데 누군가 '어머나, 귀여운 아기 여우야.' 하고 말을 걸었어요. 여자아이였어요. 여자아이는 아기 여우가 몹시 배고프다는 걸 알았는지 주머니에서 비스킷을 꺼내 주었어요. 먹어 보니 굉장히 맛있지 뭐예요. 아기 여우는 눈 깜짝할 새에 비스킷을 다 먹어 치웠어요. 그러자 기운이 펄펄 났지요. 그 모습을 본 여자아이는 '아, 참 잘됐어.' 하고는 사라져 버렸어요."

가오루코는 소리가 나지 않도록 조심조심 문을 열고 방에서 나왔다. 그리고 다시 살며시 문을 닫았다. 하지만 곧바로 그 자리를 떠나지 않고 가만히 선 채 귀를 기울였다.

신쇼 후사코의 목소리가 이어졌다.

"아기 여우는 그 여자아이를 다시 만나고 싶어서 견딜 수가 없었어요. 그러던 참에 성에서 파티가 열린다고 알리는 벽보를 발견했어요. 거기에 그려진 공주님 얼굴을 본 아기 여우는 깜짝 놀라고 말았어요. 바로 비스킷을 준 여자아이였기 때문이죠. '파티에 가면 그 아이를 만날 수 있을 거야.' 하지만 파티에 여우를 들여보내 줄 리 없겠죠. '어떡하지. 어떻게 한담.' 안달이 난 아기 여우는 사이좋은 친구 바람꽃에게 의논했어요. 바람꽃은 아기 여우에게 이렇게 말했답니다. "아기 여우야, 걱정 마. 내가 널 사람으로 만들어 줄 테니까." 그러고서 휘리리릭 마법을 부렸어요. 그러자 이게 어찌 된 일일까요. 아기 여우가……."

가오루코는 발소리를 죽이고 살그머니 그 자리를 벗어났다.

오늘은 걱정하지 않아도 되겠어. 단둘이 있어도 낭독을 계속할 모양이야.

아니면 혹시 방을 나간 후 엿듣고 있다는 걸 알아챘을까.

알 수 없다. 나중에 다시 확인하자.

부엌에 들어가 주전자에 물을 끓이고 싱크대에 찻잔을 꺼내 놓은 뒤 선반에서 다즐링 찻잎을 꺼냈다.

두 달 전, 미즈호는 특수학교 2학년생이 되었다. 지난해 4월 에 입학했으니 당연한 일이다. 그러나 그 당연한 일이 미즈호 에게는 당연하지 않았다.

1학년 때 담당이었던 요네카와 선생은 삼십 대 중반의 상냥 한 여자였다. 다른 아이들처럼 학교에 다니면서 공부할 수 없 는 미즈호는 방문 학급이라는 형태로 수업을 받기로 되어 있 었다. 교사가 가정을 방문해 개개인에게 맞게 수업을 해 주는 방식이다. 그것 때문에 입학 전부터 학교 측과 몇 번이나 만 나 의논을 하기도 했다. 그때마다 요네카와 선생도 얼굴을 비 쳤는데, 그녀는 미즈호의 상태를 듣고서도 당황하는 기색을 보이지 않았다. 과거에도 몇 번인가 그런 아이를 맡은 적이 있다고 했다.

"여러 가지로 시도해 본 후에 미즈호가 좋아하는 방식을 찾 기로 하죠. 반드시 좋은 방법을 찾을 수 있을 거예요."

그렇게 말하는 요네카와 선생의 얼굴에는 자신감이 넘쳤다.

집에 와서 처음 미즈호를 만났을 때도 그녀는 미즈호가 전 혀 장애가 있는 아이로 보이지 않는다고 감상을 말했다.

"건강한 아이가 그저 잠들어 있는 것처럼 보이네요. 정말 놀라워요."

그 말에 가오루코는 우쭐한 기분마저 들면서 '당연히 그렇겠지', 하고 생각했다. 어떻게 간병과 훈련을 해 왔는데⋯⋯. 미즈호는 잠들어 있을 뿐이다. 눈을 뜨지 않을 뿐이다.

일주일에 한 번 있는 방문 학급 시간마다 요네카와 선생은 미즈호에게 다양한 접근법을 시도했다. 말을 건네고, 몸을 만지고, 악기 소리나 음악을 들려주기도 했다.

평소에 미즈호 몸에는 바이털 사인을 나타내는 기기가 몇개 붙어 있었다. 요네카와 선생은 그중 혈압과 맥박 수, 호흡 빈도를 나타내는 기기에 주목했다. 미즈호의 몸이 무엇에 반응하는지 알아내고 싶어 하는 눈치였다.

"의식에 장애가 있는 상태에서도 무의식의 의식이라는 게 있다고 생각해요."

요네카와 선생이 가오루코에게 말했다.

"식물인간 상태의 남자아이 귀에 대고, '깨어나면 스시를 먹으러 가자.'라고 매일매일 얘기한 여자아이가 있었답니다. 얼마 후 기적적으로 의식을 되찾은 남자아이가 맨 처음 내뱉은 말이 뭔지 아세요? 스시를 먹고 싶다는 것이었어요. 하지만 본인은 그런 얘기를 들은 기억이 전혀 없다고 하더래요. 굉장한 얘기 아닌가요?"

그러니까 설령 지금은 미즈호에게 의식이 없을지라도 무의식의 의식에 호소할 필요가 있다는 것이었다.

가오루코는 감탄했다. 그녀의 말에 억지로 꾸민 티란 털끝만큼도 없고, 어디까지나 자신의 신념을 바탕으로 말하는 것처럼 느껴졌기 때문이다. 하지만 그저 감탄일 뿐 감격에 이르지 못했던 이유는 그녀를 마음 깊이 신뢰하지 않았기 때문이다. 혹시 속으로는 귀찮은 아이를 맡게 되었다고 투덜대지는 않을까 하는 일말의 의심이 있었다. 그리고 무의식의 의식에 호소할 필요가 있다고 했으니 어떻게 하는지 한번 두고 보자, 하는 심술궂은 생각마저 싹텄다.

하지만 그 후 요네카와 선생이 분투한 과정을 돌이켜 보면 그녀를 의심한 자신이 민망해서 내심으로 사과할 수밖에 없었다. 미즈호가 전혀 반응을 보이지 않는데도 그녀는 쉽게 포기하지 않았다. 단순 반사에 불과한 작은 징후 하나도 놓치지 않았고, '미즈호가 이걸 마음에 들어 할지도 모르겠다'며 장난감 북을 쉬지 않고 두드린 적도 있다.

가오루코는 마침내 운 좋게도 좋은 선생님을 만났다고 인정했다. 그래서 미즈호가 2학년에 올라가면 담당 교사가 바뀐다는 말을 들었을 때는 몹시 낙담했다. 듣자 하니 요네카와 선생은 건강이 좋지 않아서 당분간 현장에 복귀하지 못할 것이라고 했다.

그 자리를 대신한 선생이 신쇼 후사코다. 수수하고 조용한 사람, 그것이 그녀의 첫인상이었다. 표정에 변화가 거의 없고 말수도 많지 않았다. 요네카와 선생처럼 자신의 방침과 신념을 힘주어 말하는 일도 없었다. 그 점을 가오루코가 궁금해하자 그녀는 도리어 "어떤 교육을 원하시는데요?"라고 물어 왔다.

가오루코는 선생님 생각에 맡기겠다고 대답한 후 이렇게 덧붙였다.

"요네카와 선생님은 정말 잘해 주셨어요. 가능하면 같은 방침을 유지해 주셨으면 좋겠습니다."

그 말에 신쇼 후사코는 무표정하게 고개를 끄덕이더니 "생각해 보겠습니다."라고 했다. 알겠다고 대답하지 않는 것이 가오루코는 마음에 걸렸다.

물론 신쇼 후사코도 처음에는 요네카와 선생이 그랬던 것처럼 미즈호의 몸을 만지고 다양한 소리를 들려주었다. 그럴 때마다 바이털 사인을 주시하는 것도 요네카와 선생과 똑같았다.

그런데 언젠가부터 오직 그림책만 읽어 주었다. 대개는 유아용 그림책이었지만 꽤 복잡한 스토리가 있는 경우도 있었다.

"미즈호에게 낭독이 가장 적합하다고 생각하시는 건가요?"

가오루코가 묻자 신쇼 후사코는 고개를 갸웃하더니 "적합한지 어떤지는 모르겠어요. 하지만 낭독이 가장 어울리지 않을까 싶어서요. 마음에 들지 않으시면 다른 방법을 생각해 보겠습니다."

"아니요. 그런 말은 아니에요. 아무쪼록 잘 부탁드립니다."

그렇게 말하면서도 가오루코는 적합한 것과 어울리는 것이 노대체 어떻게 나를까 생각했다.

그리고 얼마 후 가오루코가 부엌에 가서 홍차를 끓여 가지고 돌아왔을 때였다. 방을 나설 때 문을 제대로 닫지 않았는지 방문이 반쯤 열려 있었다. 한쪽 손으로 쟁반을 받쳐 든 채 문을 밀려다가 그만 멈칫하고 말았다.

문틈으로 방 안이 들여다보이는데 신쇼 후사코가 책을 읽고 있지 않았다. 그녀는 책을 무릎에 내려놓고 미즈호를 향한 채 말없이 앉아 있었다. 뒷모습밖에 안 보여서 표정은 알 수 없었지만 그녀의 등에서 허탈감이 느껴졌다.

이런 걸 해 봐야 무슨 소용이 있겠어. 읽어 줘 봤자 이 아이에게는 들리지도 않을 거야. 의식도 없고, 잃어버린 의식이 돌아올 가망도 없는걸.

그런 생각을 하고 있는 게 아닐까 싶었다.

쟁반을 든 채 살금살금 걸어가서 거실 문을 열었다가 일부러 쾅 소리가 나게 닫았다. 그리고 쿵쿵거리면서 미즈호 방 앞으로 되돌아오니 그제야 신쇼 후사코의 책 읽는 소리가 들렸다.

새 담당 선생에게 의심을 품은 이유는 그 일 때문이다.

그녀에게 진심으로 미즈호를 교육할 마음이 있을까. 그렇지 않은데 일이니까 어쩔 수 없이 오는 건 아닐까. 속으로는 이런 일 따위 그만두고 싶어 하지 않을까. 뇌사한 아이 앞에서 책을 읽다니 바보 같은 짓이라고 여기는 것 아닐까.

신쇼 후사코의 속마음을 알고 싶었다. 그녀가 무슨 생각으로 계속 낭독만 하는지.

가오루코는 다즐링 향이 피어오르는 찻잔을 쟁반에 담아 들고 부엌을 나왔다. 발소리가 나지 않게 조심조심 복도를 걸어 미즈호 방 앞에 다다르니 신쇼 후사코의 목소리가 들렸다.

"어떻게 하면 공주님 목숨을 구할 수 있을까요, 하고 아기 여우 곤이 의사에게 물었어요. 의사가 대답했어요. 그 병을 고치려면 바람꽃이 필요합니다. 하지만 아주 희귀한 꽃이라 구하기 어려워요. 그 말을 듣고 곤은 성을 뛰쳐나갔어요. 그리고 산을 넘고 강을 건너 바람꽃이 사는 곳에 도착했어요. 바람꽃은 그를 보더니, 아기 여우야, 무슨 일이야? 하고 물었어요. 하지만 곤에게는 그 소리가 들리지 않았어요. 곤은 바람꽃을 움켜잡고 뿌리째 뽑아 버리고 말았어요."

가오루코가 문을 활짝 열고 방 안으로 들어갔다. 그래도 신쇼 후사코는 낭독을 멈추지 않았다.

"그 순간 곤의 몸이 스르륵 연기에 휩싸였어요. 정신을 차려 보니 곤은 아기 여우로 돌아와 있었어요. 마법이 풀리고 만 거예요. 아기 여우는 허둥지둥 바람꽃을 땅에 다시 심었어요.

하지만 이미 때는 늦었답니다. 시든 꽃은 되살아나지 않았어요. 미안해, 미안해, 바람꽃아. 아기 여우가 울면서 사과했어요. 아무리 울어도 눈물이 멈추지 않았답니다. 그날 밤, 누군가 공주님 방 창문을 두드렸어요. 신하가 창문을 열어 보니 아무도 없었어요. 그 대신 바람꽃이 놓여 있었지요. 그 꽃 덕분에 공주님은 목숨을 구했지만 누가 꽃을 가져다 놓았는지는 영영 알 수 없었대요."

끝, 하고 신쇼 후사코가 책을 덮었다.

"슬프지만 멋진 얘기네요."

가오루코가 찻잔을 내려놓으며 말했다.

"내용을 아시겠어요?"

"대강은요. 마법으로 인간이 된 아기 여우가 결국 공주님을 만나게 된 거죠?"

"네, 같이 어울릴 만큼 친해졌어요. 그런데 공주님이 병으로 쓰러졌지요."

"충격이 컸던 아기 여우가 자신이 마법으로 사람이 되었다는 사실도 잊고 어리석은 짓을 하는 바람에 친한 친구인 바람꽃을 잃고 공주님도 만날 수 없게 되었다는 이야기 아닌가요?"

"네, 맞아요. 하지만 그게 과연 어리석은 짓이었을까요?"

"네?"

"만일 아기 여우가 아무것도 하지 않았다면 공주님은 죽고 말았을 거예요. 그리고 바람꽃은 어차피 식물이니까 언젠가는 말라 죽을 테고요. 동시에 마법 효과도 사라지겠죠. 그러면 아기 여우로서는 둘 다 잃게 되는 셈이니 공주님의 목숨이라도 구한 아기 여우의 선택이 옳았던 것 아닐까요?"

그제야 가오루코는 신쇼 후사코의 의도를 알아차렸다.

"다시 말해서 그대로 두면 어차피 사라질 목숨이니, 아직 가치가 있을 때, 살아날 가능성이 있는 사람에게 양보하는 게 낫다는 말씀이군요."

"그런 해석도 가능하겠죠. 하지만 이 책을 지은 사람이 거기까지 생각했는지 어떤지는 모르겠어요."

신쇼 후사코는 책을 가방에 넣고 나서 테이블로 눈길을 주었다.

"향기가 참 좋네요."

"식기 전에 드세요."

"네, 잘 마시겠습니다."

그런데 신쇼 후사코가 테이블로 다가앉더니 "하지만,"이라고 덧붙였다.

"다음부터 이런 건 주시지 않아도 됩니다. 여태 말씀드릴 기회가 없었어요. 죄송합니다."

"홍차 정도는 괜찮지 않나요?"

"아뇨, 그보다는 어머니가 함께 이야기를 들어 주셨으면 좋겠어요. 어떤 책을 읽어 주는지 아셨으면 해서요."

바람꽃과 아기 여우 이야기를 읽는 도중에 가오루코가 자리를 비워서 거슬렸는지도 몰랐다. 그 이야기는 뇌사 상태나 다름없는 아이가 아니라 그 엄마에게 들려주는 것이었을까.

"알겠습니다. 다음부터는 그렇게 할게요."

가오루코는 애써 웃어 보였다.

2

톡. 차가운 것이 코에 떨어지자 가도와키 고로는 한숨을 내쉬었다. 하는 수 없지. 각오했던 일이라고 체념하며 곁에 놓아둔 가방에서 투명한 비옷을 꺼냈다.

다른 멤버들도 "결국 내리네." 어쩌고 하면서 수런거린다.

지난 5월은 어찌나 더운지 이대로 여름이 오는 게 아닐까 싶을 정도였다. 그런데 6월에 들어서자 웬일인지 수은주가 올라가지 않았다. 다행이네, 길에 서 있기가 힘들지 않겠어, 라고 생각한 것도 잠시, 곧바로 장마가 시작되었다. 비는 모금 활동의 천적이다. 오늘만 해도 모금을 해야 할지 말아야 할지 시작 직전까지 고민하다가, 인터넷을 검색해 강수량이 많지 않다는 것을 확인하고서야 강행하기로 결정했다. 활동에 참여한 멤버는 딱 열 명. 정오 무렵 역 앞 육교 주위에 서서 거리를 향해 외칠 때는 흐리기만 했는데 30분도 안 되어 빗방울이 후드득후드득 떨어지기 시작한 것이다.

멤버 모두가 똑같이 맞춰 입은 티셔츠 위에 비옷을 걸쳤다. 에토 유키노가 웃고 있는 사진이 프린트된 티셔츠다. 똑같은 사진이 붙어 있는 모금함에도 비닐을 씌운 뒤 활동을 재개했다. 가도와키는 왼손에 '유키노를 구하는 모임'이라고 쓰인 깃발을 들고 오른손에는 전단지가 들어 있는 상자를 들었다.

"자, 힘냅시다!"

가도와키의 말에 나머지 아홉 명이 네, 하고 외쳤다. 가도와키 외에는 모두 여자다. 평일 낮 활동에 참여할 수 있는 남자는 많지 않다.

날씨가 안 좋아지자 모금함에 돈을 넣는 사람도 순식간에 줄었다. 행인이 적어서만은 아니다. 우산도 원인의 하나였다. 우산을 들고 있으니 한 손은 쓰지 못한다. 그런 상태에서 지갑을 열어 동전을 꺼내기가 귀찮은 것이다. 돈을 내고 싶은 마음이 있어도 다음에 하지, 하고 만다. 우산이 시야를 가려 가두모금을 하는 사람들이 잘 보이지 않는 것도 이유다.

이럴 때는 큰 소리로 어필하는 수밖에 없다고 생각한 가도와키가 숨을 깊이 들이쉬었을 때였다. 옆에 서 있던 마쓰모토 게이코가 낭랑한 음성으로 "협조를 부탁드립니다!"라고 행인들에게 소리를 질렀다.

"가와구치시에 사는 에토 유키노 양이 심장병으로 고통받고 있습니다. 유키노 양에게 여러분의 힘을 보태 주세요. 해외에서 심장 이식 수술을 받을 수 있도록, 아주 적은 돈이라도 좋으니 모금에 협조해 주십시오."

그 즉시 효과가 나타났다. 회사원으로 보이는 여자 둘이 지나가다가 한 명이 걸음을 멈추고 지갑을 꺼내더니 모금함으로 다가왔다. 그러자 나머지 한 명도 그냥 지나치기 어려웠는지, 별로 내키지는 않은 듯했지만 친구를 따라 모금함에 돈을 넣었다.

감사합니다, 라고 인사하고 나서 가도와키는 그녀들에게 전단지를 내밀었다. 전단지에는 에토 유키노의 사진 밑에 에토 양의 현재 상태와 병력 등이 인쇄되어 있었다. 그러나 두 여자는 손을 살래살래 내저으며 받기를 거절하고 멀어져 갔다. 모금 활동의 자세한 내용에는 관심이 없지만 모른 체하고 지나가기가 껄끄러워 모금에 협조한 것인지도 모른다. 처음 모금 활동을 시작했을 때는 그런 반응이 무척 당혹스러웠다. 자신들이 마치 사람들의 약점이나 노리는 것처럼 여겨졌기 때문이다.

그러나 활동을 시작하고 일주일이 지날 무렵에는 그런 생각이 싹 사라졌다. 그렇게 태평한 생각이나 하고 있을 때가 아니라는 사실을 깨달은 것이다. 모금액이 예상보다 턱도 없이 적었다. 그래서 돈을 내는 사람의 동기 따위는 따지지 말자고 동료들과 의견 일치를 봤다. 어쨌든 돈을 모아야 했다.

가도와키 씨, 하고 마쓰모토 게이코가 조그만 소리로 불렀다.

"저기 있는 사람, 왠지 좀 신경 쓰이지 않아?"

"응, 어디?"

"저기 길 건너에 서점이 보이지? 그 앞에 서 있는 사람 말이야. 아이, 그렇게 빤히 보면 안 되지. 저 사람도 여길 보고 있는데."

가도와키가 이번에는 무심히 주위를 둘러보는 척하다가 마쓰모토 게이코가 말한 방향으로 슬쩍 시선을 보냈다. 그녀 말대로 서점 앞에 안경을 낀 여자가 하나 서 있었다. 흘낏 봤을 뿐이라 얼굴 생김은 자세히 알 수 없었지만, 분위기로 보아 마흔 전후가 아닐까 싶었다.

"감색 카디건을 걸친 여자 말이지?"

"그래그래."

"뭐가 신경이 쓰이는데?"

"왠지 느낌이 안 좋아. 아까부터 계속 이쪽을 바라보고 있단 말이야. 벌써 15분도 넘었을걸."

"누굴 기다리다가 우연히 우리를 본 거 아닐까? 아니면 어쩌다 보니 얼굴이 이쪽을 향하고 있을지도 모르고. 실제로는 육교를 오르내리는 사람들을 보고 있을 수도 있어."

그 말에 고개를 젓던 마쓰모토 게이코가 갑자기 "아, 감사합니다." 하고 조금 전과는 달리 밝은 목소리로 인사했다. 노부인 하나가 모금함에 돈을 넣은 것이다.

가도와키가 "감사합니다." 하고 전단지를 내밀자 노부인은 웃는 얼굴로 받아 들었다. 뿐만 아니라 "이렇게 비도 오는데 고생이 많네요." 하고 위로의 말까지 했다.

"아니에요, 괜찮습니다."

가도와키의 말에 노부인은 "다들 감기에 걸리지 않도록 조심해요." 하고 그 자리를 떠났다.

그 뒷모습을 한동안 바라보다가 가도와키는 다시 서점 쪽으로 눈길을 주었다. 예의 여자가 여전히 서 있었다.

아직도 있네, 하고 가도와키가 중얼거렸다.

"그렇지? 가도와키 씨가 아는지 모르겠지만, 저 여자, 모금함에 돈도 넣었어."

"어, 그래? 언제?"

"한 15분쯤 됐나? 돈을 넣고 나서 야마다 씨에게 전단지도 받아 갔어. 그런 다음 저기로 가서 내내 저러고 서 있는 거야. 이상하지 않아?"

"그랬구나. 하지만 그렇다면 별로 신경 쓸 필요가 없지 않을까? 좋은 사람이잖아. 어쩌면 방금 그 할머니처럼, 비를 맞으면서 모금하는 우리가 걱정스러워서 그러는지도 몰라."

"거참, 순진하기도 하네, 가도와키 씨. 세상에는 좋은 사람만 있는 게 아니라 우리가 하는 일에 비판적인 사람도 있다는 걸 알 텐데 그러네."

"그야 그렇지. 하지만 모금에도 참여했다면서."

"모금함에 뭔가를 넣은 건 사실이지만 그게 돈인지는 확실하지 않아."

"돈이 아니면 뭐겠어?"

"그건 나도 모르지만, 이상한 걸 넣었을 수도 있어. 예를 들어 바퀴벌레라든가."

"바퀴벌레? 어떻게 그런 발상을 할 수 있지?"

"예를 들면 그렇단 말이야. 나중에 모금함을 열 때 눈여겨봐야겠어."

농담으로 하는 말이 아닌 것 같았다.

가도와키는 다시 한 번 여자가 있는 쪽을 바라보았다. 그런데 어느 틈에 사라졌는지 여자가 보이지 않았다. 마쓰모토 게이코에게 말하자 그녀는 "어디로 갔을까. 없어지니까 없어진 대로 신경이 쓰이네."라며 주위를 두리번거렸다.

그날 모금 활동은 결국 두 시간을 못 채우고 끝났다. 빗줄기가 더 굵어졌기 때문이다. 그런데 가도와키가 뒷정리를 마치고 다른 멤버와 함께 철수하려고 했을 때였다. 누군가 뒤에서 다가오는 기척이 느껴지더니 저, 하고 말을 걸어 왔다. 뒤를 돌아본 가도와키는 깜짝 놀랐다. 길 건너에 서 있던 바로 그 여자였기 때문이다.

"말씀 좀 여쭤봐도 될까요?"

여자가 조심스럽게 물었다.

마쓰모토 게이코도 그녀를 알아봤는지 가던 걸음을 멈추고 의심스러운 눈초리로 이쪽을 바라보았다.

"무슨 일이시죠?"

가도와키가 물었다.

"오늘 여기서 모금하던 분들은 다들 서로 잘 아는 사이인가요?"

여자의 질문에 가도와키가 고개를 갸우뚱했다.

"그런 걸 왜 물으시죠?"

"그러니까 그게……, 다들 이식을 희망하는 여자아이의 친척이거나 관계가 있는 분들인가 싶어서요."

아아, 하고 가도와키가 고개를 끄덕였다. 비로소 여자의 질문을 이해한 것이다.

"그런 사람도 있죠. 실제로 제가 그렇습니다. 하지만 유키노 양이나 에토 부부와 직접적인 관계가 없는 사람도 많습니다. 그런 사람들은 대개 친구나 지인들의 부탁으로 모금 활동에 참여하게 되었죠."

"그렇군요. 훌륭하시네요."

여자가 억양 없는 말투로 대답했다.

"감사합니다. 그런데 왜 그런 게 궁금하세요?"

"아, 그게…… 전혀 관계없는 사람도 활동에 참여할 수 있나 싶어서요."

"그야 물론 대환영이죠. 멤버가 많을수록 좋으니까요."

그러고 나서 가도와키는 그녀의 얼굴을 빤히 바라보았다.

"저희를 도와주시려는 건가요?"

"돕는다기보다, 혹시 힘이 될 수 있을까 해서……."

"에이, 그런 거라면 진작 말씀하시지 그러셨어요."

가도와키는 그때까지 가지 않고 서 있는 마쓰모토를 웃는 얼굴로 바라보았다.

"이분이 입회하고 싶으시대. 게이코 씨는 먼저 사무국에 돌아가서 모금액을 집계해 줘. 나도 곧 뒤따라갈 테니까."

그의 말에 마쓰모토 게이코가 뜻밖이라는 듯이 눈을 동그랗게 떴다. 그리고 다소 경계를 푼 표정으로 여자를 바라본 후 "그럼 나중에 봐." 하고 다른 멤버들을 쫓아갔다.

가도와키가 여자에게 말했다.

"시간이 괜찮으시다면 잠시 설명을 해 드릴까 하는데요."

"네, 괜찮아요."

"그럼 차분히 얘기를 나눌 만한 곳을 찾아보죠."

가도와키가 앞서 걸으며 주위를 두리번거렸다. 카페 같은 장소에 들어갈 마음이 없었던 그가 마침내 선택한 곳은 버스 정류장 앞에 있는 벤치였다. 지붕이 있어서 그나마 비를 피할 수 있었다.

"이런 옷을 입어서 카페에는 들어가기가 민망하거든요."

그가 자신의 티셔츠 자락을 잡아당기면서 말했다.

"눈에 많이 띄죠, 이 티셔츠? 이걸 입은 채 음식점 같은 곳에 들어가면 당장 인터넷에 글이 올라와요. 저놈들, 모금한 돈으로 먹고 마시는 거 아니야? 저런 짓을 할 돈이 있으면 모금함에나 넣지, 하고요. 그래서 모금 활동이 끝나기만 하면 재빨리 옷을 갈아입는 사람도 있어요. 하지만 저는 되도록이면 입고 다니려고 해요. 솔직히 말해 좀 낯간지럽지만 참는 거죠. 한 사람이라도 더 유키노 양의 일을 알았으면 해서요."

"역시 힘든 일이군요."

"네. 하지만 이런 수고쯤은 아무것도 아니에요. 유키노 양이나 에토 부부의 고생에 비하면 말이죠."

그리고 가도와키는 여자를 바라봤다.

"저희 모임을 전부터 알고 계셨습니까?"

여자가 고개를 끄덕였다.

"신문에서 봤어요. 그때부터 공식 사이트를 들락거리다가 오늘 모금 활동이 있다는 사실도 알게 되었고요."

"그럼 사정을 대강 아시겠네요."

"네. 유키노라는 여자아이가 심장을 이식하지 않으면 더는 살아가기 힘들다면서요. 병명이 뭐랬더라……."

"확장형 심근증입니다. 두 살 때 발병했죠. 그 후 약을 먹으면서 비교적 정상적인 생활을 해 왔는데, 작년에 그만 악화되고 말았어요. 지금은 심장을 이식하지 않으면 살아갈 희망이 없는 상태입니다."

"그런 것 같더군요. 하지만 어린아이의 경우에는 국내에서 장기 기증자를 찾기 어려워 해외에서 이식을 해야 하는데, 비용이 굉장히 많이 든다면서요. 금액을 알고 깜짝 놀랐어요."

"다들 놀라죠. 2억 엔이 넘으니까요."

가도와키도 처음 들었을 때는 엄청 놀랐다.

"그런 거액을 모으는 일이 가능할까요?"

"어떻게든 해 봐야죠. 지금은 SNS가 있어서 옛날보다는 활동하기가 훨씬 좋아졌어요. 인터넷을 검색해 보면 아시겠지만, 비슷한 금액을 단기간에 모금한 단체도 몇 군데 있습니다. 저희도 할 수 있다고 생각해요."

아 참, 하면서 가도와키가 명함을 꺼내서 내밀었다. 본업에서 사용하는 명함이 아니라 '유키노를 구하는 모임' 대표자 명함이다. 거기에는 사무국 연락처 등이 기재되어 있었다.

"성함을 여쭤보지 않았군요. 입회할 생각이 있으시다면 말씀하세요. 담당자에게 연락을 드리라고 하겠습니다."

여자가 가도와키의 명함을 손에 든 채 잠시 침묵했다.

"참가하고 싶은 생각은 있어요. 어린아이가 그토록 고통받고 있다니 뭐라도 보탬이 되었으면 해서요. 다만 하는 일이 있어서 일요일밖에 시간을 낼 수 없는데, 그래도 괜찮을까요?"

"물론입니다. 회원 중 상당수가 그런 형편인걸요, 뭐. 모두들 각자의 생활이 있으니까요. 가능한 시간에 나와서 활동하시면 됩니다. 그걸로도 충분해요."

"그렇군요."

그녀는 잠시 망설이는 표정을 보이다가 마침내 조그만 소리로 자신의 이름을 댔다.

"신쇼 후사코라고 합니다."

그리고 이메일 주소와 전화번호도 가르쳐 주었다.

"무슨 일을 하세요?"

신쇼 후사코는 이번에도 잠시 뜸을 들이더니 "교사예요."라고 대답했다.

"아하……, 초등학교 선생님이신가요?"

"네."

"어쩐지."

원래 아이들을 좋아하나 보다고 가도와키는 멋대로 해석했다. 그렇지 않고서야 누가 권유한 것도 아닌데 자진해서 봉사

활동에 참여할 리 없었다.

"그럼 신쇼 씨, 앞으로 잘 부탁드리겠습니다."

가도와키가 고개를 숙인 후 자리에서 일어났다.

신쇼 후사코가 그를 따라 일어서며 "그런데 저, 한 가지 궁금한 점이 있는데요."라고 말했다.

"뭔데요?"

"유키노 양이 이식 수술을 해외에서 받아야 하는 이유가 국내에서는 장기 기증자를 찾을 수 없기 때문이라고 했잖아요? 하지만 2009년에 장기 이식법이 개정되어서 국내에서도 어린 아이의 장기 기증이 가능해졌는데, 그럼에도 여전히 장기 기증이 없는 현상을 가도와키 씨는 어떻게 생각하세요?"

신쇼 후사코가 고개를 약간 숙이고 시선을 아래로 향한 채 여전히 높낮이 없는 말투로 물었다.

의표를 찌르는 질문에 가도와키는 당황했다. 어쩐지 압도당하는 느낌이었다.

"아니, 그건⋯⋯. 그러니까 저는⋯⋯."

가도와키가 잠깐 어물거렸다.

"거기까지는 생각하지 않으려고 합니다. 생각해 봐야 소용이 없으니까요. 국내에서는 장기 기증자를 찾을 수 없는데 미국에는 있다, 그러니 미국에서 수술을 받을 수밖에 없고 그러려면 모금을 해야 한다, 그게 전부입니다. 그것만으로 안 되나요?"

"아, 아니에요. 죄송합니다. 엉뚱한 질문을 해서요."

"엉뚱한 질문은 아닙니다. 분명 중요한 문제겠죠. 다만 지금은 생각하지 않으려고 할 뿐입니다."

"그렇군요. 실례가 많았습니다. 그럼 연락을 기다릴게요."

그 말을 남기고 신쇼 후사코는 자리를 떴다.

그녀의 뒷모습을 바라보면서 가도와키는 '좀 별난 사람이군.' 하고 생각했다. 교사라서 문제의식이 투철한 것인지도 모르겠지만.

장기 이식법이 개정되었다는 사실 따위는 지금껏 의식해 본 적이 거의 없었다. 자신과는 관계없는 일이기 때문이다. 장기 이식법이라는 용어 자체를 가도와키는 석 달 전에 처음 들었다. 에토 데쓰히로, 그러니까 에토 유키노의 아버지이자 가도와키의 친구이며 과거에 연적이었던 사내에게서였다.

가도와키는 그날 일을 떠올렸다.

3

도쿄에 있는 선술집에서 에토를 만났다. 5년 만이었다. 그 전날 가도와키가 먼저 전화를 걸어 할 얘기가 있다며 그를 불러냈다. 가도와키는 자리에 앉자마자 "야, 도대체 어떻게 된 일이야?"라고 에토를 몰아붙이며 테이블을 쾅 쳤다.

그 서슬에, 주문을 받으러 온 여자 종업원이 놀라서 몸을 움찔할 정도였다.

"오랜만에 만나서 한다는 소리가……."

음영이 뚜렷한 에토의 얼굴에 빙그레 미소가 떠올랐다. 뺨이 홀쭉하고 턱도 뾰족한 것이, 확실히 5년 전보다 야위어 보였다. 아니, 그런 표현조차 부적절하다. 초췌하다는 표현이 어울릴 것이다.

"결혼식에 초대하지 않은 건 이해한다 치자. 5년 동안 연락한번 안 한 것도 그럴 수 있다고 쳐. 하지만 이건 아니잖아. 너랑 내가 배터리로 지냈던 8년은 도대체 뭐냐? 나카타니에게 네 얘기를 듣고 어찌나 어이가 없던지. 한 살 아래 예비 투수였던 놈에게는 의논할 수 있어도 온몸으로 네 포크 볼을 받아냈던 내게는 말하지 않겠다는 거야 뭐야?"

가도와키의 말에 에토가 괴로운 듯이 얼굴을 찡그렸다.

"사실 야구부 동료들에게는 알리지 않을 생각이었어. 그랬다가는 네 귀에도 들어갈 게 뻔하니까. 너 나 할 것 없이 바쁜 마당에 도와주지 못한다는 이유로 자책하게 만들고 싶지 않았거든. 하지만 나카타니와는 요즘도 가끔 연락을 하고 지내는데, 딸에 대해 묻는 말에 거짓말을 할 수도 없고 해서 어쩔 수 없이 사정을 얘기한 거야."

그리고 그는 미안하다고 사과했다.

가도와키는 혀를 차며 고개를 저었다. 섭섭하지만, 에토가 놓인 상황을 생각하면 더는 다그칠 수 없었다. 오히려 지난 5년 동안 한 번도 연락하지 않은 자신이 원망스러웠다.

과거에 두 사람은 회사 야구부에서 에이스와 레귤러 포수 관계였다. 함께 도시 대항 야구 대회에 출전한 적도 있다. 속구와 포크 볼이 주 무기였던 에토는 한때 프로 야구 스카우터들의 주목을 받기도 했다.

야구를 그만둔 후 에토는 영업부로 소속을 옮겼고 가도와키는 할아버지 때부터 대를 이어 경영하고 있는 식품 회사를 물려받기 위해 다니던 회사를 그만뒀다. 언젠가는 사업을 잇겠다고 아버지와 약속을 했기에 야구를 하는 동안에도 그는 경영에 대한 공부를 게을리하지 않았다.

각자 입장이 달라지자 야구부원들 사이도 점차 소원해졌다. 특히 가도와키와 에토는 어떤 사정이 있어서 서로 거리를 두게 되었다. 어떤 사정이란 에토가 가도와키가 오랫동안 좋아하던 여자와 결혼한 일이다. 에토와 그녀가 사귀고 있다는 사실을 전혀 몰랐던 가도와키는 에토에게 그 여자에 대한 자신의 마음을 털어놓은 적도 있었다. 에토가 어떤 심경으로 그 얘기를 들었을까 생각하니 더는 그와 얼굴을 마주할 수 없었다.

그때로부터 5년이 흘렀다. 이제 가도와키는 아무런 마음의 응어리가 없다. 그렇다고 새삼스레 연락할 이유도 계기도 없었다. 그러다가 여기까지 오고 만 것이다.

그런데 야구부 1년 후배인 나카타니에게서 얼마 전 연락이 왔다. 그는 정말 뜻밖의 얘기를 했다. 에토가 딸을 미국으로 데려가 심장 이식 수술을 시키고 싶어 하는데 비용이 엄청나서 모금 활동을 생각하고 있지만 도움을 청할 만한 사람이 없다는 것이었다.

이야기를 들은 가도와키는 가슴속에서 뜨거운 뭔가가 치밀어 오르는 듯한 느낌을 받았다. 주저할 이유가 없었다. 나카타니에게 물어서 알아낸 에토의 휴대 전화 번호로 즉시 연락했다. 그리고 다짜고짜 할 얘기가 있으니 내일이라도 만나자고 말했다.

"유카리 씨는 잘 있어?"

건배로 오래간만의 재회를 축하한 후 가도와키가 물었다. 유카리는 에토의 아내이자 가도와키가 과거에 좋아했던 그녀의 이름이다.

"뭐, 그런대로. 딸이 아프니 생기발랄하게 지낸다고는 할 수 없지만 말이야."

에토가 기운 없는 목소리로 대답했다.

"딸이 네 살이라면서? 이름이 뭐야?"

에토는 닭 꼬치를 집어 그 끄트머리에 소스를 찍더니 접시에 '유키노(雪乃)'라고 썼다.

"좋은 이름이네. 누가 지었어?"

"집사람이. 피부가 눈처럼 하얀 아이로 자랐으면 좋겠다나. 발상이 단순하지?"

에토가 자연스럽게 유카리를 집사람이라고 부르는데도 가도와키는 이렇다 할 감정이 일지 않았다.

"사진 좀 보여 줘. 스마트폰에 많이 있을 거 아냐."

에토가 윗도리 안주머니에 손을 넣어 스마트폰을 꺼내서 버튼을 몇 개 누른 후 화면을 가도와키 앞으로 돌려놓았다. 분홍색 티셔츠를 입은 여자아이가 호스를 든 채 생글생글 웃고 있다. 유카리를 닮은 것 같기도 하고 에토의 특징을 그대로 물려받은 것 같기도 했다.

"예쁘네. 피부색도 건강해 보이고. 햇볕에 그을리지 않았으면 정말 하얬겠어."

스마트폰을 에토에게 돌려주면서 가도와키가 말했다.

"이 사진을 찍을 무렵에는 거의 매일 밖에서 놀았으니까."

에토가 스마트폰을 안주머니에 도로 넣었다.

"지금은 피부색이 잿빛에 가까워."

"심장이 안 좋다면서?"

가도와키가 삶은 콩을 입안에 던져 넣으며 물었다.

에토는 맥주를 한 모금 마시고 나서 고개를 끄덕거렸다.

"확장형 심근증이래. 심근이 뭔지는 알지? 그 기능이 저하되는 병이야. 요컨대 피를 내보내는 펌프의 힘이 약해지는 거지. 원인은 확실치 않지만 유전일 수도 있나 봐. 그래서 둘째는 낳지 않기로 했어."

"선천적이라는 거야?"

"그럴 가능성이 있다는 거지. 하지만 처음에는 별로 심하지 않았어. 약을 먹으면서 운동만 좀 제한하면 다른 아이들과 다름없이 어린이집에 다닐 수 있을 정도였거든. 그런데 작년 말에 갑자기 상태가 나빠졌어. 축 늘어져서 제대로 먹지도 못할 만큼 말이야. 입원해서 온갖 치료를 받았지만 회복될 기미가 전혀 보이지 않았어. 그러다 선고를 받았지. 방법은 심장을 이식하는 길밖에 없다고."

"그렇게 된 일이구나."

가도와키가 신음하듯 나지막이 웅얼거렸다.

"그런데 심장 이식이란 것이 말처럼 간단하지 않더라. 어른이라면 국내에서 도너, 즉 기증자가 나타날 가능성이 있지만, 어린아이의 경우에는 거의 기대하기 힘들다는 거야. 장기 이식법 개정으로 부모의 동의만 있으면 어린아이도 장기를 기증할 수 있게 되긴 했지만 현실적으로는 거의 사례가 없대."

"그래서 미국에 가려는 거구나."

"장기 이식법 개정 전에는 열다섯 살 미만은 장기 기증이 금지되어 있어서 어린아이들이 장기 이식을 하려면 외국에 가는 수밖에 없었기 때문에 절차 자체는 확립되어 있어. 그래서 우리도 그 절차를 따르려고 했는데, 비용을 알고는 그만 눈앞이 캄캄해졌어."

에토는 양팔을 테이블에 올려놓고 한숨을 쉬며 고개를 절레절레 저었다.

가도와키는 테이블로 바짝 다가앉았다. 이제부터가 본론이다.

"바로 그 점인데 말이야, 도대체 왜 그렇게 돈이 많이 드는 거지? 나카타니 말로는 2억 엔도 넘게 든다고 하던데, 사실이야?"

"그래, 사실이야. 정확히는 2억 6천만 엔이 필요하다더라."

"그렇게 큰돈이…… 혹시 뭔가 속고 있는 거 아니야?"

그 말에 에토가 생맥주 잔으로 손을 뻗으려다 말고 피식 웃었다.

"속긴 누구한테 속는단 말이야?"

"아니, 하지만……."

에토가 옆에 놓아둔 가방에서 수첩을 꺼내 펼쳤다.

"한 가족 셋이 이코노미석을 타고 미국으로 건너가서 수술을 받고 돌아온다, 그런 식으로 간단한 일이 아니야. 일단 미국에 갈 때는 전세기를 타고 가야 해. 의료 기기, 비품, 약품,

전원, 산소통 등등을 실어야 하니까. 게다가 우리 같은 문외한은 그런 기기들을 취급할 수 없으니 전문 스태프를 데려가야 하고. 물론 스태프에는 의사와 간호사도 포함되지. 그들의 현지 체재 비용도 우리가 부담해야 해. 그리고 스태프는 얼마 후 귀국하지만, 우리 가족은 기증자가 나타날 때까지 현지에 머무르면서 대기해야 하니까 그동안의 방값은 물론이고 생활비도 필요하지. 그보다 더 많이 드는 게 딸의 입원비야. 도너가 언제 나타날지 모르니 마냥 외래에서 대기할 수 없잖아. 그런 상황이 몇 달이나 계속될 수도 있어. 평균은 두세 달이라고 하지만 그 기간 안에 반드시 해결된다는 보장도 없고."

에토가 수첩에서 얼굴을 들고 힘없이 미소를 지었다.

"듣기만 해도 정신이 아찔해지지?"

사실이었지만 가도와키는 고개를 끄덕이지 않았다.

"그래도 2억 엔이 넘게 든다는 건⋯⋯."

"그게 전부냐 하면 그것도 아니야. 방금 열거한 비용을 전부 합쳐 봐야 전체 비용의 반도 안 될걸."

"또 뭐가 있지?"

"미국 병원은 외국인이 장기 이식 수술을 하려면 일정 금액을 예탁금으로 내야 해. 그 액수가 병원에 따라 다른데, 우리에게 청구된 액수는 1억 5천만 엔 정도야."

"그렇게나 많이?"

숨이 턱 막히는 기분이었다.

"그 정도가 그나마 저렴한 편인가 봐. 병의 상태에 따라 다르긴 하겠지만 4억 엔이 청구된 사례도 있다고 들었어. 목숨 값인 셈이니 비싸다 싸다 말할 수는 없지만, 그래도 좀 너무하지."

"그런 거액을 서민이 어떻게 마련하겠어."

"그러니 모금을 하는 거지. 다시 말하지만, 해외에서 장기 이식을 하는 절차는 이미 확립되어 있어. 그리고 그 비용을 마련하는 방법도. 세상에 머리를 조아리고 도움을 구하는 거지. 다들 그렇게 해 왔어. 그래서, 좀 비참하지만, 우리도 그 방법을 택하기로 했어. 딸의 목숨이 걸렸는데 자존심만 내세울 수 없잖아."

에토의 눈에서 비장한 결의가 엿보였다.

가도와키는 사정이 모두 이해되었다. 나카타니에게 들었을 때는 반신반의했는데, 막상 장본인에게 들어 보니 생각했던 것 이상으로 상황이 절박한 듯했다.

"그래서 말인데, 내가 나설게. 나카타니에게 듣자 하니 모금 활동을 책임질 사람이 없어 걱정이라면서. 너나 유카리 씨는 시간이 없을 테니 내게 맡겨. 어떻게 해서든 2억 6천만 엔을 모아야 하지 않겠어?"

"하지만 너도 네 일이 있잖아."

"그렇기는 하지만 시간을 낼 수는 있어. 이래 봬도 내가 사장이거든. 인맥을 동원하는 일에도 자신이 있고."

"가도와키……."

에토가 말을 잇지 못했다. 입술을 꾹 다문 그의 눈이 벌게지는 모습을 보며 가도와키도 가슴이 뜨거워졌다.

"나, 사실 그동안 내내 후회했어."

가도와키가 말했다.

"그때 왜 축하한다고 말하지 못했을까 하고 말이야. 유카리 씨를 행복하게 해 달라고 왜 말하지 못했는지, 지금도 내 자신에게 화가 나서 견딜 수가 없어. 네가 친척들만 초대한 채 결혼식을 치른 이유도 성대하게 하려면 야구부 동료들, 그중에서도 나를 부르지 않을 수 없어서 그랬잖아. 그 사실을 알고서 너한테 얼마나 미안했는지 몰라. 그러니까 내게 만회할 기회를 줘. 고통에 빠진 투수를 구할 수 있는 사람은 포수뿐이란 말이야."

미간을 찡그리고 가도와키의 말을 듣던 에토가 오른손 엄지와 검지로 양쪽 눈머리를 꾹꾹 눌렀다. 잠시 후 고개를 든 그는 후, 숨을 내쉬고 나서 입가에 미소를 지었다.

"모금을 생각했을 때 네 얼굴이 맨 먼저 떠올랐어. 솔직히 말하면 의논하고 싶었지. 하지만 그럴 수 없다고 생각했어. 너에게만은 매달릴 수 없다고 말이야. 지금도 그런 마음은 마찬가지야."

"아니, 잠깐. 나는⋯⋯."

들어 봐, 하며 에토가 가도와키를 제지하듯 오른손을 내밀
었다.

"그렇다면 누구에게 매달릴 수 있을까 하고 생각하는데, 아
무도 떠오르지 않았어. 하지만 누구에겐가 매달리지 않으면
유키노는 살아날 가망이 없잖아. 그러니 이제 내가 선택할 수
있는 길은 하나뿐이야."

"그럼⋯⋯."

에토가 가도와키를 똑바로 바라보며 등을 곧게 폈다. 그리고
양손을 무릎에 올려놓은 후 깊이 고개를 숙였다.

"고맙다. 잘 부탁해."

가도와키는 가슴속에서 타오르기 시작한 불길이 온몸으로
번지는 것을 느꼈다. 할 말이 떠오르지 않았다. 그래서 입을
다문 채 오른손을 내밀었다.

에토가 가도와키의 손을 잡았다. 과거에 강속구를 던지던
손이 지금은 꽤나 부드러워졌다. 가도와키는 친구의 눈을 바
라보며 맞잡은 손에 힘을 주었다.

4

대형 쇼핑몰에서 모금 활동을 벌이면 효율이 높다. 단순히 사람들이 모여들기만 하는 장소가 아니기 때문이다. 쇼핑할 목적으로 찾는 곳인 만큼 오가는 사람들이 금전적으로 다소 여유가 있다. 그 여유의 다만 몇분의 일이라도 모금함에 할애해 주면 되는 것이다.

오늘은 에토가 사는 지역의 초등학교 학생 서른 명이 자원봉사자로 모금 활동에 참여했다.

아이들이 나란히 서서 "부탁드립니다." "1엔이라도 좋아요." "우리의 후배가 될 에토 유키노를 구해 주세요."라고 외치니 어지간히 무신경한 사람이 아니면 그냥 지나치기 어렵다.

어쩔 수 없다는 표정으로 지갑을 꺼내는 사람들을 볼 때면 압력을 행사한 것 같아 미안하기도 하지만, 마음을 약하게 먹어서는 안 된다고 스스로를 타이르곤 한다. 예탁금을 내야 하는 기한이 코앞으로 닥쳤기 때문이다.

손목시계를 보니 3시 조금 전이었다. 가도와키는 아이들을 인솔해 온 남자 교사에게 다가갔다.

"수고하셨습니다. 시간이 거의 다 되었습니다."

"아니, 벌써요?"

교사는 시간을 확인한 뒤 줄지어 선 아이들 앞으로 한 발 나섰다.

"자, 여러분, 다들 아주 열심히 했어요. 오늘은 여기까지 하기로 해요. 모금함을 스태프에게 전달하세요."

네, 하고 기운차게 대답한 아이들이 모금함을 스태프에게 건네기 시작했다. 그 동작으로 볼 때 상자들이 모두 무거운 듯하다. 다 합하면 50만 엔 정도는 되지 않을까 하고 가도와키는 머릿속으로 가늠해 본다. 이제는 상자를 열기도 전에 대강의 금액을 짐작할 수 있게 되었다.

아이들이 모두 남자 교사 주위에 다시 모이자 가도와키가 그들을 향해 섰다.

"여러분, 정말 고맙습니다. 오늘 여러분이 열심히 모아 준 소중한 돈은 제가 책임지고 '유키노를 구하는 모임' 계좌에 넣겠습니다. 여러분 덕분에 목표액에 한 걸음 더 다가설 수 있게 되었습니다. 유키노 양의 부모님을 대신해서 감사드립니다."

그리고 가도와키는 정중하게 고개를 숙였다.

교사가 이름을 부르자 남자아이 하나가 가도와키 앞으로 다가와 봉투를 내밀었다.

"이건 저희들끼리 모은 돈입니다. 도움이 되었으면 좋겠습니다."

생각지도 못한 일이라 가도와키는 입을 다물지 못하고 남자

아이를 보았다. 쑥스러운 표정을 짓는 남자아이 옆에서 교사가 만족스러운 듯 고개를 끄덕였다.

"고맙다."

가도와키가 목소리에 힘을 실어 말했다.

"정말 고마워. 이건 유키노와 유키노 부모님께 직접 전할게."

교사의 지시에 따라 아이들이 모두 그 자리를 떠났다. 가다가 뒤돌아보며 손을 흔드는 아이도 있었다.

가도와키가 다른 자원 봉사자들이 있는 곳으로 돌아와 보니 다들 모여서 철수할 준비를 하고 있었다. 그가 아이들에게 받은 봉투를 마쓰모토 게이코에게 건네자 그녀는 "정말 고마운 일이네." 하고 감격스러운 듯 말했다.

"아니, 그런데 모금함이 하나 모자라잖아?"

나란히 놓여 있는 모금함을 보고 가도와키가 말했다.

뭐라고? 하며 마쓰모토가 고개를 드는데 뒤에서 누군가 외치는 소리가 들렸다.

"협조를 부탁드립니다!"

돌아보니 신쇼 후사코가 혼자서 행인들에게 호소하고 있었다.

"모금에 협조해 주세요. 에토 유키노 양이 심장 이식 수술을 할 수 있도록 도와주세요!"

가도와키가 손목시계로 시간을 확인한 뒤 그녀에게 다가갔다. 신쇼 씨, 하고 불렀지만 들리지 않는지 반응이 없었다. 뒤에서 어깨를 살짝 두드리자 그녀가 돌아보았다.

"오늘은 여기까지 하죠."

"아……, 조금만 더 하면 안 될까요?"

가도와키가 손목시계를 손가락으로 가리켰다.

"조금 있으면 3시예요. 3시까지 철수하기로 약속하고 쇼핑몰의 허가를 받았거든요. 시간 엄수는 모금 활동의 철칙입니다. 가게들에 폐를 끼쳐서는 안 되니까요."

신쇼 후사코가 그제야 깨달았다는 듯이 눈을 번쩍 뜨더니이내 차분한 표정이 되었다.

"그렇군요. 죄송해요. 저는 그런 줄도 모르고……."

사과하는 그녀에게 가도와키는 웃는 얼굴로 말했다.

"미안해하실 필요는 없어요. 신쇼 씨가 열심히 하신다는 건저도 잘 압니다."

그런데도 그녀는 작은 소리로 죄송하다는 말을 되풀이했다.

가도와키는 그녀를 데리고 자원 봉사자들이 모여 있는 곳으로 돌아왔다. 다른 봉사자들은 이 자리에서 각자 흩어지지만가도와키와 마쓰모토 게이코는 다시 사무국으로 가야 한다.모금한 돈을 집계해야 하기 때문이다.

그런데 신쇼 후사코가 "저……." 하고 주저하며 말을 꺼냈다.

"오늘은 저도 같이 가면 안 될까요?"

"사무국에 말인가요?"

"네. 방해가 되지 않는다면요."

가도와키는 마쓰모토 게이코와 얼굴을 마주 보고 나서 신쇼 후사코를 향해 고개를 끄덕였다.

"오시겠다는 분을 마다하지는 않습니다. 아니, 오히려 대환영이에요. 저희가 돈을 얼마나 철저히 관리하는지 다른 자원봉사자 분들께도 확인시켜 드리고 싶으니까요."

"아니, 그걸 의심해서가 아니라……."

"압니다. 다만 저희 생각이 그렇다는 거죠."

가도와키의 말에 신쇼 후사코는 여전히 표정 없는 얼굴로 안경 속의 눈을 몇 차례 깜박거렸다.

그녀는 2주 전 일요일에 처음으로 모금 활동에 참가했다. 장소는 벼룩시장이 열리는 공원이었는데, 처음에는 소리를 크게 내기도 힘들어하더니 차츰 익숙해져서 나중에는 그 누구에게도 지지 않을 만큼 큰 소리로 외쳤다.

지난주 일요일에는 자선 콘서트가 열리는 현장에서 모금 활동을 했는데 그녀는 그곳에도 나타났다. 다시 말해 오늘이 세 번째다. 자신이 먼저 돕겠다고 나섰던 만큼 열의도 대단했다.

가도와키는 그녀가 어떤 사람일까 궁금했다. 그녀는 교사라는 사실 외에는 본인에 관해 아무것도 가르쳐 주지 않았다. 활동 취지에 공감하기 때문에 참여한다고 했는데, 정말 그뿐일지도 의문이었다.

마쓰모토 게이코도 가도와키와 같은 생각인지 신쇼 후사코가 열심인 건 고맙지만 어쩐지 꺼림칙하다는 생각을 지우기 어렵다고 했다.

신쇼 후사코를 사무국에 데려가면 그녀에 관해 뭔가 알 수 있을지도 모른다고 가도와키는 생각했다.

사무국은 니시아라이에 있는 아파트 한 채를 빌려 사용하고 있다. 각종 자료가 든 종이 박스와 사무기기들로 가득한 그곳은 주요 멤버들이 모두 들어가면 앉기도 힘들 만큼 좁지만, 오늘은 신쇼 후사코를 포함해도 다섯 명뿐이라 의자를 배치하기가 어렵지 않았다.

회의 책상 위에 늘어놓은 모금함을 열고 마쓰모토 게이코의 지휘로 돈을 집계하기 시작했다. 그녀는 가도와키의 고등학교 동창이자 야구부 전 매니저다. 그녀의 남편도 야구부 2년 선배였다. '유키노를 구하는 모임'의 돈 관리를 누구에게 맡기면 좋을지 고민하다가 맨 먼저 떠오른 사람이 그녀였다. 부기 자격증이 있는 그녀는 숫자에 강했다.

집계를 여러 번 반복한 끝에 확정된 금액은 가도와키의 예상을 훨씬 웃돌았다.

가도와키는 그 돈을 일단 사무실에 있는 금고에 넣었다. '유키노를 구하는 모임' 계좌에 즉시 입금하면 좋겠지만, 오늘이 일요일이라 그럴 수 없기 때문이다. ATM으로 입금하기에는 동전이 너무 많았다.

모금액은 집계된 즉시 인터넷 홈페이지에 공개한다. 이런 종류의 활동은 돈의 흐름과 사용처를 명확히 밝히는 것이 필수다.

다음 활동 일자와 장소 등을 확인한 후 멤버들은 해산하고 사무국에는 가도와키와 마쓰모토 게이코, 신쇼 후사코만 남았다. 모금액을 집계할 때도 그 후에 다 같이 이야기를 나눌 때도 신쇼 후사코는 말을 한마디도 하지 않았다. 방해해서는 안 된다고 생각했을지도 모른다.

"어땠어요? 비교적 제대로 하고 있죠?"

커피메이커에 커피를 덜어 넣으며 가도와키가 신쇼 후사코에게 물었다.

"비교적이라니요. 무슨 그런 말씀을……. 굉장히 엄격하게 관리하는 느낌이었어요. 다들 참 대단해요. 각자 일도 있고 가정도 있을 텐데 무엇 하나 대충 넘어가는 법이 없으니 말이에요."

그녀가 차분한 목소리로 대답했다.

"돈을 다루는 만큼 대충 넘어갔다가는 무슨 소리를 들을지 모르거든요. 한순간이라도 방심하면 비난이 엄청납니다. 지금은 인터넷 세상이라 안 좋은 소문이 순식간에 퍼져 나가죠."

"비난이라니, 어떻게 그럴 수 있는지 저는 상상도 안 되네요. 이렇게 훌륭한 활동을 하고 있는데 말이에요."

그 말에 가도와키는 컴퓨터 모니터를 들여다보고 있는 마쓰모토 게이코와 마주 보며 쓴웃음을 지었다.

"많습니다, 그런 경우가. 일단은 의심의 눈초리로 보거든요. 사기라고까지 말하지는 않더라도 모금 활동으로 모은 돈을 정말 치료에만 쓰는지 많이들 의심해요. 환자 가족이나 모임의 간부들이 사치하거나 유흥비로 사용하지 않을까 하고요. 모금을 하기 전에 일단 부모부터 전 재산을 내놓아야 하는 거 아니냐, 집부터 팔아야 한다, 그런 의견도 많습니다. 그래서 에토 가족이 스스로 부담하는 금액이 얼마인지, 가족의 대출금이 얼마나 있는지를 홈페이지에서 설명해야 했어요."

"저도 그 내용은 봤어요. 이렇게까지 밝힐 필요가 있나 싶었는데……."

가도와키가 고개를 저었다.

"세상에는 다양한 사람이 있으니까요. 2억 몇천만 엔이라는 거액을 모금하겠다는 발상 자체에 거부감을 표시하는 사람도 적지 않습니다. 특히 오해를 사기 쉬운 부분이 모금하는 주체가 누구냐 하는 점이에요. 실제로 모금 주체는 '유키노를 구하는 모임'이라는 지원 단체이지 에토 가족이 아닙니다. 당연히 은행 계좌 등도 에토 가족 것이 아니고요. 또 '유키노를 구하는 모임'에서 에토 가족에게 직접 돈을 건네는 일도 절대 없습니다. 치료에 드는 돈을 저희 모임이 에토 가족을 대신해서 직접 지불할 뿐이죠. 그중 제일 크게 드는 돈이 미국 병원에 내는 예탁금인데, 그 돈도 저희 모임 계좌에서 미국 병원 계좌로 직접 송금합니다. 그런 세세한 사항까지 설명하지 않으면 비방이 끊이지 않습니다. 몇몇 네티즌이 에토 씨에게 자동차가 있다는 사실을 알아내고는 왜 차를 팔지 않느냐, 기름 값은 대체 어디서 나오느냐며 인터넷상에서 시비를 건 적도 있어요. 그 자동차는 너무 낡아서 팔아 봐야 몇 푼 받지도 못할뿐더러 모금액으로 기름 값을 충당하는 것도 아닌데 말이죠."

신쇼 후사코가 얼굴을 찡그렸다.

"돈과 연관되는 일은 역시 힘들군요."

가도와키는 다 내려진 커피를 나란히 늘어놓은 잔 세 개에 따랐다. 커피메이커나 커피 잔 역시 새로 산 것이 아니라 회원들이 가져다 놓은 것이었다. 원두는 가도와키가 개인 돈으로 사 온다. 수도 요금과 전기 요금 정도만 모임의 자금에서 지불하는데 그것도 부정 사용에 해당할까.

"금액이 워낙 크다 보니 돈으로 생명을 산다는 느낌이 강해서 이미지가 별로 좋지 않은 것도 사실입니다."

"생명을 산다……고요?"

신쇼 후사코가 생각에 잠기는 듯한 표정을 지었다.

"말도 안 되는 얘기죠."

여태 말이 없던 마쓰모토 게이코가 나섰다.

"병에 걸리면 누구나 치료를 받고 비용을 지불하잖아요. 그리고 살아날 가망이 없는 아이의 생명을 돈으로 살 수 있다면 어느 부모인들 그러지 않겠어요. 그게 뭐가 나쁘다는 건지 알다가도 모르겠다니까요."

"문제는 금액이야."

가도와키가 커피 잔을 신쇼 후사코와 마쓰모토 게이코 앞에 각각 하나씩 놓았다.

"금액이 2억 6천만 엔이 아니라 26만 엔이고 그것도 전부 본인이 부담한다면 아무도 시비를 걸지 않겠지. 목숨을 산다느니 어쩌느니 하지도 않을 테고. 오히려 돈이 좀 들긴 했어도 좋아졌으니 다행이라고 말할 거야."

"그렇겠지. 그래서 불만이 있으면 미국 병원에 얘기하라고 쏘아붙이고 싶어진다니까. 이쪽의 약점을 이용해서 터무니없는 값을 부르니까 말이야."

거기까지 말한 뒤 마쓰모토 게이코는 커피에 아무것도 넣지 않고 그대로 마셨다.

신쇼 후사코가 잔으로 손을 뻗으려다 말고 "하지만," 이라고 말을 꺼냈다.

"미국 병원을 비난하는 것도 이치에 맞지는 않은 것 같아요."

"왜죠?"

가도와키가 물었다.

신쇼 후사코가 가도와키 쪽으로 천천히 고개를 돌렸다. 그녀의 안경 렌즈가 반짝 빛난 것처럼 느껴졌다.

"혹시 이스탄불 선언을 아세요?"

"이스탄불 선언요? 아니요, 들어 본 적이 없는데요. ……혹시 알아?"

가도와키가 마쓰모토 게이코에게 물었지만 그녀도 잠자코 고개를 저었다.

"국제 이식 학회가 2008년에 발표했어요. 해외 원정 이식 규제를 강화하고 이식용 장기를 자급자족하도록 촉구하는 내용이죠. 일본도 그 선언을 지지했고요. 물론 윤리적인 지침일 뿐 구속력이나 벌칙 규정은 없어요. 그런데도 호주나 독일 등 그때까지 일본인 환자를 받아들였던 나라들이 앞으로는 원칙적으로 받아들이지 않기로 결정했어요."

신쇼 후사코의 설명을 듣던 가도와키는 고개를 끄덕거렸다.

"저도 에토에게 들었습니다. 해외 환자의 이식을 금지하는 나라가 점점 많아지는 추세라고요. 그래서 지금은 미국에 의지할 수밖에 없다더군요."

"미국은 외국인 환자가 원정 이식을 할 수 있도록 허용하는

몇 안 되는 나라 가운데 하나죠. 하지만 무제한 받아들이는
건 아닙니다."

"그 얘기도 들었습니다. 5퍼센트 룰이 있다면서요. 그러니
까 1년 동안 행해지는 이식 수술 건수의 5퍼센트까지만 외국
인 환자를 받아들인다는 거죠."

"그래서 전에는 아랍 여러 나라의 부호들이 미국으로 건너
가 수술을 받았다고 해요. 하지만 최근에는 일본인 환자가 그
5퍼센트를 거의 차지한답니다. 게다가 일본인 환자는 대기 환
자 목록에서도 상위에 등록된대요. 그 이유를 아시겠어요?"

신쇼 후사코의 질문에 가도와키가 입술을 일그러뜨리며 어
깨를 으쓱했다.

"돈을 많이 내기 때문이라는 말씀을 하시려는 거죠? 그 점
에 대해서도 호되게 얻어맞고 있어요. 돈의 힘으로 순서를 앞
당긴다고 말이죠. 하지만 제가 알기로 그건 사실이 아닙니다.
이식 순서는 환자의 상태에 따라 좌우됩니다."

"네, 저도 그렇게 알고 있어요. 일본인 환자의 순서가 빠른
이유는 병의 상태가 심각하고 수술이 절박하기 때문이라고
요. 생각해 보면 당연한 일이죠. 이식 수술이 아니면 더는 살
수 없을 정도로 상태가 심각하니까 미국까지 가서 수술을 받
으려고 하는 거 아니겠어요? 물론 그만큼 덜 절박한 미국 환
자들이 뒤로 밀려나는 것도 사실이죠. 그 점을 비판하는 것도

당연하다면 당연한 일이고요. 어찌 보면 미국 병원 측에서 고액의 예탁금을 요구하는 이유 중에는 일본인 환자를 제한하려는 목적도 있을지 몰라요. 혹은 대기 중인 미국 환자들에게는 일본인이 거액을 지불하니 당신들은 순서가 밀리더라도 양해하라는 무언의 압력인지도 모르고요. 어느 쪽이든 돈의 힘으로 끼어든다는 말은 사실이라고 할 수 있겠죠."

표정의 변화 없이 너무나도 담담하게 말하는 신쇼 후사코의 얼굴을 바라보며 가도와키는 마쓰모토 게이코가 꺼림칙해하는 것도 무리가 아니라고 생각했다. 사무국에 와 보고 싶다고 말했을 때는 활동 내용을 자세히 알고 싶어서 그러는 거라고 멋대로 해석했는데, 이제 보니 그게 목적이 아닌 것 같았다. 어느새 가도와키와 마쓰모토 게이코는 얘기를 듣는 입장으로 밀려나 있었다.

"그래서 뭐가 어떻다는 거죠?"

마쓰모토 게이코가 불쾌한 감정을 노골적으로 드러내며 물었다.

"해외에 가서 이식 수술을 해서는 안 된다, 이런 모금 활동도 옳지 않다, 그런 말인가요?"

신쇼 후사코는 눈을 내리깔고 한동안 침묵한 끝에 "네."라고 대답했다.

"아무리 생각해도 이상한 일이에요."

"그럼 빠지면 되잖아요. 자진해서 돕겠다고 해 놓고 트집을 잡는 이유가 도대체 뭐죠?"

마쓰모토 게이코의 말투가 더욱 날카로워졌다. 그녀가 신쇼 후사코를 향해 눈을 치떴다.

자, 자, 하며 가도와키가 그만하라는 듯이 마쓰모토 게이코에게 눈짓하고 나서 신쇼 후사코를 보았다.

"해외 원정 이식에 찬반양론이 있다는 사실은 저도 압니다. 하지만 우리는 정치가도 아니고 공무원도 아니에요. 그것밖에는 친구의 아이를 구할 방법이 없으니까, 그리고 일단 위법은 아니라고 하니까 남들이 뭐라든 그 길로 갈 수밖에 없는 거죠."

그러자 뜻밖에도 신쇼 후사코의 입가에 미소가 떠올랐다.

"제가 이상한 일이라고 한 건 여러분의 활동을 두고 한 말이 아니에요. 여러분이 그럴 수밖에 없는 상황을 말하는 거죠."

가도와키는 그녀의 말을 이해할 수 없어 고개를 갸우뚱했다.

"아까도 말했듯이 이스탄불 선언에는 일본도 동참했어요. 그래서 이식에 필요한 장기는 자급자족하는 것으로, 즉 국내에서 조달하는 것으로 방침이 정해졌고요. 2009년에 있었던 장기 이식법 개정이 바로 그 결과죠. 법이 개정됨으로써, 뇌사한 환자 자신이 장기 기증에 대해 명확한 의사를 표시하지 않은 경우 가족이 동의하면 장기를 제공할 수 있게 되었어요.

또 그 전까지는 15세 미만 어린아이의 장기 기증을 인정하지 않았지만, 부모의 동의가 있으면 15세 미만이라도 장기를 기증할 수 있게 되었고요. 하지만 법 개정 이후에도 어린아이의 장기 기증은 거의 없는 실정이에요. 뇌사한 아이가 없는 것도 아닌데 말이죠. 부모가 기증을 거부하기 때문이에요. 그래서 유키노 같은 아이가 국내에서 이식을 할 수 없어 미국으로 가야 하는 거고요. 국내에서 수술을 받을 수 있다면 보험 등을 적용해서 몇십만 엔이면 될 일이 해외로 가는 바람에 2억 엔 이상 들이는 거죠. 그런 상황이 이상하다고 한 겁니다."

거침없이 얘기하는 신쇼 후사코를 보며 가도와키는 이런 주장을 하고 싶어서 활동에 참가했나 보다고 짐작했다. 일본의 장기 이식 실태를 문제 삼는 것이다.

가도와키는 한숨을 내쉬면서 천천히 고개를 저었다.

"듣고 보니 정말 이상한 일이군요. 하지만 자식의 장기를 기증하지 않겠다는 부모의 심정도 알 것 같긴 합니다. 저는 결혼도 안 했고 아이도 없지만, 아이의 몸을 갈가리 찢어서 장기를 꺼내다니, 상상만 해도 너무 가여워요."

"갈가리 찢는 일은 없어요. 그리고 장기를 적출한 후에는 깔끔하게 봉합해 시신을 유가족에게 인계합니다."

"흐음, 과연 그렇다고 해결될 문제일까요."

가도와키가 팔짱을 끼고 신음하듯 말했다.

"저는 열 살 난 아들이 있긴 하지만,"

마쓰모토 게이코가 말했다.

"닥쳐 보지 않았으니 뭐라고 말하기 힘드네요. 살아날 가망이 전혀 없다면 어떻게 하든 상관하지 않을 것 같기도 해요. 내 아이의 심장으로 목숨을 구할 수 있는 아이가 있다면 허락할 것 같기도 하고요."

"그렇게 간단하단 말이야?"

가도와키가 의외라는 듯이 마쓰모토 게이코를 바라보았다.

"그러니까 닥쳐 보지 않고는 모르겠다고 했잖아. 교통사고를 당해서 얼굴이며 머리가 엉망진창인 데다가 살아날 가망이 없다는 소리까지 듣게 되면 장기 이식이든 뭐든 될 대로 되라는 심정이 될 수도 있지 않을까?"

"그런 상태라면,"

신쇼 후사코가 냉정한 말투로 마쓰모토 게이코의 말을 받았다.

"병원에 실려 갔을 때 이미 심장이 정지되었을 가능성이 높겠죠."

"그럼 어떤 상황을 상상해야 하는 거죠?"

마쓰모토 게이코가 입을 비죽거리며 물었다.

"예를 들어,"

신쇼 후사코가 대답했다.

"물에 빠지는 사고는 어떨까요?"

"물에 빠지는 사고요?"

"일본 최초의 심장 이식은 물에 빠지는 사고를 당한 청년이 기증자였어요. 그 청년처럼 마쓰모토 씨의 아들이 물에 빠져 의식 불명이 되었다고 가정해 보죠. 몸에는 인공호흡기를 비롯해서 온갖 생명 유지 장치가 연결되어 있어요. 하지만 눈에 띄는 외상은 없어요. 그저 눈을 감고 잠들어 있는 것처럼 보일 뿐이죠. 의사는 아마도 뇌사 상태일 것이다, 장기 기증에 동의하면 뇌사 판정을 내리겠다고 합니다. 그런 상황이라면 어떻게 하시겠어요?"

신쇼 후사코는 마치 그런 상황을 겪어 보기라도 한 것처럼 거침없이 말했다.

마쓰모토 게이코가 컴퓨터 모니터 앞에 앉은 채 턱을 괴었다.

"글쎄요, 어떻게 할까……. 뇌사 판정을 받지 않으면 어떻게 되나요?"

"그대로 두겠죠. 실제로 뇌사했다면 언젠가는 심장이 멈춰서 통상적인 의미의 죽음을 맞게 됩니다."

"판정 과정을 거쳐 뇌사가 아닌 것으로 판명될 수도 있지 않겠어요?"

"물론이죠. 그래서 판정 절차를 진행하는 거예요. 도중에 뇌사가 아니라고 인정되면 그 시점에 판정이 중지됩니다. 판정은 두 번에 걸쳐 이루어지고, 두 번째에도 뇌사가 확인되면 비로소 사망한 것으로 확정해요. 물론 그 후에 장기 기증을 철회해도 사망 판정은 달라지지 않습니다. 사망한 것으로 보기 때문에 연명 치료도 하지 않고요."

마쓰모토 게이코가 고개를 크게 기울이며 눈을 허공으로 향했다. 자신의 아이가 그런 상태가 되었을 경우를 상상하는지도 몰랐다.

어렵네, 하고 그녀가 중얼거렸다.

"살아날 가망이 조금이라도 있다면 그런 생각은 할 필요가 없을 테고……."

"살아날 가망이 있다면 의사가 뇌사 판정 얘기를 꺼내지도 않아요. 그 말을 꺼냈을 때는 이미 손을 쓸 방법이 없어서 오직 죽음만을 기다리는 상태이기 때문이죠."

신쇼 후사코의 목소리에 그녀답지 않은 짜증스러움이 배어 있었다.

"하지만 외견상 상처가 없고 그저 잠들어 있는 것처럼 보인다면, 숨을 거두는 마지막 순간까지 그대로 지켜보고 싶은 것이 부모의 심정 아닐까요."

그 말에 옆에서 듣고 있던 가도와키도 고개를 끄덕였다. 마쓰모토 게이코의 심정이 이해되는 것이다.

그러면, 하고 신쇼 후사코가 다시 입을 열었다. 그녀의 얼굴을 본 가도와키는 깜짝 놀라고 말았다. 그녀의 표정에서 이제까지 한 번도 본 적 없는 싸늘함이 느껴졌기 때문이다. 무표정이라는 가면을 벗겨 낸다면 훨씬 더 감정을 죽인 민낯이 드러날 것만 같았다.

"만일 당장은 숨을 거두지 않는다면 어떻게 하실 건가요?"

"당장은, 이라니, 그게 무슨 뜻이죠?"

마쓰모토 게이코가 반문했다.

"아까 제가 뇌사라면 언젠가는 통상적인 의미의 죽음을 맞게 된다고 했지만, 그 시기가 언제쯤인지는 아무도 모르거든요. 어린아이의 경우 장기화하는 일도 있고요. 몇 달, 아니 몇 년을 산 경우도 있죠."

그리고 신쇼 후사코는 살짝 고개를 흔들었다.

"아니, 살려지고 있다는 표현이 맞을지도 모르겠군요. 본인은 의식이 없으니까요. 아들이 그렇게 된다면 어떻게 하시겠어요?"

마쓰모토 게이코가 당황스러운 표정으로 가도와키를 바라보았다. 이 여자, 도대체 왜 이러는 거야, 라고 말하고 싶은 듯했다.

"그렇게 되면 그렇게 된 대로…… 하여간 나름대로 대응할 수밖에 없겠죠."

대답하면서 그녀는 괴로운 표정을 지었다.

신쇼 후사코가 그녀를 뚫어져라 바라보았다.

"의식이 없으니 당연히 의사소통도 할 수 없고, 그저 생명 유지 장치의 힘으로 목숨만 붙어 있는 아이를 계속 돌보겠다는 건가요? 비용도 엄청나고, 자신만 힘든 것이 아니라 주위 사람 모두에게 폐를 끼치는데도요? 그런 상황에서 과연 누가 행복할 수 있을까요? 부모의 자기만족이라고 생각하지 않나요?"

마쓰모토 게이코가 얼굴을 찡그리며 눈을 감았다. 그리고 오른손으로 머리를 북북 긁었다. 한참을 말없이 그러고 있다가 "미안해요." 라고 말했다.

"미안한데, 그렇게까지 깊이 생각해 본 적이 없어요. 아들이 그렇게 되는 건 상상하고 싶지도 않고요. 그러니까 역시 닥쳐 보지 않고는 알 수 없다고 대답할 수밖에 없네요. 신쇼 씨 입장에서는 머리 나쁜 여자의 대답으로 들릴지 모르겠지만요."

"머리가 나쁘다니, 그런 말은……."

신쇼 후사코의 눈동자가 갈피를 잃고 이리저리 방황했다. 그녀가 그런 낭패감을 내보이는 건 처음이었다.

"죄송해요. 저야말로 말을 너무 심하게 했네요."

"신쇼 씨."

가도와키가 말했다.

"혹시 장기 이식과 관련해 제언하고 싶은 내용이 있어서 우리 활동에 참가하셨나요? 만약 그렇다면 솔직히 말씀해 주세요. 정치적인 사상은 제아무리 훌륭한 것이라도 배제하는 게 우리 모임의 방침입니다."

정치적인 사상, 하고 입속에서 되뇐 후 신쇼 후사코는 고개를 가로저었다.

"아니요, 그렇지 않아요. 저는 그저 두 분의 의견을 듣고 싶었어요. 이상하지 않나요? 부모가 아이의 죽음을 받아들일 수 없어서 장기 기증을 주저하는 심정은 이해하지만 다른 나라에서는 뇌사로 판명된 시점에 연명 치료가 중단되거든요. 그러면 부모는 아이의 영혼을 다른 형태로 살릴 수 있도록 생각을 전환하죠. 어딘가에서 고통을 겪고 있을 아이들, 건강한 장기를 애타게 기다리는 아이들에게 자기 아이의 육신이 도움이 되는 방향으로요. 그 결과 귀중한 장기를 제공하게 되는 거예요. 그런데 그렇게 해서 생긴 이식용 장기를 일본에서 온 환자가 거금을 지불하고 빼앗아 간다면, 일본인 아이 하나는 목숨을 구할 수 있을지 몰라도 그 대신 현지 아이를 살릴 기회가 한 번 사라집니다. 그러니 일본이 비난을 받는 것도 당연하지 않나요? 일본이나 일본의 부모들이 생각해 봐야 할 문제예요. 현재 기준으로 뇌사 판정을 받은 환자가 의식을 되찾은 사례는 전 세계를 통틀어 단 한 건도 없어요. 즉 장기 뇌사는 난센스란 말입니다. 엄청난 돈과 노력을 기울여 목숨만 붙들어 두다니요. 부모와, 더 나아가서 일본인의 이기주의예요. 모두가 그 사실을 인식하게 되면 유키노 양같이 안타까운 경우도 줄어들 겁니다."

열변에 압도된 가도와키는 커피를 마시는 것도 잊은 채 신쇼 후사코의 입을 멍하니 바라보았다. 저런 말이 어쩌면 저렇게 막힘없이 나올까 싶어 감탄하는 한편, 자신들의 활동 배경을 새삼 인식하게 되어 충격이기도 했다. 문제의 근원에 일본인의 이기주의가 있다는 말인가.

죄송합니다, 하고 그녀가 고개를 숙였다.

"혼자 너무 떠들었군요. 두 분과는 크게 상관이 없는 일일 텐데 말이에요. 다만 유키노 양이 목숨을 구하면 그것으로 문제가 끝나는 게 아니라 장기 이식을 기다리는 다른 아이들이 해외로 나가지 않아도 되게끔 해야 한다는 말을 하고 싶었어요."

가도와키가 길게 한숨을 내쉬고 머리를 긁적거렸다.

"저희의 모금 활동이 본질을 벗어난 건 사실입니다. 국내에서 장기 제공이 늘어날 수 있도록 운동을 펼치는 게 우선인데 말이죠."

"하지만 그런 식으로 느긋한 소리나 하고 있다가는 유키노의 목숨을 살리기 힘들어요. 물론 자신들이 아는 아이만 소중하냐고 물으면 대꾸할 말이 없지만요."

그 말에 신쇼 후사코가 시선을 아래로 향한 채 천천히 고개를 저었다.

"마쓰모토 씨 기분은 이해해요. 저도 마쓰모토 씨 입장이라면 그랬을 거예요. 그래서 도움이 되고 싶었고요."

다소 가라앉은 분위기 속에서 세 사람은 커피를 마셨다.

신쇼 씨, 하고 마쓰모토 게이코가 다시 입을 열었다.

"혹시 지인 중에 장기 이식을 기다리던 사람이 있나요? 그랬다가 결국 기증자가 나타나지 않아 안타깝게도……."

신쇼 후사코가 컵을 내려놓고 슬며시 미소를 지었다.

"아뇨, 없어요. 하지만 안타까운 건 사실이죠. 그 부모들 심정을 생각하면 가슴이 아파요."

거짓말일 것이다, 라고 가도와키는 생각했다. 그녀에게는 틀림없이 뭔가 고뇌가 있다. 그 고뇌가 그녀의 마음을 뒤흔들고 있다.

문득 떠오르는 생각이 있었다.

"신쇼 씨, 면회를 가 보면 어떻겠어요?"

가도와키의 말에 신쇼 후사코의 눈꺼풀이 파르르 떨렸다. 그 모습을 보고 그가 말을 이었다.

"유키노 양에게요. 실은 머지않아 모금액이 미국 병원에 내야 하는 예탁금 액수에 다다를 것 같아요. 그래서 그런 사실도 전하고 유키노 양의 상태도 알아볼 겸 한번 가려던 참이었거든요. 같이 가시겠어요?"

"제가 가도 될까요, 아무 상관도 없는 사람이?"

"신쇼 씨가 왜 아무 상관이 없습니까. 신쇼 씨 얘기를 듣고 솔직히 부끄러웠어요. 저희가 너무 문제의식이 없다는 생각 에요. 에토 부부에게 신쇼 씨 얘기를 들려주고 싶습니다."

신쇼 후사코는 눈을 내리깔고 가만히 생각에 잠겼다. 그녀 가 머릿속으로 무슨 생각을 하고 있는지는 상상할 수 없지만 면회를 갈지 말지 진지하게 고민하고 있다는 사실만은 의심 의 여지가 없었다.

이윽고 그녀가 고개를 들었다.

"괜찮다면 저도 면회를 가고 싶어요."

"그럼 날짜를 정하죠."

가도와키가 주머니에서 스마트폰을 꺼냈다.

5

신쇼 후사코가 '유키노를 구하는 모임' 사무국을 방문한 그 다음 주 토요일, 가도와키는 그녀와 함께 에토 유키노가 입원 해 있는 병원을 찾았다. 병원으로 가는 도중 그녀가 "이런 걸 사 왔는데, 괜찮을까요?"라고 물으며 들고 있던 쇼핑백에서 상자를 꺼냈다. 안에 슈크림이 들어 있다고 했다.

"유키노 양에게는 보이지 않는 편이 나을 것 같네요. 수분과 염분을 엄격하게 제안하나 보더라고요. 맛없는 것만 먹인다고 짜증을 많이 부리는 모양입니다."

"그래요? 가엾어라……. 그럼 안 보이는 게 낫겠네요."

"나올 때 유키노 양 모르게 그 엄마에게 전해 드리세요."

"그럴게요. 이런 걸 사 오는 게 아니었나 봐요."

신쇼 후사코가 후회스러운 표정을 지었다.

"하지만, 이건 괜찮겠죠?"

그녀가 슈크림 상자를 쇼핑백에 도로 넣은 후 꺼낸 물건은 토끼 인형이었다.

"아 네, 괜찮을 겁니다. 그런데 왜 하필이면 토끼죠?"

가도와키가 눈웃음을 지으며 물었다.

"홈페이지에 유키노 양의 근황을 알리는 게시판이 있잖아요. 거기에 유키노 양이 그린 그림이 몇 장 소개되어 있는데 토끼 그림이 많더군요. 그래서 좋아하나 보다 싶어서요."

"아아, 그렇군요."

역시 교사라서 보는 눈이 다르군, 하며 가도와키는 감탄했다.

에토 유키노는 2인실에 입원해 있는데, 같이 쓰던 환자가 지난주에 퇴원해서 지금은 유키노 혼자 병실을 넓게 사용하고 있다고 했다.

문을 노크하자 "들어오세요." 하는 여자 목소리가 들렸다.

문을 여니 아동용 침대 곁에 폴로셔츠를 입은 에토가 서 있고 침대 반대쪽에는 티셔츠에 청바지 차림의 유카리가 앉아 있었다.

가도와키는 "실례합니다."라고 두 사람에게 인사를 건넨 후 침대에 있는 유키노에게 시선을 옮겼다.

"안녕."

유키노는 푸른색 환자복을 입고 커다란 쿠션에 기대듯 앉아 있었다. 뾰족한 턱이 살짝 움직이면서 입에서 조그만 소리가 흘러나왔다. 아마도 인사를 했을 것이다.

"컨디션은 어때?"

가도와키가 에토에게 물었다.

"고만고만해. 감기 기운이 좀 있긴 했지만."

에토가 아내를 보았다.

"감기? 그거 안 되는데⋯⋯. 지금은 괜찮아요?"

이번에는 유카리에게 물었다. 그녀가 웃는 얼굴로 고개를 끄덕였다.

"열이 좀 있어서 걱정했는데, 이젠 괜찮아졌어요."

"다행이네. 다들 응원하고 있으니 조심해야지."

이 말은 유키노에게 건넨 것이었다. 그러나 네 살짜리 소녀는 잘 모르는 아저씨가 친근하게 말을 걸어와 약간 긴장한 듯했다.

가도와키가 뒤를 돌아보았다.

"전화로 에토에게 말했지만, 오늘은 소개하고 싶은 사람이 있어서 같이 왔어요. 모금 활동을 함께하고 있는 신쇼 씨예요."

신쇼 후사코가 앞으로 한 걸음 나서며 고개를 숙였다.

"신쇼입니다. 처음 뵙겠습니다."

유카리도 일어나서 고개를 숙였다.

"도와주셔서 감사합니다."

"그냥 앉아 계세요. 간병하느라 힘드실 텐데."

"아니에요, 괜찮아요."

유카리가 손을 내저었다.

저, 이거, 하면서 신쇼 후사코가 쇼핑백에서 토끼 인형을 꺼냈다.

"유키노 양에게 줄 선물을 가져왔는데……."

유카리가 환하게 웃으며 가슴 앞에서 두 손을 모았다.

"와, 토끼네. 유키노는 좋겠다."

신쇼 후사코가 침대로 다가가 유키노에게 토끼 인형을 내밀었다. 유키노가 약간 놀란 듯한 얼굴로 머뭇거리며 엄마를 바라보았다. 받아도 될지 고민하는 것이다.

"받아도 돼, 유키노. 받고서 뭐라고 해야 하는지는 알지?"

유키노의 입이 다시 살짝 움직였다. 이번에는 고맙습니다, 하는 소리가 희미하게 들렸다. 토끼 인형을 받아 든 유키노는 그것을 가슴에 꼭 껴안았다. 아이의 얼굴에 미소가 번졌다.

유키노 몸에는 조그만 주머니 같은 것이 달려 있다. 소아용 보조 인공 심장 펌프다. 침대 옆에 놓여 있는 구동 장치와 튜브로 연결되어 있다.

인공 심장에는 펌프를 체내에 이식하는 방식과 체외에 설치하는 방식, 두 종류가 있다. 그러나 아동용 보조 인공 심장은 체외에 설치하는 방식뿐이다. 몸이 작아서 이식할 공간이 없기 때문이다.

그나마 일본에서는 최근에야 사용이 인정되었다. 그 전에는 성인용 펌프를 출력을 낮추어 사용했는데, 그럴 경우 혈전이 생기기 쉽다는 문제가 제기되어 겨우 아동용이 인가를 받을 수 있었다.

하지만 소아용 인공 심장 역시 혈전이 생길 가능성이 전혀 없는 것은 아니어서, 어디까지나 이식을 기다리는 동안의 임시방편에 불과했다. 또한 사용이 장기화하면 뇌경색을 일으킬 우려도 있다고 했다.

이제 와서 되돌릴 수는 없지, 하고 유키노의 조그만 펌프를 바라보며 가도와키는 생각했다.

"신쇼 씨는 말이지," 하고 그가 말을 꺼냈다.

"일본의 심장 이식 실태에 관해 뚜렷한 의견이 있는 분이야."

아, 그러세요, 하고 에토가 새삼 신쇼 후사코를 봤다.

"의견이랄 것까지는 없어요."

신쇼 후사코가 시선을 잠깐 아래로 떨어뜨렸다.

"다만, 서구와 비교해서 뒤처졌다는 느낌은 있어요. 그래서 에토 씨 가족도 이렇게 고생하시는 거고요. 참 안타깝죠."

"기증자가 적은 점을 두고 하시는 말씀인가요?"

유카리의 질문에 신쇼 후사코가 고개를 끄덕였다.

"네. 장기 이식법이 개정되었는데도 상황은 조금도 나아지지 않았거든요. 국가도 적극적인 대책이 없고요. 지금 이 상태라면 유키노 양 같은 아이가 앞으로도 계속 생겨날 거예요. 그러니 어떻게든 대책을 세워야 한다고 봐요."

"그 문제라면 우리도 절감하고 있습니다."

에토가 대답했다.

"유키노를 살리는 방법이 이식밖에 없다는 말을 의사에게 들었을 때는 충격이 컸어요. 그런데 이 나라에서 무턱대고 기다리다가는 이식할 가능성이 제로에 가깝다는 말에 더욱 낙담했죠."

"그러셨겠어요. 그래서 우리 나라가 뒤처졌다고 말한 거예요."

그때 유카리가 "하지만……"이라고 중얼거렸다.

"아이의 장기를 기증하고 싶어 하지 않는 부모 심정도 이해할 수는 있어요. 만약 유키노가 이런 병이 아니라 사고를 당해 뇌사할 경우 장기 기증에 동의하겠냐고 물으면 저 역시 고민할 것 같아요."

에토도 동감하는지 고개를 끄덕거렸다.

"그건 법률이 그렇게 되어 있기 때문이에요."

신쇼 후사코가 단정적으로 말했다.

"방금 '뇌사할 경우'라고 말씀하셨죠? 하지만 엄밀히 말하면 장기 기증에 동의하지 않는 한 뇌사인지 아닌지 알 수 없어요. 판정을 해 주지 않으니까요. 판정을 받지 않는 한 의사는 '아마도'라고 말하죠. 아마도 뇌사일 것이다, 라고요. 하지만 그런 식으로 말하면 부모는 결단을 내릴 수 없어요. 아이의 심장이 뛰고 혈색도 좋으니 죽음을 인정하고 싶지 않은 거죠. 법률을 개정해야 해요. 의사가 뇌사 가능성이 높다고 판단하면 그 시점에서 사망 판정을 내리고 치료를 모두 중단한 후, 만일 장기 기증 의사가 있다면 연명 치료만 하는 걸로요. 그래야 부모도 단념할 수 있어요. 그러면 장기 기증자도 늘어날 테고요."

담담하게 말한 후 그녀는 "그렇게 생각지 않으세요?"라고 에토 부부에게 물었다.

유카리는 잠시 남편과 얼굴을 마주 보고 나서 고개를 갸우뚱하며 대답했다.

"어려운 문제네요. 지금 말씀하신 대로 하면 좋은 점도 있겠지만, 법률이 그렇지 않은 데는 그럴 만한 이유가 있지 않을까 싶기도 하고요."

"정치가나 관료들이 책임지려고 하지 않는 거죠. 뇌사를 인간의 죽음으로 인정할 것이냐 말 것이냐에 대해 결론을 내릴 용기가 없어서 적당히 얼버무린 결과가 지금의 법률이에요. 그 탓에 사람들이 얼마나 고통을 겪는지는 안중에도 없고 말이죠."

거기까지 말한 후 신쇼 후사코는 비스듬히 아래쪽을 내려다보며 스읍, 하고 숨을 들이마셨다.

"혹시 장기 뇌사 상태에 있는 아이가 있다는 사실은 아시나요?"

에토 부부는 어리둥절한 표정을 지은 채 대답을 하지 못했다. 익숙하지 않은 말이라 그런지도 몰랐다.

"의사가 아마도 뇌사일 거라고 했지만 그 사실을 인정하고 싶지 않은 부모가 간병을 계속하고 있어요. 회복될 가능성이 전혀 없는데도요. 어떻게 생각하세요, 소용없는 일일까요?"

유카리가 미간을 찡그리며 "그 부모의 기분은…… 이해할 수 있어요."라고 괴로운 듯이 대답했다.

"아이의 장기를 기증하면 누군가의 생명을 구할 수 있는데도요?"

"그렇다고 해도……."

그때 에토가 "신쇼 씨." 하고 유카리의 말을 가로막았다.

"오해가 없었으면 해서 드리는 말씀입니다만, 저희는 누군가가 하루빨리 뇌사했으면 좋겠다는 생각 따위는 전혀 없습니다. 아내와도 의견 일치를 보았습니다. 돈이 모여서 미국에서 이식할 수 있게 되더라도 기증자가 나타나기를 기다리지는 말자고요. 적어도 그런 말을 입에 담지는 말자고 했습니다. 기증자가 나타난다는 건 어딘가에서 아이 하나가 죽었다는 뜻인데, 그렇다면 슬퍼할 사람이 얼마나 많겠습니까. 이식 수술은 '선의'라는 베풂을 받는 것이지 요구하거나 기대할 일이 아니라고 생각합니다. 동시에 뇌사를 받아들이지 못하고 간병을 계속하는 사람들을 비난할 생각도 없습니다. 그 아이 부모에게는 아이가 살아 있다고 여겨질 테니까요. 그 또한 소중한 생명 아니겠습니까. 저는 그렇게 생각합니다."

아이의 이식 수술을 애타게 기다릴 것이 분명한 에토의 말이 신쇼 후사코에게 어떻게 받아들여졌는지는 확실히 알 수 없다. 그러나 안경 속에서 불안정하게 흔들리는 그녀의 눈동자가 그녀의 속마음을 대변해 주는 듯했다.

알겠습니다, 라고 신쇼 후사코가 말했다.

"참고할게요. 따님이 하루빨리 회복되기를 진심으로 빌겠습니다."

그녀는 공손히 머리를 숙였다.

에토가 "감사합니다."라고 대답했다.

신쇼 후사코를 배웅한 후 가도와키는 에토와 한잔하러 나갔다. 오랜만에 바람이라도 쐬고 오라고 유카리가 권했던 것이다.

두 사람은 에토가 자주 가는 식당 테이블에 마주 앉았다. 우선은 모금이 순조롭게 이루어지는 것을 축하하는 뜻에서 맥주로 건배했다.

"좀 별난 사람이더라."

입가에 묻은 거품을 손등으로 훔치며 에토가 말했다.

"신쇼 씨 말이야?"

"응. 느닷없이 질문을 해 대서 좀 당황스러웠어."

"데려오지 말 걸 그랬나?"

가도와키의 물음에 에토가 피식 웃으면서 고개를 저었다.

"그건 아니고. 그런 사람이 있어야 세상이 변하지. 우리는 당사자라서 눈앞에 닥친 문제를 해결하기에만 급급하지 법률이고 뭐고 생각할 여유가 없잖아."

"그건 그래. 그 사람은 문제의식이 대단하더라고. 나도 기가 눌릴 정도였어."

"대체 뭐 하는 사람이야?"

"교사래. 장기 이식과 관련해서 무슨 운동 같은 걸 하지 않나 싶은데 자세한 건 잘 모르겠어. 다만 우리에게 귀중한 인력인 것만은 확실해. 일요일에만 모금 활동에 참여하는데, 얼마나 열심인지 몰라."

"고마운 사람이네. 그런 사람들이 있어서 내가 불가능하다고 여겼던 일을 꿈꿀 수 있게 된 거야. 2억 6천만 엔이라니, 처음 들었을 때는 천문학적 숫자라고만 생각했어."

"이대로라면 불가능하지 않을 것 같아. 조금 더 분발해야겠어."

그 말에 에토가 맥주잔을 내려놓더니 진지한 얼굴로 두 손을 테이블에 얹었다.

"모든 게 네 덕분이야. 네가 '유키노를 구하는 모임' 대표가 되어 주지 않았다면 희망은 없었을 거야. 정말 고맙다."

그러자 가도와키가 얼굴을 찡그리며 테이블을 두드렸다.

"야, 야, 이러지 마. 왜 이런 데서 머리를 조아리고 난리냐. 그리고 아직 아무것도 이루어지지 않았어. 아니, 시작도 안했어. 유키노가 무사히 수술을 받고 건강하게 귀국하면 그때 가서 고마워하든지. 그때는 이런 싸구려 집 말고 고급 음식점에서 한턱내야 해."

에토가 빙그레 웃으면서 "그래, 알았다. 꼭 그렇게 하마." 라고 하고는 맥주병을 들어 가도와키의 잔에 맥주를 따랐다.

그리고 두 사람은 오랜만에 야구 얘기를 나눴다. 해방감을 느꼈는지 에토가 웬일로 말을 많이 했다. 빨리 결혼하라고 가도와키에게 잔소리를 하기도 했다. 결혼해서 자식을 낳아 야구를 가르치라는 것이었다.

"우리는 둘째를 낳을 생각이 없으니까 너만 믿는다."

구운 열빙어를 손가락으로 들고 가도와키를 가리키며 에토가 말했다.

"뭐야, 네놈을 즐겁게 해 주자고 결혼하란 말이야?"

"그래. 아들이 야구 선수가 되면 우리 유키노와 결혼시켜도 좋고."

"오호라, 그건 나쁘지 않겠는걸."

"그렇지? 그러니까 빨리 결혼해. 그 나이가 되도록 독신이라는 건……."

거기까지 말한 에토가 바지 주머니에서 스마트폰을 꺼냈다. 진동이 울렸던 모양이다.

잠깐만, 하고 그가 스마트폰을 귀에 대며 일어섰다. 그리고 주위가 시끄러워서인지 가게를 나갔다.

가도와키는 문득 생각나는 것이 있어 웃옷 안주머니에서 봉투를 꺼냈다. 신쇼 후사코가 병실을 나가면서 건넨 것이다.

"제 주위에 있는 사람들에게 이 일을 얘기했더니 모두들 모금에 동참해 줬어요. 저도 조금 보태서 은행에서 지폐로 바꿔

왔습니다. 받아 주세요."

봉투가 묵직했다. 적지 않은 금액일 것 같았다.

봉투 속을 들여다본 가도와키의 눈이 휘둥그레졌다. 만 엔짜리 다발이 가득 들어 있었다. 그것도 종이 띠가 둘린 신권이다. 다시 말해 백만 엔이라는 얘기다. 도대체 얼마나 많은 사람이 협조했기에 이런 거금이 모아졌을까.

조금 전에 에토가 물었던 것과 똑같은 의문이 떠올랐다. 대체 그녀는 뭘 하는 사람일까.

그런 생각을 하고 있는데 에토가 돌아왔다. 봉투를 안주머니에 넣으며 그를 보는데 어쩐지 불길한 예감이 들었다. 친구의 얼굴이 굳어 있고 창백했다. 조금 전까지의 여유는 찾아볼 수 없었다.

"왜 그래?"

가도와키의 물음에 에토는 지갑에서 만 엔짜리를 꺼내 테이블에 내려놓으며 "미안하지만 계산 좀 해 줘. 병원에 빨리 가봐야 해."라고 말했다.

"무슨 일 있어?"

"유키노가 갑자기 머리가 아프다고 하더니 경련을 일으킨 모양이야. 집중 치료실로 옮겨졌대."

목소리가 어둡고 심각했다.

가도와키는 테이블에 놓인 만 엔짜리를 집어 에토의 가슴팍에 갖다 붙였다.

"돈은 됐으니까 빨리 가 봐."

에토가 돈을 받아 쥐고 미안하다며 돌아섰다. 그 등을 바라보면서 가도와키는 계산서를 집어 들었다.

6

'유키노를 구하는 모임'의 해산식은 시민 회관에서 열렸다. 식이라고 해 봐야 거창하게 뭘 하려는 것은 아니었다. 에토가 신세 진 사람들에게 감사 인사를 하고 싶다기에 모금 활동 참가자들에게 모여 달라고 했을 뿐이다.

그날 상태가 급변한 유키노는 얼마 후 의식을 잃었고, 사흘간 혼수상태에 있다가 끝내 숨을 거뒀다. 사인은 뇌경색이었다. 인공 심장에서 혈전이 생긴 것이다. 우려하던 일이 현실로 나타나고 말았다.

가도와키는 비탄에 젖은 에토 부부를 위로하면서 빈소를 지키고 장례를 주도했다. 장례식을 검소하게 치른 이유는 돈을 함부로 쓰면 모금에 동참한 사람들에게 실례라는 에토의 뜻을 따랐기 때문이다.

그리고 장례일로부터 7일째인 오늘, 모임의 해산식을 열게 되었다.

맨 먼저 가도와키의 인사말이 있었다. 식장에 모인 백 명 남짓한 사람들 앞에서 유키노 양의 죽음을 애도하는 한편 지금까지 협조해 준 사람들에게 감사의 마음을 전했다. 가슴속은 허망함과 안타까움으로 가득했지만, 사람들의 박수를 받으며 고개를 숙이자니 자신이 할 일을 다 했다는 후련한 마음도 조금은 생겼다.

이어서 에토 부부가 단상에 섰다. 양복 차림의 에토는 아내와 함께 깊이 고개 숙여 인사하고, 숨을 크게 들이쉰 뒤 입을 열었다.

"바쁘신 중에도 이렇게 와 주셔서 정말 감사합니다. 여러분께 인사를 드리려고 이런 자리를 마련했습니다."

그는 감정을 억누르고서 이야기를 시작했다.

"유키노에게 해외에서 심장을 이식해 주고 싶어 하는 제 소망을 듣고 가도와키 대표가 '유키노를 구하는 모임'을 만든 지석 달입니다. 과연 잘될까 하는 불안감도 있었지만, 여러분의 도움 덕분에 놀랄 만한 금액이 모였습니다. 인간의 선의가 이렇게 큰 힘을 발휘하리라고는 미처 생각하지 못했습니다. 안타깝게도 유키노의 생명의 불꽃은 꺼졌지만, 자신이 사람들에게 얼마나 큰 사랑과 지지를 받았는지는 그 아이의 마음에 깊이 새겨졌을 거라고 봅니다. 물론 저와 아내도 이 은혜를 평생 잊지 않겠습니다. 제가 뭘 할 수 있을지 아직은 모르지만, 있는 힘을 다해 여러분께 은혜를 갚으려고 노력하겠습니다."

참석자들 사이에서 흐느끼는 소리가 새어 나왔다. 손수건을 눈가에 대고 있는 모습도 여기저기서 보였다.

"한 가지 보고드려야 할 내용이 있습니다."

에토가 목소리를 약간 높여 말한 뒤 식장을 둘러보았다.

"잘 아시는 대로 유키노의 직접적인 사인은 뇌경색이었습니다. 인공 심장에서 생긴 혈전이 뇌혈관을 막은 것입니다. 그러나 그로 인해 곧바로 심정지에 이르지는 않았고, 우선은 뇌사일 거라는 진단이 있었습니다. 그 즉시 병원 측은 저희에게 장기 기증 의사가 있는지 물었습니다. 딸은 비록 심장에는 병이 있었지만 다른 장기는 건강하다고 했습니다. 저와 아내는 의논 끝에, 이제 딸이 누군가의 생명을 구할 차례라는 데 의견을 모았습니다. 그날 밤 첫 번째 뇌사 판정 절차가 이루어졌습니다. 저와 아내도 입회했습니다. 24시간 후 같은 절차가 반복되었습니다. 결과는 마찬가지였습니다. 뇌사라는 판정이 내려졌고, 그때가 딸의 사망 시각으로 기록되었습니다. 적출한 장기는 폐와 간, 그리고 신장 두 개입니다. 그 장기들은 네 명의 아이에게 제공되었다고 합니다. 어딘가에서 틀림없이 살아 있을 유키노의 영혼이 다시금 행복해졌으리라 믿습니다. 그 같은 결단을 망설임 없이 내릴 수 있었던 것도 모두 여러분 덕분입니다. 진심으로 감사드립니다."

고개를 숙인 에토 부부에게 우레와 같은 박수가 쏟아졌다.

식이 끝나자 참석자들이 하나둘씩 에토 부부와 가도와키에게 다가가 인사를 건넸다. 다들 한스러운 표정을 지으면서도 어딘가 모르게 안도하는 기색이 엿보였다. 기나긴 전투를 끝낸 듯한 충족감이 있었는지도 모른다.

사람들의 행렬이 거의 사라지고 나서 철제 의자들이 나란히 놓여 있는 곳으로 눈을 돌린 가도와키는 깜짝 놀랐다. 신쇼 후사코가 구석 자리에 앉아 고개를 숙이고 있었다.

어디가 불편한 걸까 싶어 그녀에게 다가가던 그가 도중에 걸음을 멈췄다. 그녀가 울고 있었던 것이다.

그녀가 어깨를 흔들며 오열하고 있었다. 눈에서 눈물이 뚝뚝 떨어져 발밑을 적셨다.

가도와키는 그녀에게 말을 건넬 수 없었다.

7

금목서 향이 은은히 감도는 정원에서 화분에 물을 주다가 담벼락 틈새에 피어 있는 들국화를 발견했다. 해마다 이 시기가 되면 연보라색 자그마한 꽃이 핀다.

톡톡. 머리 위에서 유리창을 두드리는 소리가 났다. 가오루코가 고개를 들어 보니 창문 안쪽에서 치즈코가 대문 쪽을 손가락으로 가리키고 있었다.

가오루코는 뒤를 돌아보았다. 하얀 블라우스에 짙은 감색 치마 차림의 신쇼 후사코가 진입로를 가만가만 걸어오는 참이었다. 그녀가 가오루코를 보더니 꾸벅 인사했다.

가오루코도 몸을 일으키며 모자를 벗고 고개를 숙였다. 그리고 먼저 현관까지 가서 문을 열고 신쇼 후사코를 기다렸다.

"안녕하세요. 금목서 향이 참 좋아요."

신쇼 후사코는 늘 그렇듯 입을 별로 움직이지 않고 인사말을 했다.

"그렇죠? 오늘도 잘 부탁드려요."

저야말로요, 하면서 신쇼 후사코가 현관으로 들어섰다.

치즈코가 미즈호 방에서 나와 묵례하고 복도를 지나갔다. 이쿠토는 아직 유치원에 있다.

신쇼 후사코가 평소처럼 방문 앞으로 가서 문을 노크했다.

"미즈호, 들어갈게."

문을 열고 안으로 들어가는 그녀를 따라 가오루코도 들어갔다.

미즈호는 휠체어에 앉아 있었다. 빨간 패딩 차림에 머리는 오늘도 포니테일이다. 신쇼 후사코는 안녕, 하고 인사한 뒤 미즈호 맞은편에 놓인 의자로 가서 앉았다. 가오루코의 자리는 신쇼 후사코의 비스듬히 뒤쪽이다. 거기에도 이미 의자가 놓여 있었다.

"어느새 본격적인 가을로 접어들었어요. 역에서 걸어오는데 땀이 나지 않더군요. 바람도 상쾌하고요. 미즈호는 최근에 밖에 나간 적이 있나요?"

"며칠 전에 오랜만에 산책을 했어요."

가오루코가 대답했다.

"어떤 할머니가 인사하면서 귀엽다고 칭찬해 줬지, 미즈호?"

"좋았겠네. 미즈호의 표정이 좋아서 그 할머니가 말을 걸고 싶었나 보다."

"그때 마음에 드는 원피스를 입어서 기분이 좋았지?"

"그래, 굉장히 잘 어울렸을 거야."

미즈호를 바라보면서 두 여자가 번갈아 말했다. 수업 전에 늘 거치는 과정이다.

"그럼 오늘도 이야기를 들려줄게."

신쇼 후사코가 가방에서 책을 꺼냈다.

"오늘은 흰동가리라는 물고기와 바다제비라는 새 이야기야. 흰동가리는 늘 심심했어요. 여기저기 구경을 다니고 싶은데,

무서운 상어와 문어 때문에 아무 데도 갈 수 없었거든요. 그러던 어느 날 흰동가리가 느릿느릿 헤엄치고 있는데, 위에서 뭔가가 첨벙, 뛰어드는 것 아니겠어요. 아이 깜짝이야, 하고 숨을 죽이고 있는데 그 뭔가가 이번에는 쌩, 하고 다시 물 밖으로 뛰쳐나갔어요. 뭘까 궁금해서 물 밖으로 빠끔 고개를 내밀고 주위를 살피던 흰동가리는 또 한 번 놀랐어요. 여태 본 적 없는 생물이 물도 없는 곳에서 빙빙 돌고 있지 뭐예요. 너는 누구니? 거기서 뭐 하는 거야? 흰동가리가 물었어요. 그랬더니 나는 바다제비야. 먹이를 찾고 있지. 너야말로 누구니? 무슨 물고기가 그렇게 무늬가 예쁘지? 하는 대답이 돌아왔어요."

이야기는 서로 자신을 소개하는 동안 상대의 생활을 동경하게 된 흰동가리와 바다제비가 신에게 부탁해 딱 하루만 서로 모습을 바꾸게 된다는 내용이다.

옆에서 듣고 있던 가오루코는 그 이야기가 동화 '왕자와 거지'의 변형이라고 이해했다. 자신의 처지가 불만스러우면 타인의 생활을 부러워하게 되지만, 실제로 상대의 입장이 되어보면 그 나름으로 고민이나 힘든 점이 있다는 걸 알게 된다는 뻔한 패턴이다.

아니나 다를까 흰동가리와 바다제비 이야기도 그런 결말이었다. 바다제비는 바닷속에 하늘 이상으로 천적이 많다는 사실을 알게 되고, 흰동가리는 먹이를 찾으러 날아다니는 것이 얼마나 힘든 일인지 절감한다. 그 결과 지금의 자신이 행복하다고 깨닫고 원래 모습으로 돌아간다.

끝, 하고 책을 덮은 후 신쇼 후사코가 가오루코를 돌아보았다.

"어떠셨어요?"

"겉보기와는 달리 누구나 당사자만 아는 고민이 있다. 그러니 무턱대고 남을 부러워해서는 안 된다. 그런 이야기인가요?"

신쇼 후사코가 고개를 끄덕였다.

"그래요. 하지만 그렇기 때문에 때로는 서로의 입장을 바꿔보는 것도 나쁘지 않겠지요. 흰동가리와 바다제비처럼 말이에요."

무슨 뜻인가 싶어 가오루코는 여선생의 얼굴을 빤히 바라보았다.

"선생님도 입장을 바꿔 보고 싶은 상대가 있으세요?"

"저는 없지만……."

신쇼 후사코가 고개를 기울였다.

"세상에는 그런 생각을 하는 사람도 있지요."

"무슨 일이 있으셨어요?"

그러자 그녀는 가오루코의 눈을 물끄러미 바라보다가 미즈호에게 고개를 돌렸다.

"미즈호. 미안하지만 엄마랑 잠깐 얘기를 나눌게."

그리고 가오루코를 향해 돌아앉았다.

"무슨 얘기죠?"

불길한 예감이 가오루코의 가슴속을 스쳤다.

"이틀 전에 학교에 어떤 남자가 찾아왔어요. 이름이 가도와 키라더군요."

신쇼 후사코가 얘기를 시작했다.

"본업은 식품 회사 사장이지만, 두 달 전까지 어느 아이의 해외 원정 이식을 돕는 모금 활동의 대표로 일했대요."

가오루코가 심호흡을 하고 나서 신쇼 후사코를 보며 "그런 데요?" 하고 물었다.

"흥미롭게도 그 모금 활동에 신쇼 후사코라는 이름의 여자 가 자원 봉사자로 참여했다는 거예요. 물론 저는 아닙니다."

가오루코는 눈을 깜박거렸지만 신쇼 후사코의 눈길을 피하 지는 않았다.

가도와키 씨가, 하고 신쇼 후사코가 말을 이었다.

"그 여자를 내내 찾고 있었다고 하더군요. 이식하려던 아이 가 세상을 떠나는 바람에 활동하던 모임을 해산하게 되었는 데, 모인 돈이 그대로 남았대요. 그래서 그 돈을 비슷한 모금 활동에 기부하려고 하는데, 특별히 돈을 많이 기부한 사람에게는 허락을 받고 싶다는 거였어요. 신쇼 후사코라는 분이 아마 기부를 많이 한 모양이에요. 그런데 연락을 하고 싶어도 방법이 없더래요. 전화도 연결이 안 되고 메일을 보내도 답장이 없고요."

"그래서요?"

가오루코가 물었다.

"그녀가 교사라고 자신을 소개했답니다. 그 외에는 그 여자에 대해 아는 것이 거의 없지만, 실마리가 하나 있긴 했대요. 그녀가 장기 이식에 관해 해박하고 문제의식도 높았다는 거예요. 그래서 어쩌면 제자 중에 이식이 필요했는데 안타깝게도 이루어지지 않은 아이가 있었을지 모른다는 게 가도와키 씨의 추측이었어요. 그런 아이가 다니는 학교라면 특수학교일 가능성이 크다고 보고 특수학교들을 일일이 조사한 끝에 우리 학교에 신쇼 후사코라는 교사가 있다는 사실을 알아낸 거죠."

가오루코가 무릎에 놓인 두 손을 꽉 쥐었다.

"그런데 아니었군요. 가도와키라는 분이 많이 놀랐겠어요."

"네. 하지만 단순히 동명이인이 아니라는 생각이 든다고 하더군요. 신쇼라는 성이 워낙 드물기도 하지만, 그보다 저를 만나 보니 마음에 걸리는 게 있다는 거예요."

"그게 뭐라던가요?"

"가도와키 씨에 따르면 자기가 아는 신쇼 후사코라는 여성은 저와 얼굴 생김은 다르지만 뒤로 묶은 머리 모양하며 안경이나 옷차림, 그리고 무엇보다 전체적인 분위기가 저와 꼭 닮았다는 거예요. 의도적으로 흉내를 냈다는 생각이 든다고 했어요. 그래서 제 주변 인물 중 누군가가 저를 사칭한 게 아닌가 싶다면서, 그럴 만한 사람이 있느냐고 묻더군요."

"그래서 뭐라고 하셨어요?"

신쇼 후사코가 등을 곧게 펴고 가오루코를 바라보았다.

"우선 자세히 얘기해 달라고 했어요. 신쇼 후사코라는 그 여자가 어떤 행동을 했고 무슨 발언을 했는지요. 그의 대답을 듣고 제가 얘기했죠."

신쇼 후사코는 잠시 숨을 고르고 혀로 입술을 축인 후 말을 계속했다.

"그럴 만한 사람이 있다고도, 또 없다고도 제 입으로 대답해 드릴 수 없습니다. 하지만 혹시 괜찮으시다면 이 건을 제게 맡겨 주시면 어떨까요. 그녀를 건드리고 싶지 않거든요. 그리고 그녀는 그 돈을 가도와키 씨가 어떻게 사용하든 전혀 상관하지 않을 겁니다, 라고요."

가오루코가 굳게 쥐었던 주먹에서 천천히 힘을 뺐다.

"그랬더니 가도와키 씨가 수긍하던가요?"

"알겠다고 했어요. 제 말뜻을 이해한 것 같더군요."

"그렇군요……."

마침내 가오루코가 시선을 떨궜다.

"하리마 씨, 아무 말씀도 하고 싶지 않으시다면 그렇게 하세요. 캐묻지 않겠습니다. 하지만 만약 다 털어놓아서 조금이라도 마음이 편해질 것 같으시면 제게 말씀해 주셨으면 해요. 하리마 씨 얘기를 들어 줄 사람이 저밖에 없지 않을까 싶습니다."

상대의 심경을 헤아린 신중한 말투에 가오루코는 혀를 내둘렀다. 역시 이 여자는 보통이 아니라는 걸 새삼 깨달았다.

"선생님 가방을 들여다본 일이 계기였어요."

가오루코가 고개를 들었다.

순간, 안경 너머에 있는 신쇼 후사코의 눈이 살짝 커졌다.

"들여다보았다고요, 제 가방을?"

죄송합니다, 하고서 가오루코는 말을 이었다.

"선생님이 미즈호에게 책을 읽어 주기 시작한 지 얼마 안 되었을 무렵이에요. 차를 끓이려고 자리를 비웠다가, 그사이에 선생님이 책을 읽지 않았다는 사실을 우연히 알게 되었어요. 그 뒷모습을 보고 제 가슴에 의심이 싹텄습니다. 이 사람이 미즈호를 정말 살아 있는 학생으로 여기는 걸까, 이미 뇌사한 아이에게 수업을 한들 무슨 의미가 있겠냐고 생각하는 것은 아닐까 하고요."

기억을 더듬으려는 듯 신쇼 후사코의 시선이 허공을 향했다. 그리고 뭔가 떠올랐는지 그녀가 고개를 끄덕거렸다.

"그때였군요. 네, 기억나요. 뒤에서 보셨군요."

"그 후로 선생님이 무슨 생각을 하는지 신경이 쓰여서 견딜 수 없었어요. 그러던 어느 날, 선생님이 낭독을 끝내고 화장실에 가셨을 때 의자에 놓여 있던 가방이 책 무게 때문에 떨어질 것처럼 보여서 고쳐 놓으려다가 가방 속에서 전단지 한 장을 보게 됐습니다. 그러면 안 된다고 생각하면서도 멋대로 꺼내 본 이유는 '이식'이라는 글자가 눈에 들어왔기 때문이에요. 네, 그 전단지는 '유키노를 구하는 모임'이 배부한 것이었습니다. 그걸 읽고 충격을 크게 받았어요. 선생님을 더욱 믿을 수 없게 되었죠. 미즈호 앞에서는 책을 읽으면서 내심으로는 저희를 경멸하는 게 아닌지 의심하기 시작했습니다. 엄청난 돈을 들여 살려 둔들 무슨 의미가 있을까, 장기를 기증하면 다른 생명을 구할 수 있을 텐데, 그렇게 생각하지나 않을까 하고 말이죠."

신쇼 후사코가 쓸쓸하게 웃었다.

"그렇군요. 그런 식으로 의심하셨단 말이군요. 그런데 모금 활동에 참여하기로 결심하신 이유는 뭐죠?"

그 질문에 가오루코가 고개를 돌려 미즈호를 바라보았다. 빨간 패딩을 입은 사랑스러운 딸은 눈을 살포시 감고 있었다.

그 눈을 뜨는 일은 아마도 영원히 없을 것이다. 미즈호의 귀에는 말소리도 들리지 않는다. 그런데도 가오루코는 지금부터 얘기할 내용이 딸에게 들리지 않을까 싶어 잠시 망설였다. 하지만 역시 그 얘기는 이 방에서 해야 한다고 생각했다.

가오루코가 신쇼 후사코에게 시선을 돌렸다.

"그 후 저는 선생님 기분을 곰곰이 생각해 봤어요. 장기 이식을 기다리는 아이를 응원하면서 한편으로 미즈호에게 책을 읽어 주는 심리란 어떤 것일까 하고요. 한편으로는 저 나름으로 장기 이식에 관해 공부했죠. 그러면서 여러 가지 사실을 알고 놀랐어요. 지금까지 저 자신이 얼마나 무지했는지 깨달았고요. 국내에서 장기 이식이 이루어지지 않아 그토록 많은 아이가 고통을 겪고 있다니. 마침내 저는 제 자신의 행동에 자신이 없어졌어요. 정말 이래도 되는 걸까. 이렇게 해서 미즈호가 과연 행복할까 싶더군요. 그래서 그 답을 얻으려고 그곳에 갔던 거예요. 모금 활동 현장에요."

"상대의 입장이 되어 생각해 본다는 거로군요. 흰동가리와 바다제비처럼요."

그 말에 가오루코가 숨을 삼켰다. 아무래도 신쇼 후사코는 오늘 있을 일을 모두 내다본 듯했다.

"하지만 아무리 신분을 감추려 했다 해도 왜 하필 저 같은 사람 행세를 하신 거죠?"

가오루코가 입가에 미소를 머금으며 고개를 살짝 기울였다.

"변장을 부자연스럽게 하면 안 되잖아요. 그래서 누군가의 이미지를 떠올릴 필요가 있었어요. 그런데 달리 생각나는 사람이 없었어요. 그래도 가명 정도는 준비했어야 했는데 갑자기 떠오르질 않아서……. 내뱉고 나서야 흔치 않은 성이라는 걸 깨닫고 후회했어요. 죄송합니다."

"사과하실 필요는 없어요. 제가 무슨 피해를 입은 것도 아니니까요. 그보다……."

신쇼 후사코가 몸을 조금 앞으로 기울였다.

"그쪽 세계를 접해 보니 어떻던가요, 뭔가 보이는 게 있으셨어요?"

"보였다고 할까……, 도움이 되었다고 할까요."

가오루코는 에토 부부를 만났던 일을 얘기했다. 그리고 에토 부부가 아이의 뇌사를 받아들이지 못하는 부모를 비난할 생각이 없으며, 그 부모에게는 아이가 살아 있는 것이나 마찬가지고 그 또한 소중한 생명이라고 했다는 말을 했다.

"그래서 더더욱, 어떻게든 유키노 양을 살리고 싶었어요."

그 말을 하면서 감정이 북받쳐 오른 가오루코가 눈물을 흘렸다. 잠시 후 그녀는 손가락으로 눈가를 눌러 눈물을 닦아 내고 이야기를 계속했다.

"저 역시 장기 기증에 동의한 에토 씨 부부의 선택을 이러니

저러니 할 마음이 없어요. 다만 운명은 정말 가혹하다고 생각했죠."

후우, 하고 신쇼 후사코가 숨을 길게 토했다.

"그러면 저에 대해서는요? 아직도 저를 의심하시나요?"

가오루코가 천천히 고개를 저었다.

"솔직히 말씀드리자면, 잘 모르겠어요. 진심으로 믿는다고 하면 아마 거짓말이겠죠."

"그렇군요. 네……, 그러시겠죠."

신쇼 후사코는 자기 스스로를 납득시키려는 듯이 몇 번이나 고개를 끄덕이고 나서 가오루코를 똑바로 보았다.

"그 이야기, 기억하세요? 바람꽃과 아기 여우 이야기 말이에요."

가오루코가 움찔하며 잠시 숨을 멈추더니 고개를 끄덕거렸다.

"네, 기억해요."

"공주를 구하고 싶었던 아기 여우는 자신이 마법에 걸려 있다는 사실을 까맣게 잊고 친한 친구인 바람꽃을 뿌리째 뽑고 말았죠. 그 결과 친구도 잃고 공주와도 더는 만날 수 없게 되었어요. 하리마 씨는 그 선택을 어리석다고 말씀하셨죠?"

"그랬죠. 하지만 선생님은 그 선택이 옳다고 하셨어요."

"아기 여우가 아무것도 하지 않았다면 공주도 죽고 바람꽃도 결국은 말라 죽어 마법의 효과가 사라지고 말아요. 그러니 공주의 목숨이라도 구해서 잘된 일이 아니냐는 논리였어요."

"그 말을 듣고 저는, 어차피 사라질 목숨이라면 가치가 남아 있을 때 누군가에게 양보하는 편이 좋다, 즉 미즈호도 장기를 기증해야 한다는 암시라고 받아들였는데……"

신쇼 후사코가 얼굴을 살짝 찡그리는 모습을 보고 가오루코 가 "아닌가요?"라고 물었다.

"역시 설명을 더 했어야 하나 봐요. 제가 하고 싶었던 말은 그런 게 아니었어요. 오히려 그 반대죠. 아기 여우의 행위는 논리적으로 옳았을 수도 있어요. 하지만 하리마 씨는 어리석 은 일이라고 말씀하셨어요. 저도 처음 읽었을 때는 그렇게 생 각했죠. 아니, 어쩌면 그 이야기를 지어 낸 작가도 그렇게 생 각했을지 몰라요. 논리적으로 옳은 행위인데 왜 그렇게 느껴 질까요? 그 이유는 인간은 논리만으로는 살아갈 수 없는 동물 이기 때문이에요."

신쇼 후사코가 미즈호를 바라보았다.

"이런 식으로 따님을 간병한다고 얘기하면 이러쿵저러쿵할 사람도 있겠죠. 하지만 무엇보다 중요한 점은 자신의 마음에 정직해야 한다는 거예요. 인간의 삶이란 반드시 논리적이지 않아도 괜찮다고 생각해요. 그 점을 말씀드리고 싶었습니다."

"그랬군요. 제가 완전히 정반대로 받아들였네요."

자신에게 신쇼 후사코를 의심하는 마음이 있어서였겠지, 라고 가오루코는 생각했다. 장기 이식에 관해 공부하면서 자신의 행위에 자신감을 잃었던 것도 왜곡해서 받아들인 원인일지 모른다.

"요네카와 씨도."

신쇼 후사코가 미즈호에게 시선을 둔 채 말했다.

"조금 더 스스로에게 정직했더라면 좋았을 거라고 생각해요."

의외의 이름이 나와 가오루코는 의아했다.

"요네카와 선생님 말이에요?"

신쇼 후사코가 가오루코에게 고개를 돌렸다.

"특수학교 교사로 지내다 보면 때때로 식물인간 상태에 있는 아이를 만나게 되죠. 요네카와 씨도 지금까지 몇 명인가 만났을 거예요."

"네, 그렇다고 들었어요. 지금은 의식이 없더라도 무의식의 의식에 말을 걸어야 한다고 말씀하셨죠."

신쇼 후사코가 고개를 끄덕였다.

"그런 아이들에게 접근하는 방법에는 여러 가지가 있습니다. 몸을 만져 보거나, 악기 소리나 음악을 들려주기도 하고, 말을 건네기도 해요. 무엇에 반응하는지를 다양한 시도를 통해 찾아가는 거죠."

"요네카와 선생님은 아주 열심이셨어요."

"그랬을 거예요. 그런데 그 결과 그분 자신의 마음이 병들고 말았어요. 몸이 안 좋아진 원인이 심인성이라는 진단을 받았다고 합니다."

가오루코의 가슴이 찌르르 아파 왔다.

"미즈호의 수업이 스트레스로 작용했을까요?"

"결과만 보면 그렇다고 할 수 있죠. 하지만 저는 진정한 원인은 그분 자신에게 있었다고 생각합니다."

"무슨 뜻이죠?"

"미즈호의 수업을 인수인계할 때 그분과 마주 앉아 차분히 대화를 나눈 적이 있어요. 그분이 그러더군요. 미즈호는 지금까지 맡았던 아이들과 전혀 다르다고요."

"어떻게 다르다는 건가요?"

역시 식물인간 상태가 아니라 뇌사한 것이라고 말했을까.

"약하다고 느껴지지 않는다고요."

예상 밖의 대답이었다.

"식물인간 상태인 아이는 대개 팔다리의 근육이 거의 없거나 퉁퉁 부어 있어요. 욕창으로 인해 피부염이 생긴 경우도 많고요. 그래서 말할 수 없이 약해 보이니 마음이 참 아프죠. 그런데 미즈호 양은 그렇지 않다고 했어요. 근육이 탄탄하고 피부도 좋다고요. 건강한 아이가 그저 눈을 감고 있는 것처럼 보인다는 거예요. 아무리 첨단 과학이 동원된 결과라지만 참 건강해 보인다는 게 요네카와 선생님 얘기였어요. 그리고 저도 처음 미즈호 양을 봤을 때 그렇게 생각했어요."

"그게 어째서 문제인가요?"

신쇼 후사코가 고개를 저었다.

"문제는 요네카와 선생님 자신에게 있었던 거예요. 식물인간 상태의 아이들에게 그래 온 것처럼 미즈호를 대하다 보니자신이 쓸데없는 일을 하고 있다는 생각이 들더랍니다. 소리를 들려주고 몸을 만져서 바이털 사인에 약간의 변화가 있다한들 그게 무슨 의미가 있을까, 이 아이가 살아가는 데는 훨씬 더 신비한 무엇이 작용하는 것 아닐까, 자신이 하는 식으로는 이 아이에게 아무런 도움이 안 된다, 그렇게 고민하기 시작했대요."

생각지도 못했던 얘기에 가오루코는 대꾸할 말을 잃었다. 아무래도 자신이 요네카와 선생을 오해한 것 같았다. 그녀가 무리를 했던 것이다.

"미즈호를 맡고 얼마 되지 않아 저 역시 요네카와 선생님이 한 말의 의미를 깨달았어요. 제가 할 일은 미즈호에게서 의학적인 반응을 이끌어 내는 것이 아니다 싶었죠. 그렇다면 매주 한 번씩 여기 와서 뭘 해야 할까. 고민 끝에 내린 결론은 저 자신이 미즈호에게 해 주고 싶은 일을 하자는 것이었습니다. 그래서 생각해 낸 일이 책을 읽어 주는 것이었어요. 제가 읽어 주는 이야기가 미즈호에게 들린다면 행복한 일이죠. 만약 그렇지 않다 해도 여기서 책을 읽으면 저는 마음이 아주 평온해집니다. 그런 제 마음이 어떤 형태로든 미즈호에게 전해지면 좋겠다고 생각했어요. 그리고 어머니가 함께 들어 주신다면 제가 수업을 마치고 돌아간 다음 미즈호와 얘기를 나눌 재료가 될 거라고 생각했고요."

여전히 억양 없는 말투였지만 신쇼 후사코의 목소리는 가오루코의 가슴속에 따스하게 울려 퍼졌다. 미즈호와 얘기를 나눌 재료가 될 것이다. 그야말로 옳은 소리였다. 신쇼 후사코를 의심하면서도 그녀가 돌아간 다음이면 가오루코는 그녀가 읽어 준 책의 내용을 미즈호와 얘기했다. 그것은 지난 4월부터 시작된 둘만의 은밀한 즐거움이다.

"그럼 그때는 왜 낭독을……."

"중단했냐는 말씀인가요?"

네, 하고 가오루코는 대답했다.

신쇼 후사코는 무릎에 놓여 있던 책을 펼쳤다.

"방금도 말씀드렸지만, 책을 읽는 제 마음 상태가 중요하다고 생각했어요. 제 마음이 어지러우면 미즈호에게도 좋지 않을 것 같았죠. 그래서 중간에 낭독을 잠시 쉬면서 제 마음이 평온한지 어떤지 확인한 겁니다. 오해를 불러일으켜서 죄송합니다."

"그랬군요. 그래서, 마음이 평온하시던가요?"

"네, 더없이 평온했어요."

신쇼 후사코가 가슴을 약간 폈다.

"그래서 확신했죠. 이 방에는 책을 낭독하는 것이 어울린다고요."

"어울린다고……, 아아, 그래서……."

신쇼 후사코가 낭독을 시작했을 무렵, 미즈호에게 적합한지 어떤지는 모르겠지만 낭독이 가장 어울리지 않을까 싶다고 했던 말이 떠올랐다.

"만일 이견이 없으시다면 앞으로도 낭독을 계속하고 싶은데 어떠신가요?"

신쇼 후사코가 차분한 말투로 물었다.

"물론입니다. 잘 부탁드려요."

가오루코가 고개를 숙였다.

신쇼 후사코가 휠체어를 바라보았다.

"잘됐어, 미즈호."

가오루코도 눈을 감고 있는 딸의 모습을 바라본 다음 신쇼 후사코와 미소를 주고받았다.

5
장

이
가
슴
에
칼
을
꽂
으
면

1

대문에 손을 댄 순간 가즈마사는 위화감을 느꼈다. 두 짝인 대문 중 왼쪽 문짝은 평소에는 고정되어 있고, 드나들 때는 오른쪽 문짝만 여닫는다. 그런데 지금은 양쪽 모두 고정되어 있지 않았다. 왜 그럴까 생각하면서 시선을 아래로 향했을 때에야 그 이유를 알았다.

지면에 바큇자국이 희미하게 남아 있었다. 휠체어가 지나간 것이다. 그러고 보니 날씨가 조금 따뜻해져서 미즈호를 데리고 산책을 나가는 일이 잦아졌다는 가오루코의 메일을 받은 기억이 났다.

인공호흡기에 의지하지 않고 최첨단 과학 기술의 선물인 AIBS로 호흡하는 미즈호는 사정을 모르는 사람이 보기에는 그저 잠들어 있는 것처럼 보인다. 최근에는 산책 나갈 때 보통 휠체어를 사용하므로 호기심 어린 시선을 받는 일도 별로 없을 터였다.

뇌사 상태일 것이라는 말을 들었을 때를 생각하면 믿기지 않는 얘기였다. 그때로부터 벌써 2년 반 이상 시간이 흘렀다. 불완전한 형태나마 초등학교에 입학한 미즈호는 내달이면 3학년에 올라간다.

봄기운이 완연한 정원의 식물들을 바라보며 현관으로 이어지는 길을 걸었다. 미즈호의 방 창문으로 시선을 돌리자 움직이는 사람 그림자가 비쳤다.

현관에 다다른 그가 문을 열어 보니 크고 작은 신발이 줄지어 있었다. 그중 한 켤레는 남자용 가죽 구두였다.

미즈호 방에서 이쿠토 목소리가 들렸다. 이어서 가오루코가 그 말에 대답을 한다. 어느 쪽이나 말투가 밝다.

방문을 열자 커다란 곰 인형을 안고 있는 미즈호의 모습이 맨 먼저 눈에 들어왔다. 멜빵바지에 빨간 트레이너.

그 옆에 일곱 살이 된 이쿠토가 있었다. 역시 멜빵바지에 파란 티셔츠를 받쳐 입었다. 이쿠토가 가즈마사를 보고 "아빠!" 하면서 뛰어왔다.

"이쿠토, 잘 지냈어?"

가즈마사는 다리에 매달리는 아들의 머리를 쓰다듬었다.

"안녕하세요."

호시노가 고개 숙여 인사하면서 자리에서 일어났다. 그는 넥타이를 매지 않은 와이셔츠 차림이다.

"수고가 많군."

부하 직원에게 인사한 뒤 가즈마사는 바로 옆에 앉아 있는 가오루코를 보았다. 전에 만났을 때보다 한결 야윈 것처럼 보였다.

"어디 아픈 거 아니야?"

"괜찮아. 걱정해 줘서 고마워."

가오루코 앞에는 작업대가 있고 거기에 미즈호의 근육을 컨트롤하는 기기가 놓여 있다. 호시노의 지도로 그녀가 조작하고 있었던 모양이다.

"장모님은?"

"부엌에. 식사 준비 하서."

고개를 끄덕이고 가즈마사는 들고 온 쇼핑백에서 상자를 꺼냈다.

"미즈호 주려고 샀어."

상자 윗면이 투명해 내용물이 들여다보였다. 동물 모양 인형이다. 너구리를 닮았지만 어떻게 보면 곰 같기도 하고 또 고양이 같기도 하다. 그러나 점원 말로는 그 어느 동물도 아니라고 한다. 인기 만화 영화의 캐릭터인데 마법을 부리는 설정이라는 것이다. 가즈마사는 그 이름도 들어 본 적이 없었다.

"당신이 직접 줘. 좋아할 거야."

가오루코가 의미심장한 미소를 입가에 머금었다.

가즈마사는 고개를 끄덕였다.

"알았어."

그가 상자에서 인형을 꺼내 들고 미즈호에게 다가갔다. 겨우 2주일 못 봤을 뿐인데 그사이에 조금 더 큰 것같이 느껴졌다. 몸이 성장하고 있는 것이다.

"미즈호, 선물이야. 예뻐해 줘."

딸에게 보여 주고 나서 가즈마사는 인형을 미즈호 옆에 있는 침대에 내려놓았다.

아이참, 하고 가오루코가 불만스러운 목소리를 냈다.

"모처럼 주는 선물인데 품에 안겨 줘야지."

"아니, 하지만……."

가즈마사가 당혹스러운 표정을 지으면서 커다란 곰 인형을 안고 있는 미즈호를 보았다.

"이쿠토, 누나 곰 인형 좀 받아 줄래?"

가오루코가 익숙한 손놀림으로 키보드를 조작했다. 그러자 곰 인형을 안고 있던 미즈호의 팔이 마치 힘이 빠진 것처럼 축 처졌다. 그때 떨어지려고 하는 곰 인형을 이쿠토가 얼른 받았다.

"여보, 어서."

가오루코가 웃는 얼굴로 가즈마사를 재촉했다.

그가 침대에 내려놓았던 인형을 다시 집어 들었다. 하지만 그 인형을 어떻게 해야 좋을지 몰라 우물쭈물하자 가오루코가 다시 키보드를 두드렸다.

내려뜨려져 있던 미즈호의 두 팔이 움직이기 시작했다. 팔꿈치가 약 90도 각도로 구부러지더니 손바닥이 위를 향했다. 그 모습이 마치 뭔가를 요구하는 것처럼 보였다.

"안겨 줘 봐."

가즈마사가 미즈호의 손에 인형을 올려놓았다. 가오루코가 다시 키보드를 두드리자 미즈호의 팔꿈치가 좀 더 구부러지면서 인형이 미즈호 품에 안겼다.

"미즈호는 좋겠네."

가오루코가 말을 건네는 것과 동시에 옆에서 호시노가 키보드로 손을 뻗었다. 다음 순간 미즈호의 얼굴 근육이 움직이면서 입가가 살짝 올라갔다.

어, 하면서 가즈마사가 눈을 휘둥그렇게 떴다. 하지만 미즈호의 얼굴은 눈 깜짝할 새에 원래 모습으로 돌아갔다.

"놀랐어?"

그녀가 자랑스러운 듯이 미소를 지었다.

가즈마사는 옆에 있는 부하 직원에게 시선을 돌렸다.

"자네가 한 건가?"

"그렇다고 해야 할지……. 하지만 제가 계기를 만든 건 사실입니다."

"계기라니?"

"잘 아시겠지만, 안면 신경을 관장하는 부위는 척수가 아니라 연수 위에 있는 '뇌교'라는 곳입니다. 척수와 연수에는 명료한 경계가 없는 것으로 알려져 있지만, 척수를 자극하는 것만으로 표정 근육까지 제어하기란 현시점에서는 어렵습니다. 그런데 사모님께서……."

호시노가 가오루코를 돌아보았다.

"어떻게든 미즈호가 표정에 변화를 보이도록 해 달라고 하셔서."

가즈마사가 눈썹을 찡그리며 아내의 얼굴을 보았다.

"그런 부탁을 했어?"

"그러면 안 돼?"

가오루코가 날이 선 목소리로 되물었다.

"웃기도 하면 좋잖아. 안 그래?"

가즈마사는 한숨을 내쉬었다.

"방금도 말씀드렸지만 표정 근육을 제어하기는 어렵습니다. 하지만 표정에 살짝 변화를 주는 정도라면 가능합니다. 실제로 작년 가을 무렵부터 미즈호 양의 뺨과 턱 근육이 조금씩 움직이곤 했습니다. 척수 반사에 따른 신호가 어떤 경로를 거쳐 안면 신경을 자극하지 않았나 싶습니다."

"그런 일이 있었군."

가즈마사가 눈을 감고 있는 딸의 얼굴을 새삼스레 바라보았다.

"당신이야 모를 수밖에 없지. 한 달에 기껏해야 두세 번밖에 만나러 오지 않으니까."

가오루코의 비아냥거림을 무시하고 가즈마사는 호시노에게 얘기를 계속해 보라고 턱짓을 했다.

"그래서 어느 때 얼굴 근육이 움직이는지 관찰해 달라고 사모님께 부탁드렸습니다. 사모님은 주의 깊고 참을성 있게 관찰한 후 데이터를 정리해서 제게 주셨고요. 그 자료를 참고로 이런저런 시도를 한 끝에 자기 자극으로 근육을 움직인 직후 다시 한 번 살짝 자극을 주면 표정 근육에 변화가 나타난다는 사실을 알아냈습니다. 단, 그런 현상이 반드시 나타나는 것은 아닙니다. 빈도가 높을 뿐이죠. 또 어떤 변화가 나타날지도 예측할 수 없습니다. 대개는 방금처럼 웃는 표정을 보이지만, 한쪽 뺨만 움직이거나 턱만 움직이는 경우도 있습니다. 계기라는 표현을 사용한 이유도 그래서입니다."

"미즈호의 기분에 따라 다른 거야. 나는 그렇게 생각해."

가오루코가 말했다.

"의식이 없는데도?"

가즈마사가 반문하자 가오루코는 남편을 힐끗 노려보았다.

"기분이 좋고 나쁘고를 머리로 생각해서 느끼나? 나는 그렇게 생각하지 않아. 그건 몸속 깊은 곳에서 생겨나는 본능 같은 거라고 믿어. 의식과 본능은 별개란 말이야."

아무래도 괜한 말을 했다 싶었다. 이런 일로 논쟁을 벌이고 싫지 않았던 가즈마사는 가오루코의 말에 대꾸하지 않고 호시노 쪽으로 돌아섰다.

"앞으로의 전망은?"

"데이터를 더 많이 수집할 예정입니다. 지금은 뺨과 턱만 움직이지만, 조금 더 연구하면 다른 표정 근육도 움직일 수 있지 않을까 기대합니다. 그렇게 되면 표정이 훨씬 풍부해질 겁니다."

젊은 부하 직원의 목소리가 활기찼다.

그렇군, 이라고 대답하고 말았다. 가오루코의 눈이 있어서였다. 가즈마사는 쇼핑백에서 상자를 하나 더 꺼냈다.

"이쿠토에게 줄 선물도 사 왔지. 로봇도 되고 비행기도 되는 퍼즐이야. 우리 이쿠토가 잘 만들 수 있을까?"

"우와!"

일곱 살 난 아들은 안고 있던 곰 인형을 바닥에 내려놓고 폴짝폴짝 뛰었다. 그리고 가즈마사에게 상자를 받자마자 미즈호에게 다가갔다.

"누나, 나, 아빠한테 이거 받았어. 다 만들면 누나도 보여 줄게."

가즈마사는 가슴이 뭉클했다. 가오루코는 이쿠토에게 '누나가 잠자는 병에 걸렸다'고 설명했다고 한다. 그 말을 믿는 이쿠토에게 미즈호는 옛날 그대로의 누나다.

"장모님께 인사드리고 올게."

방을 나온 가즈마사가 부엌으로 가 보니 치즈코가 도마에 채소를 올려놓고 자르는 참이었다. 가즈마사는 입구에 선 채 "안녕하세요?" 하고 인사했다.

"아아, 자네 왔나."

치즈코가 움직이던 손을 멈추고 웃는 얼굴로 가즈마사를 돌아보았다. 그리고 다시 칼질을 시작했다.

걷어 올린 소매 밑으로 드러난 그녀의 가냘픈 팔을 보고 가즈마사는 마음이 어두워졌다. 최근 들어 장모의 안색이 좋지 않았다. 예전보다 확실히 야위었고 그 탓에 더 늙어 보였다.

칼질을 멈춘 치즈코가 의아하다는 듯이 그를 보았다.

"자네, 왜 그러나?"

"아니, 저…… 면목이 없어서요."

"뭐가 말인가?"

"미즈호를 돌봐 주시는 일 말입니다. 이렇게 집안일을 부탁드리는 것도 그렇고요."

치즈코가 놀란 표정으로 몸을 약간 젖히더니 칼을 든 손을 흔들었다.

"무슨 소리야, 새삼스럽게. 당연한 일을 하고 있는걸."

"하지만 장인어른을 혼자 계시게 하고…… 마음이 편치 않습니다."

치즈코가 고개를 빠르게 가로저었다.

"그이는 걱정할 거 없어. 자신은 괜찮으니까 미즈호나 잘 돌보라고 하는걸."

"정말 고마운 말씀이지만, 그래도 저는 걱정이 됩니다. 이대로 가다가는 장모님이나 가오루코가 몸을 상하지나 않을까 싶어서요."

그 말에 치즈코가 칼을 내려놓고 가즈마사 쪽으로 돌아섰다.

"대체 왜 그러나? 내가 미즈호를 돌보고 가오루코를 돕는 건 당연한 일이야. 아니, 시켜 줘서 오히려 내가 고맙지. 미즈호를 두 번 다시 보지 못하게 한대도 불평할 입장이 아니니까. 죽어 마땅한 사람 아닌가. 그러니 제발 그런 소리는 하지 말게. 나는 하고 싶어서 하는 것뿐이야."

장모의 목소리가 점점 떨리더니 마침내 눈가가 불그레해졌다.

"그렇게 말씀해 주시니 마음이 조금은 편해지는군요. 하지만 무리는 하지 마세요."

"그럼. 내가 쓰러지면 가오루코가 지금의 몇 배로 힘들 거 아닌가."

치즈코가 손으로 눈가를 훔치고 나서 미소를 머금으며 다시 칼을 쥐었다.

부엌을 나온 가즈마사는 거실로 가서 소파에 몸을 묻었다.

그리고 넥타이를 풀면서 실내를 바라보았다.

이쿠토의 장난감이 여기저기에 나뒹구는 것 외에는 2주일 전에 왔을 때와 거의 다름없는 광경이었다. 그런데 돌이켜 보니 1년 전에도 2년 전에도 이와 다를 것이 없었다는 생각이 들었다. 이 방은, 아니 이 집은 시간이 멈춰 있다.

그러나 세상은 그렇지 않다. 이 집 밖에서는 많은 것이 변해 가고 있다. 밖에서 생활하는 가즈마사는 그런 현실을 좋든 싫든 받아들여야 한다. 보고도 못 본 척하는 것이 허용되지 않는다.

멍하니 그런 생각을 하고 있는데 복도에서 발소리가 들리더니 가오루코가 들어왔다.

"여보, 호시노 씨가 돌아간대."

"아니, 저녁도 안 먹고? 시간이 늦어지면 같이 먹기도 한다면서?"

"그렇긴 한데 오늘은 그냥 가겠대. 모처럼 온 가족이 모였는데 방해하고 싶지 않다면서 말이지. 신경 쓰지 말라고 했는데도 막무가내야."

"내가 있어서 거북한가?"

"그야 그렇지 않겠어?"

"그럼 할 수 없지."

가즈마사가 엉덩이를 들었다. 복도로 나가 보니 호시노는 이미 현관에 나와 있었다.

"저녁을 먹고 갈 줄 알았는데."

"감사하지만 오늘은 그냥 가겠습니다."

"그래? 억지로 붙들 수야 없지."

"먹은 것으로 하겠습니다. 그럼 사모님."

호시노가 가오루코를 향해 말했다.

"다음 주 월요일에 오겠습니다."

"알겠어요. 기다리겠습니다."

호시노가 고개를 끄덕이고 나서 가즈마사에게 묵례를 했다.

"그럼 이만 가 보겠습니다."

"아니야, 대문까지 배웅하겠네."

가즈마사가 구두를 신었다.

"아니, 그러실 필요는……. 저녁이라 바깥이 춥습니다. 그렇게 입으시고……."

"괜찮아. 할 얘기도 좀 있고."

호시노의 얼굴에 긴장감이 어리더니 그 시선이 가즈마사의 뒤쪽으로 향했다. 가오루코와 눈을 마주치고 있을 것이다.

"자, 가지."

가즈마사가 현관문을 열었다.

"아……, 네."

두 사람은 대문으로 난 길을 천천히 걷기 시작했다. 공기가 싸늘하기는 하지만 몸이 떨릴 정도는 아니었다.

"안사람이 자기 자극 장치를 상당히 익숙하게 다루더군. 아까 보니 미즈호의 팔도 매끄럽게 움직이고 말이야."

"맞습니다. 옆에서 보고 있어도 전혀 불안하지 않습니다."

"자네가 쓴 보고서를 읽었는데, 근육 운동을 유발하는 기술에 관해서도 한 가지 결론을 이끌어 낸 듯하더군. 아주 훌륭해."

"감사합니다."

대답하는 호시노의 목소리가 경직되어 있었다. 사장이 무슨 말을 하려는 건가 싶어 경계하는지도 몰랐다.

그래서 말인데, 하면서 가즈마사가 걸음을 멈췄다. 나란히 걷던 호시노가 당황스러운 듯이 멈춰 서며 사장을 바라보았다.

"일정한 성과도 나왔고 하니 이쯤에서 일단락을 지으면 어떻겠나?"

"무슨 말씀이신지……."

"미즈호를 훈련하는 일은 가오루코에게 맡기고 자네는 BMI 연구로 복귀했으면 해."

"복귀……, 하지만 저는 지금도 BMI 연구를 계속하고 있다고 생각합니다. 자기 자극으로 근육 운동을 유발하는 일은 BMI의 일환입니다."

호시노 군, 하며 가즈마사가 부하 직원의 어깨에 오른손을 없었다.

"BMI가 무엇의 약자인가? 브레인 머신 인터페이스잖아. 뇌를 다루는 기술이야. 뇌가 기능하지 않는 인체를 사용해서 연구하는 데는 한계가 있단 말일세. 안 그런가?"

호시노가 턱을 조금 당기고 약간 도전적인 표정으로 가즈마사를 보았다.

"미즈호 양을 그런 식으로 말씀하시는 건 옳지 않습니다."

"나는 사실을 말할 뿐이네."

호시노는 뭔가 말을 하려다 말고 살짝 헛기침을 한 번 한 후 다시 입을 열었다.

"반론해도 괜찮을까요?"

"그래, 해 봐."

"미즈호 양의 몸이 어째서 성장한다고 생각하십니까? 체온 조절이 어떻게 가능한가요? 왜 약제를 거의 투여하지 않아도 괜찮을까요? 뇌가 기능하지 않는다면 설명할 수 없는 현상입니다. 사모님께 들으니 이제는 병원에서도 뇌의 일부가 기능하고 있다는 사실을 암암리에 인정하는 눈치라고 하더군요."

가즈마사가 손으로 머리를 긁적이다가 그 손으로 다시 호시노의 얼굴을 가리켰다.

"그게 어쨌다는 거야? 뇌의 일부가 살아 있다 해도 의식이 없다는 사실에는 변함이 없지 않나."

"인간의 의식은 영원한 블랙박스입니다."

"이봐, 뇌 전문가가 어떻게 그런 말을 하지?"

"전문가니까 겸손해야 하는 겁니다."

날카롭게 말을 내뱉고 나서 그 여운에 스스로 놀랐는지 호시노가 뒤로 주춤 물러섰다.

"죄송합니다. 주제넘은 말을 했습니다."

가즈마사는 한숨을 내쉬며 고개를 저었다.

"자네에게는 고마워하고 있어. 애당초 내가 지시한 일 아닌가. 미즈호의 몸 상태가 몰라보게 좋아진 것도, 가오루코와 장모님이 미즈호를 돌보는 기쁨을 맛볼 수 있는 것도 모두 자네 덕분이라고 생각해. 이제 와서 그만두라는 건 너무 뜬금없는 소리일지 모르지. 하지만 매사에는 물러날 때가 있는 법이야."

"지금이 그때라는 겁니까?"

"자네도 마냥 이런 일에 동원될 수는 없잖아."

"저는 이 일을 하면서 삶의 보람을 느끼고 있습니다."

"의식이 없는 아이의 안면 신경을 조작해서 표정을 변화시키는 일에 말인가? 보는 사람에 따라서는 혐오스럽다고 말할 수도 있을 텐데."

"말하고 싶으면 말하라고 하십시오."

그러고서 호시노는 입을 다물었다. 숨을 고르는지 가슴만

오르락내리락했다. 잠시 후 그가 똑바로 가즈마사를 바라보았다.

"물론 저는 사장님 지시를 따를 겁니다. 하지만 사모님 심경이 어떨지 신경이 쓰입니다. 기대를 많이 걸고 계신데 말이죠."

듣기에 따라서는 가오루코가 자신을 놓아줄 리 없다는 자신감의 표현으로 받아들일 수도 있는 말이었다.

"그 사람과도 의논할 거야. 어쨌든 지금 당장 그만두라는 얘기는 아니야."

"알겠습니다."

"오래 붙들어서 미안하네."

아닙니다, 하고 고개를 젓던 호시노의 시선이 얼핏 움직였다. 가즈마사가 고개를 돌려 보니 가오루코가 미즈호 방 창문에서 이쪽을 바라보고 있었다.

"그럼, 가 보겠습니다."

호시노가 머리를 숙인 후 뒤돌아서서 걸음을 옮겼다. 그리고 대문을 나서면서 다시 한 번 묵례하고 사라졌다.

가즈마사도 돌아서서 현관으로 향했다. 미즈호 방 창문에는 이미 가오루코의 모습이 사라지고 없었다.

며칠 전 간부 회의에서 있었던 일이 뇌리에 되살아났다. 그 자리에서 가즈마사는 여러 간부에게 호시노의 거취와 관련된 얘기를 들었다.

현재 회사에서 가장 힘을 쏟고 있는 분야는 BMI 연구인데 그 연구에서 중심적인 역할을 하는 사람에게 본연의 업무를 벗어난 일을 시키는 것은 합리적이지 않다. 그것도 너무 특수해서 지극히 한정된 사람만 수혜를 받는 일이다. 그 배경에는 개인적인 사정이 깊이 관련된 것으로 의심되며, 시각에 따라서는 회사를 개인 소유물로 여긴다는 오해를 불러일으킬 수 있어 이대로라면 주주들의 지지를 얻기도 힘들 테니 하루빨리 개선책을 모색해야 한다. 그런 내용이었다.

　대놓고 지적하지는 않았지만 분명히 가즈마사의 행위를 비난하는 말이었다.

　그에 대해 가즈마사는 "의미 없는 연구를 지시한 기억이 없습니다."라고 단언했다. 그리고 현시점에서는 일반화할 가능성이 낮은 기술로 여겨질지 모르나, 미래의 BMI에 반드시 활용될 연구라고 확신한다. 그러니 조금 더 긴 안목으로 지켜봐 줬으면 한다고 부탁했다.

　창업자의 아들이라고 해도 그의 발언이 절대적일 수는 없었다. 가즈마사의 반론이 불만스러운 간부도 적지 않을 터였다. 그럼에도 당분간 상황을 지켜보자는 분위기로 회의가 마무리되었다. 물론 유예 기간이 길지 않으리라는 것은 가즈마사 자신이 가장 잘 알았다.

　하지만 가즈마사가 호시노에게 물러날 때라고 말한 이유는 간부들의 압력에 굴복해서만은 아니었다.

간부들의 목소리가 다쓰로의 귀에도 들어간 듯했다. 며칠 전 다쓰로가 할 얘기가 있다면서 좀 보자고 했다. 그리고 만나서는 다짜고짜 아직도 그 일을 계속하고 있느냐고 물었다. 뭘 말이냐고 가즈마사가 되묻자 그는 예의 전기 장치 얘기라고 못마땅한 표정으로 말했다.

"당장 그만두라고 몇 번이나 말하지 않았더냐. 대체 어쩔 셈이야?"

다쓰로는 1년 넘게 미즈호를 보러 오지 않았다. 자기 자극으로 손녀의 손발이 움직이는 모습을 본 후로는 가오루코를 만나고 싶지 않다고 했다. 전기 장치라고 말한 일에 대해 표면상으로는 사과했지만 내심으로는 여전히 불쾌했던 모양이다. 다쓰로는 가오루코의 행위가 '자신을 위로하기 위해 딸의 몸을 도구로 삼는 것'이라고 했다.

"간병하고 있는 장본인은 가오루코예요. 제가 이래라저래라할 수 없습니다."

"돈을 대는 사람은 네가 아니냐. 그렇게 오래 살려 둬서 도대체 뭘 할 작정이야? 이제는 단념할 때도 되지 않았니?"

"뭘 말입니까?"

"앞으로도 의식이 돌아오는 일은 없을 테지. 그렇다면 미즈호를 위해서도 보내 줘야 한다. 나는 이미 마음을 정리했다.

이제 그 아이는 이 세상 사람이 아니야."

"아버지 마음대로 그 아이를 죽였단 말입니까?"

"그럼 그 아이가 살아 있다는 거냐? 정말 그렇게 생각해? 대답해 보거라."

아버지가 다그치는데 가즈마사는 대답을 할 수 없었다. 그런 사실이 스스로에게도 충격이었다.

"호시노 씨와 무슨 얘기 했어?"

가즈마사가 거실 소파에 앉아 얼음 넣은 위스키를 마시고 있는데 가오루코가 물었다. 10시가 조금 넘은 시각이었다. 가족이 모두 모여 저녁을 먹은 후 치즈코는 이쿠토를 목욕시키고, 가오루코는 미즈호에게 저녁을 먹였다. 그런 후 치즈코와 이쿠토는 2층으로 올라간 듯했다.

미즈호를 집에서 간병하게 된 후로 가즈마사는 한 달에 두세 번 집을 찾았다. 전에는 밤늦게라도 자기 아파트로 돌아가곤 했지만 요즘은 아침까지 머물다 간다. 아침에 유치원에 가는 이쿠토가 "아빠는?" 하고 묻기 때문이다.

"미즈호를 혼자 둬도 괜찮아?"

"응, 잠깐은. 그렇지 않으면 엄마가 없을 때는 화장실도 못 가게?"

"하긴 그렇군."

"호시노 씨랑 무슨 얘기 했냐니까?"

가오루코가 또 물었다.

가즈마사는 천천히 잔을 내려놓았다.

"앞으로의 일. 이제 본래 업무로 돌아가야 하지 않을까 싶어서 말이야. 마냥 지금처럼 할 수는 없잖아."

그래? 하며 가오루코가 맞은편 소파에 앉았다.

"미즈호에게는 아직 그 사람이 필요한데."

"당신 혼자서도 충분히 기계를 다룰 수 있잖아. 호시노 군도 이제 걱정하지 않아도 된다고 말하던걸."

"같은 동작을 반복하는 거라면 그렇지. 하지만 아직 미즈호의 능력을 백 퍼센트 이끌어 냈는지 어떤지는 알 수 없어. 얼굴 표정만 해도 이제 겨우 손을 댔을 뿐이고."

"그건 놀랍더군."

가즈마사는 위스키를 한 모금 입에 머금고서 잔을 내려놓았다.

"하지만 말이야, 그렇게까지 할 필요가 있을까?"

"무슨 뜻이지?"

"손발을 움직이는 건 의미가 있다고 생각해. 근육이 붙고 대사도 원활해지는 것 같으니까."

"근육은 제2의 간이라고 하잖아. 보통 사람도 간 기능이 쇠약해질 경우 근육을 단련하면 좋대. 미즈호도 실제로 혈액 순환이 좋아지고 혈압도 안정됐어. 체온도 잘 조절되고. 그 외에도 땀을 내는 일이나 배변, 피부 회복력 등등, 좋아진 걸 꼽자면 한이 없어."

"나도 그건 알아. 하지만 표정을 바꾸는 데는 무슨 의미가 있을까? 표정 근육을 움직여서 좋을 게 뭐가 있겠냔 말이야. 아까 당신이 말한 것처럼 가끔 웃는 얼굴을 보여 주면 예쁘기는 하겠지만 그건 이쪽 사정이고 미즈호 자신에게 좋을 건 없잖아."

가오루코의 관자놀이 부근이 꿈틀했다. 그런데도 그녀의 입가에는 여전히 미소가 배어 있었다.

"지금까지 할 수 없었던 일을 하게 되었는데 어째서 좋을 게 없다는 거야? 표정 근육은 단련하지 않으면 점점 쇠약해져. 아이가 가진 능력을 이끌어 내는 것이야말로 부모의 역할이잖아. 당신은 그렇게 생각지 않아?"

당사자에게 의식이 없는데도 말인가, 라고 말하고 싶은 것을 가즈마사는 참았다. 그랬다가는 이 논쟁이 제자리를 맴돌게 된다.

"당신에게는 면목이 없어."

가즈마사가 아무 대답이 없자 가오루코가 말을 이었다.

"미즈호에게 돈을 엄청나게 쓰고 있으니까. 여러 가지로 힘든 점이 있겠지. 그래서 간병하는 일은 당신 손을 빌리지 않으려고 애써 왔어. 그러니까 조금만 더 나 하고 싶은 대로 하도록 해 줘."

"돈이 드는 건 괜찮지만……."

가즈마사가 손가락 끝으로 테이블을 몇 번 두드리다가 보일 듯 말 듯 고개를 끄덕였다.

"좀 생각해 볼게."

"좋은 대답을 들을 수 있기를 기도할게."

가오루코가 미소를 머금은 채 자리에서 일어섰다.

"그럼 잘 자. 너무 많이 마시지 말고."

"그래, 당신도 잘 자."

거실을 나서는 아내를 잠시 바라보다가 가즈마사는 아이스 버킷에 있는 얼음을 잔에 옮겨 담고 위스키를 따랐다. 병뚜껑을 닫으면서 2년 몇 개월 전의 일을 떠올렸다. 그날 밤에도 이렇게 위스키를 마셨다. 지금 가즈마사의 손에는 바우모어 병이 들려 있지만 그때는 부나하번이었다.

미즈호가 수영장에서 사고를 당했던 날 밤. 가오루코와 둘이서 어찌하면 좋을지 의논했던 밤. 얘기 끝에 장기 기증에 동의하기로 결심했던 밤이다.

그 결심을 철회하지 않았다면 지금쯤 어떻게 되었을까. 미즈호는 당연히 이 세상에 없을 것이다. 가즈마사와 가오루코는 예정대로 이혼했을 것이고, 이쿠토는 가오루코가 맡아 키

372

우고 있겠지. 가즈마사는 어떨까. 양육비를 지불하면서 이 넓은 집에 혼자 살고 있을까. 아니, 그럴 리 없다. 아마 이 집을 처분하고 지금처럼 아파트에서 혼자 살고 있을 것이다.

그러니까, 하면서 실내를 둘러본다.

사는 사람은 물론이고 이 집마저 사라졌을 가능성이 높다. 어쩌면 전혀 다른 건물이 서 있을지도 모른다.

잔에 든 얼음을 빙빙 돌리면서, 그래서 어쨌다는 거야, 라고 가즈마사는 중얼거렸다.

그러는 편이 좋았다는 건가. 지금처럼 미즈호를 살려 두는 게 과연 옳은 일일까 하는 의문이 희미하게나마 항상 가슴속에 있었던 것은 사실이다. 이렇게 오래 살 거라고는 예상치 못했기에 당혹스러운 느낌이 있는 것도 부정할 수 없다. 그때 뇌사 판정을 받아들였다면 아까와 같은 대화는 없었을 것이다. 가오루코가 호시노에게 요구하는 일에 거부감을 느끼는 일도 없었을 것이다.

그러나 과연 미즈호에게 아무런 미련이 남지 않았을까. 지금처럼 석연치 않은 심정으로 위스키를 홀짝거리는 일을 피할 수 있었을까.

대답은 금세 나왔다. 가즈마사는 고개를 저었다. 그렇지 않을 것이다.

미즈호를 살려 두는 일에 의문을 품었던 것처럼, 만일 뇌사 판정을 받아들였다면 그게 과연 옳은 일이었는지 결론을 찾지 못하고 괴로워했을 것이다. 만에 하나 미즈호가 회복되지 않았을까, 완치는 불가능하더라도 의식을 되찾아 의사소통을 하는 날이 오지 않았을까, 미즈호에게 어떤 형태로든 살아 있는 기쁨을 줄 수 있지 않았을까, 부모의 애정을 느끼게 할 수 있지 않았을까, 그러면서 말이다. 생각하면 생각할수록 해답은 미궁으로 빠지고 후회만 커졌을 것이 뻔하다.

그날 밤에서 단 한 걸음도 앞으로 나아가지 못했을지도 모른다고 가즈마사는 생각했다.

2

병원 현관을 들어서던 가즈마사는 그리움 비슷한 감정을 느꼈다. 2년여 전 매일처럼 드나들던 일이 떠올랐기 때문이다. 그러나 그 그리움이 섣부른 감정이라는 사실을 그는 곧 깨달았다. 그때부터 지금까지 문제는 하나도 해결되지 않았다.

안내 창구에서 용건을 말하자 미리 얘기를 들었는지 뇌 신경외과 대기실에서 기다리라는 대답이 돌아왔다. 단, 기다리는 시간이 길어질 수도 있다고 했다.

"급한 환자가 생기거나 해서 선생님 스케줄이 변경될 수도 있으니 그 점은 양해 바랍니다."

창구에 있는 여자가 사무적인 목소리로 말했다.

대기실에 가 보니 기다리는 환자는 노인 한 명뿐이었다. 그 노인마저 얼마 안 있어 이름이 불리고 자리를 떠났다. 가즈마사는 긴 의자에 앉아 들고 온 주간지를 읽기 시작했다.

잠시 후 누군가가 옆에 서는 기척이 나고 가즈마사의 손에 그림자가 비쳤다. 그가 고개를 드는 것과 거의 동시에 신도가 "오랜만입니다."라고 인사했다. 흰 가운을 입은 신도는 지적인 인상이 여전했다.

가즈마사는 주간지를 덮고 의자에서 일어났다. 그리고 "안녕하십니까. 늘 신세가 많습니다." 하고 고개를 숙였다.

신도도 그를 따라 고개를 숙이고 나서 "이쪽으로 오시죠." 하고는 앞장서 걸어갔다.

그가 가즈마사를 안내한 곳은 책상과 각종 계측기가 즐비한 방이었다. 진찰이나 치료를 하는 곳으로는 보이지 않았다. 신도는 가즈마사에게 의자를 권한 후 들고 온 파일을 펼쳤다.

"따님 상태가 상당히 안정적이더군요. 며칠 전 검사에서도 특별한 이상은 발견되지 않았습니다."

"네. 모두 선생님 덕분입니다."

그 말에 신도가 훗, 하고 웃으며 파일을 덮었다.

"덕분이라……, 정말 그렇게 생각하십니까?"`

"네? 무슨 말씀이신지……."

"따님 몸이 여전히 생명 현상을 나타내는 이유가 저희의 의료 행위 덕분이 아니라 본인들의 노력과 집념의 결과라고 생각하시지 않나요? 실제로 그렇기도 하고요. 병원에서는 한 일이 없습니다. 검사하고 필요한 약의 처방을 내렸을 뿐이죠."

뭐라고 대답해야 좋을지 몰라 가즈마사가 입을 다물고 있자 "아, 죄송합니다." 하고 신도가 한쪽 손을 들었다.

"비난처럼 들릴 수도 있겠군요. 그럴 생각은 아니었습니다. 진심으로 놀랍고 감탄스럽습니다. 주치의와도 얘기해 봤는데, 저와 생각이 비슷하더군요. 인체의 불가사의나 신비함 같은 걸 새삼 깨닫습니다."

"그럼 역시 미즈호가 조금씩이나마 회복되고 있다는 말씀인가요?"

그 질문에 신도는 대답을 망설이며 고개를 갸우뚱했다.

"그 표현은 적당하지 않을 것 같습니다. 굳이 말하자면…… 그래요, 관리하기 쉬운 상태가 되었다고 할까요."

신도의 말투가 신중했다.

"관리하기 쉬운 상태라는 말은 무슨 뜻입니까?"

"바이털 사인에 변동이 적고, 투여해야 하는 약도 거의 없다는 얘기입니다. 따라서 아이 어머니의 부담도 예전보다 많이 줄었을 것으로 생각됩니다."

"그걸 회복이라고 말하기는 힘들다는 말씀인가요?"

그 질문에 신도의 검은 눈동자가 살짝 흔들렸다.

"네, 그렇습니다."

"왜죠?"

"회복이란,"

신도가 혀로 입술을 축인 후 말을 계속했다.

"원래 상태에 가까워지는 것을 말합니다. 건강하던 시절로 조금이라도 돌아갔을 때 사용할 수 있는 말이죠. 그러나 따님의 경우는 그렇지 않습니다. 척수에 자기 자극을 주어 근육의 양을 키움으로써 통합성이 어느 정도 유지되고 있을지는 모르지만, 그건 어디까지나 보완일 뿐 원래 상태에 가까워진 것은 아닙니다. 뇌에는 전혀 변화가 없고…… 아니, 오히려 뇌는 사멸한 부분이 확대되었을 것으로 추측합니다."

가즈마사가 숨을 크게 내쉬었다.

"그 얘기를 하고 싶었습니다."

"그러셨군요. 오늘 아침에 전화로 따님의 뇌에 관해 궁금한 점이 있다고 하셨죠? 하지만 전화로도 말씀드렸듯이 따님 뇌의 정확한 상태는 저희도 파악하지 못했습니다."

신도에 따르면 정기 검사 때 가오루코가 뇌 검사를 희망하지 않기 때문이라고 한다. 가즈마사는 그 이유를 알 것 같았다. 검사 결과 전혀 호전이 없거나 혹은 악화되었다는 사실이 밝혀지는 것을 피하고 싶은 것이다.

"상관없습니다. 제가 궁금한 점은 현재 상태가 아니라 그날 일입니다."

"그날이라면?"

"미즈호가 사고를 당한 날 말입니다. 선생님이 아마도 뇌사일 거라고 말씀하셨을 때죠."

네, 하고 신도가 고개를 끄덕였다.

"그때의 어떤 일이 궁금하십니까?"

"터놓고 말씀드리겠습니다. 만약 그때 뇌사 판정 절차를 밟았다면 어떻게 되었을까요? 미즈호가 뇌사 판정을 받았을까요? 솔직하게 대답해 주셨으면 합니다."

신도가 가즈마사의 얼굴을 물끄러미 바라보았다. 이제 와서 왜 그런 질문을 하는지 의아해하는 눈빛이었다.

저는, 하고 뇌 신경외과 의사가 입을 열었다.

"뇌사로 판정이 났을 확률이 높다고 봅니다. 가령 지금 당시의 따님과 상태가 똑같은 아이가 제 눈앞에 있다 해도 똑같이 진단할 겁니다. 주저하지 않고요. 그리고 그날 밤처럼 부모님께 장기 기증 의사를 확인하겠죠."

"그때로부터 2년 반 이상 미즈호가 살아 있는데도 말입니까?"

"뇌사했다고 곧바로 심정지에 이르지 않는다는 점은 그때도 말씀드렸을 겁니다. 이렇게 장기화할 줄은 예상하지 못했습니다만."

"그럼 만약 지금 미즈호가 뇌사 판정 테스트를 받는다면요? 조금 전에 선생님께서는 회복되지 않았다고 말씀하셨는데, 그럼 지금 테스트를 받아도 역시 뇌사라는 판정이 나올 걸로 보십니까?"

신도가 천천히 고개를 끄덕였다.

"그럴 겁니다."

"신체적으로 성장하고 있는데도요?"

가즈마사로서는 당연한 의문을 나타냈는데도 신도의 입가에 어렴풋이 미소가 번졌다.

"제가 이상한 소리를 했나요?"

"아, 아닙니다. 혹시 이 분야에 관해 공부가 부족한 의사라면 판정 테스트 자체를 시행하지 않을지도 모르겠다고 생각했을 뿐입니다. 지적하신 대로 뇌의 기능이 완전히 정지되었다면 신체는 성장하지 않겠죠. 체온도 조절되지 않고 혈압도 안정적이지 않을 겁니다. 그럴 경우 과거 상식으로는 뇌사로 보지 않을 겁니다."

하지만, 하고 신도는 설명을 이어 갔다.

"실제로는 그런 사례가 종종 있습니다. 뇌사 판정을 받았는데도 몇 년이나 생존하면서 키가 자란 사례가요. 그런 사례를 두고 이식 의료 추진파 등은 진짜 뇌사가 아니었을 것이다, 정식 판정을 거치지 않았을 것이다, 하고 반론을 제기합니다. 물론 그런 경우도 있을 수 있겠죠. 하지만 저는 그중에 법적으로 뇌사 상태였던 경우도 적지 않을 거라고 봅니다. 판정 기준으로는 뇌사가 분명하지만 실제로 뇌의 기능 중 일부가 남아 있었던 거죠. 따님도 그런 경우에 해당하지 않을까 싶습니다."

"일부 기능이 남아 있다면 뇌사라고 볼 수 없지 않습니까?"

신도가 어깨를 으쓱했다.

"역시 아버님도 오해하고 계신 것 같군요. 그럴 만도 합니다. 뇌사라는 말에는 수수께끼와 모순이 많이 포함되어 있으니까요."

"그건 또 무슨 뜻이죠?"

"뇌사란 뇌의 모든 기능이 정지된 상태를 말합니다. 뇌사 판정은 그런 상태인지 아닌지 확인하는 절차고요. 그러나 그건 어디까지나 명분에 지나지 않습니다. 왜냐하면 우리는 아직 뇌에 관해 모르는 부분이 많거든요. 어디에 어떤 기능이 잠재되어 있는지 완전히 밝혀지지 않았습니다. 그런데 어떻게 모든 기능이 정지되었는지 확인할 수 있겠습니까?"

그렇군요, 라고 가즈마사가 중얼거렸다.

"아실지 모르겠습니다만, 뇌사라는 말은 장기 이식 때문에 만들어졌습니다. 1985년에 다케우치 교수를 필두로 한 후생

성 뇌사 연구반이 뇌사 판정 기준을 발표했고, 그 이래 기준을 충족시키는 상태를 뇌사로 부르게 된 겁니다. 분명하게 말해서 뇌사가 뇌의 모든 기능이 정지된 상태와 동일한지는 불명확합니다. 그래서 판정 기준이 잘못되었다고 말하는 사람도 있습니다. 뇌사를 인간의 죽음으로 봐서는 안 된다고 말하는 사람들의 의견은 대략 그렇습니다."

"그 말에도 일리가 있어 보이는군요."

"심정은 이해합니다만, 다케우치 기준은 인간의 죽음을 규정하는 것이 아니라 장기 제공을 할 수 있는지 없는지 판단하는 기준일 뿐이라는 점을 잊지 말아야 합니다. 연구반의 리더였던 다케우치 교수가 가장 중요시한 점은 포인트 오브 노 리턴, 즉 소생할 가능성이 있는가 없는가였습니다. 그래서 그 표현도 '뇌사'가 아니라 '회복 불능' 또는 '임종 대기 상태'라고 하는 것이 타당하다고 했습니다. 하지만 장기 이식 문제를 진전시키고 싶었던 관리들로서는 '죽음'이라는 말을 꼭 넣고 싶었겠죠. 그 탓에 문제가 쓸데없이 복잡해졌다고 생각합니다."

"장기 이식은 뇌사가 인간의 죽음이냐 아니냐 하는 문제와 관계가 없다는 말씀인가요?"

"바로 그 점입니다."

이제야 뜻이 통했다는 듯 신도는 크게 고개를 끄덕거렸다.

"'죽음의 기준은 무엇인가'라는 철학적인 문제를 끌어들이지 말아야 했어요. 어떤 조건을 충족하면 장기를 기증할 수 있느냐, 그 점에 포인트를 두어야 했죠. 물론 살아 있는 사람의 몸에서 장기를 적출하는 행위를 법률로 인정하기는 쉽지 않겠죠. 그래서 우선은 '그 사람은 이미 죽었다'라고 결정을 내릴 필요가 있었던 겁니다."

"이미 죽었다……, 그러니까 미즈호도 뇌의 일부 기능은 살아 있을지 모르지만 판정 기준에 비춰 보면 아마도 뇌사라는 판정이 나올 것이다. 즉 이미 죽은 것으로 인정된다, 그런 말씀입니까?"

"그렇습니다."

"키가 자라고 있는데……."

어떤 얘기를 나눠도 결국은 제자리로 돌아오고 만다.

"저는 다케우치 기준이 잘못되지 않았다고 봅니다. 어린아이가 뇌사 상태로 오랜 기간을 지낸 사례는 많죠. 하지만 뇌사 판정 후에 인공호흡기를 떼었는데도 살아 있었다거나 의식을 회복한 사례는 과거에 단 한 건도 없었습니다. 뇌사 상태가 지속되다가 결국은 심정지에 이르렀죠. 오랜 기간 뇌사 상태로 있었다는 사실이 장기 기증을 전제로 한 뇌사 판정 자체에 영향을 주지는 않습니다. 가령 키가 자랐다 해도 말이죠."

가즈마사는 고개를 숙이고 손으로 이마를 받쳤다. 머릿속을 정리할 필요가 있었다.

"한 가지 덧붙이자면,"

신도가 집게손가락을 세웠다.

"이런 사례도 있습니다. 미즈호 양처럼 아주 어렸을 때 뇌사로 진단되었지만 계속 생존하면서 키도 자라고 몸 상태도 안정적이던 아이를 나중에 심정지가 된 후 해부해 보니 뇌가 완전히 녹아 있고 기능했던 흔적도 찾을 수 없었다는 겁니다. 그야말로 완전한 뇌사죠. 그런 사례가 전 세계적으로 몇 건 보고된 바 있습니다."

"미즈호도 그럴지 모른다는 말씀인가요?"

"부정할 수 없습니다. 인체에는 아직 신비한 부분이 많습니다. 특히 어린아이의 경우에는요."

가즈마사는 의자에 앉은 채 양손을 머리에 대고 몸을 뒤로 젖혔다. 그리고 천장을 잠시 쳐다보다가 눈을 감았다.

한동안 그런 자세로 있던 그가 이윽고 손을 내리고 신도를 바라보았다.

"다시 묻겠습니다. 만일 지금 미즈호가 뇌사 판정 절차를 밟는다면 뇌사로 판정될 가능성이 높다는 말씀이죠?"

"아마 그럴 겁니다."

신도가 가즈마사의 눈길을 피하지 않고 대답했다.

"그렇다면,"

가즈마사가 잠시 숨을 고르고 나서 물었다.

"지금 집에, 저희 집에 있는 제 딸은 환자입니까, 아니면 시체입니까?"

그 질문에 신도는 말문이 막힌 듯했다. 괴로운 표정으로 눈동자를 이리저리 굴리더니 마침내 마음을 정했다는 듯이 입을 열었다.

"그건 제가 결정할 일이 아니라고 생각합니다."

"그럼 누가 결정하죠?"

"누구도 결정할 수 없지 않을까요."

교활한 대답이라고 가즈마사는 생각했다. 동시에 성실한 대답이기도 했다. 누구도 결정할 수 없다……, 그럴 것이다.

감사합니다, 하고 가즈마사는 고개를 숙였다.

3

6월에 들어선 지 얼마 지나지 않아 가오루코의 동생 미하루가 딸 와카바를 데리고 가오루코의 집을 찾았다. 토요일이라 방문 간호사도 오지 않고 방문 수업도 없는 날이다. 인터폰이 울렸을 때 가오루코는 미즈호 방에서 신쇼 후사코에게 빌린 책을 끝까지 읽은 참이었다. 주인공이 죽을 때마다 갖가지 생물로 다시 태어나는 이야기로, 사막에서 일생을 마치는 선인

장마저 생의 기쁨을 느낄 수 있다는 대목에서는 몇 번을 읽어도 가슴이 뜨거워졌다. 현관으로 들어서던 미하루가 "언니, 무슨 일 있었어?"라고 물은 것은 가오루코의 눈 주위가 붉었기 때문이다. 가오루코는 씁쓸하게 웃으며 아무 일도 없다고 말했다. 책을 읽다가 감동해서 그랬다고 하자 미하루는 심경이 복잡해 보이는 얼굴로 말없이 웃었다.

작년 여름, 가오루코는 미하루에게 매주 일요일에 집에 와 달라고 부탁했다. 신쇼 후사코로서 모금 활동에 참여해야 하기 때문이었다. 물론 미하루에게는 사실대로 말하지 않고 자신과 처지가 같은 사람들을 대상으로 여는 세미나에 참석한다고 했다.

"엄마는?"

미하루가 물었다.

"장 보러 가셨어. 나간 김에 집에도 다녀오신대."

그리고 가오루코는 와카바에게 "안녕, 잘 있었어?"라고 인사했다.

안녕하세요, 라고 와카바도 인사했다. 미즈호와 동갑인 조카는 키가 부쩍 자라면서 유아 티를 완전히 벗었다. 초등학교 3학년, 그것도 제대로 학교에 다니는 명실상부한 3학년생이다. 와카바가 리코더를 잘 분다고 치즈코에게 들은 적이 있다. 구구단도 외울 것이다. 학교 친구들과 함께 재잘거리고 장난도 칠 것이다. 물론 다투거나 서로 험담도 하겠지. 그것이 그 또래 아이들 나름의 인간관계다.

사고만 당하지 않았더라면 미즈호도……, 그런 생각을 하지 않을 수 없었다. 와카바를 만날 때면 마음 일부를 접으려고 애쓰지만 좀처럼 자신을 제어할 수 없어 초조함을 느낀다.

"이모, 저, 미즈호 보러 가도 돼요?"

와카바가 물었다.

"그럼, 가서 만나 봐."

와카바는 신발을 벗은 뒤 익숙한 동작으로 미즈호 방문을 열었다. 미하루가 그 뒤를 따라 들어갔고 가오루코는 그런 그들의 모습을 뒤에서 바라보았다.

"안녕, 미즈호. 오늘은 머리를 두 갈래로 묶었네. 잘 어울린다."

미하루가 먼저 휠체어에 앉아 있는 미즈호에게 말을 건넸다. 오늘은 미즈호 머리를 좌우 두 갈래로 묶어 주었다.

와카바가 미즈호의 손을 잡았다.

"안녕, 나, 와카바야. 오늘은 딸기를 가져왔어. 며칠 전에 나가노에 딸기를 따러 갔었거든. 그래서 선물로 가져왔어."

혼자 중얼거리는 것처럼 작은 소리다. 왠지 조심스러워하는 것처럼 들렸다.

미하루가 들고 있던 커다란 가방에서 네모난 플라스틱 용기를 꺼냈다. 빨간 딸기가 소담스럽게 담겨 있다. 와카바가 그 것을 받아 들고 미즈호의 얼굴 가까이 가져갔다.

"자, 딸기야. 냄새가 참 좋아. 미즈호도 맡을 수 있으면 좋겠다."

와카바는 그 자세로 잠시 서 있다가 돌아서서 "이모, 여기요." 하며 가오루코에게 딸기를 내밀었다.

"고마워. 냄새가 정말 좋구나. 미즈호가 좋아하겠어."

가오루코가 딸기를 받아 들고 조카에게 웃어 보였다.

네, 하고 대답하는 와카바의 눈빛이 무척 진지했다.

"이쿠토는 어디 갔어?"

미하루가 물었다.

"2층에 있어. 너희들 온다는 얘기는 했는데, 보나 마나 게임에 빠져 있을 거야. 불러와야겠다."

"아니야, 그냥 놔둬. 우리를 만나 봐야 이쿠토가 무슨 재미가 있겠어."

"그런 문제가 아니야. 이모가 왔는데 인사는 해야지. 일단 차라도 한잔할까? 선물 받은 과자가 있는데 맛있더라."

"응, 좋지. 와카바는 어떻게 할래, 거실에 가서 엄마랑 이모랑 과자 먹을래?"

아니, 하고 와카바가 고개를 저었다.

"나는 미즈호랑 좀 더 있다가 나중에 먹을래."

"알았어. 그럼 언니, 우리는 거실로 가자."

가오루코가 고개를 끄덕였다.

와카바는 이 집에 오면 대부분의 시간을 미즈호 옆에서 보낸다. 아마도 와카바에게는 미즈호가 여전히 사이좋은 사촌으로 여겨지는 모양이다. 지금은 잠들어 있지만 언젠가는 눈을 떠서 전처럼 같이 놀 수 있는 날이 올 거라고 믿는지도 모른다. 아니, 어쩌면 어린애들 특유의 신비한 능력으로 서로 마음을 나누고 있는지도 모른다. 어느 쪽이든 가오루코에게 와카바는 자신 다음으로 미즈호를 이해해 주는 사람이다.

미즈호 방을 나와 거실로 향하다가 가오루코는 계단 밑에서 걸음을 멈추고 이쿠토를 불렀다.

"이모랑 와카바 왔어. 내려와서 인사해야지."

대답을 기다렸지만 반응이 없었다. 다시 한 번 큰 소리로 이름을 부르자 "들었어." 하는 퉁명스러운 대답이 돌아왔다.

"언니, 너무 강요하지 마. 귀찮은가 보지."

"반항기가 시작됐나 봐. 자기 방에 틀어박혀서 웬만해서는 나오려고 하지 않아. 학교에서 어떻게 지냈냐고 물어도 제대로 대답도 안 하고 말이야."

"이쿠토도 어른이 되어 가는 거 아니겠어?"

"무슨, 이제 겨우 초등학교 1학년인데."

"유치원을 졸업하고 초등학교에 들어가는 일이 아이들로서는 극적인 변화거든."

"하긴 그럴지도 모르겠다."

이쿠토는 지난 4월, 초등학생이 되었다. 책가방을 등에 멘 모습을 봤을 때는 감개무량하기까지 했지만 한편으로 미즈호가 그럴 수 없다는 사실이 새삼 한스러웠다. 이쿠토가 누나 몫까지 학교생활을 즐겁게 하기를 바랐다. 그런데 초등학교에 입학한 이쿠토의 마음에 뭔가 불만이 싹텄다면 그보다 안타까운 일이 없다.

가오루코가 두 사람 몫의 홍차를 우리고 있을 때에야 얼굴을 드러낸 이쿠토는 미하루를 보고 "안녕하세요." 하고 머리를 숙였다.

"안녕, 이쿠토. 학교는 재미있니?"

이쿠토가 네, 하면서 고개를 끄덕였다. 딱히 기분이 나빠 보이지는 않았다.

"좋아하는 과목은 뭐야. 수학? 국어?"

이쿠토는 부끄러운 듯이 몸을 비틀며 체육이라고 대답했다.

"아아, 체육. 그럴 만도 하지. 몸을 움직이면 재미있으니까."

네, 하고 이쿠토가 대답했다. 하지만 그 표정에 약간 그늘이 있는 것처럼 보였다. 곧바로 미즈호 방에 가려 하지 않는 것도 미하루는 마음에 걸렸다.

"왜, 와카바 누나, 보고 싶지 않아?"

이쿠토가 고개를 저었다.

"그런 거 아니에요."

"그럼 가서 만나 볼래?"

곧 여덟 살이 되는 이쿠토는 망설이는 표정으로 가오루코와 미하루를 번갈아 바라보다가 "알았어요, 가 볼게요."라며 거실을 나갔다.

"뭐가 반항기라는 거야?"

미하루가 조그맣게 속삭였다.

"하나도 안 달라졌는걸? 착하기만 하네, 뭐. 질문에 대답도 잘하고."

"오늘은 기분이 나쁘지 않은가 봐. 아니면 남들한테는 상냥한지도 모르지. 입학식 때도 어른들한테 어찌나 인사를 잘하던지. 모르는 사람한테도 말이야."

"어머, 듬직해라. 인사를 어떻게 했는데?"

"먼저 자기소개를 했어. 안녕하세요, 1학년 3반 하리마 이쿠토입니다. 잘 부탁드립니다, 하고 말이야. 그리고 고개를 꾸벅."

"대단하다. 그러면 상대방이 이쿠토 이름을 금방 기억하겠네."

"그렇겠지? 그런 다음에 이쪽은 우리 누나입니다, 하고 미즈호를 소개하더라."

뭐라고? 하면서 미하루의 눈이 못 볼 것이라도 본 것처럼 휘둥그레졌다.

"이쿠토 입학식에 미즈호를 데려갔단 말이야?"

"물론이지. 동생 입학식에 누나가 가는 게 당연하지 않니? 그러려고 옷도 새로 마련했는걸. 이쿠토도 누나가 왔으면 좋겠다고 했어."

흠, 하면서 미하루가 허공을 바라보았다.

"왜, 뭐가 이상해?"

"아니, 이상하다기보다……."

미하루가 당혹감이 어린 표정으로 고개를 저었다.

"사람들이 놀라지 않았을까 싶어서. 미즈호를 소개하니까 사람들이 뭐라고 해?"

"힘들겠다고 하더라. 그러면서도 다들 감탄하던걸. 전혀 장애가 있는 아이처럼 보이지 않는다고 말이야. 금방이라도 눈을 뜨고 인사할 것 같다면서. 그래서 내가 그랬지. 힘들지 않아요, 아무리 개구쟁이라도 잠들면 돌보기 편하잖아요, 미즈호는 그런 상태가 계속되고 있는 거니까요, 라고. 그 말에 아무도 대꾸를 못 하더라고. 얼마나 통쾌하던지."

미하루는 "그래?" 하고 반응했을 뿐 더는 입학식에 관해 묻지 않았다.

오랜만에 만난 자매는 할 얘기가 많았다. 미하루는 남편 힘담을 늘어놓았다. 종합 상사에 다니는 미하루 남편은 전형적인 합리주의자다. 그래서 아내의 행동에 일일이 잔소리를 늘어놓는데, 하나같이 사리에 맞는 말뿐이라 반박할 수 없다고 한다.

"그런 상대에게는 적당히 거짓말할 필요도 있어. 바보같이 곧이곧대로 얘기하니까 잔소리를 듣지. 적당히 얼버무리기도 하고 가끔은 잊어버린 척도 하고 그래야지."

"그런가?"

"그럼. 합리주의자들한테는 무슨 말을 해도 꼬투리를 잡힌단 말이야."

둘이 그런 얘기를 나누고 있는데 복도에서 발소리가 났다. 그리고 문이 열리더니 이쿠토와 와카바가 들어왔다.

"어, 벌써 왔어?"

가오루코가 물었지만 이쿠토도 와카바도 대답을 하지 않았다. 게다가 와카바의 표정이 어딘가 모르게 어색해 보였다.

이쿠토가 퍼즐 게임을 가져와서 와카바에게 같이 하자고 했다. 이쿠토가 요즘 자주 가지고 노는 퍼즐이다.

둘이 노는 모습을 옆에서 보면서 미하루와 얘기를 나누던 가오루코가 아무래도 뭔가 석연치 않은지 이쿠토에게 물었다.

"이쿠토, 왜 여기로 온 거야? 다른 때는 내내 누나 방에서 놀더니. 오늘도 그러면 좋지 않을까?"

하지만 이번에도 두 아이 모두 대답이 없었다. 다만 와카바는 뭔가 하고 싶은 말이 있는 눈치였다. 가오루코가 이번에는 와카바에게 물었다.

"와카바는 미즈호를 만나러 온 거 아니야? 그럼 그 방에 있는 편이 좋지 않아?"

그러자 와카바가 가오루코의 기대에 부응하듯이 자리에서 일어서며 이쿠토더러 저쪽 방으로 가자고 눈짓했다. 그런데 이쿠토가 뜻밖의 반응을 보였다.

거짓말이잖아, 라고 말한 것이다. 그 말을 할 때 이쿠토는 가오루코를 바라보지 않았다.

"뭐가? 뭐가 거짓말이야?"

가오루코가 물었다.

그러나 이쿠토는 대답하지 않고, 퍼즐 조각을 손에 든 채 입을 꾹 다물고 있었다.

"이쿠토!"

가오루코의 목소리가 커졌다.

"똑바로 말해 봐. 뭐가 거짓말이라는 거야?"

그러자 이제 막 초등학교 1학년이 된 소년은 뭔가를 꾹 참으려는 듯 몸을 떨다가 결국 가오루코에게 고개를 돌렸다. 그 얼굴에 지금까지 이쿠토에게서 볼 수 없었던 적의와 슬픔이 가득했다.

"누나가 살아 있다는 말 말이야. 거짓말이지?"

"뭐라고……?"

"사실은 옛날에 이미 죽었는데 엄마가 거짓말로 살아 있다고 한 거잖아."

깊은 절망 속에서 신음하듯 이쿠토가 말했다.

순간 가오루코는 머릿속이 텅 빈 느낌이었다. 아들이 무슨 말을 하는지 이해할 수 없었다. 단어 하나하나의 의미는 알겠는데, 일련의 문장으로 받아들이기를 본능적인 뭔가가 거부했다. 아들이 한 말이라고 인정하고 싶지 않았다.

하지만 그 공백의 시간은 길지 않았다. 이쿠토의 말이 환청도 잘못 들은 것도 아니라는 사실은 명백했다.

너무도 큰 충격에 가오루코는 현기증이 일었다. 정신을 붙들고 있기조차 힘들었다. 무슨 바보 같은 소리냐고 호되게 꾸짖고 뺨을 한 대 때려서라도 바로잡아야 하는 것 아닐까 생각했지만 그 무엇도 할 수 없었다. 다릿심이 풀려 의자에서 일어설 수조차 없었다.

그때 와카바가 말했다.

"이쿠토, 그런 말은 하면 안 돼."

그러자 미하루가 "와카바!" 하고 버럭 소리를 질렀다. 가오루코는 동생이 언성을 높이는 이유를 알 수 없었다. 이쿠토가 한 말이 계속 머릿속을 맴돌아 다른 사람의 말은 새겨들을 여유가 없었다.

"너, 그게 무슨 말이야?"

가오루코가 아들의 창백한 얼굴을 노려봤다.

"뭐가 거짓말이야? 미즈호 누나는 살아 있어. 잠자고 있지만 먹기도 하고 변도 보고 키도 자라잖아."

그 말에 이쿠토가 악을 쓰듯 말했다.

"그렇다고 살아 있는 건 아니래. 기계를 써서 살아 있는 것처럼 보일 뿐이지 사실은 죽었대. 죽었는데 입학식에 데려와서 싫었다고 애들이 그랬단 말이야. 기분 나쁘대."

"누가 그래?"

"전부 다. 누나를 아는 사람들은 다 그랬어. 그렇지 않다고, 잠을 자는 거라고 말했더니 그럼 언제 잠에서 깨어나느냐고 묻잖아. 계속 눈을 뜨지 않으면 죽은 거래."

반항하는 이쿠토의 눈이 벌게져 가는 것을 보고서야 가오루코는 사태를 깨달았다. 가슴이 찢어질 것처럼 아파 왔다.

이쿠토가 저러는 이유는 자신이 엄마에게 속았다고 생각해서가 아니다. 이쿠토는 눈을 뜨지 않는 누나가 원래 모습으로 돌아오기를 바라면서도 어쩌면 영영 눈을 뜨지 않을지도 모른다고 자기 나름으로 각오했을 것이다. 그런데 그런 사실을 아무 관계도 없는 사람들이 지적하자 마음에 크게 상처를 받은 것이다.

최근의 이쿠토 모습을 떠올려 보니 납득이 갔다. 예전에는 미즈호 방에 마냥 있는 경우가 많았는데 요즘은 미즈호에게 가까이 가는 것조차 꺼렸다. 가오루코가 권하면 마지못해 미즈호 방에 들어가기는 하지만 적극적으로 말을 걸지도 않았고 금세 나오는 일이 많았다.

가오루코는 충격으로 말을 잇지 못했다. 그냥 놔둬서는 안 된다, 이쿠토에게 무슨 말이든 해야 한다는 초조함은 있었지만 할 말이 머릿속에 떠오르지 않았다.

그런 엄마의 태도를 어떻게 받아들였는지는 모르지만 이쿠토는 퍼즐 게임을 바닥에 내던지고 일어섰다. 그리고 붙잡을 틈도 없이 거실을 뛰쳐나간 뒤 복도를 지나 계단을 쿵쿵거리며 올라갔다.

가오루코는 마치 얼어붙은 듯이 움직일 수 없었다. 아들의 말이 계속 머릿속을 맴돌았다.

언니, 하고 미하루가 걱정스러워하는 목소리로 그녀를 불렀다. 그 소리가 들리기는 하지만 대답할 수는 없었다. 그러자 미하루가 그녀의 어깨를 잡고 흔들었다.

"언니!"

그제야 겨우 몸이 반응했다. 돌아보니 동생이 불안한 표정으로 자신을 바라보고 있었다. 가오루코는 아아, 하고 숨을 내쉬며 이마에 손을 갖다 댔다.

"미안해."

"괜찮아? 얼굴이 창백해."

"응, 괜찮아. 좀 놀란 것뿐이야."

"이쿠토도 나름대로 괴로웠을 거야. 그러니까 야단치지 마."

"알아. 그러니까 충격이지. 학교에서 그런 말을 들었을 줄은 몰랐어."

"할 수 없어. 아이들이란 원래 잔인하잖아. 그리고 다 똑같지는 않을 거야. 개중에는 이쿠토를 동정하는 아이도 있겠지."

가오루코는 미하루가 건네는 위로의 말이 고마우면서도 마지막 한마디가 마음에 걸렸다.

"동정한다고?"

가오루코가 미간을 찌푸렸다.

자신이 실언했다는 사실을 깨달은 미하루는 손을 휘휘 내저었다.

"아아, 동정이란 표현은 좀 이상하네. 이쿠토의 심정을 헤아리는 아이도 있을 거라는 뜻이야."

변명하듯 말하는 동생의 얼굴을 물끄러미 바라보던 가오루코가 서서히 냉정을 되찾았다. 그녀는 다시 한 번 이쿠토가 한 말을 곱씹어 보았다. 그러다가 문득 마음에 걸리는 게 있어 와카바에게 눈길을 돌렸다. 와카바는 이쿠토가 내던지고 간 퍼즐 게임을 만지작거리고 있었다.

와카바, 하고 말을 건넸다.

"조금 전에 이쿠토한테 그랬지, 그런 말은 하면 안 된다고 말이야. 그게 무슨 뜻이야?"

이모가 묻는 이유를 모르는지 와카바가 커다란 눈을 깜박거렸다.

"그렇지 않다든지, 그런 식으로 말하면 안 된다든지 하지 않고 왜 그런 말은 하면 안 된다고 했지? 그런 말이 뭔데? 미즈호가 이미 죽었다는 말? 와카바 너도 실은 그렇게 생각하니? 그렇게 생각하지만 이 집에서는 말하면 안 된다는 뜻이야?"

잇따라 쏟아지는 질문에 와카바는 대답을 못하고 울음을 터뜨릴 것 같은 얼굴로 미하루를 쳐다보았다.

"언니, 왜 그래?"

당황한 듯이 묻는 미하루를 가오루코가 노려보았다.

"너, 와카바가 그런 말은 하면 안 된다고 했을 때 소리 질렀지. 왜 그랬어?"

"아니, 나는 그냥……."

어물거리며 제대로 대답을 못하는 동생 모습에 가오루코는 의심이 커졌다.

"혹시 너희들, 평소에 그런 식으로 말하니? 미즈호는 이미 죽었지만 미즈호네 집에 가면 아직 살아 있는 것처럼 얘기하자고?"

미하루가 난감한 듯이 눈꼬리를 내려뜨렸다.

"아니야, 언니."

"그럼 와카바가 왜 그런 식으로 말해? 너는 왜 와카바에게 소리를 질렀어? 아무래도 이상하잖아."

"별 뜻 없어. 와카바도 그저 이쿠토에게 주의를 주려고 했던 것뿐이고. 그렇지?"

와카바가 잠자코 고개를 끄덕였다.

가오루코는 고개를 저었다.

"그래, 이제 알겠어."

"언니……."

미하루가 곤란해서 어쩔 줄 몰라 하는데 현관문 열리는 소리가 났다. 그리고 복도를 걸어오는 발소리가 들리더니 종이봉투와 비닐봉지를 든 치즈코가 들어왔다.

"미안하다. 오랜만에 집 청소를 하느라고 늦었어. 네 아버지가 욕실 청소를 제대로 안 해 놔서……."

거기까지 말하고 나서야 분위기가 심상치 않다고 느꼈는지 치즈코가 말을 멈추고 딸들과 손녀의 얼굴을 번갈아 바라보았다.

"무슨 일이 있었니?"

아니야, 하고 가오루코가 테이블에 턱을 괴었다.

미하루가 마음을 정한 듯 엉덩이를 들었다.

"와카바, 가자."

와카바가 튀어 오르듯이 일어나 엄마 옆으로 갔다.

"왜, 벌써 가게? 아까 통화할 때는 늦게 가도 된다더니?"

"미안해, 엄마. 급한 볼일이 생겼어. 다음에 또 올게. 와카바, 미즈호에게 인사하고 가자."

응, 하고 와카바가 고개를 끄덕이는데 가오루코가 "안 해도 돼."라고 두 사람에게 말했다.

"아니, 하지 마. 그 방에 들어가지 마."

미하루는 못 들은 체하고 거실을 나가 복도를 총총히 걸어서 미즈호 방으로 들어갔다. 와카바도 주뼛거리며 미하루를 뒤따랐다.

치즈코가 의아하다는 듯이 가오루코를 돌아보았다.

"왜 그러는 거냐?"

가오루코는 대답하지 않은 채 복도 쪽을 노려보기만 했다.

잠시 후에 미하루 모녀가 미즈호 방에서 나오자 치즈코가 종종걸음으로 그들에게 다가갔다. 하지만 가오루코는 보고도 모른 척 외면했다.

그럼 엄마, 또 올게, 하고 미하루가 뚱한 말투로 인사하는 소리가 들렸다. 와카바가 뭐라고 말하자 치즈코가 "그래, 또 오렴." 하고 대답했다.

잠시 후 치즈코가 현관문을 닫고 거실로 돌아왔다.

"대체 무슨 일이야?"

가오루코는 아무 일도 아니라며 자리에서 일어섰다.

"미즈호 밥 먹일 시간이야."

"아 참, 그렇지. 벌써 시간이 그렇게 됐구나. 준비해야겠다."

치즈코가 벽시계를 보고 시간을 확인한 후 부엌으로 발걸음을 옮기는데 가오루코가 그 등에 대고 "엄마." 하고 불렀다.

"힘들면 앞으로는 도와주지 않아도 돼. 미즈호는 나 혼자서도 돌볼 수 있어."

치즈코의 뺨이 파르르 떨렸다.

"무슨 소리야? 미하루가 뭐라고 하던?"

"아니, 엄마가 힘들지 않나 싶어서."

"그럴 리 있겠니. 별소리를 다 하는구나."

치즈코의 목소리에 노기가 서려 있었다.

가오루코는 힘없이 고개를 끄덕였다. 엄마만큼은 내 편이라고 믿고 싶었다. 아니, 믿어야 한다.

미안해, 라고 중얼거리면서 가오루코는 미즈호 방으로 향했다.

4

이모네 집 현관에서 대문으로 가는 동안 엄마는 말이 없었다. 그 뒤를 따르던 와카바는 엄마가 화났나 보다고 생각했다. 자신이 무심코 한 말에 가오루코 이모가 발끈했기 때문이다. 그렇게 단단히 주의를 받았건만……. 이런 말은 가오루코 이모 앞에서 하면 안 돼, 라고 말이다.

집에 가면 혼나겠지, 하고 각오했다.

그런데 이모네 집 대문을 나서자 엄마가 "너는 걱정할 필요 없어."라고 말하는 것이었다. 말투도 부드러웠다.

"이쿠토가 그런 말을 해서 가오루코 이모가 놀랐어. 그래서 우리한테 분풀이를 한 거야. 아, 분풀이라는 말, 알아?"

"화를 낸다는 거 아니야?"

"그래, 맞아. 상대가 누구냐에 상관없이 무조건 화를 내는 거지. 시간이 지나면 이모도 마음이 가라앉을 테니까 너는 신경 쓰지 않아도 돼. 알겠지?"

와카바는 고개를 끄덕거렸다.

"하지만," 하고 엄마가 허리를 구부리며 와카바에게 얼굴을 들이댔다.

"오늘 일은 아빠한테 비밀이야. 말하면 안 돼."

와카바는 또 한 번 고개를 천천히 끄덕였다. 애초에 아빠에게 말할 생각도 없었다.

"자, 가자. 시간이 있으니 케이크라도 사 가지고 갈까?"

엄마가 밝은 소리로 말했다.

와카바도 애써 웃어 보이며 응, 하고 기운차게 대답했다.

엄마를 따라 걸으면서 와카바는 이모네 집 대문을 다시 한 번 돌아보았다. 어렸을 때부터 수도 없이 왔던 집이다.

하지만 이제 한동안은 못 올지도 모른다.

아빠는 종합 상사에 다닌다. 하지만 정확히 무슨 일을 하는지는 와카바도 잘 모른다. 그저 출장이 아주 많다고만 안다. 미즈호가 수영장에서 사고를 당했을 때도 아빠는 외국에 있었다. 그래서 미즈호가 왜 눈을 뜨지 못한 채 집에 돌아왔는지, 왜 가오루코 이모와 할머니의 보살핌을 받게 되었는지 자세히는 몰랐다.

그렇다고 와카바 자신이 그 내용을 자세히 아느냐 하면 실은 그렇지도 않다. 가오루코 이모가 미즈호를 집에 데려가고 싶다고 해서 그렇게 하기로 했다고 엄마에게 들었을 뿐이다.

아빠는 몇 달에 한 번 외국에서 돌아와 일주일 정도 집에 머물렀다. 와카바는 아빠가 집에 오는 날을 손꼽아 기다린다. 아는 것이 많고 다정한 아빠가 와카바는 참 좋았다. 아빠가 집에 있는 동안에는 여기저기 여행을 하기도 한다. 그래서 다시 출장지로 돌아가는 아빠를 배웅하러 공항에 갈 때면 차 안에서 내내 울었다.

아빠가 집에 머무는 동안 이모네 집 얘기가 화제에 오르는 일은 별로 없었다. 오랜만에 만나다 보니 엄마, 아빠, 와카바가 서로 자기 얘기를 하기도 바쁘고 화제도 끊이지 않는다. 당연히 미즈호를 보러 가자는 얘기도 나오지 않았다.

그런데 지난 2월에 아빠가 출장을 자주 가지 않는 자리로 옮기게 되어 그때부터는 가족 셋이 늘 함께 지내게 되었다. 아빠는 당분간 도쿄에만 있을 거라고 했다.

그러고서 얼마 안 되어 엄마가 아빠에게 미즈호를 보러 가자고 했다.

"꼭 가야 해?"

아빠는 가고 싶지 않은 눈치였다.

"당신이 완전히 귀국한 걸 언니도 아는데 얼굴을 한 번도 안 비칠 수는 없잖아. 왜 안 올까 생각할 거야. 다른 친척들도 한 번씩은 보러 왔는데 말이지."

"하지만 의식도 없다면서. 보러 간들……."

"그러니까 미즈호를 보러 간다기보다 언니랑 엄마를 위로하러 가는 거지."

"요는 당신 체면을 세워 달라는 말이군."

"그렇게 해석해도 좋고."

아빠는 한숨을 쉬더니 "정 그렇다면 하는 수 없지." 하고 마지못해 가겠다고 했다.

아직 추위가 가시지 않은 3월 초에 엄마와 아빠, 와카바는 이모네 집을 방문했다. 가오루코 이모가 세 사람을 반갑게 맞아 주었다. 이모는 특히 아빠가 같이 와 주어서 기쁜 것 같았다. 고맙다는 말을 여러 번 했다.

미즈호를 본 아빠는 놀랍다는 말을 몇 번이나 했다. 건강해 보인다, 전혀 환자 같지 않다, 금방이라도 눈을 뜰 것 같다, 그러면서 다른 사람들과 비슷한 감상을 말했다. 그 말에 와카바도 기뻤다. 미즈호가 잠만 자고 있기는 하지만 아빠도 와카바처럼 그런 미즈호를 좋아한다고 생각했다.

그런데 집에 돌아오자 아빠는 전혀 다른 말을 했다. 퉁명스러운 말투로 두 번 다시 미즈호를 보러 가지 않겠다고 했다.

"말도 안 되는 짓이야. 나는 도저히 찬성할 수 없어. 처형의 자기만족일 뿐이잖아. 의사도 뇌사라고 했다면서. 외국에서는 뇌사로 판명된 시점에 치료를 중단하는 게 보통이야. 그런 아이를 저런 식으로 돈을 들여서 목숨을 잇게 하다니, 비정상이 아니고 뭐야."

아빠가 빠르게 쏟아 놓는 말을 다 알아들을 수는 없었지만 가오루코 이모를 비난하는 말이라는 것은 알 수 있었다.

"일본과 외국은 법이 다르잖아."

엄마가 대꾸했다.

"그러니까 그 법을 역이용해서 뇌사를 인정하지 않고 살아 있는 아이로 취급하자는 거야? 그래, 그건 그럴 수 있다고 치

자. 그럼 다른 사람들까지 끌어들이지 말고 자기네끼리 살면 되잖아. 한마디로 민폐야, 민폐."

"여보, 와카바 듣는 데서……."

"와카바에게도 좋지 않은 일이야. 사실을 있는 그대로 받아들이게 해야지. 야, 와카바."

아빠가 느닷없이 와카바를 불렀다. 와카바를 바라보는 아빠의 눈빛이 매서웠다.

"너, 솔직히 말해 봐. 미즈호가 언젠가는 눈을 뜰 거라고 생각하니?"

다그치는 말투여서 와카바는 기가 죽었다. 도움을 청하려고 엄마를 봤다.

"그런 걸 지금 꼭 물어야겠어?"

"이건 중요한 문제야. 확실히 해 두어야 한단 말이야. 와카바, 대답해 봐. 너는 정말 미즈호의 병이 나을 거라고 생각해?"

와카바는 모르겠다고 대답했다. 그렇게밖에 대답할 수 없었다. 그러자 아빠가 와카바의 어깨를 양손으로 잡고 말했다.

"너, 잘 들어. 미즈호는 앞으로도 영원히 눈을 뜨지 않을 거야. 잠들어 있는 것처럼 보이지만 사실은 그렇지 않아. 머릿속에 아무것도 없어. 그러니까 생각도 할 수 없고, 와카바가 말을 걸어도 들을 수 없어. 물론 건드려도 느끼지 못하지. 지금 그 집에 있는 아이는 예전의 미즈호가 아니야. 빈껍데기란 말이야. 너, 영혼이 뭔지 알지? 그 아이는 그게 다 빠져나가고 없어. 와카바가 잘 아는 미즈호는 이제 천국에 있으니까 그 아이한테 하고 싶은 말이 있으면 하늘을 보고 얘기하면 돼. 그리고 더는 그 집에 가지 않아도 된다. 알았지?"

뭐라고 대답해야 좋을지 알 수 없었다. 와카바는 다시 엄마를 봤다. 엄마가 도와주기를 바랐다.

하지만 엄마가 뭐라고 말하기 전에 아빠가 먼저 "사실은 엄마도 다 아는 일이야."라고 했다.

으응? 하면서 와카바가 엄마를 보았다.

아빠가 계속 말했다.

"미즈호가 이미 죽은 거나 마찬가지라는 사실 말이야. 하지만 이모 앞에서는 그렇게 생각하지 않는 것처럼 하는 거야. 연기를 한다 이 말이지."

"그런 식으로 말하지 마."

엄마가 성난 목소리로 대꾸했다.

"그럼 어떻게 말하라는 거야? 뇌사로 의식이 없는 상대에게 웃는 얼굴로 말을 거는 게 연기가 아니고 뭔데? 하나만 묻자. 당신, 미즈호와 단둘이 있을 때도 그 아이에게 말을 걸어? 대화를 나누느냔 말이야. 처형이 안 볼 때는 그러지 않을걸. 아니야? 솔직히 말해 봐."

아빠의 말에 와카바는 퍼뜩 깨달았다. 그러고 보니 아빠 말이 맞을지도 몰랐다. 가오루코 이모가 없을 때도 엄마가 미즈호에게 말을 걸었던가. 곰곰이 생각해 보니 그런 일은 한 번도 없었던 것 같다.

게다가 엄마도 그 사실을 인정하는지 아무 대답이 없었다.

"알겠니, 와카바?"

아빠의 말투가 다시 부드러워졌다.

"다들 이모 앞에서 연기를 하고 있을 뿐이야. 아마 할머니도 그럴걸. 전부 연극이란 말이야. 아까는 아빠도 이모 앞에서 연기를 했어. 싫지만 어쩔 수 없이 듣기 좋게 말한 거야. 하지만 와카바에게는 그런 일을 시키고 싶지 않아. 그러니까 그 집에는 되도록 가지 않는 게 좋겠다. 알았지?"

달리 할 말이 떠오르지 않아서 알았다고 할 수밖에 없었다. 아빠가 고개를 끄덕였다.

와카바는 엄마와 둘이 있을 때 "이제 미즈호네 집에 안 가는 거야?"라고 물었다.

"친척이니까 전혀 안 갈 수는 없지. 아빠도 '되도록'이라고 했잖아. 꼭 가야 할 때도 있을 거야."

"그럴 때는 어떻게 하지. 나도 연기를 해야 해?"

엄마는 누가 상처를 건드리기라도 한 것처럼 얼굴을 찡그리며 "지금까지 하던 대로 하면 돼."라고 대답했다. 그리고 "하지만 이런 얘기를 가오루코 이모 앞에서 하면 안 돼."라고 덧붙였다.

와카바는 응, 알았어, 하고 대답했다.

왜 말하면 안 되는지, 그 이유는 듣지 않아도 알 것 같았다. 설명하기는 좀 힘들지만.

그 후로 한동안 이모네 집에 가지 않았다. 그런데 오늘 드디어 그때가 오고 말았다. 집을 나서면서 엄마가 주의를 줬다.

"알지? 지금까지 하던 대로 하는 거야. 가오루코 이모 앞에서는 말이야."

와카바는 "알아." 하고 대답했다. 게다가 지금까지 하던 대로 하지 않으면 대체 뭘 어쩌란 말인가. 다르게 하기가 더 어려울 것 같았다.

그래서 오랜만에 이모를 만나서도 지금까지와 마찬가지로 행동했다. 그러니까 맨 먼저 미즈호에게 가서 인사하고, 이모와 엄마가 거실에서 과자를 먹자고 했을 때도 자신은 미즈호 방에 있겠다고 대답했다. 그런 와카바의 태도에 이모는 만족스러워하는 듯했다.

미즈호 방에 혼자 남으니 온갖 생각이 머리에 떠올랐다. 아빠가 엄마에게 "당신, 미즈호와 단둘이 있을 때도 그 아이에게 말을 걸어?"라고 물었던 것도 그중 하나다. 그 물음에 엄마가 대답하지 못하는 것을 보고 충격을 받았던 것도 사실이다. 그러나 동시에 깨달은 것도 있었다.

자신도 그렇지 않았나 하는 것이다.

와카바 자신도 가오루코 이모가 없을 때는 미즈호에게 말을 걸거나 몸을 만진 적이 없었던 것 같았다. 그 이유를 분명하게 설명하기는 힘들지만 아빠 말처럼 '연기'는 아니었다고 생각한다. 가오루코 이모 눈을 의식하지 않았다고 하면 거짓말이겠지만, 잠들어 있는 사촌에게 말을 건네는 것이 결코 싫지는 않았다. 자신이 하는 말이 미즈호 귀에 들렸으면 하고 진심으로 바랐다. 그리고 그건 엄마도 마찬가지였을 거라고 생각한다. 엄마뿐 아니라 미즈호에게 말을 거는 사람은 대부분이 그렇지 않았을까. 아빠가 말하는 '연기'는 아니지 않았을까.

그럼 연기가 아니고 뭐냐고 묻는다면 딱 부러지게 대답하기 어렵지만.

그런 생각을 하고 있는데 이쿠토가 휴대형 게임기를 들고 방에 들어왔다. 이쿠토는 그걸 와카바더러 같이 하자고 했다.

초등학생이 된 이쿠토는 와카바가 보기에도 한결 야무져 보였다. 그러나 어쩐지 전과 조금 다르게 느껴지는 이유가 그뿐만은 아닌 듯했다. 마침내 와카바는 그 이유를 깨달았다. 이쿠토가 누나 쪽을 절대 보지 않으려 하는 것이었다. 왜 그러느냐고 묻자 이쿠토는 "그런 거 이제 안 해도 돼."라고 대답했다. 말하는 투가 심통이 난 듯했다.

"뭘 안 해도 된다는 거야?"

와카바가 묻자 이쿠토는 고개를 숙이고 "누나한테 말이야." 라고 중얼거렸다.

"왜?"

"왜냐면…… 죽었으니까."

이쿠토의 대답에 와카바는 또 충격을 받았다. 이 아이 역시 누나가 눈을 뜨는 일은 없을 거라고 생각한단 말인가. 엄마 앞에서만 누나가 눈을 뜰 거라고 믿는 척 연기하면 그만이라고 여기는 것일까.

와카바는 그대로 입을 다물었다. 아니라고는 대답할 수 없었다. 꿈에서 깨어난 소년에게는 무슨 말을 해도 소용없다.

"나가자, 누나."

이쿠토가 말했다.

"이 방에 있고 싶지 않아."

그래서 둘은 이모와 엄마가 있는 거실로 갔고, 아까 같은 일이 벌어진 것이다. 안 그래도 와카바는 이쿠토가 이상한 말을 할까 봐 조마조마했었다. 그래서 이쿠토 입에서 그 말이 나왔을 때 "그런 말은 하면 안 돼."라고 저도 모르게 내뱉었던 것이다.

그 말에 가오루코 이모가 화를 냈다.

와카바는 마음이 무거웠다. 이제 어쩌면 좋지. 엄마는 시간이 지나면 가오루코 이모도 마음이 가라앉을 거라고 했지만 와카바 생각에는 그럴 것 같지 않았다. 이모는 오늘 일을 절대 잊지 않을 것이고, 와카바가 아무리 열심히 미즈호에게 말을 걸어도 겉으로만 그런다고 여길 것이다.

소중한 것을 망가뜨리고 말았다. 돌이킬 수 없는 일을 저지르고 말았다는 생각이 와카바 머릿속에 퍼져 나갔다. 뭘 어떻게 해야 좋을지 도무지 알 수 없었다.

다만 누가 뭐라고 해도 자신만은 끝까지 미즈호 편이 되어야 한다고 굳게 다짐했다. 그 이유는 여러 가지지만, 가장 큰 이유는 어쩌면 미즈호가 자기를 대신했을지도 모른다는 생각 때문이다.

수영장에 갔던 날의 일이 되살아났다.

왜 사고가 났는지는 자세히 기억하지 못한다. 미즈호가 물에 빠졌다는 것을 안 순간 머릿속이 뒤죽박죽 엉켜서 뭐가 뭔지 알 수 없게 되었기 때문이다.

그러나 기억의 단편 중에는 확실히 남아 있는 것도 있다.

그 여름, 와카바는 비즈로 만든 반지를 끼고 다녔다. 유치원 때 친했던 친구가 여름 방학에 들어가기 전에 준 것인데 와카바는 그 반지가 무척 마음에 들었다.

수영장에 갔을 때도 반지를 낀 채로 헤엄쳤다. 미즈호도 반지를 보더니 예쁘다고 했다.

둘은 신나게 놀았다. 누가 물속에 더 오래 있나 내기도 했다.

그러다가 반지가 빠졌다. 어쩌다가 그랬는지는 기억이 나지 않는다. 와카바가 물에 떠 있을 때 쏙 빠져 물속으로 가라앉았다.

안돼! 하고 소리를 지르며 와카바는 허둥지둥 잠수했다. 그랬더니 옆에 있던 미즈호도 따라서 물속으로 들어왔다. 반지를 빠뜨리는 모습을 봤을 것이다.

반지는 수영장 바닥에 있는 배수구 철망 위에 떨어져 있었다. 와카바가 부랴부랴 주우려 했지만 손에 잡히지 않았고 그 바람에 반지가 철망에 끼이고 말았다. 아무리 끄집어내려 해도 철망에 걸려서 좀처럼 빠지지 않았다. 미즈호가 옆에서 거들어 줬지만 마찬가지였다. 결국 와카바는 숨이 차서 물 밖으로 나왔다. 그 와중에 코에 물이 들어가고 말았다. 너무 아파서 코를 풀려고 와카바는 수영장을 벗어났다.

에이, 할 수 없지, 뭐, 하고 생각했다. 반지는 포기다. 친구에게는 미안하다고 사과해야겠다.

한숨 돌리고 나서 주위를 둘러봤다. 미즈호가 보이지 않았다.

이상하다고 생각하는 참에 할머니가 달려왔다. 미즈호가 어디 있느냐고 묻는데 그저 갑자기 없어졌다고 대답할 수밖에 없었다.

곧이어 주위 사람들이 웅성거리기 시작했고, 누군가 아이가 물에 빠졌다고 말하는 소리가 들렸다. 그리고 미즈호의 몸이 끌어 올려졌다.

그다음 기억은 희미하다. 다만 나중에, 수영장 바닥에 있는 배수구 철망에 미즈호 손가락이 끼여 빠지지 않았던 것 같다는 말을 듣고 겁에 질렸던 기억은 있다. 와카바가 숨이 차서 물 밖으로 나왔을 때 미즈호 역시 숨이 찼을 것이다. 그런데 손가락이 빠지지 않아서 올라오지 못한 것이다. 미즈호는 얼마나 괴로웠을까.

자신이 물 밖으로 나오자마자 미즈호를 찾았더라면. 주위에 있는 누군가에게 미즈호가 보이지 않는다고 말했더라면……

병원에서 미즈호를 봤을 때는 깊은 구멍으로 떨어지는 듯한 느낌이 들었다. 자신의 실수가 사촌의 행복한 나날을 앗아 간 것이다.

아직 누구에게도 말하지 못한 와카바만의 비밀이었다.

5

긴자에 있는 유명한 장난감 가게에서 가즈마사는 한숨을 내쉬며 고개를 저었다. 빼곡하게 진열된 장난감 중에서 뭘 골라야 좋을지 막막했기 때문이다. 석 달 전 미즈호와 이쿠토에게 줄 선물을 고를 때도 점원의 조언을 들으며 한참 고민했다.

그리고 당분간은 그럴 일이 없을 거라고 안심했는데 뜻밖에 그럴 일이 금방 생겼다.

물론 자신이 경솔했다는 점은 부정할 수 없다. 조금만 신경을 썼어도 충분히 예상할 수 있는 일이었다. 너무 바쁜 탓에 그만 깜빡하고 말았다.

다음 주 토요일에 이쿠토의 생일 파티를 할 예정이니 시간을 내 줬으면 한다고 지난주 말에 가오루코에게서 메일이 왔다. 실제 생일은 그다음 주 월요일이지만 학교 친구들을 초대하고 싶어서 토요일에 파티를 하기로 했다는 것이다. 낮 시간으로 정한 이유도 그 때문인 듯했다.

초등학교 1학년생 아이들을 불러 파티를 한다……, 상황을 상상하는 것만으로도 마음이 무거웠지만 각오하는 수밖에 없었다. 아이들에게 인사만 해 주면 돼, 휴일에 아빠가 집에 있는 모습을 보여 주고 싶으니까. 그렇게 부탁하는 데는 다른 말을 할 수 없었다.

그런 데다 이쿠토가 약간 걱정스럽기도 했다.

여전히 2주일에 한 번 정도 얼굴을 마주하는데, 요즘 들어 이쿠토의 태도가 좀 이상했다. 방에 틀어박혀 있는 일이 많았고, 식사를 할 때도 가즈마사와 얘기를 나누려고 하지 않았다. 가오루코는 별일 아닐 거라고 말했지만 아무래도 마음에 걸렸다. 어쩌면 커 가면서 부모가 별거한다는 사실에 새삼스러운 감정을 가지게 되었는지도 모른다. 만일 그렇다면 더욱이 아빠로서 의무를 다해야 한다는 생각이 들었다.

장난감 매장을 아무리 둘러보아도 도무지 좋은 생각이 떠오르지 않아서 지난번처럼 점원에게 도움을 청했다. 이런저런 의논 끝에 그가 선택한 것은 프랑스제 보드 게임이다. 이쿠토가 게임을 좋아한다는 얘기를 가오루코에게 들었던 것이 결정에 큰 영향을 미쳤다.

쇼핑백을 든 채 택시를 잡아타고 히로오에 있는 집으로 향했다. 시계를 보니 딱 적당한 시간이었다.

가오루코가 보낸 메일에는 시아버지를 초대해 달라는 내용도 있었다. 이쿠토가 초등학생이 된 만큼 올해는 특별히 생일 파티를 성대하게 하고 싶다는 것이었다.

그래서 다쓰로에게 전화를 걸었지만 대답은 예상대로 노, 였다.

"공교롭게도 그날 다른 약속이 있구나. 토요일에 아빠가 집에 없는 건 이상할지 몰라도 할아버지가 없다고 이상하게 여길 아이가 있겠느냐. 이쿠토의 생일은 축하해 줘야겠으니 택배로 선물을 보내마."

보나 마나 가오루코와 얼굴을 마주하고 싶지 않아서 그럴 것이다. 다쓰로는 여전히 가오루코를 탐탁지 않게 여긴다.

가즈마사는 "알겠어요."라고만 대답했다.

택시가 집에 거의 다다랐을 때 저만치 앞에서 걸어가는 모녀의 뒷모습이 눈에 들어왔다. 가즈마사는 택시 기사에게 차를 세워 달라고 한 후 창문을 열고 "처제!" 하고 불렀다.

미하루가 돌아보더니 아, 하고 입을 벌리며 인사를 했다.

가즈마사는 서둘러 택시비를 내고 차에서 내렸다.

"처제도 초대받았어?"

모녀에게 다가가면서 물었다.

당연히 그렇다고 할 줄 알았는데 그게 아니었다.

"제가 먼저 언니에게 물어봤어요. 이쿠토 생일을 어떻게 할 생각이냐고요. 해마다 어떤 식으로든 축하를 해 왔으니까요. 그랬더니 학교 친구들을 불러서 파티를 한다잖아요. 그래서 우리도 같이 선물을 갖다줄까 해서…… 언니가 그래도 괜찮다고 하네요."

처제의 말투가 왠지 삐딱했다.

이상하네, 하고 가즈마사는 생각했다. 생일 파티를 특별히 성대하게 하겠다며 다쓰로까지 초대해 달라더니 미하루네를 부르지 않은 이유가 무엇일까.

"이쿠토에게 선물을 전해 주고 나서 미즈호 얼굴이나 한번 보고 금방 돌아갈 거예요."

가즈마사가 의아해하는 기색이 전해졌는지 미하루가 변명하듯 말했다.

"그러지 말고 천천히 놀다 가. 이쿠토도 그러길 바랄 텐데."

하지만 미하루는 야릇한 미소만 지을 뿐 대답하지 않았다. 와카바도 서먹서먹한 태도로 눈을 마주치려 하지 않았다.

그들과 함께 현관으로 들어서자 복도 안쪽에서 가오루코가 나왔다. 그녀가 미하루와 와카바를 보더니 눈을 살짝 치켜떴다.

"만나서 같이 온 거야?"

"아니, 요 앞에서 우연히 만났어."

"응, 그렇구나."

잘 있었어? 하고 인사하는 미하루의 표정이 딱딱했다.

"와 줘서 고마워."

가오루코가 동생을 보며 말했다.

그녀들 사이에 오가는 의미심장한 눈빛을 보며 아무래도 무슨 일이 있었나 보다고 가즈마사는 짐작했다. 무슨 일인지 지금 당장 물어봐야 하나 어쩌나 순간적으로 망설였지만 일단은 그냥 넘어가는 게 낫겠다고 판단했다. 긴 하루가 시작될 참인데 벌써부터 잡음을 일으키고 싶지는 않았다.

가오루코가 조카를 내려다보고는 입꼬리를 살짝 올렸다. 마지못해 지어내는 표정이다.

"와카바도 이쿠토 때문에 와 줘서 고마워."

와카바가 고개를 끄덕이고 나서 눈만 살짝 치뜨고 가즈마사를 올려다보았다.

"이모부, 저, 미즈호 보러 가도 돼요?"

"그럼, 가서 봐야지."

안 그래, 여보, 하고 가오루코에게 동의를 구했지만, 그녀는 못 들은 체하며 엉뚱한 곳을 바라봤다. 그리고 와카바가 신발을 벗고 미즈호 방 앞으로 가서 문을 열려고 하자 "거기 없어." 하고 말했다.

가즈마사가 "그럼 어디 있어?"라고 묻자 가오루코는 "거실에 있지. 동생 생일 파티니까 당연하잖아."라고 대답하고는 혼자 쏙 들어가 버렸다.

가즈마사가 구두를 벗는데 바닥에 낯익은 남자 구두가 보였다.

와카바와 함께 거실로 간 가즈마사는 실내가 풍선과 알록달록한 파티 용품으로 가득한 것을 보고 살짝 놀랐다. 와카바가 와, 하고 환성을 질렀다.

"우아, 진짜 멋진데."

벽에 걸려 있는 'HAPPY BIRTHDAY'라는 글자가 새겨진 은빛 장식을 보고 가즈마사가 중얼거렸다.

"그렇지?"

테이블 옆에 서 있던 가오루코가 대꾸했다.

"이 장식들을 당신 혼자서 다 했어?"

"엄마가 조금 도와줬어."

"대단한걸."

"고마워."

가즈마사는 창가로 시선을 옮겼다. 거기 캐주얼한 반소매 셔츠 차림의 호시노가 서 있었다. 그가 평상복을 입은 모습은 처음이었다.

"안녕하세요."

호시노가 공손히 머리를 숙였다.

"자네도 초대받았군."

"네, 사모님이 꼭 오라고 하셔서요."

"도움을 청할 일이 있어서 와 달라고 부탁했어."

옆에서 가오루코가 말했다.

"나 혼자서는 좀 어려울 것 같아서 말이지."

호시노 옆에 있는 휠체어에 미즈호가 앉아 있었다. 드레스 풍의 화려한 원피스를 입었는데, 눈에 익지 않은 옷인 걸 보면 오늘을 위해 새로 산 모양이었다. 길게 늘어뜨린 머리는 구불구불하게 컬이 들어가 있다. 아마도 가오루코가 직접 말았을 것이다. 속눈썹이 긴 눈을 가만히 감고 있는 모습이 인형처럼 사랑스러웠다.

휠체어 등 뒤에는 조그만 작업대가 있고 그 위에 뭔가 놓여 있는 것 같은데, 숨기려는 의도인지 천으로 덮여 있었다. 자세히 보니 거기서 뻗어 나온 코드가 휠체어 등받이에 연결되어 있었다.

"뭘 하려는 거지?"

가즈마사가 가오루코에게 물었다.

그녀가 의미심장한 눈빛으로 입가에 미소를 떠올렸다.

"그건 비밀이야."

가즈마사의 가슴에 불길한 예감이 번졌다. 호시노를 바라보자 그는 난처한 듯 가즈마사의 눈길을 피했다.

그때였다.

"아유, 와카바 왔구나!"

치즈코가 만면에 미소를 머금으며 부엌에서 나와 손녀를 맞았다.

"이쿠토 주려고 선물 가져왔어요."

와카바는 손에 들고 있던 쇼핑백을 높이 쳐들었다.

"이쿠토는 어디 있어요?"

"글쎄다, 이쿠토가……."

치즈코가 가오루코를 보았다.

"2층 자기 방에 있을 거야."

그러고서 가오루코는 벽시계를 보았다.

"뭘 하느라고 안 내려오지? 슬슬 친구들이 올 시간인데."

그녀는 못마땅하다는 듯이 미간을 찡그리며 빠른 걸음으로 거실을 나갔다.

가즈마사는 한숨을 내쉬며 테이블을 바라봤다. 접시와 컵, 포크와 스푼이 죽 놓여 있었다. 세어 보니 일곱 벌이다. 테이블의 짧은 쪽, 그러니까 이른바 상석에는 물론 이쿠토가 앉을 것이다.

친구가 여섯 명 오는 모양이군. 생일 파티에 친구가 그만큼 온다는 건 이쿠토의 학교생활이 순조롭다는 뜻이겠지. 그런 생각을 하는데 느닷없이 가오루코의 성난 목소리가 들렸다. 2층에서 나는 소리인 듯했다. 가즈마사와 치즈코는 어리둥절한 표정으로 서로 얼굴을 마주 봤다.

이번에는 이쿠토 목소리가 들렸다. 내용은 알아들을 수 없었다.

가즈마사가 무슨 일인가 싶어 복도로 나가니 "바보 같은 소리 하지 말고 빨리 내려가!" 하고 꾸짖는 가오루코의 목소리가 위에서 울렸다.

"싫어! 내려가기 싫단 말이야!"

"왜 그러는 거야, 너. 와카바도 와 있단 말이야. 아빠도 오셨고. 조금 있으면 네 친구들도 올 거잖아. 빨리 내려가."

하지만 이쿠토는 계속 싫다고 악을 썼다.

가즈마사가 계단 가까이 가서 올려다보니 위에서 가오루코와 이쿠토가 밀치락달치락 실랑이를 벌이고 있었다.

"이봐, 뭐 하는 거야?"

엄마 손을 뿌리치려던 이쿠토가 움직임을 멈췄다. 그 얼굴이 금방이라도 울음을 터뜨릴 것처럼 일그러져 있었다.

"대체 왜 그래?"

가오루코에게 물었다.

"모르겠어. 갑자기 생일 파티를 안 하겠다고 하잖아."

"왜?"

이쿠토는 주저앉은 채 대답하지 않았다.

"일단 둘 다 거실로 와. 하고 싶은 말이 있으면 거기서 해."

가즈마사의 말에 이쿠토가 꾸물꾸물 계단을 내려오기 시작했다. 가오루코도 잔뜩 굳은 표정으로 뒤따라 내려왔다. 그녀의 귓가에 대고 "왜 그러는 거야?"라고 가즈마사가 속삭이듯 물었다. 가오루코는 "글쎄." 하며 고개를 갸웃거렸다.

거실로 들어오는 이쿠토를 미하루와 와카바가 웃는 얼굴로 맞았다. 와카바가 쇼핑백에서 분홍 리본이 둘린 상자를 꺼내 들고 이쿠토에게 다가갔다.

"이쿠토, 생일 축하해."

와카바의 말에 이쿠토가 머쓱한 얼굴로 상자를 받아 들더니 "고마워."라고 조그만 소리로 말했다. 하지만 그 표정에는 조금도 좋아하는 기색이 없었다. 좋아하기는커녕 괴로워하는 것처럼 보이기까지 했다.

"열어 봐, 이쿠토."

이쿠토가 고개를 끄덕이며 바닥에 웅크리고 앉아 상자를 열려고 했을 때였다.

"잠깐만."

가오루코가 말했다.

"친구들이 금방 올 텐데 나중에 열어 보는 편이 낫지 않겠니?"

그러자 이쿠토는 상자에 둘린 리본을 풀려던 손을 멈칫했다. 그리고 그대로 주저앉은 채 굳은 것처럼 꼼짝도 하지 않았다.

"그런데 다들 왜 이렇게 늦지?"

가오루코가 미간을 찡그리며 벽시계를 올려다보았다.

"시간이 벌써 이렇게 되었는데 말이야. 모여서 같이들 올 모양인데, 누가 지각이라도 한 건가……."

"그렇겠지. 아니면 전철이 좀 지연되나 보다."

치즈코가 말했다.

"그런가. 설마 길을 몰라서 헤매는 건 아니겠지."

그러면서 가오루코가 창가로 다가가는데 그때껏 고개를 숙이고 있던 이쿠토가 "안 와."라고 조금 잠긴 목소리로 중얼거렸다.

"뭐라고?"

가오루코가 걸음을 멈추고 뒤돌아보았다.

"너, 지금 뭐라고 했어?"

이쿠토가 고개를 들고 빨개진 눈으로 엄마를 쳐다봤다.

"안 올 거야. 친구들은 안 온단 말이야."

"그게 무슨 소리야?"

이쿠토가 입을 다물고 다시 고개를 숙였다. 그 어깨가 파르르 떨렸다.

"왜? 온다고 했잖아. 여섯 명이 온다면서. 야마시타, 다나카, 우에노, 그리고 또 누구누구였더라⋯⋯."

이쿠토가 표정을 일그러뜨리며 고개를 저었다.

"안 와. 아무도 안 온다니까."

"그러니까 왜?"

"오라고 하지 않았으니까. 생일 파티를 할 거라는 말, 아무한테도 안 했어."

이쿠토 눈에서 눈물이 뚝뚝 떨어졌다.

가오루코가 허리를 굽히고 양손으로 이쿠토의 어깨를 부여잡았다.

"너, 그게 무슨 말이야?"

가오루코, 하고 가즈마사가 나섰다.

"좀 진정하지."

"당신은 가만있어."

아들에게서 시선을 떼지 않은 채 그녀가 말했다.

"대답해 봐. 어떻게 된 거야? 생일 파티를 할 거니까 친구들을 부르라고 했잖아. 그런데 아무한테도 말하지 않았다니, 어떻게 된 일이야?"

이쿠토는 어깨를 움츠린 채 바닥만 내려다보았다.

가오루코가 이쿠토의 턱을 손으로 들어 올렸다.

"그럼 친구가 여섯 명 온다고 했던 말은 뭐야. 거짓말이었어?"

이쿠토는 묵묵부답이었다. 가오루코가 아들의 어깨를 앞뒤로 마구 흔들었다.

"대답해 보란 말이야. 거짓말이야?"

이쿠토가 천천히 고개를 끄덕였다. 그리고 안 올 거야, 라고 조그만 소리로 말했다.

"왜, 왜 거짓말을 했어? 왜 오라고 하지 않았어?"

가오루코가 다그쳐 물었다.

왜냐하면, 왜냐하면, 하면서 이쿠토가 흐느끼기 시작했다.

"누나가 있으니까. 엄마가 친구들한테 누나를 보여 준다고 했으니까."

"그게 어때서? 그게 뭐가 문제인데?"

"없다고 했단 말이야."

"없다니, 뭐가?"

"이제는 누나가 집에 없다고 친구들한테 말했단 말이야. 그런데 걔네들이 집에 오면 내가 거짓말한 게 들통나잖아."

"왜 없다고 했어? 있잖아. 있는데 왜 그런 거짓말을 했지?"

"애들이 나를 괴롭혔어. 그래서 이제는 누나가 없다고 했더니 괜찮아졌어."

가즈마사 옆에 서 있던 미하루가 입에 손을 갖다 대며 아아, 하고 뭔가 알아차린 듯한 소리를 냈다.

"어떻게 된 일이야?"

가즈마사가 미하루에게 나지막한 소리로 물었다.

"언니가 미즈호를 이쿠토 입학식에 데려갔대요. 그런데 반 친구들이 쑤군거렸나 봐요."

미하루가 속삭이듯 대답했다.

그런 일이 있었군, 하고 가즈마사는 납득했다. 미즈호 때문에 이쿠토가 아이들한테 괴롭힘을 당한 듯했다. 체면치레를 하지 않는 아이들 세계에서는 있을 법한 일이다.

"누나가 없으면, 어디 갔다고 했는데?"

가오루코가 다그쳤지만 이쿠토는 고개만 한층 깊이 숙일 뿐 여전히 대답이 없었다. 그런 아들에게 가오루코는 대답해 보라고 계속 소리쳤다.

"……다고 했어."

이쿠토가 불쑥 뭐라고 내뱉었다.

"뭐? 안 들려. 좀 더 큰 소리로 말해 봐."

가오루코가 고함치자 이쿠토가 몸을 움찔했다. 그리고 "죽었다고 했어."라고 자포자기한 듯이 말했다.

"죽었다고 했단 말이야."

그 순간 가오루코의 얼굴에서 핏기가 싹 가셨다.

"뭐라고……"

"그렇잖아. 죽은 것처럼 보이잖아."

찰싹, 소리가 났다. 가오루코가 이쿠토의 뺨을 때린 것이다.

이쿠토가 왕, 울음을 터뜨렸다. 그러나 가오루코는 아랑곳하지 않고 이쿠토의 팔을 꽉 붙잡았다.

"사과해. 누나한테 사과해. 어떻게 그렇게 심한 말을 할 수 있어!"

이쿠토가 일어나지 않고 버티자 가오루코는 이쿠토를 휠체어 앞까지 질질 끌고 갔다. 그녀의 눈에 벌겋게 핏발이 서 있었다.

"잠깐, 여보. 그렇게 흥분하지 말고……"

가즈마사가 그녀를 이쿠토에게서 떼어 내려 했다.

"당신은 끼어들지 마."

"어떻게 그래, 내가 아빠인데."

"뭐가 아빠야, 한 일도 없는 주제에."

"그래, 당신 말이 맞아. 하지만 나도 아이들 생각은 해. 무엇이 아이들을 위한 길인지 늘 생각한단 말이야."

"나도 마찬가지야. 그래서 생일 파티를 하는 거잖아. 친구들을 불러서 미즈호를 보여 주면 아무도 이쿠토에게 이상한 소리를 하지 않을 것 같았단 말이야."

가즈마사가 고개를 내저었다.

"그렇게 간단히 해결될 것 같아? 눈을 감고 앉아 있을 뿐이잖아. 아이들은 잔인해. 아무래도 죽은 게 분명하다고 생각할 거야."

그러자 가오루코가 눈을 가늘게 뜨고 양쪽 입꼬리를 올렸다. 이런 상황에서 당치 않게 미소를 지은 것이다.

"앉아 있을 뿐이라면 그렇겠지."

여태까지와는 달리 기분 나쁠 정도로 착 가라앉은 말투였다.

"하지만 움직인대도 과연 그럴까?"

"뭐라고?"

"가령 말을 걸 때마다 미즈호가 손을 움직인다면? 혹은 이쿠토가 케이크의 촛불을 불어서 끌 때 양손을 움직인다면? 그래도 죽었다고 생각할까?"

아내의 말에 퍼뜩 뭔가를 깨달은 가즈마사가 호시노를 보았다. 그래서 이 남자를 부른 것인가.

그녀의 계획을 알고 있어선지 호시노가 겸연쩍은 얼굴로 고개를 숙였다.

"당신, 그날 일 기억하지? 장기 기증에 동의하기로 결심하고 병원에 갔던 날 말이야. 둘이 같이 미즈호의 손을 잡았잖

아. 그리고 이제 마지막이라고 생각한 순간 미즈호가 손을 움직였던 일, 잊지 않았지? 그래서 우리는 미즈호가 아직 살아 있다고 확신했잖아."

"물론 잊지 않았어. 하지만 이건 그것과 달라. 기계를 사용해서 미즈호를 움직인들 무슨 의미가 있겠어."

"기계로 움직인다는 말을 하지 않으면 되잖아."

"그건 속임수에 지나지 않아. 속이는 거라고."

"속이는 게 아니야, 깨닫도록 해 주는 거지. 미즈호가 죽었다는 말을 아무도 못하게 할 거야. 이쿠토! 지금이라도 친구들한테 연락해서, 생일 파티를 할 거니까 우리 집에 오라고 해. 맛난 음식을 잔뜩 차려 놓고 기다린다고 말이야. 어서."

가오루코가 아들의 몸을 떼밀면서 소리쳤다.

다음 순간 가즈마사의 오른손이 허공을 갈랐다. 그가 가오루코의 뺨을 때린 것이다. 가오루코가 손으로 뺨을 감싸면서 놀라움과 증오가 뒤섞인 눈으로 그를 노려보았다.

"적당히 좀 해!"

가즈마사가 소리를 질렀다.

"본인이 무슨 짓을 하고 있는지 알아? 자신의 가치관을 남에게 강요하지 말란 말이야!"

"내가 뭘 강요했는데?"

"강요하지 않았어? 억지를 부리지 않았난 말이야! 사람은 저마다 생각이 달라. 당신이 미즈호의 죽음을 받아들이지 못하는 건 이해하겠어. 충분히 이해해. 하지만 세상에는 똑같은 상황에서 죽음을 받아들이는 사람도 있어."

가오루코가 숨을 크게 들이쉬며 눈을 휘둥그렇게 떴다.

"그럼 당신은…… 미즈호의 죽음을 받아들였단 말이야?"

가즈마사는 얼굴을 찡그리며 고개를 저었다.

"솔직히 나도 잘 모르겠어."

그의 말은 신음에 가까웠다.

"하지만 상황은 이해했다고 생각해."

"어떻게 이해했다는 거지?"

"두 달쯤 전에 신도 선생을 만나서 얘기를 들었어. 그 사람은 미즈호가 뇌사 상태라는 생각에 변함이 없더군. 전혀 회복되지 않았고, 테스트를 하면 지금도 뇌사 판정이 내려질 거라고 했어. 키가 자라는 것은 상관이 없대. 그러니까 여보, 미즈호가 살아 있다고 말할 수 있는 것은 단지 테스트를 받지 않았기 때문이야. 그걸 인정해야 해."

벌게졌던 가오루코의 얼굴이 점차 창백해졌다.

"그러니까 미즈호는 죽었다고? 나보고 그걸 받아들이라는 말이야?"

"받아들이라는 게 아니야. 당신이 어떻게 생각하든 그건 당신 자유야. 하지만 그렇게 생각하지 않는 사람도 있어. 그 사람들을 비난해서는 안 된다는 얘기야."

"죽었다고……."

힘이 모조리 빠져나간 듯 가오루코는 바닥에 무릎을 꿇고 그대로 주저앉았다. 고개를 푹 숙인 그녀의 모습에는 깊은 절망감이 배어 있었다.

충격이 크겠지만 어쩔 수 없다고 가즈마사는 생각했다. 언젠가는 해야 할 말이었다. 신도를 만난 이래 줄곧 생각하고 있었다. 그런데 도저히 입이 떨어지지 않아 차일피일했던 것이다.

가오루코, 하고 다시 부드럽게 말을 건네려는데 그녀가 고개를 휙 들었다. 그 눈을 본 가즈마사는 흠칫했다. 초점이 흐릿한데도 심상치 않은 기운을 내뿜고 있었기 때문이다.

"여보, 왜 그래?"

가즈마사가 묻는데 그녀가 벌떡 일어서서 입을 꾹 다문 채 부엌으로 성큼성큼 걸어갔다. 뭘 하려고 그러나 싶어 가즈마사가 들여다보려는 참에 그녀가 도로 나왔다. 그녀의 왼손에 쥐여 있는 물건을 보고 가즈마사는 기겁했다. 부엌칼이었다.

"뭘 하려는 거야?"

뒷걸음질을 치며 가즈마사가 물었다.

그러나 가오루코는 대답 없이 오른손으로 테이블 위에 놓인 스마트폰을 집어 들더니 어딘가로 전화를 걸었다. 그리고 전화가 연결되었는지 그녀가 입을 열었다.

"여보세요, 경찰이죠? 우리 집에서 어떤 사람이 흥분해서 칼을 휘두르고 있어요. 빨리 와 주세요. 주소는……."

가즈마사가 소스라쳐서 물었다.

"대체 어쩌려고 그래?"

미하루도 "언니!" 하고 불렀지만 가오루코는 그 말들을 무시한 채 통화를 계속했다.

"……네, 가족이에요. ……아직은 괜찮아요. ……네, 부상자는 없습니다. ……이웃들에게 폐를 끼치고 싶지 않으니 사이렌은 울리지 마세요. ……네, 인터폰을 누르시면 됩니다. 그럼 부탁드립니다."

통화를 마친 가오루코가 스마트폰을 테이블 위에 던져 놓고 치즈코에게 말했다.

"조금 있으면 경찰이 올 거야. 그럼 엄마가 문 좀 열어 줘."

"가오루코, 너 대체……."

그러나 가오루코는 엄마의 말도 무시하고 휠체어 옆에 있는 호시노에게 눈을 돌렸다.

"호시노 씨, 미즈호에게서 떨어지세요."

"아……, 네."

호시노가 파랗게 질린 얼굴로 다른 사람들 쪽으로 옮겨 갔다.

가오루코는 휠체어 옆으로 가서 부엌칼을 두 손으로 쥐었다. 그리고 심호흡을 한 번 한 뒤 시선을 위로 향했다. 지금은 누가 무슨 말을 해도 절대 대답하지 않겠다는 거부의 뜻이 온몸에서 뿜어져 나오고 있었다.

맨 먼저 들이닥친 사람은 근처 파출소에 근무하는 순경들이었다. 그들은 칼을 든 사람이 이 집 주부이며 신고한 사람 역시 주부 본인이라는 사실을 알고 놀란 눈치였다.

그런 그들에게 가오루코는 다른 경찰들은 오지 않느냐고 물었다. 관할 서 형사과에서 사람이 올 것이라는 대답을 듣고 그녀는 그때까지 기다리겠다고 말했다.

잠시 후 관할 서 경찰들이 도착했다. 모두 몇 명이 왔는지는 모르지만 집 안에는 사복 차림 남자를 필두로 네 명만 들어왔다. 그들은 먼저 도착한 순경에게 상황을 전해 듣고 그 정도로 충분하겠다고 판단한 듯했다.

가오루코가 그들에게 책임자가 누구냐고 물었다. 사십 대 중반으로 보이는 위압적으로 생긴 남자가 앞으로 나서며 형사과 계장 와타나베라고 자신을 소개했다.

"그럼 와타나베 계장님에게 묻겠습니다."

가오루코가 명료한 말투로 말했다.

"이 아이는 제 딸입니다. 지난봄에 초등학교 3학년이 되었죠. 지금 제가 이 아이의 가슴을 칼로 찌른다면 저는 살인범인가요?"

"네에?"

와타나베가 입을 반쯤 벌리고 가즈마사를 비롯한 사람들을 돌아본 뒤 다시 가오루코에게 고개를 돌렸다.

"그게 무슨 말입니까?"

"대답해 보세요."

가오루코가 칼끝을 미즈호 가슴에 갖다 댔다.

"이 아이의 가슴을 칼로 찌르는 행위는 범죄인가요?"

"그, 그야……."

와타나베가 고개를 몇 번 위아래로 끄덕였다.

"당연하죠. 범죄입니다."

"무슨 죄인가요?"

"그야 물론 살인죄죠. 만에 하나 아이가 목숨을 구한다 해도 살인 미수죄는 면할 수 없습니다."

"왜죠?"

"왜라니……."

와타나베는 말문이 막히는지 곤혹스러운 표정을 지었다.

"사람을 죽이면 죄를 묻는 것이 당연한 이치죠. 대체 뭘 알고 싶은 겁니까?"

가오루코가 입가에 미소를 지으며 가즈마사를 비롯한 사람들을 둘러봤다.

"이 사람들 말로는 제 딸이 이미 죽었다네요. 벌써 오래전에 죽었는데 제가 그걸 인정하지 않는답니다."

와타나베는 도무지 무슨 말인지 모르겠다는 듯이 가즈마사를 바라보았다.

"의사에게 딸이 뇌사했을 거라는 말을 들었습니다."

가즈마사가 대답했다.

"뇌사……."

와타나베가 입을 벌린 채 그제야 사태가 파악되었다는 듯이 고개를 끄덕거렸다.

"그렇군요. 그렇게 된 일이로군요."

그는 장기 이식법에 관해 얼마간 지식이 있는 듯했다.

"이미 죽은 사람의 가슴을 칼로 찔러도,"

가오루코가 말했다.

"그래도 역시 살인죄가 성립하나요?"

"아니, 하지만 그건……."

와타나베가 가오루코와 가즈마사를 번갈아 보았다.

"아마 뇌사일 거라고 했을 뿐 정식으로 그런 판정이 있었던 건 아니죠? 그렇다면 아직 살아 있다는 전제하에 생각해야겠죠."

"그럼 만약 제가 이 아이의 가슴에 칼을 꽂으면, 그래서 심장이 멈추면 제가 딸을 죽인 게 된다는 말씀이죠?"

"그렇다고 생각합니다."

"딸을 죽게 만든 사람이 저란 말씀이죠?"

"그렇습니다."

"확실한가요. 틀림없어요?"

집요하게 물고 늘어지자 자신이 없어졌는지 와타나베가 의견을 구하듯이 부하들을 둘러보았다. 하지만 부하들도 확신이 없는 듯 애매하게 고개만 갸웃거렸다.

만약, 하고 가오루코가 소리를 더 높였다.

"우리 부부가 장기 기증에 동의하고 뇌사 판정 테스트를 받았다면 뇌사로 확정되었을지도 몰라요. 그리고 법적으로 뇌사가 확정되었다는 것은 곧 죽음을 의미합니다. 그런데도 딸을 죽게 만든 사람이 저일까요? 심장을 멈추게 한 사람은 저일지 몰라도 아이가 죽은 시점은 이미 오래전일 가능성이 있습니다. 그래도 죽인 사람이 저일까요? 이런 경우 무죄 추정의 원칙이 적용되는 거 아닌가요?"

차분히 얘기를 풀어 나가는 가오루코를 보며 가즈마사는 정말 머리가 좋은 여자군, 하고 엉뚱한 생각에 사로잡혔다. 표면적으로는 이성을 잃은 것처럼 보이지만 사고는 무서우리만치 냉철하다.

관할 서에서 나온 경찰들의 우두머리는 완전히 압도된 표정이었다. 그의 얼굴에는 초조함과 낭패한 기색이 엿보였고 관자놀이에서는 식은땀이 흘러내렸다.

"부인, 그런 논의를 하려고 저희를 부르셨습니까?"

질문하는 와타나베의 얼굴이 마치 궁지에 몰린 범인처럼 보일 정도로 여유라고는 조금도 찾아볼 수 없었다.

"논의하자는 것이 아니라 질문하는 거예요. 다시 묻겠습니다. 지금 딸의 가슴을 찌르면 저는 살인범이 되는 건가요? 대답해 주세요."

와타나베가 손으로 머리를 짚으며 괴로운 듯 입가를 일그러뜨렸다.

"솔직히 말해서 저는 잘 모르겠습니다. 법률 전문가가 아니라서요."

"그럼 전문가와 의논해 보세요, 지금 당장 전화해서요."

와타나베는 손을 휘휘 내저었다.

"그건 곤란합니다."

"뭐가 곤란하다는 거죠? 아는 사람 중에 변호사나 검사가 몇 명은 있을 텐데요."

"그야 그렇죠. 하지만 지금 이 자리에서 물어봤자 소용없을 겁니다. 그 사람들이 뭐라고 대답할지 뻔하니까요."

"뭐라고 대답하지요?"

"자세한 정황을 모르니 확실하게 대답할 수 없다. 보나 마나 그럴 겁니다."

가오루코가 크게 한숨을 내쉬었다.

"참 트릿한 사람들이군요."

"그들은 늘 그렇습니다. 만약이라는 가정은 상대도 해 주지 않아요. 어지간히 구체적인 자료가 갖춰지지 않으면 들은 척도 안 합니다."

"그래요?"

"네. 그러니까 이렇게 합시다. 제가 변호사나 검사를 소개해 드릴 테니 부인이 직접 물어보세요. 일단 지금은 칼을 치우시고요."

그러나 가오루코는 와타나베의 제안을 들은 척 만 척 하고 휠체어 뒤로 돌아갔다.

"가정은 상대하지 않는다고요? 그럼 실제로 사건이 일어나면 되겠군요."

그녀가 양손으로 부여잡은 칼을 머리 위로 치켜들었다.

"자, 두 눈으로 똑똑히 보세요."

꺅, 하고 미하루가 비명을 질렀다.

"안 돼, 언니!"

가즈마사는 오른손을 펼쳐 들며 성큼 앞으로 나섰다.

"당신, 미쳤어?"

"말리지 마. 나, 지금 멀쩡하니까."

"이 아이는 미즈호야. 당신 딸이란 말이야. 알아?"

"그래서 이러는 거야."

가오루코가 슬픔이 가득한 눈으로 그를 뚫어져라 봤다.

"다들 미즈호를 살아 있는 시체로 취급하잖아. 나는 내 딸을 그렇게 가여운 처지에 둘 수 없어. 살았는지 죽었는지, 나라가 법률로 판단해 달라고 할 거야. 미즈호가 이미 옛날에 죽은 몸이라면 내게 죄를 물을 수 없겠지. 하지만 만약 살아 있다면 나는 살인범이 될 거야. 그렇다면 나는 기쁜 마음으로 죗값을 치르겠어. 그 사고가 있던 날부터 지금까지 내가 돌보아 온 미즈호는 틀림없이 살아 있었다고 인정받은 셈이니까."

마치 영혼의 울부짖음처럼 들리는 그녀의 외침에 가즈마사는 마음이 요동쳤다. 순간적으로 하고 싶은 대로 하도록 놔두자는 생각까지 들었다.

"하지만 그러면 더는 미즈호를 만날 수 없어. 돌볼 수도 없고. 그래도 괜찮아?"

"당신, 왜 나를 말리지? 미즈호가 이미 죽었다고 생각하잖아. 그런데 무슨 상관이야? 사람은 두 번 죽지 않아."

"왠지는 나도 모르겠어. 어쨌든 당신이 그러지 않았으면 좋겠어. 사랑하는 딸의 가슴에 칼을 꽂는 일을……."

"난들 하고 싶겠어? 하지만 이것밖에 방법이 없어서 그래. 이러지 않으면 아무도 대답해 주지 않으니까."

가오루코가 뜻을 굳혔다는 듯이 칼을 높이 쳐들었다. 그때였다.

"하지 마세요!"

자지러지는 소리가 거실에 울려 퍼졌다.

가오루코가 움직임을 멈추고 소리가 난 쪽을 돌아봤다.

와카바가 부들부들 떨면서 천천히 걸어 나와 가오루코 앞에 섰다.

"가오루코 이모, 죽이지 마요. 미즈호를 죽이지 마세요."

조금 전의 절규와는 달리 가냘프기 그지없는 목소리였다.

"저리 물러나, 와카바. 위험해. 피가 튈지도 몰라."

가오루코가 차분한 목소리로 말했다. 그런데도 와카바는 물러서지 않았다.

"부탁이에요, 죽이지 마세요. 저는 살아 있다고 생각해요. 미즈호가 살아 있다고 생각해요. 살아 있기를 바라요."

"그럴 필요 없어. 억지로 그렇게 생각하지 않아도 돼."

"그렇지 않아요. 억지로 생각하는 게 아니에요. 미즈호는 와카바 대신 이렇게 된 거예요. 그날 내 반지를 주우려다가 이렇게 된 거예요."

"반지라니?"

"너무 무서워서 지금까지 아무한테도 말하지 못했어요. 와카바 잘못이에요. 수영장에 반지를 끼고 가서……. 수영할 때 반지 같은 건 필요가 없는데, 반지 따위는 잃어버려도 상관없었는데……. 그때 내가 물에 빠졌으면 이런 일은 없었을 거예요. 가오루코 이모, 나는 미즈호가 살아 있었으면 좋겠어요.
죽었다고 생각하고 싶지 않아요."

울며 호소하듯 와카바가 말했다.

"그랬구나. 그런 일이……."

가오루코가 중얼거렸다.

"이모, 미안해요, 미안해요. 조금만 더 크면 이모를 도울게
요. 미즈호 돌보는 일을 도울게요. 그러니까 미즈호를 죽이지
마세요. 부탁이에요."

와카바의 눈에서 흘러내린 눈물이 바닥에 뚝뚝 떨어졌다.

침묵의 시간이 흘렀다. 가즈마사 역시 아무 말도 할 수 없
었다. 가늘게 떨리는 소녀의 등을 그저 물끄러미 바라볼 뿐
이었다.

가오루코가 후, 숨을 토하면서 높이 쳐들었던 칼을 천천히
내렸다. 그리고 마음을 가라앉히려는 듯 눈을 감았다.

잠시 후 눈을 뜬 가오루코가 칼을 테이블에 내려놓고 와카
바에게 다가갔다. 그리고 바닥에 무릎을 꿇은 후 와카바의 몸
을 양팔로 감쌌다.

"고마워."

이모, 하고 와카바의 입에서 가느다란 목소리가 새어 나왔다.

고맙다, 라고 가오루코가 다시 한 번 말했다.

"이모가 기다릴게, 그런 날이 오기를."

그녀의 말이 끝나자 여기저기서 안도의 한숨이 흘러나왔다. 가즈마사도 길게 숨을 내쉬었다. 문득 정신을 차리고 보니 겨드랑이에 땀이 흥건히 배어 있었다.

언니, 하면서 미하루가 가오루코에게 다가왔다.

"내가 미즈호에게 말을 건네는 건 절대 연기가 아니야. 미즈호는 내게 여전히 사랑스러운 조카야."

가오루코가 굳어져 있던 뺨에 희미하게 미소를 지으며 고개를 끄덕였다.

"그래. 이제 알겠어."

가즈마사는 몸에서 힘이 모두 빠져나가는 것 같은 느낌에 몸을 벽에 기댔다.

"저희는 그만 철수해도 될 것 같군요."

형사 계장 와타나베가 말했다.

"저를 살인 미수 현행범으로 연행하셔야 하는 것 아닌가요?"

가오루코가 와카바를 품고 있던 팔을 풀며 물었다.

와타나베는 얼굴을 찡그리며 손을 내저었다.

"아이고, 그만하십시오."

그리고 이번에는 가즈마사를 향해 말했다.

"상부에는 잘 설명하겠습니다. 치정에 얽힌 부부 싸움이었다고 보고하면 문제없을 겁니다."

"잘 부탁드립니다."

"정말 당황스러웠습니다. 하지만……."

와타나베가 어깨를 으쓱했다.

"뭐, 좋은 경험이기도 했습니다."

가즈마사가 말없이 고개를 꾸벅했다.

그가 형사들을 현관까지 배웅하고 거실로 돌아오니 호시노가 돌아가려고 준비를 하고 있었다.

여보, 하면서 가오루코가 가즈마사에게 다가왔다.

"호시노 씨를 돌려보낼게요. 지금까지 고마웠어요."

가즈마사가 호시노를 보았다.

"그러기로 했어?"

호시노가 고개를 끄덕였다.

"네. 더는 오지 않아도 된다고 하셨습니다. 이제 제 역할은 끝났습니다."

"미즈호를 훈련하는 일 정도는 나 혼자서도 할 수 있으니까. 하지만 앞으로는 아무에게도 그 모습을 보이지 않을 거야."

가즈마사는 뭐라고 대답해야 할지 몰라서 그저 알겠다고만 말했다.

"자, 여러분, 오늘 여기 왜 모였죠? 우리 집 왕자님의 생일 파티를 시작해야죠."

밝은 목소리로 선언하듯 말하고 나서 가오루코는 구석에서 웅크리고 있는 이쿠토에게 가서 아들을 꼭 껴안았다.

444

"아까는 때려서 미안해, 이쿠토. 용서해."

이쿠토가 환해진 얼굴로 알았어, 하고 기운차게 대답했다.

"나, 친구들에게 말할 거야, 누나가 죽지 않았다고. 집에서 잘 지내고 있다고."

가오루코가 이쿠토를 품에 안은 채 몸을 좌우로 흔들었다.

"그러지 않아도 돼. 이제 친구들에게 누나 얘기를 하지 않아도 돼."

"정말?"

"그럼, 정말이지."

가오루코가 아들을 껴안은 팔에 힘을 주었다.

가즈마사는 숨을 내쉬며 미즈호를 바라보았다.

그런데.

미즈호의 뺨이 미세하게 움직였다. 마치 쓸쓸하게 웃기라도 하듯이.

너무 순간적인 일이라 어쩌면 착각이었을지도 모른다.

6
장

누가 그때를 정하는가

1

자리에 앉고 나서 손목시계를 보니 약속 시간인 6시까지는 아직 여유가 있었다. 호시노는 웨이트리스가 가져다준 메뉴를 훑어본 뒤 아이스민트티를 주문했다.

긴자의 중앙로에 면한 건물 2층에 있는 카페였다. 창문 밖으로 거리를 내려다보니 오가는 사람들의 물결이 눈에 들어왔다. 회사원처럼 보이는 남녀가 대부분이지만 외국인 관광객의 모습도 더러 눈에 띈다.

아이스민트티가 나왔다. 향기가 풍부한 액체를 빨대로 한 모금 마시고 나서 '그 사람이 만들어 주던 것과는 맛이 다르네.' 하고 생각했다. 어느 쪽이 맛있느냐고 물으면 대답하기 곤란하지만.

그 사람이란 물론 하리마 부인이다.

지난주, 오랜만에 하리마가를 방문했다. 자기 자극 장치의 새 부품을 전달하고 그 사용 방법을 설명하기 위해서였다. 그 집 아들 생일 파티에 초대받아 간 후로 약 한 달 만이었다.

부인은 건강해 보였다. 마지막 만났을 때보다 안색도 훨씬 좋고, 살이 좀 붙은 탓인지 더 젊어 보였다. 그렇게 말하자 그녀는 몇 번 눈을 깜박이더니 흥미롭다는 듯이 호시노의 얼굴을 바라보았다.

"저도 지금 그 말을 하려는 참이었어요. 어쩐지 호시노 씨가 젊어진 것처럼 보인다고요. 처음 우리 집에 오셨을 때의 소년 같은 모습으로 돌아왔어요."

그런가요, 하며 호시노가 턱을 문질렀다. 어린애 같다고 흉보려는 의도가 아니라는 걸 알기에 기분이 상하지는 않았다.

부인의 설명을 듣자 하니 미즈호를 훈련하는 일은 순조로운 모양이었다. 혼자서도 능숙하게 기기를 조작할 수 있어서 아직까지는 별문제가 없는 듯했다.

"호시노 씨께는 정말 오랫동안 신세를 졌어요. 다시 한 번 감사드립니다."

미즈호 방에서 마주 앉았을 때 부인이 깊이 머리를 숙였다.

"도움이 되었다면 다행입니다."

호시노가 대답하자 부인이 그의 얼굴을 빤히 바라보았다.

"왜 그러시죠?"

후후, 하고 부인이 살짝 웃었다.

"역시 변했어요. 얼굴빛이 전혀 다른데요? 이상하게 들릴지 모르겠지만, 마치 귀신이 떨어져 나간 것 같은 느낌이에요."

당신이야말로 그런걸요, 라고 호시노는 말하고 싶었다. 그럴 정도로 부인이 풍기는 분위기가 전과는 달랐다.

생일 파티 때의 일이 떠올랐다. 평생 잊지 못할 사건이었다.

그때 부인의 내면에서 뭔가가 극적으로 변한 거야, 라고 생각했다. 그래서 더는 그가 필요하지 않게 되었을 것이고, 딸의 팔다리가 움직이는 모습을 누구에게도 보이지 않기로 결심했을 것이다.

그러나 그 사건으로 인해 호시노 자신에게도 변화가 있었음을 인정하지 않을 수 없었다. 칼을 휘두르며 형사에게 곤란한 질문을 퍼붓는 부인을 보면서 그는 자신이 지금까지 얼마나 생각이 얕고 경솔했는지 깨달았다.

과연 자신은 하리마 미즈호라는 소녀를 진심으로 위했을까. 정말 그 소녀를 '살아 있는 인간'으로 취급했을까. 그 소녀의 삶과 죽음이라는 문제를 깊이 생각해 본 적이 있는가. 그저 부인을 기쁘게 하려고, 부인 마음에 들고 싶어서 소녀의 몸을 이용해 온 것은 아닐까.

게다가 맹랑하게도 자신의 생각에는 우월감이 내포되어 있었다.

이 집안 사람들에게 자신은 없어서는 안 될 존재고 신이자 지배자이며 소녀의 제2의 아빠다, 그러니 떠받들려 마땅하다고 생각했다. 이 집안과 자신을 떼어 놓는 일은 설사 사장이라 하더라도 불가능하다고 자만했다.

어처구니없는 착각이었다.

역시 자신은 부인의 도구에 지나지 않았다. 그녀가 믿는 무언가를 지키는 데 필요한 방패이자 고난의 길을 헤치고 나아갈 검이었다.

그런데 부인이 탁 트인 길을 발견한 것이다. 더는 망설이는 일도 싸우는 일도 없다고 확신했을 것이다. 따라서 방패도 검도 필요 없게 된 것이다. 생기를 되찾은 부인의 얼굴이 분명히 보여 주었다.

필요 없게 된 도구가 할 일은 하나뿐이다. 자신을 필요로 하는 자리로 돌아가는 것. 다행히도 호시노에게는 그런 자리가 있었다.

주 무대를 하리마 저택에서 하리마 테크 연구실로 옮긴 그를 동료들은 따뜻하게 맞아 주었다. 뿐만 아니라 하리마 미즈호의 신체를 이용한 실험에서 얻은 자료를 귀중한 재산이라고 평가해 주기까지 했다. 새로운 항해에 순조롭게 합류할 수 있어 행복하다며 호시노는 감사했다.

하리마 저택을 나오려고 할 때 부인이 해 주고 싶은 얘기가 있다고 했다.

"호시노 씨, 제게 딱 한 번 거짓말한 적이 있죠?"

무슨 말인지 몰라 잠자코 있자 그녀가 의미심장하게 미소를 지어 보였다.

"데이트할 시간이 없을까 봐 걱정이라고 했을 때, 그럴 상대도 없다고 하셨잖아요. 그런데 사실은 애인이 있었죠?"

뜻밖의 질문이었다. 부인 말이 사실이었다. 벌써 2년 가까이 지난 일이다. 그런 대화를 나눈 적이 분명히 있었다.

가와시마 마오와 헤어지기 얼마 전 일이었다.

"그렇지 않나요?"

부인이 재차 물었다.

호시노는 "네, 있었습니다." 하고 대답했다. 그리고 지금은 헤어졌다고 말했다.

그런데 부인이 마오의 존재를 어떻게 알까. 부인은 미안한 듯이 어깨를 움츠렸다.

"실은 저도 호시노 씨에게 거짓말을 했어요. 아니, 거짓말을 했다기보다 숨겼다고 해야 할까요."

그러고서 부인이 한 말은 뜻밖이었다. 가와시마 마오가 하리마 저택에 온 적이 있다는 것이다. 뿐만 아니라 미즈호를 만났다고 한다. 그때 자기 자극 장치로 미즈호의 손이 움직이는 모습을 본 듯하다고 부인은 말했다.

"그분과의 약속 때문에 여태 입을 다물고 있었어요. 하지만 만약 그날 있었던 일 때문에 호시노 씨와 그분이 헤어지게 되었다면 너무 죄송하다는 생각에 이렇게 말씀드리는 거예요."

그때 그런 일이 있었군, 하고 호시노는 마침내 납득했다. 지난 2년 동안 내내 의문이었다. 왜 그 시점에 마오가 헤어지자고 했을까 궁금했던 것이다.

가을이 무르익을 무렵이었다. 그녀가 할 얘기가 있으니 만나자고 했다. 둘이서 몬자야키를 먹으러 간 지 얼마 안 되었을 때의 일이다. 그 전과는 그녀의 분위기가 사뭇 달랐다.

"생각을 많이 해 봤는데 말이야, 아무래도 우리, 헤어지는 게 좋겠어."

호시노가 이유를 묻자 그녀는 "그 이유를 내가 말해야겠어?"라고 되물었다.

"그럼 유야 씨는 나랑 헤어지고 싶지 않아? 이대로 사귀다가 언젠가 결혼해도 괜찮다고 생각해?"

대답할 말이 없었다. 하리마 저택에서 하는 일에 몰두한 나머지 마오와의 관계를 거추장스럽게 여긴 것이 사실이었다. 그녀가 먼저 헤어지자고 하면 좋겠다고 생각한 적도 있었다.

"결정됐네."

가타부타 말이 없는 호시노를 바라보며 그녀는 슬픔 어린 미소를 지었다.

부인이 몇 번이나 미안하다는 말을 되풀이했다.

"멋진 분이던걸요. 호시노 씨에게 좋은 파트너라고 생각해요. 이미 늦었는지 모르겠지만, 만약 마음이 있다면 한번 연락해 보는 게 어떻겠어요?"

호시노는 쓸쓸하게 웃으며 너무 늦었다고 대답했다. 그 말은 곧 그럴 마음이 있다는 뜻이기도 했다.

하리마 저택에 발길이 뜸해지면서 마오가 생각나곤 했다. 솔직히 말하면 만나고 싶었다. 치르치르와 미치르의 '파랑새'처럼, 자신에게 가장 소중한 게 무엇인지 겨우 깨달은 느낌이었다. 하지만 한편으로 뻔뻔스럽다는 생각이 들었다. 그래서 자신은 그럴 자격이 없다고 체념했었다.

그런데 부인 말을 듣고 난 후 억눌렀던 마음이 날로 되살아났다. 연락해 볼까? 아니야, 너무 늦었어. 2년도 더 지났는걸. 그녀에게 새로운 남자가 생겼을 거야. 어쩌면 결혼했을지도 모르지. 하지만 만약 그렇지 않다면. 그 후로 여러 가지 일이 있었겠지만 지금은 혼자라면. 만일 사귀는 사람이 없다면…….

마음이 갈팡질팡했지만 결국 호시노는 메시지를 보냈다. 하고 싶은 얘기가 있는데 만날 수 있느냐는 내용이었다. 날짜와 장소를 지정하고, 기다리겠다고 했다.

회신은 없었다.

아마도 '노'라는 뜻이겠지. 그래도 할 말은 없다. 잘못한 사람은 자신이다.

창문 아래로 눈길이 갔다. 어느새 날이 상당히 어두워져 있었다. 이제 거리는 밤으로 접어들려 한다.

휠체어 하나가 눈에 들어왔다. 젊은 남자가 거기 앉아 있었다. 뒤에서 미는 사람은 그보다 훨씬 나이 든 여성이다. 어머니일까.

뇌졸중으로 우반신 불수가 되었던 할아버지가 떠올랐다. 건강하던 시절 금 세공사였던 할아버지는 왼손에 쥔 숟가락으로 죽을 뜨다가 흘리고는 비참하다고 한탄하곤 했다.

새삼스럽게 누군가에게 도움이 되고 싶다고 생각했다. 불행히도 장애를 짊어진 사람들이 인생을 좀 더 즐겁고 행복하게 보낼 수 있도록 돕고 싶었다. 그러려고 하리마 테크에 들어갔으니까.

호시노가 새롭게 각오를 다지며 아이스티 잔으로 손을 뻗는데 계단을 올라오는 여자가 보였다.

그녀가 가게 안을 획 둘러보다가 호시노를 발견하고 담담한 표정으로 다가왔다. 2년 전보다 약간 야위었나. 하지만 활기차 보이는 분위기는 여전했다.

호시노가 자리에서 일어섰다.

"오랜만이야."

테이블 앞까지 온 그녀가 말했다.

호시노는 응, 하고 고개를 끄덕이고 나서 앞자리를 가리켰다. 그녀가 의자를 끌어당겨 앉았다.

웨이트리스가 다가오자 그녀는 호시노의 잔을 보면서 "같은 걸로 주세요." 하고 주문했다.

웨이트리스가 사라진 후 그녀가 호시노의 얼굴을 빤히 바라보는 바람에 쑥스러워진 그는 그만 고개를 숙이고 말았다.

그녀가 뭐라고 중얼거렸다. 호시노는 "어?" 하며 얼굴을 들었다.

"젊어졌어. 그리고 생기가 있어."

가와시마 마오가 말했다.

"그때보다 훨씬."

호시노는 말없이 머리만 긁적거렸다.

2

열중해서 책을 읽고 있는데 발에 뭔가 닿는 감촉이 느껴졌다. 내려다보니 배드민턴공이 떨어져 있었다.

죄송해요, 하며 소녀 하나가 달려왔다. 초등학교 고학년, 아니 어쩌면 중학생일지도 모르겠다. 짧은 머리가 잘 어울리고, 가뭇가뭇하게 탄 피부가 반짝거렸다.

가오루코가 공을 주워 "자." 하고 내밀자 소녀는 "감사합니다." 하며 예의 바르게 받았다. 그리고 가오루코 옆에 세워져 있는 휠체어로 눈길을 돌렸다.

"와, 귀엽다!"

저도 모르게 말이 튀어나왔다는 듯 겸연쩍어하는 소녀의 표정이 가오루코는 반가웠다. 휠체어에 앉은 딸은 가오루코에게 최고의 자랑이다.

가오루코는 고맙다는 말 대신 미소를 건넸다. 소녀가 꾸벅 머리를 숙인 후 라켓을 들고 친구들이 있는 곳으로 돌아갔다.

가오루코는 집에서 조금 떨어진 곳에 있는 공원 벤치에 앉아 있었다. 규모가 작고 평범한 공원이지만 그라운드라고 부를 만한 땅이 있고, 그네와 정글짐, 시소 같은 놀이 기구가 있으며, 그것들을 둘러싸듯이 나무가 심겨 있는 곳이었다.

가을바람이 기분 좋게 불어왔다. 한동안 꾸물꾸물한 날씨가 계속되더니 오늘은 화창하게 개었다.

아까 그 소녀가 근처에서 배드민턴을 치기 시작했다. 라켓을 다루는 솜씨가 제법이다. 학교 배드민턴 클럽 소속인지도 모른다. 그렇다면 평소에 체육관에서 연습할 것이다. 그럼에도 밖에서 체력 단련을 해서인지 햇볕에 얼굴이 그을렸다.

휠체어를 탄 내 아이, 미즈호를 바라보았다. 당연히 오늘도 눈을 감고 있다. 파란 트레이너에 감색 조끼, 머리에 맨 리본은 분홍색이다.

이 아이가 그런 비극과 맞닥뜨리지 않고 배드민턴을 치는 저 아이들처럼 자랐다면 지금쯤 어떤 나날을 보내고 있을까. 생각해 봐야 의미가 없는 일이라 되도록 그런 상상은 하지 않으려고 하지만 오늘 같은 경우는 어쩔 수 없었다.

조마조마한 일도 많을 것이다. 자동차 사고, 변태 성욕자, 인터넷 범죄……. 요즘 세상은 예기치 못할 위험으로 가득하다. 미즈호가 살아 있는 한 이런저런 걱정이 끊이지 않겠지. 결혼을 해도, 가정을 꾸려도, 언제까지고 부모는 자식 걱정에서 헤어나지 못한다.

그런 걱정마저 부모가 누릴 수 있는 기쁨의 하나라고 생각할 수도 있다. 그렇다면 평생 눈을 뜨지 않는 자식을 간병하는 기쁨도 마찬가지 아닐까. 지금의 가오루코는 그렇게 말할 수 있다. 다만 앞으로 그런 일로 다른 사람과 아웅다웅하지는 않으려 한다. 사람이 사는 방법은 제각각이다.

여자아이들이 배드민턴을 잠시 멈췄을 때 가오루코도 벤치에서 일어났다. 미즈호의 무릎 덮개를 고쳐 덮어 주고 휠체어를 밀었다.

간선 도로의 보도를 따라 은행나무가 서 있다.

"와아, 단풍이 꽤 들었네. 다음 주쯤이면 샛노래질지도 모르겠다."

나무를 올려다보면서 미즈호에게 말을 건넸다. 산책은 일주일에 한 번 있는 즐거움이다.

모퉁이로 접어들었을 때 가볍게 빵빵, 경적이 울렸다. 가오루코가 걸음을 멈추고 뒤돌아보는데 감색 벤츠가 옆에 와서 섰다.

운전석 창문이 내려지고 에노키다 히로키가 얼굴을 내밀었다.

신선한 과일로 만든 과자와 케이크로 유명한 카페가 바로 근처에 있었다. 벤츠를 유료 주차장에 세우고 온 에노키다와 조그만 테이블을 사이에 두고 마주 앉았다. 휠체어를 둘 만한 공간이 있어서 다행이었다.

"분위기가 달라져서 조금 놀랐습니다. 그저 닮은 사람이려니 하고 지나칠 뻔했어요."

에노키다는 지인이 아이를 낳아서 선물을 전해 주고 돌아가는 길이라고 했다.

그는 새삼스럽게 가오루코의 얼굴을 지그시 바라보다가, 건강해 보여서 안심이라고 말했다.

"마지막 만났을 때는 안타까울 만큼 위태로웠거든요. 솔직히, 혼자 돌려보내도 괜찮을지 망설였습니다."

에노키다의 말에 가오루코는 겸연쩍게 웃었다. 마지막이라고 결심하고 그의 집에 갔던 날이 어제처럼 느껴졌다.

"걱정 끼쳐서 죄송해요."

가오루코가 고개를 숙이자 에노키다는 정색하며 손을 내저었다.

"아닙니다. 저야말로 힘이 되어 드리지 못해서 죄송했어요. 가오루코 씨 얘기를 듣고서도 구체적으로 어떤 상황인지 제대로 짐작을 못한 것 같아요."

그는 휠체어를 힐끔 보고 나서 다시 가오루코에게 시선을 돌렸다.

"여간 힘들지 않으셨겠군요."

이런 자리에서 거짓말을 해 봐야 의미가 없다고 판단한 가오루코는 "네, 조금요." 하고 대답했다.

"팔랑팔랑 잘도 움직이던 아이가 어느 날 누워만 있게 되었어요. 생활이 백팔십도 달라졌죠. 희망이 느닷없이 절망으로 바뀐 것처럼 느껴졌어요."

"그 심정, 알 만합니다."

"하지만 절망의 기간이 그리 길지는 않았어요. 하루하루가 힘들지만, 때로는 즐거운 일도 있고요. 가령 이 아이에게 어울리는 옷을 발견했을 때라든가. 새 옷을 입혀서 정말 잘 어울린다 싶을 때는 이 아이도 좋아해요. 안색이나 혈압, 맥박 같은 걸로 알 수 있죠."

아하, 하면서 에노키다는 감탄스럽다는 표정을 지었다.

물론, 하고 가오루코가 말을 이었다.

"기분 탓이라고 말하는 사람도 있고, 자기만족일 뿐이라는 사람도 있지만요."

"그런 사람들을 어떻게 생각하세요?"

에노키다가 물었다.

가오루코는 양팔을 벌리며 어깨를 으쓱했다.

"개의치 않아요. 제가 그 사람들을 설득할 이유는 없으니까요. 물론 그들이 저를 설득할 일도 없겠죠. 이 세상에는 여러 사람의 의견을 통일하지 않아도 되는 일, 아니 오히려 통일하지 않는 편이 나은 일도 있다고 생각해요."

그녀의 말을 음미라도 하듯 에노키다는 잠시 생각에 잠겼다. 안이하게 적당히 맞장구를 치지 않는 성실함은 예전 그대로다.

이윽고 그가 입을 열었다.

"의사는 환자의 행복을 바랍니다. 하지만 그 형태는 다양해서, 이러이러해야 한다고 정해진 바는 없어요. 지금 당신이 행복하다면 그 누구도 뭐라 할 수 없습니다. 얘기를 들으면서 생각해 봤는데, 지금의 당신에게는 따로 필요한 것이 없습니다. 우리 병원에 오시게 되는 일은 없으리라고 봅니다."

그 말에는 안도감과 함께 약간의 아쉬움이 섞여 있었다.

가오루코가 찻잔을 들었다.

"제 얘기는 이걸로 충분한 것 같아요. 선생님 얘기를 들려주세요."

"제 얘기…… 말인가요?"

"네. 그 후에 이런저런 일이 많았을 것 같아서요. 새로운 만남이라든지……."

말하고 나서 가오루코는 에노키다의 왼손을 보았다. 약지에서 플래티넘 반지가 반짝였다.

"별로 드라마틱한 화제는 아니지만······."

에노키다가 조금 머쓱해하면서, 지인의 소개로 결혼하게 된 얘기를 들려주었다.

에노키다와 헤어진 가오루코가 휠체어를 밀면서 집으로 돌아오는데 하굣길인 듯한 아이들이 활기찬 걸음으로 그녀를 앞질러 갔다. 미즈호와 또래로 보이는 아이도 몇 명 있었다.

집 앞에 이르렀을 때 그녀는 의아한 생각이 들었다. 꼭 닫아두고 나갔던 대문이 조금 열려 있었다. 며칠 전 자물쇠가 망가지긴 했는데, 바람 때문에 열렸을까. 아니면 볼일이 있다면서 집에 갔던 치즈코가 돌아왔나.

양쪽 문을 열고 휠체어를 밀면서 마당으로 들어서는데 현관으로 가는 길 중간에 낯선 남자아이가 서 있었다.

가오루코를 본 아이가 당황한 모습으로 뛰어왔다.

"이게 담장 안으로 날아들어서요. 인터폰을 눌렀지만······."

아이가 얘기하면서 내민 물건은 종이비행기였다.

"아, 그랬구나."

가오루코는 고개를 끄덕거렸다.

남자아이는 열 살 전후로 보였다. 단정하게 생긴 얼굴에 회색 패딩이 잘 어울린다.

아이가 휠체어에 앉은 미즈호를 지그시 바라보았다. 그 시선이 마치 눈부신 것을 바라보는 듯한 느낌이었다. 호기심은 엿보이지 않았다.

"왜 그러니?"

"아, 아무것도 아니에요."

대답하고 나서 아이는 또 미즈호를 바라보았다.

"잘 자네요."

그 솔직한 말이 가오루코의 가슴을 울렸다.

"후후, 그렇지?"

그러면서 그녀는 미즈호의 무릎 덮개를 매만졌다.

"다리가 불편해서 걷지 못하나요?"

소년의 질문이 의표를 찔렀다. 휠체어를 탄 모습을 보면 우선은 그런 생각이 들 거라고 가르쳐 주는 듯했다. 가오루코의 입가에 미소가 떠올랐다.

"세상에는 말이지, 여러 종류의 사람이 있단다. 다리가 불편하지는 않지만 자유롭게 걸을 수 없는 아이도 있고 말이야. 언젠가 너도 알게 될 거야."

그녀의 말을 소년이 제대로 이해했는지는 알 수 없었다. 소년이 또 미즈호를 바라보았다.

"언제 일어나요?"

미즈호가 눈을 뜨기를 바라는 것처럼 들려 가오루코는 기뻤다.

"음……, 아마 오늘은 일어나지 않을 거야."

"오늘은……요?"

"그래, 오늘은."

가오루코가 다시 휠체어를 잡은 손에 힘을 주었다.

"잘 가렴."

안녕히 계세요, 하고 소년이 인사했다. 잠시 후 등 뒤에서 대문 닫히는 소리가 들렸다.

현관으로 걸어가던 그녀의 눈길이 미즈호의 방 창문으로 향했다. 며칠 전, 창가에 장미꽃을 꽂아 두었다. 가즈마사가 가오루코 생일에 사다 준 것이다. 꽃병에 꽃을 꽂은 게 몇 년 만인지.

그 일을 계기로 장미 아로마 오일을 사용하게 되었다. 단 몇 방울로 방 안이 그윽한 향기에 휩싸였다. 그 후로 미즈호의 안색도 한결 좋아진 듯했다.

이런 식으로 소소한 기쁨과 즐거움을 하나씩 채워 가면 된다고 가오루코는 생각한다. 많은 것을 바라지 않는다. 오늘과 다르지 않은 내일이 와 주면 그걸로 족하다.

그 소박한 바람은 한동안 이루어졌다. 평온하고 별 탈 없는 평범한 나날이 찾아오고, 또 지나갔다. 일주일에 한 번 하는 산책은 날씨가 본격적으로 차가워진 12월까지 계속되었다. 그리고 올 3월에 다시 시작했다.

그 일이 일어난 건 얼마 있으면 미즈호가 4학년이 되는 3월 31일의 밤이었다.

가오루코는 늘 하던 대로 미즈호 방에서 자고 있었다. 그런데 누가 부르는 듯한 느낌이 들어 눈을 떴다. 시계를 보니 새벽 3시가 조금 넘은 시각이었다.

왜 이런 시각에 눈을 떴을까 하고 생각한 순간 가오루코는 깨달았다.

옆에 미즈호가 서 있었다.

3

피험자 번호 38번 남성은 일흔두 살이라고 서류에 적혀 있었다. 녹내장으로 실명한 지 약 5년. 정년퇴직한 후라서 평소에는 밖에 나가는 일이 거의 없는 듯하다. 그래서인지 다른 시각 장애인에 비해 흰 지팡이를 다루는 솜씨가 어색해 보인다.

다시 말해 이 실험에는 더없이 적합한 피험자였다.

시작, 하고 연구원이 지시했다.

남자가 조심조심 첫걸음을 내디뎠다. 그는 눈에 고글을 끼었고 머리에는 헬멧을 썼다.

첫 장애물인 종이 상자를 남자는 수월하게 비켜 갔다. 다음으로 축구공이 몇 개 굴러다니는 공간이 나왔다. 남자는 공 사이를 요령 있게 빠져나갔다. 그다음 공간은 바닥에 색이 칠 해져 있다. 파랑과 빨강이 교차된 체크무늬 부분과, 파랑과 노랑 줄무늬 부분 등이 있다. 남자에게 파란 부분만 밟으라는 지시가 내려졌다.

남자는 보란 듯이 파란 부분만 밟으며 나아갔다. 그러자 마 지막 난관이 기다리고 있었다. 그곳에서는 소형견 정도 크기 의 로봇이 돌아다니고 있다. 로봇은 움직임이 불규칙하고 물 론 피험자를 피하지 않는다.

남자는 입구에 멈춰 서서 잠시 로봇의 움직임을 관찰했다. 그러다 마침내 마음을 정한 듯 걷기 시작했다.

그런데 로봇이 갑자기 방향을 바꿔 남자의 진로를 방해했 다. 그러자 남자가 살짝 소리를 지르며 걸음을 멈췄다. 그리 고 로봇이 나아가는 방향을 따라 얼굴을 움직였다. 즉, '보고 있다'는 뜻이다.

로봇이 멀어지는 모습을 확인한 후 남자는 다시 걸음을 옮 겼다. 이윽고 연구원들이 지켜보는 가운데 그가 도착 지점에 이르자 박수가 쏟아진다.

"해냈군."

가즈마사가 함께 실험을 지켜보던 연구 책임자에게 말을 건 넸다.

"합격인가요?"

지난달 갓 마흔이 된 남자가 긴장한 표정으로 묻는다.

"불합격이라면?"

연구 책임자는 긴장하며 부동자세를 취했다.

"전직하는 수밖에 없죠."

가즈마사가 웃음을 터뜨리며 부하 직원의 어깨를 툭 쳤다.

"농담이야, 농담. 두말할 것도 없이 합격이야. 이제 한 고비만 남았군. 이대로 계속하게."

감사합니다, 라고 하면서 연구 책임자가 고개를 숙였다.

그때 가즈마사의 안주머니에서 스마트폰이 진동했다. 그는 실험장을 벗어나면서 전화를 받았다. 전화를 건 사람은 치즈코였다.

"네, 장모님."

"아, 미안하네, 일하는 중일 텐데."

"무슨 일이 있습니까?"

그게 말이야, 하고서 치즈코가 하는 얘기를 들으며 가즈마사는 스마트폰을 꽉 움켜쥐었다.

미즈호의 상태가 갑자기 나빠져서 가오루코가 병원에 데리고 갔다는 내용이었다.

"상태가 어떻게 안 좋습니까?"

"혈압이 불안정하고, 체온도 굉장히 낮아."

"언제부터 그랬습니까?"

"오늘 아침부터야. 아아, 그게 아니라 가오루코 말로는 이른 새벽부터 그랬다나 봐."

늘 미즈호 방에서 잠을 자는 가오루코는 밤중에 미즈호의 상태가 안 좋은 걸 알았지만 아침까지 지켜봤을 것이다.

"알겠습니다. 일이 정리되는 대로 병원으로 가겠습니다."

전화를 끊은 가즈마사는 곧바로 비서 간자키 마키코에게 전화를 걸었다. 그리고 간단히 사정을 설명한 후 오늘 남은 일정을 취소할 수 있는지 물었다.

어떻게든 해 보겠습니다, 라고 유능한 비서가 대답했다. 가즈마사는 고맙다고 인사하고 서둘러 회사를 빠져나왔다.

택시를 타고 병원으로 가는 도중에 가오루코에게 전화를 해 보았지만 전원이 꺼져 있는지 연결되지 않았다. 그는 멍하니 창밖을 내다보면서 어떻게 된 일일까 생각했다.

지난 3년간 미즈호의 상태는 꽤 안정적이었다. 물론 문제가 전혀 없었던 것은 아니다. 감염증이 있었던 적도 있고, 위장 장애를 일으키기도 했다. 그러나 그런 일을 가즈마사는 항상 문제가 해결된 다음에야 알았다. 문제가 발생했다는 사실만으로는 가오루코도 치즈코도 가즈마사에게 알리려 하지 않았다. 일하는 그를 방해하지 않으려는 배려였을 것이다.

그런데 이번에는 왜 알렸을까.

최악의 상황을 각오해야 할지도 모른다고 가즈마사는 생각했다.

병원에 도착해 안내 창구에서 상황을 묻자 4층 간호사실로 가 보라는 대답이 돌아왔다.

그는 승강기를 타고 4층으로 올라가 간호사실로 갔다. 이름을 대자 젊은 간호사가 상황을 안다는 듯 곧바로 병실을 알려주었다.

"제가 들어가도 됩니까?"

"네. 부인도 거기 계십니다."

간호사의 대답에 가즈마사는 그만 맥이 풀렸다. 미즈호가 집중 치료실에 들어가 있고 가오루코는 대기실에 앉아 안절부절못하는 사태를 예상하고 왔기 때문이다.

병실 앞에 서서 문을 노크했다. "네." 하는 가오루코의 목소리가 들렸다.

문을 여니 침대 옆에 앉아 있던 가오루코가 가즈마사를 올려다보며 "왔어?" 하고 알은체를 하는데 그 표정이 한없이 평온해서 비통함이라고는 전혀 느낄 수 없었다.

"장모님께 연락받았어."

그리고 가즈마사는 침대로 눈을 돌렸다.

"무슨 일이야?"

침대에서 링거를 맞고 있는 미즈호는 얼굴이 약간 부은 것처럼 보였다. 전에 봤을 때와는 상태가 확연히 달랐다.

가오루코는 입을 다문 채 차분한 눈빛으로 계속 딸만 내려다보았다.

"이봐, 무슨 일이냐니까?"

말투가 조금 거세졌다.

그녀는 그제야 자리에서 일어나 창가로 다가갔다. 그리고 뒤돌아서더니 가즈마사를 똑바로 바라보았다.

"당신한테 할 얘기가 있어. 아주 중요한 얘기야. 지금 해도 되겠어?"

가즈마사는 고개를 끄덕한 후 미즈호를 한 번 보고 나서 다시 가오루코에게 시선을 돌렸다.

"미즈호 얘기야?"

"물론."

"뭔데 그래?"

가오루코는 순간적으로 망설이는 표정을 보이다가 숨을 크게 들이쉰 뒤 입을 열었다.

"어젯밤이라고 해야 할지 오늘 새벽이라고 해야 할지 잘 모르겠지만, 아무튼 새벽 3시가 조금 지났을 무렵에……."

거기까지 말하고서 가오루코는 눈을 심하게 깜박거렸다. 금세 눈이 빨개지고 뺨이 파르르 경련을 일으켰다.

"미즈호가…… 떠났어. 끝내 떠나고 말았어."

"뭐라고?"

가즈마사가 눈을 부릅떴다.

"떠나다니, 그게 무슨 말이야?"

"저세상으로 갔단 말이야. 죽고 말았어."

그녀는 눈을 꼭 감으며 고개를 숙였다. 어깨가 가늘게 떨렸다.

가즈마사가 놀라서 미즈호를 보았다. 하지만 미즈호의 가슴께가 희미하게 오르내리고 있었다. 호흡하고 있는 것이다.

"무슨 소리를 하는 거야, 아직 살아 있는데?"

가오루코는 오른손 손등으로 양쪽 눈두덩을 차례차례 누른 다음 고개를 들고 심호흡을 한 번 했다. 그리고 눈을 뜬 뒤 가즈마사를 향해 미소 지었다.

"미안해. 이렇게 말하니까 무슨 말인지 도무지 모르겠지?"

"그래. 대체 무슨 일이 있었던 거야?"

"처음부터 얘기할게."

가오루코는 침대에 있는 미즈호를 한 번 바라보고 나서 가즈마사에게 새벽에 있었던 일을 설명했다.

"새벽 3시가 조금 넘었을 때 나도 모르게 눈을 떴어. 누가 부르는 것 같아서 말이야. 그랬더니 미즈호가 옆에 서 있었어."

가즈마사는 할 말을 잃었다.

물론 모습이 보인 건 아니라고 했다. 그러나 거기 서 있다는 것을 분명하게 느낄 수 있었다고 한다.

목소리는 들리지 않았지만, 미즈호의 말이 마음으로 전해 졌다.

엄마, 고마워.

지금까지 고마웠어.

그리고 행복했어.

아주 행복했어.

고마워. 엄마, 정말 고마워.

헤어질 때다, 하고 가오루코는 깨달았다. 그런데 신기하게 도 슬프지 않았다.

그녀가 물었다.

"가는 거니?"

응, 하고 미즈호가 대답했다.

안녕. 엄마, 잘 지내.

안녕, 하고 가오루코도 인사했다.

그러자 한순간에 미즈호의 기척이 사라졌다. 그리고 아무것 도 남지 않았다.

가오루코는 침대에서 나와 미즈호의 몸으로 다가갔다. 불을 켜고 각종 바이털 사인을 확인했다.

모든 수치가 악화를 가리키고 있었다. 그때부터 한숨도 자지 않고 지켜보았지만 호전되는 기미가 없었다.

애기를 마친 가오루코가 가즈마사의 얼굴을 바라보며 고개를 살짝 기울였다.

"믿기지 않아? 내가 거짓말을 하는 것 같아? 아니면 그저 망상이거나 꿈이라도 꾸었나 보다고 생각하는 거야?"

"거짓말이라고 생각지 않아. 그런 거짓말을 할 이유가 뭐가 있겠어. 망상인지 꿈을 꾸었는지도 나는 알 수 없고. 하지만 당신이 그렇게 믿는다면 그게 사실 아니겠어?"

그 말에 가오루코가 미소를 지으며 고마워, 라고 대답했다.

다만, 하고 가즈마사는 덧붙였다.

"솔직히 말하자면 굉장히 당황스러워. 이런 날이 올 거라고 각오하고 있었고, 또 당신이 알다시피 나는 미즈호의 죽음을 이미 받아들였어. 그런데도 이건 예상 밖의 일이야."

"미안해, 나 혼자 보내서. 하지만 당신 잘못이야. 중요한 때에 집에 없었으니까."

가즈마사는 할 말이 없어 머리만 손으로 문질렀다.

"왜 어젯밤이었을까?"

"글쎄, 모르겠어. 미즈호에게 물어봐."

가오루코의 말투는 차라리 밝은 편이었다. 마침내 모든 걸 떨쳐 버려서인지 아니면 갑작스러운 사태에 흥분해서인지 가즈마사로서는 알 수 없었다.

"여보."

가오루코가 말했다.

"이걸로 됐지? 우리가 미즈호에게 해 줄 수 있는 건 다 했지?"

"물론이지. 나는 몰라도 당신은 완벽했어."

"그렇게 말해 주니 마음이 좀 편해지네."

가오루코가 손으로 가슴을 눌렀다.

"하지만."

가즈마사가 침대를 내려다보았다.

"그럼 이제부터 어떻게 할 거야?"

가오루코가 침대로 다가갔다.

"지금 미즈호 몸은 항이뇨 호르몬이 부족한 상태야. 그럴 경우 소변이 제어할 수 없을 만큼 많아져. 그래서 탈수를 막으려고 대량의 수분과 당분을 링거로 보충하고 있어. 그러다 보면 손발이 퉁퉁 부어오르는데, 그럴 때 항이뇨 호르몬을 투여하면 일단은 소변 양을 조절할 수 있어."

"잘 아네."

"그럼. 공부를 얼마나 열심히 했는데."

"지금까지는 그 호르몬이 필요하지 않았단 말이야?"

"사고 직후에는 필요했는데 집에서 간병한 이후로는 그렇지 않았어. 의사들도 불가사의한 일이라고 했지. 그뿐 아니라 갈수록 미즈호에게 필요한 약이 줄어들어서 전문가들도 상당히 놀랐대."

"그런데 다시 필요하게 된 모양이군."

응, 하고 가오루코가 고개를 끄덕였다. 그러고는 결연한 표
정으로 가즈마사를 바라보았다.

"조금 있으면 주치의 선생이 설명을 할 거야. 그러기 전에
당신에게 제안하고 싶은 게 있어."

"무슨 제안인데?"

"우리가 아니면 결정할 수 없는 일이야."

4

가오루코 말대로 그로부터 약 한 시간 후 주치의와 면담을
했다. 생김새가 온후한 오무라 주치의는 지난 3년 동안 미즈
호를 줄곧 관찰해 왔다고 했다.

"뇌가 거의 기능하지 않는데도 미즈호 양의 신체는 내내 통
합성을 유지해 왔습니다. 혈압이나 체온도 안정적이었고 소
변도 제어할 수 있었어요. 그러나 안타깝게도 이제는 그 통합
성이 소실되었다고밖에 할 수 없습니다. 사고 직후의 상태에
가깝다고 하면 이해가 빠를지도 모르겠군요."

그리고 오무라는 앞으로의 방침을 설명했다. 그 첫 번째가

가오루코가 말했던 항이뇨 호르몬에 관한 얘기였다.

"항이뇨 호르몬을 투여하면 일단은 지금처럼 소변이 지나치게 나오는 현상을 막을 수 있습니다. 투여하지 않으면 얼마 지나지 않아 심정지 상태에 이르겠죠. 부모님들 중에는 무리해서 살려 둘 필요가 없다고 생각하시는 분들도 있습니다. 그러나 지금까지의 흐름으로 보건대 하리마 씨 내외께서는 호르몬을 투여하는 길을 선택하시지 않을까 싶습니다. 요컨대 앞으로도 간병 생활이 지속되어도 괜찮다고 여기시는 거죠?"

가즈마사가 고개를 돌려 가오루코를 보았다. 그녀가 고개를 끄덕이자 그는 다시 주치의를 바라보았다.

"그 말씀은 미즈호가 뇌사한 경우를 전제하신 거죠?"

"그렇습니다. 한없이 뇌사에 가까운 상태랄까요."

그렇다면, 하고 가즈마사가 다시 입을 열었다.

"선생님께 주어진 의무가 있지 않습니까?"

"의무……라니, 무슨 말씀이시죠?"

"절차를 밟는 일 말입니다. 장기 기증 의사가 있는지 확인하셔야 하지 않나요?"

네? 하며 오무라가 눈을 휘둥그렇게 떴다.

"아니, 하지만 두 분은 사고 직후에 거부 의사를 밝히셨다고……"

"그때는 뇌사가 아니라고 여겼기 때문이에요."

가오루코가 나섰다.

"뇌사한 것도 아닌데 그런 해괴한 테스트를 받게 하고 싶지 않았어요. 실제로 우리 아이는 그 이후 3년 이상 건강하게 살았고요. 그게 아니라면 오무라 선생님은 그동안 죽은 아이를 검사하고 진찰해 오셨나요?"

오무라는 생뚱맞은 소리를 하는 부부의 얼굴을 크게 동요하는 표정으로 번갈아 바라보았다.

"하지만,"

가즈마사가 말을 이었다.

"이번에는 뇌사를 받아들인다는 게 저희 생각입니다. 그러려면 절차를 밟아야 하는 걸로 아는데, 맞습니까?"

오무라는 금붕어마냥 입만 뻐끔뻐끔 움직이다가 "잠깐 기다려 주세요."라고 간신히 말한 후 자리에서 일어섰다. 면담실을 나가던 그는 앞으로 고꾸라지기라도 할 것처럼 휘청거렸다.

가즈마사와 가오루코는 다시 얼굴을 마주 보았다. 가오루코는 미소만 어렴풋이 지을 뿐 아무 말도 하지 않았다. 가즈마사도 더는 그 일을 언급하지 않기로 했다.

이것이 바로 한 시간 전 가오루코가 제안한 일이었다. 그녀가 장기 기증 의사를 밝히자고 한 것이다.

"미즈호는 이미 저세상으로 떠났어. 그리고 이제는 천국에서 말할 거야. 어딘가 있을 가엾은 아이들을 위해 자신의 몸을 사용해 달라고."

착한 아이였으니까, 라고 가오루코는 덧붙였다.

가즈마사도 이의가 없었다. 다만 문제는 병원 측이었다. 그들이 어떻게 대응할지 짐작되지 않았다. 그들로서는 한 번도 경험한 적 없는 사례일 터였다.

가오루코는 치즈코와 미하루에게 전화를 걸어 현재 상황과 자신의 의사를 전했다. 두 사람 모두 울먹이면서도 가오루코의 뜻을 받아들이겠다고 대답했다.

노크 소리가 나서 네, 하고 대답하자 문이 열렸다. 예상대로 신도가 들어왔다. 그는 일어서려는 가즈마사 부부에게 그냥 앉아 계시라고 말한 뒤 자신은 책상 맞은편으로 가서 앉았다. 그리고 숨을 길게 토하고 나서 두 사람을 바라봤다.

"두 분은 늘 저를 놀라게 하시는군요."

"그랬나요?"

가오루코가 반문했다.

"인공호흡기를 사용하지 않고 최신 과학의 힘으로 따님을 호흡하게 만드는가 하면, 척수를 자기로 자극해서 전신 근육을 단련시키기도 하고요."

"그러길 잘했다고 생각해요."

"그러시겠죠. 결과적으로 현대 의학으로는 설명되지 않는 일을 해내셨으니까요. 뇌 기능에 의존하지 않으면서 통합성을 유지했다는 것은 그야말로 경이로운 일입니다. 하지만 놀라운 일로 치자면 오늘이 최고군요. 절차를 밟으실 줄은 몰랐습니다."

"규칙 위반은 아닐 텐데요."

가즈마사가 말했다.

"현재로서는 법률에 임상적 뇌사라는 말이 없는 것으로 압니다. 뇌사 판정을 받지 않는 한 식물인간 상태일 가능성이 있는 것으로 간주되죠. 어제까지 우리 미즈호는 그런 상태였습니다. 그런데 오늘, 상황이 변했어요. 3년 몇 개월 전의 미즈호와 지금의 미즈호는 상태가 다릅니다. 그러니 절차를 요구할 권리가 있을 것 같은데요."

맞습니다, 하고 신도가 대답했다.

"다만 한 가지, 양해를 구하고 싶은 부분이 있습니다. 정식 절차로 따지면 먼저 따님의 현재 뇌 상태를 검사한 뒤 뇌사 가능성이 짙다고 판단되어야만 절차를 밟을 수 있습니다. 그러나 이번에는 그 검사를 생략하려고 합니다. 제 개인적인 판단으로는 그럴 필요가 없다고 봅니다만, 그래도 괜찮겠습니까?"

부부는 고개를 끄덕이면서 괜찮다고 대답했다.

"알겠습니다. 그럼 시작하죠. 이건 전에도 했던 질문입니다만 다시 한 번 확인하겠습니다. 따님에게 장기 기증 의사를 표시한 카드가 있습니까? 또는 따님과 장기 이식이나 장기 기증에 관해 이야기를 나눈 적이 있습니까?"

"아니요, 없습니다."

"그럼 두 분께 묻겠습니다. 만일 따님이 뇌사 판정을 받을 경우 장기를 기증할 의향이 있습니까?"

가즈마사가 고개를 돌려 가오루코의 눈을 바라보았다. 망설이는 빛이 조금도 없는 맑은 눈이었다.

"네, 기증하고 싶습니다."

"알겠습니다. 그럼 이식 코디네이터에게 연락하겠습니다. 자세한 내용은 그분에게 들으십시오."

신도가 자리에서 일어나 침착한 걸음걸이로 방을 나갔다.

가즈마사는 숨을 길게 내쉬었다. 손목시계를 본 그는 치즈코에게 연락을 받은 지 채 세 시간도 지나지 않았다는 사실에 깜짝 놀랐다. 오늘 아침 눈을 떴을 때 이런 하루가 될 줄은 꿈에도 생각하지 못했다. 그러나 현실이었다. 자신은 딸을 잃었고, 딸의 장기 기증에 동의했다. 그런데 전혀 실감이 나지 않았다.

가오루코는 언제 전원을 켰는지 스마트폰을 만지작거리고 있었다. 화면에 미즈호의 어렸을 때 사진이 있었다. 건강하게 뛰어놀던 시절이다.

다시 노크 소리가 들리고, 신도가 들어왔다.

"코디네이터에게 연락했습니다. 조금 있으면 도착할 겁니다."

그러고 나서 신도는 의자에 앉아 책상 위에 팔꿈치를 괴고 손깍지를 꼈다.

"두 분은 뇌사 판정과 장기 이식법에 관해 잘 아실 거라고 생각합니다만, 그래도 궁금한 점이 있으시면 서슴지 말고 코디네이터에게 물어보세요. 아시겠지만 그런 다음에도 장기 기증을 거부할 수 있습니다."

"그때처럼 말이죠?"

가즈마사가 묻자 신도는 "그렇습니다."라고 차분하게 대답했다.

"하나만 여쭤봐도 될까요?"

가오루코가 물었다.

"뭐든지요."

"사망 시각을 확인하고 싶어요. 뇌사 판정 테스트가 두 번에 걸쳐 이루어진다고 하셨죠? 한 번 하고 나서 몇 시간 있다가 다시 한다고요. 그래서 두 번째로 뇌사가 확인되면 그때가 사망 시각이라고 하셨죠?"

"말씀하신 대로입니다."

"이대로 테스트가 진행되면 종료 시각은 언제쯤일까요?"

"글쎄, 그건······."

신도가 손목시계를 들여다보았다.

"준비할 것이 많아서 지금 당장 시작하기는 어렵습니다. 그리고 테스트 자체는 그다지 시간이 걸리지 않지만, 첫 번째 테스트와 두 번째 테스트 사이에 일정한 간격을 두도록 되어 있습니다. 성인의 경우 여섯 시간 이상만 두면 되지만 여섯 살 미만의 소아인 경우 스물네 시간 이상 간격을 둬야 합니다. 따님은 열한 살이니 스물네 시간까지 간격을 둘 필요는 없습니다만, 그렇다고 어른과 똑같이 취급할 수도 없습니다. 열 시간 정도는 지나야 하지 않을까 싶습니다. 그런저런 점을 고려할 때 테스트 종료 시각은 일러야 내일 오후일 겁니다."

"내일······, 그러니까 4월 1일을 사망일로 보면 되겠군요."

"뇌사가 확정된다면요."

신도의 말투는 여전히 신중했다.

선생님, 하면서 가오루코가 신도 쪽으로 몸을 조금 내밀었다.

"그 날짜를 3월 31일로 할 수 없을까요?"

네? 하며 신도가 눈을 크게 떴다.

"사망일을 4월 1일이 아니라 오늘, 그러니까 3월 31일로 했으면 해요. 왜냐하면 그게 정확한 사망 일자거든요."

신도는 영문을 모르겠다는 표정으로 가즈마사를 보았다.

"딸이 저세상으로 떠나는 순간을 함께했다고 합니다. 그 직후에 상태가 급변했다고 하는군요."

신도가 당혹스러움을 감추지 못하고 난처한 표정을 지었다.

"그런 일이 있었군요⋯⋯."

"믿지 않으셔도 상관없어요. 어쨌든 사망 일시를 저희 희망대로 기록해 주실 수 있을까요?"

하지만 신도는 미안한 듯한 얼굴로 고개를 저었다.

"안타깝게도 그럴 수는 없습니다. 두 번째 뇌사 판정 테스트에서도 뇌사가 확정되면 그때를 사망 시각으로 보도록 정해져 있거든요. 사망 진단서를 거짓으로 작성할 수는 없습니다."

신도의 말에 가오루코는 고개를 뒤로 젖히고 천장을 올려다보았다. 그리고 잠시 후 조소에 가까운 표정으로 다시 신도를 봤다.

"거짓이라고요? 아직 심장이 뛰는 사람을 죽었다고 하신 분이 거짓이라니요. 그럼 하나 묻겠어요. 진실은 도대체 뭐죠? 말씀해 보세요."

신도가 괴로운 표정으로 미간을 찡그리며 나지막이 대답했다.

"저희는 규칙을 따를 뿐입니다. 규칙과 다르면 거짓이라고 합니다."

가오루코가 흥, 콧방귀를 뀌었다.

"제가 보기에는 그 규칙이야말로 새빨간 거짓말이에요. 하지만 내일이 4월 1일, 만우절이니 너그럽게 넘어가죠. 사망 진단서 따위는 종이쪼가리에 지나지 않아요. 제게 딸의 기일은 3월 31일입니다. 사망 시각은 오전 3시 22분이고요. 분명히 시계를 봤으니 확실해요. 엄마인 제가 지켜봤어요. 국가나 공무원 따위가 제 소중한 딸의 사망 일자를 마음대로 하도록 놔둘 수는 없습니다. 누가 뭐라고 해도 기일은 3월 31일입니다. 그건 절대 양보할 수 없어요. 여보, 당신도 똑똑히 기억해 둬."

알았어, 하고 가즈마사는 스마트폰을 꺼냈다. 그리고 가오루코에게 다시 한 번 확인한 시각을 거기에 저장했다.

"그 밖에 다른 질문이 있으십니까?"

신도가 물었다.

"하나만 더 여쭤보겠습니다."

가즈마사가 집게손가락을 세웠다.

"미즈호는 저런 상태로 3년 몇 개월을 지냈습니다. 그런 사람의 장기를 남에게 이식할 수 있을까요?"

"궁금해하시는 것도 당연합니다."

신도가 고개를 끄덕였다.

"실은 저도 알 수 없습니다. 검사를 해 보기 전에는 뭐라 말씀드리기 힘듭니다. 다만 주치의 말로는 가능성이 있다는군요. 가혹한 상황에 놓여 있긴 했어도 미즈호 양의 장기는 건강할 거라고 합니다. 그래서 지금까지 생활했던 게 아니겠냐고요. 저도 같은 생각입니다. 저희 병원에서 미즈호 양을 뭐라고 부르는지 아십니까? 기적의 아이라고 합니다. 그러니 반드시 새로운 기적을 보여 줄 거라고 믿습니다."

가즈마사는 왠지 자랑스러운 기분이 들었다.

"오늘 선생님께 들은 말 중에서 제일 멋지군요."

가오루코의 한마디에 신도는 겸연쩍은 얼굴을 했다.

잠시 후 이식 코디네이터가 도착했다. 약 3년 전에 만났던 사람과는 다른, 중년 여성이었다.

그녀는 장기 이식이란 어떤 것이며 뇌사가 확정되면 미즈호의 신체와 장기가 어떤 식으로 다뤄지는지 친절하고 정중하게 설명했다.

가즈마사는 만약 미즈호의 장기가 이식에 사용된다면 어느 부분이 어떤 아이에게 이식되는지 구체적으로 알려 줄 수 있느냐고 질문했다.

코디네이터는 아쉽게도 그러기 어렵다고 대답했다. 그녀는 기증자와 수혜자 양쪽 모두에게 구체적인 정보를 일절 알리지 않는 것이 철칙이라며 약간 미안한 듯한 표정을 지었다.

"어떠세요, 법적으로 뇌사가 확정되면 장기를 기증할 의사가 있으신가요?"

그녀가 마지막으로 의사를 확인하는 질문을 했다.

가즈마사도 가오루코도 더는 망설임이 없었다. 두 사람은 "부탁드리겠습니다." 하며 고개를 숙였다.

5

그날 밤 첫 번째 뇌사 판정 테스트가 시작되었다. 참관하겠
냐는 물음에 가즈마사는 첫 번째 테스트만 참관하겠다고 대
답했다. 두 번째 테스트와의 사이에 시간 간격이 꽤 있다고
들었기 때문이다. 그리고 두 번째 테스트를 한다는 건 첫 번
째 테스트에서 뇌사의 조건을 모두 충족시켰다는 뜻이니 결
과가 이미 나온 것이나 다름없다고 생각했다.

가오루코는 참관하지 않겠다고 말했다. 이제 자신에게 미즈
호의 몸은 유해와 마찬가지이므로 그럴 필요가 없다는 것이
었다. 그보다는 자신이 할 일이 있다고 했다. 그게 뭐냐고 묻
자 그녀는 "몰라서 물어?"라고 반문했다.

"빈소도 차리고, 장례식도 준비해야 하잖아. 알릴 곳도 많아."

심각한 표정으로 스마트폰을 두드리면서 병원을 뒤로하는
아내를 창가에 서서 내려다보며, 저 여자의 새로운 인생이 벌
써 시작되었는지도 모른다고 가즈마사는 생각했다.

뭔가 거창한 일이 벌어질 거라고 예상했던 뇌사 판정 테스
트는 막상 참관해 보니 의외로 간단하게 끝났다. 뇌파 검사에
는 다소 시간이 걸렸지만 그래 봐야 30분 정도였다. 오랜만에
보는 미즈호의 뇌파는 완벽하다고 할 만큼 평탄했다. 아무리
기다려도 변화가 없어 이쯤에서 그만해도 되지 않을까 싶은

데도 의사는 공을 들여 관찰했다. 왜 하는지 모를 테스트도 있었다. 귀에 차가운 물을 주입하는 테스트가 그랬다. 칼로릭 테스트라고 해서 안구의 수평 방향 움직임이 유발되는지 확인하는 것이다. 내이 중 전정이라는 부분의 기능을 검사하는 것이라는데, 설명을 들어도 가즈마사는 그 내용의 절반도 이해할 수 없었다. 그 외의 검사들은 단 몇 분 만에 끝났다. 동공 확인 같은 것은 눈 깜짝할 새에 지나갔다.

마침내 마지막 항목인 무호흡 테스트를 할 차례였다. 그건 다시 말해 지금까지의 검사에서 조건을 모두 충족시켰다는 뜻이다.

무호흡 테스트에서 미즈호에게는 예외적인 방법이 적용되었다. 뇌사가 의심되는 환자는 통상적으로 인공호흡기를 사용하므로 무호흡 테스트에서는 호흡기를 떼고 일정 시간 안에 자발 호흡을 할 수 있는지를 검사한다. 그런데 미즈호는 인공호흡기에 의존하는 대신 몸에 최신형 호흡 제어기, 즉 AIBS가 이식되어 있으므로 AIBS의 스위치를 끄는 일이 미즈호에게는 무호흡 테스트인 셈이다. 이 테스트에는 AIBS 연구팀의 일원인 게이메이 대학 병원 의사가 참고인으로 참석했다. 장치가 오작동을 일으킬 때를 대비해서였다.

무호흡 테스트를 실시하기 전에는 환자에게 충분한 산소가 공급된다. 그럼에도 환자의 몸에 부담이 가장 많은 테스트라서 담당 의사의 얼굴에는 긴장감이 감돌았다.

마침내 전원이 꺼졌다. 모두가 호흡 정도를 나타내는 모니터에 눈을 고정시켰다. 1분, 2분……, 침묵의 시간이 흘렀다. 미즈호의 얼굴이 점점 창백해지는 것 같았다.

정해진 시간이 다 지날 때까지 미즈호의 자발 호흡은 이루어지지 않았다. AIBS에 다시 전원이 들어오고 미즈호의 호흡이 재개되었다. 그 상황을 지켜본 가즈마사는 미즈호가 역시 기계의 힘을 빌려 숨을 쉬었구나 하고 생각했다.

이렇게 해서 첫 번째 뇌사 판정 테스트가 완료되었다. 그리고 미즈호는 뇌사 판정 조건을 모두 충족시켰다.

가즈마사는 일단 집으로 돌아갔다가 다음 날 아침 다시 병원에 왔다. 두 번째 뇌사 판정 테스트가 시작될 때까지는 두 시간 정도 여유가 있었다.

미즈호는 어제와 같은 병실에 누워 있었다. 딸의 잠든 모습을 바라보고 있는데 치즈코가 장인 시게히코와 함께 이쿠토를 데리고 왔다. 세 사람 다 슬픈 얼굴이었지만 운 것 같지는 않았다.

조금 후에 미하루와 와카바도 병실을 찾았다. 와카바는 침대로 다가가 미즈호의 가슴에 손을 얹었다. 그 모습을 보며 가즈마사는 가오루코가 부엌칼을 휘두르던 날 와카바가 조금만 더 크면 미즈호 간병을 돕겠다고 했던 일을 떠올렸다.

가오루코는 나타나지 않았지만 아무도 의아하게 생각하지 않는 눈치였다. 아무래도 다들 그녀에게 자초지종을 들은 듯했다. 미하루가 사정을 설명했다.

"상조 회사와 옥신각신하고 있나 봐요. 언니가 기일을 3월 31일로 해야 한다고 고집을 부려서요. 상조 회사에서는 사망 진단서에 맞춰야 한다고 하고요."

"고집이 어지간해야 말이지. 자기가 임종을 했으니 병원에 가 봤자 의미가 없다는 거야."

치즈코가 한숨을 쉬며 말했다.

그럴 만도 하다고 가즈마사는 생각했다. 가오루코로서는 오늘 있을 두 번째 테스트를 참관하면 나라와 공무원이 정해 주는 사망 일시를 받아들이는 셈이 되는 것이다.

그런 생각을 하고 있는데 문을 노크하는 소리가 들리더니 흰 가운을 입은 남자가 들어왔다.

"두 번째 뇌사 판정 테스트를 실시하겠습니다."

남자의 말투가 공손했다.

미즈호를 실은 들것이 움직이기 시작했다. 두 번째 판정 테스트는 아무도 참관하지 않았다. 뇌사가 확정되면 미즈호가 사망한 것으로 간주해 장기를 적출할 준비가 시작되니 살아 있는 상태에서의 만남은 이것이 마지막이다.

잘 가, 미즈호. 그동안 애 많이 썼다. 저세상에서 행복해야 해.

저마다 미즈호에게 작별의 말을 했다. 하지만 가즈마사는 아무 말도 생각나지 않았다.

그로부터 두 시간쯤 후, 대기실에서 기다리던 가족에게 결과가 전해졌다.

두 번째 테스트에서 뇌사가 확정되었다. 4월 1일 오후 1시 10분이었다.

6

가까운 친척 몇 사람과 밤새 빈소를 지킨 가즈마사는 친척들을 배웅한 다음 미즈호의 장례식장으로 돌아왔다. 철제 의자가 마흔 개가량 놓여 있는 아담한 방이었다. 미즈호에게 학교 친구들이 있었다면 이 공간으로는 부족했을 것이다.

장례 절차는 가오루코가 진두지휘했다. 상조 회사도 화장장도 모두 그녀가 선택했다. 제단 주위를 인형으로 빙 두른 것도 그녀의 생각인 듯했다.

가즈마사는 제단 앞에 앉아 영정을 올려다보았다. 사진 속의 미즈호는 마지막 봤을 때처럼 눈을 감은 모습이었다. 그러나 부종이 없어서 뺨과 턱선이 살아 있었다. 깔끔하게 빗은 머리에 분홍색 머리띠를 맸고 옷차림도 화사했다.

"사진 좋지?"

가오루코가 다가와 옆에 앉았다.

"안 그래도 그 생각을 하는 참이었어. 인사하기 바빠서 느긋하게 들여다볼 여유가 없었거든. 언제 이런 사진을 찍었어?"

"올 1월에. 제대로 차려입히고 몇 장 찍었지. 마음에 들 때까지."

영정을 올려다보며 그녀가 대답했다.

"연례행사였어."

"연례행사?"

가즈마사가 아내를 돌아보며 물었다.

"응. 매년 1월에 찍었거든. 집에서 간병하기 시작했을 때부터 말이야."

"왜 그랬어?"

그러자 가오루코가 그를 바라보며 쓴웃음을 지었다.

"내가 이런 날이 영원히 오지 않을 줄로 믿었을 것 같아?"

가즈마사는 깜짝 놀랐다. 그럼 해마다 영정 사진을 찍었단 말인가.

그가 눈썹 위를 긁적거렸다.

"허 참, 당신한테는 못 당하겠군."

"이제 알았어? 너무 늦은 거 아냐?"

그러게, 하고 가즈마사가 웃었다. 그는 다시 정색하고 아내를 바라보았다.

"당신, 그동안 고생 많았어."

가오루코가 천천히 고개를 저었다.

"고생이라고 생각한 적 없어. 오히려 행복했지. 미즈호를 돌보면서 내가 이 아이를 낳았고 이 생명을 내가 지킨다는 실감이 있어서 굉장히 행복했어. 사람들 눈에는 미친 엄마로 보였을지 모르겠지만."

"미친 엄마라니, 그런……."

하지만, 하고 가오루코는 영정을 올려다보았다.

"세상에는 미쳐서라도 지키지 않으면 안 되는 것이 있어. 그리고 아이를 위해 미칠 수 있는 사람은 엄마뿐이야."

그녀는 가즈마사에게 시선을 돌렸다. 섬뜩하리만치 눈빛이 강렬했다.

"만약 이쿠토가 똑같은 일을 당한다면 틀림없이 나는 또 미칠 거야."

차분한 말투였지만, 그 말에 가즈마사는 기가 눌리고 말았다. 그저 그녀의 눈을 멍하니 마주 볼 수밖에 없었다.

가오루코가 풋, 하고 웃음을 터뜨렸다.

"물론 목숨을 내던져서라도 그런 일이 일어나지 않도록 하겠지만 말이야."

"그건 나도 마찬가지야."

"그럴 일은 없을 거야. 걱정하지 마."

그때 무슨 소리가 들려 가오루코가 고개를 돌렸다. 가즈마사가 가오루코의 시선을 따라가 보니 뜻밖의 인물이 서 있었다. 신도였다. 그가 흰 가운을 입지 않은 모습은 처음이었다. 신도가 가즈마사 부부에게 묵례를 했다.

"늦어서 죄송합니다. 긴급한 수술이 있어서요. 향을 올려도 될까요?"

가오루코가 그럼요, 하고 대답하면서 자리에서 일어났다.

"나는 이쿠토를 좀 보고 올게. 자기 이불 아니면 금세 걷어차 버리거든."

"그래, 알았어."

가오루코가 신도에게 고개 숙여 인사한 다음 빈소를 빠져나갔다.

양복 차림의 신도가 향로 앞으로 다가섰다. 그는 잠시 영정을 올려다보다가 고개 숙여 인사하고 손끝으로 가루 향을 집어 향로에 뿌렸다. 그리고 합장을 한 후 한 걸음 뒤로 물러나 다시 한 번 고개를 숙였다. 그러는 동안 가즈마사는 옆에 가만히 서 있었다.

잠시 후 신도가 제단 앞에서 물러나 가즈마사에게 다가왔다.

"자, 앉으시죠."

"하리마 씨도 바쁘시지 않으면 이쪽에 앉으세요."

네, 하고 가즈마사도 신도 옆에 앉았다.

"담당 환자의 빈소에 늘 이렇게 조문을 하십니까?"

아니요, 하고 신도가 고개를 저었다.

"그러고 싶은 마음은 있지만, 대개는 그렇게 하지 못합니다. 일일이 찾아다니려면 몸이 몇 개라도 모자라니까요."

그럴 것이라고 생각하며 가즈마사는 고개를 끄덕였다.

"그럼 미즈호는 예외라는 말씀인가요?"

"네, 극히 예외죠."

신도가 제단을 힐끔 보았다.

"이렇게 미련이 남는 경우는 흔치 않습니다."

"미련이라……. 선생님께는 영원한 수수께끼로 남겠군요."

"네, 맞습니다."

뇌 신경외과 의사의 말투는 진지했다.

뇌사가 확정된 다음 날, 미즈호의 몸에서 몇 가지 장기가 적출되었다. 검사 결과 이식에 문제가 없다는 판정이 내려졌던 것이다. 놀라운 결과라는 말을 나중에 들었다.

실은 장기 적출 후 미즈호의 머리를 해부하고 싶다고 신도가 요청을 했다. 뇌가 실제로 어떤 상태인지 직접 확인하고 싶다는 것이었다.

가오루코와 의논한 끝에 거부하기로 하자 신도는 몹시 낙담했다.

내일이면 미즈호의 몸이 화장된다. 그러면 모든 일이 수수께끼인 채로 끝난다. 미즈호의 뇌가 어떤 상태였는지 영원히 알 수 없게 되는 것이다.

"3월 31일 영면, 이라고 되어 있군요."

신도가 제단 한구석을 보며 말했다. 그곳에 위패가 세워져 있었다. 일반적으로 제단에는 그런 것을 세우지 않는데 이 또한 가오루코의 의지였다.

"아내가 고집을 부리더군요. 미즈호의 사망 일자는 그때라고 말이죠."

승려에게도 그렇게 일렀는지 독경할 때 승려는 사망 일자를 3월 31일로 읊었다. 물론 공식적인 사망 기록은 사망 진단서에 따를 수밖에 없지만, 그 외에는 모두 3월 31일로 밀고 나갈 작정인 듯했다.

가즈마사는 그 일에 대해 가타부타 말을 하지 않는다. 그럴 권리가 없다고 생각한다.

"가즈마사 씨는 어떻게 생각하십니까,"

신도가 물었다.

"따님이 언제 사망했다고 생각하세요?"

가즈마사가 고개를 돌려 신도를 빤히 봤다.

"야릇한 질문이군요."

"그렇긴 하죠. 하지만 궁금해서요."

"사망 진단서에 따르면 4월 1일 오후 1시입니다."

"그 사실을 받아들인다는 말씀인가요?"

글쎄요, 하고 가즈마사는 팔짱을 끼었다.

"솔직히 말씀드리자면 그렇지는 않습니다. 장기 제공에 동의한 경우에만 뇌사 판정 절차를 진행하고, 확정되면 사망이라고 하잖아요. 동의하지 않으면 당연히 사망으로 간주되는 일도 없고요. 그건 아무리 봐도 이상한 법이에요. 뇌사를 사람의 죽음으로 치면 사고가 발생한 그 여름날 미즈호는 죽은 셈입니다."

"그렇다면 그날을 미즈호 양의 기일로 여긴다는 말씀입니까?"

아니죠, 하고 가즈마사는 고개를 갸웃했다.

"그러기에도 거부감이 있습니다. 그때는 저도 미즈호가 아직 살아 있다고 느꼈으니까요."

"그럼 사모님 의향을 존중하십니까?"

음, 하고 가즈마사가 관자놀이를 손으로 짚었다.

"아무래도 저는 보수적으로 생각하고 싶군요. 뇌사한 날을 사망 일자로 간주하기보다는 장기가 적출된 4월 2일이 미즈호가 죽음을 맞이한 날이라고요."

"보수적이라는 말은 무슨 뜻인가요?"

"그러니까 심장이 정지된 때, 라는 의미입니다."

그 말에 신도가 표정을 누그러뜨리며 미소를 지어 보였다.

"그럼 가즈마사 씨께는 따님이 아직 살아 있는 셈이군요. 이 세상 어딘가에서 미즈호 양의 심장이 뛰고 있을 테니까요."

"아…… 그렇게 되나요."

신도의 말이 무슨 뜻인지 가즈마사는 금세 이해했다. 미즈호의 몸에서 적출된 심장이 어느 아이에게 이식되었다고 들었다.

이 세상 어딘가에서, 란 말이지.

그렇게 생각하는 것도 나쁘지 않겠군, 하고 가즈마사는 생각했다.

에필로그

아빠가 말했다. 필요 없는 건 가능한 한 버리렴. 불필요한 물건을 처리할 절호의 기회니까 말이야. 추억의 물건이라고 해도 결국은 그저 남아 있을 뿐, 일부러 꺼내서 보는 일은 없단다. 버리고 나면 그러길 잘했다고 생각하게 되지. 버려서 후회하는 일은 좀처럼 없을 거야.

그 말을 따라 소고는 불필요한 물건들을 하나씩 쓰레기봉투에 던져 넣었다. 이 장난감은 이제 갖고 놀지 않아. 이 책은 읽을 일이 없을 거야. 뭐지, 이건? 아아, 5학년 미술 시간에 만든 거구나. 됐어, 버리자.

벽장을 정리하는데 커다란 종이봉투가 나왔다. 열어 보고서 깜짝 놀랐다. 안에 종이학이 들어 있었다. 친구들이 글을 쓴 도화지도 함께였다.

안 돼, 안 돼. 이건 버리면 안 돼. 소중한 보물이다. 소고는 이

종이봉투의 존재를 잊고 있었다는 사실이 살짝 부끄러웠다.

그로부터 약 한 시간 후 이삿짐센터 사람들이 도착했다. 가구와 가전제품, 종이 상자 같은 것들이 하나씩 들려 나가는 광경을 소고는 신기한 마음으로 바라보았다. 이 아파트에서 생활한 지는 겨우 2년 정도밖에 안 되었지만 나름의 추억이 생겼다는 걸 새삼 깨달았다. 생각해 보면 그리 나쁘지 않은 추억들이다. 그럴 만도 한 것이, 높다란 벽을 뛰어넘은 후에야 소고는 부모님과 함께 이곳에서 살 수 있었기 때문이다.

짐을 모두 내간 후 아빠 엄마와 셋이서 집 안을 점검했다. 방이 두 개뿐인 넓지 않은 아파트이기에 점검은 순식간에 끝났다.

"이렇게 좁은 데서 잘도 살았어."

아빠가 쓸쓸한 목소리로 말했다.

"어쩔 수 없었지. 그때는 위치가 먼저였으니까."

엄마가 대꾸했다.

세 사람은 아빠가 운전하는 차를 타고 새집을 향해 출발했다. 아니, 정확하게 말하면 새집은 아니다. 옛날 집이라고 해야 할까. 소고네가 3년 전까지 살았던 아파트다.

"드디어 소고도 다음 달부터는 중학생이구나. 세월 참 빠르네."

핸들을 움직이며 아빠가 말했다.

"농구부에 들어가고 싶다는데."

조수석에서 엄마가 말한다.

"확실히 정한 건 아니야."

"그래? 좋잖아, 농구부. 그러지 그러니. 아니면 축구부?"

"아직 안 정했다니까."

"수영부는 어때? 필요한 도구가 많지 않아서 비용이 별로 안 들잖아."

"무슨 소리야, 요즘 수영복이 얼마나 비싼데. 기능성이다 뭐다 해서 말이야."

"그런가……. 그럼 체조부. 도구가 필요 없잖아."

엄마 아빠는 이 말 저 말 되는대로 하고 있다. 스포츠 얘기를 할 수 있다는 것 자체가 마냥 기뻐서일 것이다.

빨간 신호등 앞에서 차가 멈춰 섰다. 소고는 창밖을 내다보았다. 학교에서 돌아올 때 걸었던 낯익은 길이다.

"저 라면 가게가 아직도 있네."

소고가 점포 하나를 가리켰다.

"그래야지. 3년밖에 안 되었는데 벌써 문을 닫으면 쓰나."

아빠가 앞쪽을 향한 채 말했다.

주위를 내다보고 있으려니 소고는 그리운 감정이 밀려왔다.

"아빠, 나 여기서 내릴래."

"아니, 왜?"

"여기서부터는 걸어가고 싶어."

"뭐 하러 그래, 귀찮게."

"당신도 참, 어째서 그래? 오랜만에 돌아왔으니 걷고 싶을 만도 하잖아. 소고, 길은 아니?"

"당연히 알지."

그때 신호가 파랑으로 바뀌었다. 할 수 없지, 하면서 아빠가 차를 도로변에 세웠다.

"곧장 집으로 와야 해."

차에서 내리는 소고에게 엄마가 말했다. 알아, 하고 대답했다.

멀어지는 차를 바라보며 걸음을 옮겼다. 학교에서 돌아오는 길에 걷던 길이다. 눈을 감고도 집을 찾아갈 수 있다.

첫 번째 모퉁이에서 왼쪽으로 돌았다. 길이 별로 넓지 않다. 안쪽으로 들어갈수록 조용해진다.

3년 몇 개월 만에 걷는 길이었다. 예전에는 거의 매일 오갔다. 그러지 못하게 된 이유는 갑작스러운 사고 때문이다.

체육 시간에 어쩐지 몸이 무거웠다. 그러다가 갑자기 현기증이 나면서 숨 쉬기가 어려웠다. 선생님께 뭔가 말을 하려고 했지만 목소리가 나오지 않았다. 그리고 이내 눈앞이 캄캄해졌다.

정신을 차려 보니 병원 침대에서 산소마스크를 쓰고 있었다. 의사는 들어 본 적도 없는 병명을 말했다. 자세히는 모르겠

려 달 만에 소고는 퇴원했다. 그리고 2년 몇 개월

소고 가족은 원래 살던 아파트로 돌아가게 되었

로 이사할 때 살던 아파트를 처분하는 대신 세

이다.

금 소고가 걷는 길은 소고네 가족이 전에 살았

으로도 살아갈 집으로 가는 길이다. 하지만 소

랜린 이유는 이 길이 반가워서만은 아니다.

저택이었다.

녀가 휠체어에 잠들어 있는 집. 웬일인지 수술

몇 번이나 그 집이 꿈에 나타났다. 거기서 누군

르는 듯한 기분이 들었다.

저택은 사라지고 없었다. 건물도 담장도 대문

터만 남아 있었다. 아주 조그만 흔적조차 찾을

간적으로 그 저택이 환상이었나 하는 생각마저

을 내쉬며 발길을 돌렸다. 그런데 그 순간 어디

풍겨 왔다.

하며 걸음을 멈췄다. 수술 후로 자주 있었던 일

아무리 둘러봐도 장미는 보이지 않았다.

에 살며시 손을 댔다. 장미향은 이 심장의 원래

지만, 태어나면서부터 심장에 이상이 있었던 모양이다. 그것도 굉장히 심각해서 수술만으로는 나을 가망이 없고 살 수 있는 길은 심장 이식뿐이라고 했다.

그래서 소고는 심장 이식을 전문으로 하는 병원에 입원했다. 집이 너무 멀어 부모님은 이사를 결정했다. 엄마는 하던 일을 그만두고 거의 매일 병원에서 간병을 했다.

반 친구들이 종이학 천 마리와 응원 메시지가 적힌 도화지를 들고 병문안을 왔다. 격려의 말을 하는 친구들에게 고맙다고 하면서도 한편으로는 건강한 그 친구들에게 샘이 났다.

"괜찮아. 이식만 하면 다시 기운차게 뛰어놀 수 있어."

엄마의 말이 소고에게는 거짓말처럼 들렸다. 그때는 잘 몰랐지만 지금 돌이켜 보면 상황은 뻔했다.

심장을 이식하면 살 수 있다고 하지만 그건 누군가 심장을 기증했을 때나 가능한 얘기다. 게다가 일본에서는 어린아이의 장기 기증을 거의 기대할 수 없는 실정이다. 방법은 해외에서 이식하는 것뿐이다. 당시에 부모님이 걸핏하면 그런 대화를 나눴다.

엄청난 비용이 드는 데다 소고의 상태로는 장거리 여행을 하기도 힘들다고 아빠가 침통한 표정으로 말하자 엄마가 가까스로 눈물을 참던 기억이 선명하다.

입원해서 반년쯤 지나자 소고의 상태는 더욱 악화되었다.

의식이 오락가락했고, 머리맡에서 누가 부르는 것 같은데 대답도 할 수 없을 정도였다.

이렇게 죽나 보다고 생각했다. 이대로 침대에서 일어나지 못하고 죽는 것 아닐까 싶었다. 그래도 괜찮다는 마음도 있었다. 하루하루가 이렇게 괴롭고 부자유스러우며 아무런 즐거움이 없다면 살아갈 필요가 없다고 생각했다.

간신히 목숨은 붙들고 있었지만 위험한 상태에는 변함이 없었다. 죽음을 각오하는 나날이었다.

그러다가 기적이 일어났다.

장기 기증자가 나타나서 이식 수술을 받을 수 있게 되었다는 소식이 날아든 것이다. 도무지 믿기지 않았지만 사실이었다. 그 후로는 뭐가 어떻게 돌아가는지 알 수 없었다. 이리저리 옮겨 다녔고, 이 사람 저 사람이 몸을 만지고 이야기를 나누는 소리가 들렸다.

수술실로 실려 갈 때 부모님이 바라보던 기억이 난다. 엄마는 기도하듯 두 손을 모으고 있었다.

그다음은 기억에 없다. 눈을 떴을 때는 사방 풍경이 달라져 있었다. 그곳은 집중 치료실이었다.

심장을 이식했고, 수술이 성공적이었다는 말을 들었다.

3년 전 4월 2일의 일이다.

그 후로도 입원 생활이 계속되었다. 그러나 그 의미는 수술

전과 크게 달랐다. 가
던 나날이 퇴원을 손꼽
는 연습, 걷기 훈련 등
빨리 뛰어도 숨이 차
를 수 있었다. 그런 당

재활 훈련 중에 친구
할아버지다. 휠체어에
고 다녔다.

"이게 내 유일한 낙이
약간 부정확한 발음
알고 보니 할아버지
를 전혀 움직일 수 없
힘으로 다시 움직일 수

"뇌에 전극이 심겨
뇌파가 감지되어 등에
내지."

그런 할아버지는 어

"누군지는 모르겠지
이란 참 대단해."

할아버지 얘기를 전
하다는 말에는 소고도

수술한 지
이 더 지나지
다. 병원 근처
를 놓았던 것

그러니까
던, 그리고 의
고가 차에서

목적지는

아름다운
을 받은 후로
가 소고를 부
그런데.

막상 가 보
도 사라지고
수 없었다.
들었다.

소고는 한
선가 장미향
또 그러네
이다. 그러나

소고는 가

주인이 가져온 것 아닐까.

　그리고 확신했다.

　내게 소중한 생명을 준 아이는 깊은 사랑과 장미향에 둘러싸여 행복했을 거라고.